OLIVIA'S GEHEIM

ANDER WERK VAN MUNA SHEHADI

Rosalinds leugen

Eve's waarheid

MUNA
SHEHADI

De drie dochters

OLIVIA'S GEHEIM

Vertaling Henske Marsman

HarperCollins

FSC MIX Paper from responsible sources FSC® C021394

Voor dit boek is papier gebruikt dat onafhankelijk is gecertificeerd door FSC®
ten behoeve van verantwoord bosbeheer.
Kijk voor meer informatie op www.harpercollins.co.uk/green

HarperCollins is een imprint van Uitgeverij HarperCollins Holland, Amsterdam.

Oorspronkelijke titel: *Honest Secrets*

Vertaling: Henske Marsman
Omslagontwerp: Zero Media GmbH, München
Omslagbeelden: Getty Images / © Liesel Kershoff (pad); Getty Images / © shayes17 (vuurtoren); FinePic®, Munich (takken en struiken)
Zetwerk: Mat-Zet B.V., Huizen
Druk: ScandBook UAB, Lithuania

ISBN 978 94 027 0473 0
ISBN 978 94 027 5927 3 (e-book)
NUR 302
Eerste druk maart 2020
Derde druk maart 2021

Originele uitgave verschenen bij Headline Review, een imprint van Headline Publishing Group.

HarperCollins Holland is een divisie van Harlequin Enterprises ULC.

www.harpercollins.nl

Voor Isabel, omdat ze is wie ze is.

Hoofdstuk 1

28 juli 1993 (woensdag)

Wat een hectische tijden. Drie dochters en een drukke, bloeiende carrière. Ik ben afgepeigerd en heb eigenlijk geen tijd om in dit dagboek te schrijven. Maar toch vind ik het belangrijk om dit geweldige leven van mij vast te leggen.

We zijn net weer naar ons heerlijke huis aan de kust van Maine geweest. De meisjes vinden het daar zalig. Het is een genot om hen over de rotsen op het strand te zien klauteren en in het bos op verkenning te zien gaan. Zo anders dan de stranden in LA, waar ik hen continu in de gaten moet houden. Daar wordt Olivia nagekeken, die met haar twaalf jaar al een vrouwelijk figuur begint te krijgen, en moet ik telkens Rosalind behoeden voor een wisse dood doordat ze te ver de zee in zwemt. Eve vindt het gelukkig prima om bij mij in de buurt te blijven en zandkastelen te bouwen.

In Stirling zijn er tenminste geen mannen die op Olivia azen, en geen andere tieners waardoor ze zich verplicht voelt haar zussen te negeren om cool te lijken. Het water is zo koud dat Rosalind er niet in kan verdrinken en Eve vindt het heerlijk om huisjes te bouwen met steentjes, takjes, bladeren en mos.

Daniel en ik kunnen ontspannen. Toen we het huis kochten, hebben we elkaar beloofd om hier geen werk mee naartoe te nemen, ook al betekent dat dat we sommige jaren maar een week kunnen blijven. Dit jaar werkten het weer, de getijden en onze energieniveaus mee en konden we een visbarbecue houden. Het was het toppunt van geluk om samen met mijn gezin te zijn. Mijn prachtige meiden en knappe man zien er bij een zonsondergang in Maine nog mooier uit.

Ik vond het bijna jammer om terug te moeten naar de chaotische werkelijkheid in de spotlights. Ware het niet dat ik daar ook ontzettend van hou.

Je prima donna,

Jillian Croft

Olivia Croft keek in de camera, haar gezicht in de stand van opgewekte presentatrice, ogen groot en alert, mond klaar om te glimlachen. Vanbinnen stortte ze langzaam maar zeker in. Na het reclameblok was het tijd voor haar allerlaatste optreden in het tv-programma dat ze van de grond af aan had opgebouwd, dat ze eigenhandig aan de man had gebracht en al vijf jaar lang presenteerde op de regionale zender van Los Angeles. *Crofty Cooks* was haar alles geweest, het team haar familie. De grote variatie aan gasten, allemaal gewone thuiskoks uit Los Angeles, had haar beeld van haar woonplaats verrijkt. Maar het belangrijkst was dat het programma Olivia's sterallures bevredigde toen ze met het verstrijken der jaren maar geen ster werd. Dankzij *Crofty Cooks* was ze in de spotlights gebleven en had ze het knagende gevoel kunnen onderdrukken dat ze haar potentieel niet waarmaakte en noch haar droom, noch haar moeders verwachtingen ten aanzien van haar carrière verwezenlijkte. Als je moeder een van de grootste filmsterren ter wereld was, deed het pijn om een van de kleinste zijn.

Voor deze laatste aflevering had Olivia kinderen als thema gekozen. Tips om groenten en volkorenproducten in traktaties te verstoppen, bijdragen van kinderartsen over de gevolgen van suiker voor de gezondheid, plus eerder in de week gemaakte opnames over kindvriendelijke restaurants met gezond eten in LA. Live op de set waren vandaag zes kinderen tussen de vier en acht jaar die meehielpen met het maken van recepten, reageerden op de traktaties en hilarische ideeën hadden over wat volgens hen gezond was.

Welk groen eten is gezond? Pepermuntijs! Groene M&M's! Pistachepudding!

‘Tien seconden, Olivia.’ John, de productieleider, op wie ze een oogje had omdat het onmogelijk was om dat niet te hebben, stak al zijn vingers in de lucht.

‘Dank je.’

Een meisje – Amber, volgens haar naamkaartje – holde weg van de tafel in Olivia’s tv-keuken, waar ze samen met haar vriendjes een door Olivia gebakken ‘voedzame’ taart aan het eten waren, gemaakt van volkorenmeel, cacaopoeder en gepureerde pruimen voor extra vezels en zoetheid. Olivia tilde het meisje op en kietelde haar om haar aan het giechelen te maken.

‘Vijf seconden.’

Olivia maande Ambers hysterische moeder met een handgebaar naar achteren te stappen. Toen boog ze impulsief voorover – ze kon het niet laten – en snoof ze de zoete kleinemeisjesgeur op waar ze zo naar verlangde. Misschien zou ze zonder het tv-programma meer ontspannen zijn en zouden zij en Derek eindelijk zwanger worden. Dat was zo ongeveer het enige lichtpuntje dat ze kon bedenken. Ze was negenendertig en doodsbang dat het einde van haar vruchtbaarheid in zicht kwam. Weer een deur die dichtging.

Als er een deur dichtgaat, gaat er ergens anders wel een raam open. Een van de vele zelfverzonnen uitdrukkingen van haar moeder. Olivia hoopte maar dat ze gelijk had.

‘Drie, twee…’ John bleef met zijn vingers aftellen, wat voor Olivia altijd voelde als een raketlancering.

‘Hallo allemaal, welkom terug bij *Crofty Cooks*. Dit schattige kleine meisje hier is Amber.’ Ze keek het meisje aan. ‘Ik vond het superleuk vandaag. En jij? Heb je nog iets geleerd?’

Amber, met een klodder blauw suikervrij glazuur op haar wang, knikte. ‘Taart is lekker.’

‘Goed zo.’ Olivia’s hart smolt. Nee, het smolt niet: het hunkerde. Dit kleine lichaam voelde zo natuurlijk en goed aan in haar armen. Ze was van plan geweest om nog een paar uitzendingen te wijden aan het thema kinderen en eten, maar...

Met een beverige glimlach draaide ze zich weer naar de camera. 'De kinderen van vandaag zijn de volwassenen van morgen. We moeten hun een zo goed mogelijke start geven. Hoe minder zoet ze eten, hoe minder sterk hun hang naar suiker zal zijn. Voor alle aanstaande moeders onder ons: dit geldt ook voor wat je eet wanneer je zwanger bent. Dus geef je kinderen vandaag een flinke knuffel.' Olivia knuffelde Amber, die tot haar opluchting niet om haar moeder begon te gillen. 'Neem je voor hun gezond eten te geven. En als je net als ik moeite hebt met kinderen krijgen of om andere redenen kinderloos bent, verwen dan andermans kinderen met leuke dingen en activiteiten in plaats van met suiker. Heel erg bedankt voor het kijken.' Ze wist de snik in haar stem te verhullen door kort haar keel te schrapen. 'Vergeet niet gezond te eten! Amber, zwaai je mee?'

Olivia en Amber zwaaiden. Terwijl de aftiteling over het scherm rolde, zette ze Amber neer, pakte ze haar kleine, zachte handje en bracht ze haar terug naar de tafel vol smikkelende kinderen. Ze nam de tijd om naast elk kind neer te hurken en een paar woorden met hen te wisselen.

John meldde dat ze naar de reclame waren gegaan.

Het was voorbij.

Olivia glimlachte stijfjes. Ouders liepen de set op om hun kinderen op te halen en staken elkaar de loef af met de auditieroosters, dansprestaties en voedingsschema's van hun kroost. Ambers moeder, een lief uitziende blonde vrouw die opviel tussen de tijgermoeders door haar terughoudendheid, schuifelde met haar dochter op haar heup behoedzaam in de richting van Olivia, alsof het gevaarlijk was om zelfs zo'n onbeduidende beroemdheid van dichtbij te zien. Olivia schonk haar een warme glimlach. Ze hield veel meer van deze verlegen benadering dan van fans die dachten dat ze hun bezit was, die aan haar zaten, langdradige verhalen over hun familie vertelden en heel veel selfies wilden maken. De wildgroei aan camera's was een aanslag op haar privacy, al was het niet slecht voor haar ego.

'Hallo...' Ze tuurde op het naamplaatje van de vrouw. '...Jeanine.'

'Ik wilde even zeggen dat ik je programma te gek vind.'

'Dank je.' Olivia had geworsteld met de vraag of ze haar publiek moest laten weten dat vandaag haar laatste aflevering was, maar had uiteindelijk besloten de kijkers het beeld van een grienende presentatrice te besparen. Ze vond het vreselijk om fans als Jeanine teleur te stellen, maar de hoge bazen hadden dit nu eenmaal besloten. Het beste waar ze op kon hopen, was dat ze waardig het toneel kon verlaten.

'Dank je wel.'

'Mijn buurvrouw was een keer bij jou in het programma. Jullie maakten een variant op haar grootmoeders recept voor kalkoen-tetrazzini. Dat gebruikt ze nog steeds.'

Olivia straalde, alsof het haar levensdoel was om kalkoen-tetrazzini te maken. Olivia Croft was actrice, geen kok. 'Wat leuk om te horen.'

'Ik wilde ook zeggen...' Jeanine zette Amber op haar andere heup. '...dat ik je moeder een keer heb ontmoet.'

'Echt waar?' Olivia's glimlach werd natuurlijker en ze voelde de warmte door haar heen trekken, samen met het onvermijdelijke verdriet.

'Toen ik tien was. Ik wilde dolgraag actrice worden. Ik zag haar op straat. Ze was zo mooi, ook in het echt.'

'Ja.' Olivia knikte trots. Overal waar haar moeder was, werd ze nagekeken. Olivia had zich altijd een koningin gevoeld wanneer ze met haar over straat liep.

'Het was zo onverwacht en ik was zo opgewonden dat ik voor haar voeten struikelde. Letterlijk. Ik schaamde me dood.' Jeanine lachte; ze rolde met haar mooie blauwe ogen en haar wangen kleurden. 'Maar ze was zo elegant. Ze hielp me niet alleen overeind, ze bleef ook met me praten en vroeg me wat mijn interesses waren. Ze moedigde me aan om hard te werken, om vol te houden.'

'Zo was mama.' 'Geef nooit op' was Jillian Crofts mantra geweest. Olivia had het als kind net zo vaak te horen gekregen tot haar moeder er zeker van was dat haar oudste dochter het concept had geïnternaliseerd.

Jeanine schudde vol ontzag haar hoofd. 'Jillian Croft, de grote wereldster, en ze deed alsof het haar echt iets kon schelen wie ik was.'

'Dat was ook zo.' Olivia trok het kanten kraagje van Ambers roze jurkje recht. 'Ze was altijd volkomen oprecht, en dol op kinderen.'

'Ze was een groot voorbeeld voor mij.' Jeanine drukte haar lippen op Ambers voorhoofd, zo'n onbewuste mama-kus die Olivia een zucht van jaloezie ontlokte. 'Het is nooit wat geworden met het acteren, maar... ik wilde het je toch even vertellen.'

'Ik ben blij dat je het me verteld hebt, Jeanine.'

'En bedankt dat Amber mee mocht doen! Zeg eens dank je wel, Amber.' Tot Jeanines ontzetting schudde Amber haar hoofd.

'Amber heeft een drukke dag gehad.' Olivia legde een hand op het onwaarschijnlijk zachte armpje van het meisje. 'Je hebt het heel erg goed gedaan, lieverd. Maar je wilt nu vast wel naar huis, hè? Lekker thuis spelen? Misschien even een dutje doen?'

Amber knikte enthousiast. 'Spelen.'

'Oké, bedankt voor je hulp. Tot ziens.' Olivia zwaaide hen uit, de laatste gasten die de studio verlieten. Haar adrenalineniveau zakte en onmiddellijk voelde ze zich gespannen, doodop en verdrietig. Godzijdank waren haar zussen ingevlogen om bij haar te zijn, Rosalind uit New York en Eve uit Boston. Derek was op locatie ergens in Montana. Als Olivia nu naar een leeg huis terug had moeten gaan, zou ze eerst een fles whisky hebben leeggedronken en daarna de hele middag boven de wc hebben gehangen. Maar nu hadden Eve en Rosalind inkopen gedaan voor een picknick op Zuma Beach, terwijl Olivia bezig was op de set.

Ze nam met warme, verscheurde gevoelens afscheid van het team, waarbij ze nadrukkelijk iedereen bij zijn voornaam noemde en persoonlijk bedankte voor alles wat ze hadden gedaan om haar werk gemakkelijker te maken. Dat had ze ook van haar moeder geleerd. 'Vergeet nooit wat mensen voor je doen, hoe weinig het ook is.'

Ten slotte liep ze naar haar zussen toe, opgelucht dat ze nu bij mensen kon zijn bij wie ze kon instorten als ze dat wilde.

'Je deed het geweldig.' Rosalind, de middelste zus, met bruine haren en een vrije geest, omhelsde haar, terwijl Eve, de jongste van het stel, op haar beurt wachtte.

Rozzy zag er vandaag verrassend normaal uit in een roze kniebroek met een effen geel shirt. Meestal zocht ze de grenzen van de mode op en ging ze daar ook overheen. Eve ging daarentegen gekleed alsof ze het liefst wilde verdwijnen – gedempte kleuren in een klassieke stijl. Vandaag droeg ze een marineblauwe gebloemde broek en een eenvoudig wit T-shirt.

Het leven van beide zussen was afgelopen jaar drastisch veranderd, gelukkig ten goede. Dat van Olivia was ook veranderd, maar dan ten kwade.

'Dank je. Dank jullie wel dat jullie gekomen zijn.' Ze beantwoordde de omhelzing van haar zussen innig en vocht tegen de tranen die opwelden in haar keel. 'En laten we er nu als de wiedeweerga vandoor gaan.' Ze beende naar de uitgang en Eve en Rosalind haastten zich achter haar aan.

'Gaat het?' vroeg Eve.

'Daar wil ik nu niet over nadenken.' Ze won het gevecht tegen haar tranen en liep in het schitterende juniweer van LA naar de kleine parkeerplaats waar ze de afgelopen vijf jaar haar auto had geparkeerd.

'Laten we gaan feesten in Malibu.'

'O, leuk.' Rosalind zuchtte vergenoegd. 'Dat heb ik in geen jaren iemand horen zeggen.'

Olivia viste haar telefoon uit haar tas om te zien of Derek haar een woord van steun of troost had gestuurd. 'Waarschijnlijk omdat je hier in geen jaren bent geweest.'

'Goh, zou het dat zijn?' Rosalind klonk eerder geamuseerd dan geergerd. Het was moeilijk om haar boos te krijgen. Eve kon daarentegen soms reageren als een peuter van wie snoep werd afgepakt.

Geen bericht van Derek. Hij kon het onmogelijk vergeten zijn. Aan de andere kant: hij bleef natuurlijk een man.

Een e-mail van Susan, de receptioniste van de studio. Olivia bleef een halve meter voor haar auto staan, een felrode Audi RS7, waar ze helemaal weg van was omdat hij zo snel en luxueus was. In LA was de auto waar je in reed net zo belangrijk als je huis – je bracht er ook ongeveer evenveel tijd in door.

'Wat is er?' vroeg Rosalind.

'Wat gek.' Olivia hield haar telefoon omhoog. 'Ik krijg een e-mail van de receptioniste van de studio. Raad eens wie er net voor me belde?'

'Steven Spielberg?'

'Martin Scorsese?'

'Haha.' Ze wierp haar zussen haar fameuze minachtende blik toe. 'Nog veel gekker. Dereks ex-vrouw, Jade.'

'Heb je contact met haar dan?' Rosalind ontgrendelde de auto en gaf de sleutel aan Olivia.

Olivia gaf hem terug. 'Rij jij maar. Ik kleed me om in de auto. En nee, natuurlijk niet. Ze zijn al twaalf jaar uit elkaar. We zijn acht jaar getrouwd. Ik heb die vrouw nog nooit ontmoet.'

'O nee. Ik niet. Ik ga echt niet in LA rijden.' Rosalind stak de sleutel uit naar Eve.

'Vergeet het maar.' Eve stak haar handen omhoog en weigerde de sleutel aan te nemen. 'Wat vreemd, dat van Dereks ex. Denk je dat hij contact met haar heeft?'

'Niet voor zover ik weet. Maar het was een vreedzame scheiding, dus ik zou het niet erg vinden als het zo was. Wie zal het zeggen?' Olivia ging op de achterbank zitten, waar ze die ochtend haar strandkleren had neergelegd voordat ze naar de studio was gegaan. 'Kom op, we gaan. Eve, jij rijdt.'

Eve kroop mopperend achter het stuur.

'Rosalind, hoe kun je nou níét in LA willen rijden?' Olivia schopte haar Walter Steiger-pumps uit. 'Je woont nota bene in New York!'

'Ik rij niet in New York.' Rosalind ging op de bijrijdersstoel zitten. 'Ik ben toch niet gek.'

'Vind jij.'

'Haha.' Rosalind pakte haar telefoon. 'Ik kijk wel even wat de snelste route is.'

'Gebruik toch het navigatiesysteem van de auto.'

'Nee, ik ben hieraan gewend.' Rosalind tikte op haar schermpje en bestudeerde het. 'Binnendoor is sneller, maar dat scheelt maar een kwartier. Laten we de kustweg nemen. In de stad is het verkeer vreselijk, maar daarna niet meer.'

Olivia gespte de brede leren riem los die ze als accessoire om haar etuijurk van Carolina Herrera had gedragen. Van de drie zussen was zij de enige die iets over mode had geleerd, ondanks hun moeders inspanningen om hun dit alle drie bij te brengen. *Met kleding maak je het beste van een slechte situatie.* 'Waar hebben jullie boodschappen gedaan?'

'Bij Bristol Farms in West-Hollywood.' Eve keek naar links en naar rechts en drukte het gaspedaal in. Dankzij de v8-motor schoot de auto naar voren. Ze slaakte een kreet en begon nerveus te giechelen. 'Die auto van jou is een raket!'

'We hebben gegrilde artisjokken gehaald, tabouleh, kaasjes, stokbrood, druiven, choco –' Rosalind gilde. 'Kijk uit!'

'Ik kijk uit. Híj keek niet uit.'

'We zijn hier opgegroeid. Jullie hebben hier je rijbewijs gehaald.' Olivia wurmde zich uit haar jurk. 'Wat is er met jullie stoere LA-rijstijl gebeurd?'

'Verdwenen toen ik verhuisde,' zei Eve. 'Boston is een gekkenhuis, maar ik ga niet met de auto naar de stad.'

'We hebben hier meer dan tien jaar geleden voor het laatst gereden. Het verkeer is veel erger geworden.' Rosalind sloot haar telefoon aan op de USB-poort van de auto. Een elektronische stem begon aanwijzingen te geven. 'Eve en ik konden gewoon niet geloven hoe druk het geworden is.'

Olivia knikte, terwijl ze haar felroze bikinibroekje aantrok. 'Het is inderdaad drukker geworden. Ik overweeg serieus om een tweede huis te kopen om aan de hectiek te ontsnappen. In het noorden van Californië of in Maine. Het was stom van ons om het huis van papa en mama in Stirling te verkopen.'

'Zou kunnen...' zei de immer diplomatieke Rosalind. 'Nogal veel herinneringen daar.'

'Zullen we samen een huis kopen?' Olivia haakte haar beha los en deed het bovenstukje van haar bikini aan.

'Het lijkt me heerlijk om daar een huis te hebben,' zei Eve. 'Het is niet zo ver rijden van Swampscott.'

'Dat ligt eraan waar je iets koopt,' zei Rosalind. 'Ik neem aan dat je aan de kust bedoelt. Misschien in de buurt van papa en Lauren.'

'Natuurlijk aan de kust. Je denkt toch niet dat ik bij oma Betty tussen de elanden wil zitten?' Olivia trok over haar bikini een witte tuniek met kant aan, terwijl Eve tegelijk met een groot deel van de vier miljoen inwoners van Los Angeles ergens probeerde te komen.

'Heb je nog audities in de pijplijn, Olivia?'

'Eentje'. Ze probeerde niet te laten doorklinken hoe erg ze dat vond. 'Voor een film over buitenaardse wezens. Een hoogtepunt voor een carrière in een dal. Als dat niets wordt... Geen idee. Ik ben bang dat stress onze babyplannen geen goed doet.'

'Misschien is het wel slim om even een pauze in te lassen.' Eve reed op hoge snelheid door oranje. 'Ik kan me voorstellen dat dat het probleem is.'

Rosalind draaide zich met een brede grijns om. 'Ik kan niet wachten tot ik de gekke tante van dat arme kind zal zijn.'

'Jij krijgt er misschien wel eerder eentje dan ik.' Olivia deed haar gordel om en leunde met haar hoofd tegen de hoofdsteun. Een pauze klonk misschien goed, maar wie weet kwam de rol van haar leven wel voorbij terwijl ze lag te dutten. Zoals mama zou zeggen: een huiskat kan geen roedel wolven leiden. 'Heeft Bryn al een aanzoek gedaan?'

'Nee.' Rosalind wuifde die suggestie weg. 'Maar zelfs als we binnenkort zouden gaan trouwen, wil ik wachten met kinderen krijgen.'

'Wacht niet te lang, zou ik zeggen.' Olivia zuchtte en keek naar de voorbijglijdende gebouwen en winkelpanden. Langzaam vielen haar ogen dicht; ze voelde zich opeens doodmoe. Haar zus had Bryn, een beeldhouwer en een geweldig leuke vent, vorige herfst ontmoet, toen ze de dappere reis naar New Jersey had gemaakt om haar biologische moeder te vinden. 'Je weet nooit hoeveel tijd het nodig heeft.'

'Dat is waar.'

Ze was zich vaag bewust van haar zussen die verder kletsten. Toen stopte de auto en zette Eve de motor uit.

Olivia kreeg met moeite haar ogen open en zag dat ze op de parkeerplaats bij Zuma Beach waren. 'Wauw. Hoelang heb ik geslapen, een uur?'

'Zoiets.' Rosalind duwde het portier open en liet een zalige zeebries binnen. 'Woehoe! Dit strand is super. Wat geweldig om weer terug te zijn.'

'Ja, inderdaad.' Eve stapte uit en Olivia volgde haar voorbeeld. Zuma was ook een van haar lievelingsstranden; bijna vijf kilometer lang, zelden druk, met weinig golfslag en dus ideaal om te zwemmen.

Ze pakten de picknickmand, de deken en handdoeken uit de kofferbak en zochten een plekje uit op het uitgestrekte zandstrand. Boven hun hoofden krijsten de meeuwen en een warme wind dreef vanaf de oceaan hun kant op.

'Eerst zwemmen of eerst eten?'

'Eten!' Rosalind legde een hand op haar buik. 'Ik val om van de honger.'

'Klinkt goed.' Eve spreidde de deken uit en begon uit te pakken. 'Olivia, ga lekker zitten en laat je verwennen.'

'Dat is een van de weinige dingen waar ik echt heel goed in ben.' Ze strekte zich uit op een handdoek en besprenkelde haar haren en huid met Clarins-zonnebrandcrème. 'Hoe gaat het met het architectenbestaan, Eve?'

‘Weinig werk, maar niet slecht.’ Eve opende een potje met zalig ogende gegrilde artisjokharten, een groente die wat Olivia betrof rechtstreeks uit het paradijs kwam. ‘Ik kreeg gisteren weer een klus op Washington Island aangeboden.’

‘Je meent het!’ Rosalind smeerde zich royaal in met zonnebrandcrème. ‘Wat geweldig.’

‘Je kunt wel naar Wisconsin verhuizen,’ zei Olivia. ‘Dat zou Clayton vast leuk vinden.’

Eve haalde haar schouders op, nadrukkelijk de hint negerend. Olivia was razend nieuwsgierig of er al seks was geweest met de man die Eve aan het begin van de lente op het eiland had ontmoet. Uiteraard zou het erg onbeleefd zijn om haar dat rechtstreeks te vragen. ‘Dus hebben jij en Clayton het nu eindelijk al gedaan?’

‘Olivia!’ Rosalind sloeg haar hand voor haar mond om haar grijns te verbergen.

Eve’s vernietigende blik was bijna even goed als die van Olivia.

Olivia schoot in de lach. ‘Ik wil jullie gewoon graag gelukkig zien.’

‘Jij bent echt de eerste aan wie ik dat niet ga vertellen. Hoe dan ook, het is een leuke klus. Ontwerp voor een nieuw interieur. Ik denk dat ik het ga doen. Maar verhuizen, nee. Wisconsin is een mooie staat, en Lake Michigan is leuk, maar...’

‘Het is maar een meer.’ Olivia gebaarde naar de branding en snoof de zilte zeelucht op. ‘Ik woon hier al mijn hele leven en vind het nog steeds geweldig dat ik wanneer ik maar wil naar dit soort stranden toe kan gaan. Ik ben echt een oceaanmens. Mama was er ook dol op. Meer nog dan papa, denk ik.’

Haar zussen wisselden een blik. Olivia liet zich daardoor echter niet uit het veld slaan. Sinds vorige zomer, toen de drie zussen hadden ontdekt dat hun moeder geen kinderen kon krijgen, vonden Eve en Rosalind het ongemakkelijk om over hun moeder te praten. Alsof ze niet echt hun moeder meer was.

Wat Olivia betreft, was Jillian Croft haar moeder, punt uit. Als ze haar toevlucht had genomen tot... creatieve manieren om kinderen te krijgen, waardoor iedereen, inclusief haar kinderen, dacht dat ze van haarzelf waren, vond Olivia dat alleen maar sterk van haar.

Natuurlijk lag het niet zo eenvoudig. Vrouwen inhuren en die door je man laten bezwangeren terwijl je zelf rondliep in zwangerschapskleren, was behoorlijk gestoord. Maar Olivia vond het vermoeiend om na te denken over de ethische complicaties, vooral omdat het een vrouw betrof die ze altijd verafgood en aanbeden had. Dus had ze besloten haar kop in het zand te steken. Ze had het zelfs niet eens aan Derek verteld.

'Het strand was de enige plek in Californië waar mama altijd incognito naartoe ging, weten jullie nog? Ze wilde niet dat iemand haar zon- en surftijd verstoorde.' Olivia stak haar vingers in het zand en schepte een handvol warm zand op. 'Als kind nam ze me hiermee naartoe om in het zand te spelen. Ik was vastbesloten om een gat naar China te graven, en diep teleurgesteld dat ik nooit genoeg tijd had om zo ver te komen.'

'Wat schattig.' Eve overhandigde haar een stukje stokbrood met iets wits erop wat geitachtig en zalig smaakte. 'Ik kan me mama niet echt herinneren op een strand.'

'Je was ook nog jong toen ze stierf.' Olivia kauwde, maar het bekende verdriet temperde het kaasgenot. Eve was elf toen hun moeder op oudejaarsavond 2001 vlak voor middernacht per ongeluk een overdosis medicijnen nam. Rosalind was zestien en Olivia twintig. Olivia had hun moeder langer gekend dan haar zussen, en was ook het hechtst met haar geweest, met name door hun gedeelde liefde en ambitie voor acteren.

'Waar is Derek deze keer?' Rosalind nam nog een artisjok en wat kaas. Olivia kon het niet uitstaan dat Rosalind met haar stevige turnlijf eindeloos kon dooreten zonder steviger te worden. Eve was nog erger, altijd te dun, hoewel ze gelukkig niet meer dat eng magere figuur had dat ze had gehad voordat ze haar sentimentele vriendje had gedumpt en Clayton had gevonden. Als gevolg van de stress vanwege haar mysterieuze onvruchtbaarheid en het schrappen van haar programma was Olivia in ieder geval op het door haar gewenste gewicht en kon ze zonder al te veel schuldgevoel kaas eten.

Oké, misschien wel met veel schuldgevoel, maar ze zou straks gewoon dubbel zo hard sporten. In een stad van stokken verkleed als vrouwen wilde ze niet dat haar gewicht de reden was dat ze geen rol kreeg.

'In Montana. Hij moest een ranch vinden voor een film over kinderen met speciale behoeften die leren paardrijden. De regisseur had allerlei ideeën over hoe groot de ranch moest zijn, welke kleur, welke sfeer er moest hangen, hoeveel bomen, hoeveel paden, hoeveel paarden. Derek werd er gek van. Maar hij heeft hem gevonden.' Olivia was trots op haar man. Hij vond zijn baan als locatiescout leuk, en zij vond het leuk dat hij vaak weg was. Hun huwelijk liep veel beter wanneer ze hem miste en dan heel blij was als hij weer terugkwam. En dat telkens weer.

'Ik ben zo benieuwd wat zijn ex wilde.'

Olivia pakte haar telefoon. 'Ik kan me niet herinneren of ze een num… Wacht. Nog een mail van Susan.'

'Heb je niet iemand die je e-mails leest?' vroeg Rosalind liefjes.

'Niet meer.' Olivia zei het kortaf om minder van streek te lijken dan ze was. Haar assistent Donna had een andere baan gevonden, en Olivia had moeten aanvaarden dat het met het einde van het programma in zicht geen zin had een nieuw iemand in te huren. 'Mijn God, Jade heeft weer gebeld en vraagt of ik haar terug wil bellen. Ze zegt dat het belangrijk is.'

'Tjee.' Eve staarde haar aan, een lepel tabouleh in haar hand. 'Wat vreemd. Zou alles goed zijn met Derek?'

'Natuurlijk is alles goed met hem.' Olivia's hart begon te bonzen. 'Waarom zou iemand háár benaderen als dat niet zo was?'

'Nou, bel haar terug,' zei Rosalind ongeduldig. 'Ik wil weten wat ze te vertellen heeft.'

Olivia voelde zich ongemakkelijk. Ze wist niet waarom, maar ze stond niet te popelen om erachter te komen wat de ex van haar man zo belangrijk vond. ‘Nu meteen?’

‘Waarom niet?’

Ze kon geen reden bedenken, dus tuurde ze naar het bericht, geïrriteerd dat ze de kleine lettertjes steeds moeilijker kon lezen. ‘Oké, dan bel ik haar.’

Jade nam direct op. ‘Olivia.’

‘Hallo Jade, wat is er?’ Olivia wilde geen tijd verspillen aan een kletspraatje. Derek en Jade hadden elkaar tijdens hun studie leren kennen, waren getrouwd en binnen een jaar weer gescheiden, zonder kinderen en zonder wrok.

‘Ik heb vandaag naar *Crofty Cooks* gekeken.’

‘O.’ Olivia rolde met haar ogen naar haar zussen en stak de telefoon naar hen uit, zodat ze Jade konden horen zeggen dat ze de uitzending geweldig vond, of dat ze een oud familierecept had dat ze wilde inbrengen in het programma dat ter ziele was. ‘Wat leuk.’

‘Toen je het had over onvruchtbaarheid... Jij en Derek. Ik kan het niet... Het spijt me, ik ben helemaal overstuur.’

Olivia fronste haar wenkbrauwen. Was zíj overstuur? ‘Oké.’

Rosalind kroop op haar knieën dichterbij om het beter te kunnen horen.

‘Zijn jullie het aan het proberen?’ vroeg Jade.

‘Ja.’ Dat was nogal duidelijk.

‘Ik kan het niet geloven.’

Olivia en haar zussen wisselden een blik. ‘Jade, waar heb je het over?’

‘Derek wilde nooit kinderen.’

Olivia maakte een sputterend geluid. ‘Nou, dat is dan veranderd. Waarom bel je me?’

‘Het spijt me. Het spijt me, ik pak het helemaal verkeerd aan.’

Olivia deed alsof ze de telefoon in het zand gooide, in de verwachting dat Rosalind en Eve zouden grinniken. Maar dat deden ze niet. ‘Wat pak je verkeerd aan?’

'Toen wij getrouwd waren, wilde Derek geen kinderen. Dus is hij... gesteriliseerd.'

Eve en Rosalind hapten naar adem en deinsden terug alsof ze geen woord meer wilden horen. Olivia bleef verstijfd met de telefoon aan haar oor zitten en probeerde te bevatten wat Jade zojuist had gezegd.

'Dat is bespottelijk.' Haar stem klonk te hoog en bij lange na niet bot genoeg.

'Het spijt me zo, Olivia. Ik kon het gewoon niet geloven toen je zei dat jullie problemen hebben. Ik begreep er niets van. En toen... Ik bedoel, ik weet dat Derek in staat is om...' Jade zuchtte geërgerd. 'Laat ik het hier maar bij houden. Je kent hem inmiddels vast beter dan ik.'

Rosalind en Eve keken naar Olivia met dezelfde ernstige, trieste blik op hun gezicht. Ze geloofden echt wat ze hoorden.

Dit was absurd.

'Kennelijk heeft hij het ongedaan gemaakt. Na jullie scheiding.' Hoewel die operatie geen garantie op succes bood. En waarom zou hij dat niet hebben verteld? 'Dat moet hij gedaan hebben.'

'Misschien. Maar hij was er zo stellig over dat hij nooit kinderen wilde. Het spijt me, ik wilde gewoon even zeker weten dat je het wist. Hij kan nogal... Nou ja, hij weet wat hij wil en wanneer hij het wil. Maar dat weet jij inmiddels ook.'

Haar vrees sloeg om in woede. 'Weet je, ik wil eigenlijk mijn man niet meer met jou bespreken.'

'Nee. Natuurlijk. Het spijt me. Ik wilde gewoon dat je het wist.'

'Oké, bedankt.' Olivia hing op en lachte vals. 'Wat een tijdverspilling.'

'Olivia...' Rosalinds meelevende blik werkte als een rode lap op een stier.

'Mijn man is niet gesteriliseerd.' De geitenkaas maakte salto's in Olivia's maag. 'Hij zou me toch nooit met opzet door deze jarenlange hel slepen. Onmogelijk.'

'De dokter zei dat er met jou niets mis was...'

'En met hem ook niet.'

Eve's gezicht was grauw van bezorgdheid. 'Heeft de arts je dat verteld? Of Derek?'

Olivia keek haar getergd aan, boos op haar logische redenering. Derek had het haar verteld.

'Misschien is dat de reden dat de dokter weigerde om kunstmatige inseminatie te proberen. En waarom Derek geen ivf wilde.' Rosalind zag er even ziek uit als Olivia zich voelde. 'Misschien wisten ze allebei dat het geen zin had.'

'Onze dokter is volledig betrouwbaar. Hij zou het me zeker verteld hebben als Derek het probleem was.'

'Medisch beroepsgeheim.' Eve sprak de woorden uit als een doodvonnis. 'Een arts mag geen medische informatie delen zonder toestemming van de patiënt.'

'Wat ik wil weten, is waarom Derek het je niet verteld heeft.' Rosalind had haar handen op haar heupen gezet, de engel der wrake in roze en geel. 'Als het waar is, en hij je dit met opzet heeft aangedaan, zal ik –'

'Ik help je,' zei Eve.

'Nee. Zoiets zou hij me nooit aandoen. Als hij al gesteriliseerd was, heeft hij het ongedaan gemaakt. Ik bel hem nu op om het hem te vragen. Dan weten we het meteen.' Olivia pakte haar telefoon, peinzend hoe ze de vraag moest formuleren, en kwam tot de slotsom dat er geen goede formulering mogelijk was. 'Waar ben ik mee bezig? Ik kan het hem niet vragen. Ik zou hem ongelofelijk beledigen als ik toegeef dat ik geloof dat het waar kan zijn. En ik geloof het niet.'

Rosalind en Eve leken niet overtuigd.

'Bovendien: als je het hem vraagt, ontkent hij het gewoon.' Rosalind ging weer zitten. 'Hij weet vast dat je geen bewijs hebt. Hij kan zijn ex afschilderen als een wraakzuchtig mens, zijn woord tegen het hare, zo'n soort verhaal. Je weet niet of hij de waarheid spreekt of niet.'

'Dat weet ik wel. Ik weet het gewoon.' Olivia wist dat ze klonk alsof ze op het punt van instorten stond. 'Er is vast een volkomen normale, logische en sluitende verklaring voor.'

Eve beet op haar onderlip en zag er zo mooi uit dat het gewoon oneerlijk was. 'Ik denk dat je die verklaring net gehoord hebt. Van Jade.'

Olivia stond op, wankel en misselijk, woedend dat haar ellendige dag, die met deze gezellige familiepicknick opgefleurd zou worden, nu nog ellendiger geworden was. 'Waarom zou ik haar vertrouwen in plaats van mijn eigen man? Hoe weet ik dat ze niet gewoon wraakzuchtig is en een spelletje met me speelt?'

'Twaalf jaar na een vreedzame scheiding?' vroeg Rosalind. 'Waarom zou ze opeens wraakzuchtig worden?'

Olivia kon het niet uitstaan dat haar zussen allebei zo kalm en rationeel waren over zoiets absurds. Ze zouden allemaal hysterisch gillend rondjes in het zand moeten rennen. Zij stond in elk geval op het punt om dat te doen. 'Als ik Derek niet kan vragen wat er aan de hand is, hoe moet ik dan bewijzen dat dit een bizarre list van Jade is om me gek te maken?'

Het bleef stil.

'Zie je wel?' Ze stak geërgerd haar handen in de lucht. 'Het is onmogelijk.'

Somber zwijgend zaten ze bij elkaar, met het geluid van blij roepende kinderen dat meerolde op de golven als surrealistische achtergrond voor hun gedachten.

'Wacht eens!' Rosalinds ogen lichtten op en ze stak haar hand op. 'Het is wel mogelijk. Ik heb iets bedacht.'

Hoofdstuk 2

5 augustus 1993 (donderdag)

Vandaag heb ik een openbaring gehad. Mijn vriendin Josie, die psychologe is, had het over een geestesziekte waar ik nog nooit van had gehoord: narcistische persoonlijkheidsstoornis.

Dat is mijn moeder.

Aan de ene kant voelde ik immense opluchting. Mijn afschuwelijke jeugd in dat huis en mijn afschuwelijke relatie met haar waren niet mijn schuld. Ik schrijf het nog een keer op: ze waren niet mijn schuld. Van huis weglopen op mijn zeventiende was geen daad van wreedheid tegenover haar; het was een vorm van zelfbehoud.

Deze kennis is vrijheid. Wat een vrijheid! Tijdens al mijn therapiesessies heb ik zoveel over mezelf verteld als ze maar wilden, maar zodra ze over mijn ouders begonnen, mompelde ik alleen maar dat ze streng waren. Meer wilde ik er niet over kwijt. Ik kon zelfs mijn therapeut niet vertellen over mijn misvorming, die ik altijd in mijn achterhoofd had wanneer het over mijn moeder ging, de grote en verschrikkelijke Betty Moore, die het niet nodig vond dat ik wist wat er mis met me was. Ze wilde niet eens dat de dokter het me vertelde. Ze moet vast gedacht hebben dat mijn fysieke aandoening haar in een slecht daglicht stelde. Het draaide alleen om haar.

Dat is het bevrijdende deel van dit nieuwe inzicht in mijn moeder. Aan de andere kant is er geen remedie voor een narcistische persoonlijkheidsstoornis, wat betekent dat wat ik mijn leven lang al wil, namelijk dat mama me ziet, me begrijpt en van me houdt, onmogelijk is.

Hoe laat je een levenslange wens los? Je zet het denk ik van je af en rouwt erom. Het ironische is dat de buitenwereld mij ziet als de belichaming van al hun fantasieën. Dat is de rol die ik voor hen speel. Ze hebben geen flauw benul van mijn dagelijkse hel.

Olivia deed de oven open en tilde een hoekje van het aluminiumfolie op waarmee ze haar grootste ovenschaal had bedekt. Ze prikte in de spareribs. Perfect. Mals, maar stevig.

Ze haalde de schaal eruit en zette hem op haar professionele Wolf-kookplaat, een vijfpitter, waar ze met een ietwat onnatuurlijke passie van hield. Het enige wat de spareribs nog nodig hadden, was even onder de grill en nog een keer bedruipen met haar speciale barbecuesaus, een mengvorm van al haar favorieten. Verse chilipepertjes voor frisse pittigheid, stroop voor een diepe smaak, azijn voor een zuur accent, en ketchup omdat dat er gewoon bij hoorde.

Op de keukentafel stond maïsbrood af te koelen. Verse roomboter om het mee te besmeren lag op het aanrecht zacht te worden. Op het vuur pruttelde boerenkool, op smaak gebracht met een Berkshire-varkenskluif. Als dessert stond onder Olivia's favoriete taartstolp van geëtst kristal een kokostaart van drie lagen te wachten.

Dereks lievelingsmaal, dat hij als kind in Biloxi vaak at, en dat Olivia thuis uitsluitend bij speciale gelegenheden maakte vanwege het verbijsterende aantal calorieën in elk gerecht. Al die gerechten samen in één maaltijd betekende een overdosis vet, en dus funest voor zowel haar kansen op de arbeidsmarkt als haar hart.

Ze betwijfelde of ze veel zou eten.

Buiten, op de speciaal voor hen ontworpen patio, was de teakhouten tafel al gedekt. Op blauwe stoffen placemats stond hun huwelijksporselein met de kobaltblauwe en gouden rand, geflankeerd door mama's zilveren bestek, dat Rosalind en Eve niet hadden gewild, en Olivia juist heel graag. Naast elk bord lag een roze linnen servet met hun initialen erop, een kleur die terugkwam in het bloemstuk met orchideeën en de roze kaarsen in de kristallen kandelaars. Waterford-bierglazen stonden te wachten op Dereks favoriete IPA van San Diego's Stone Brewing Company.

Alles was klaar. Derek kon elk moment thuiskomen van het vliegveld.

Olivia kon wel kotsen.

Toen Rosalind dit duivelse plan twee weken geleden op Zuma Beach had voorgesteld, had Olivia het direct verworpen. Ze ging geen spelletjes spelen met haar man. Als ze problemen hadden, zou ze hem daarmee confronteren. Geleidelijk aan hadden Rosalind en Eve met tegenzin teruggekrabbeld toen ze Olivia's oprechte verontwaardiging hadden gezien.

Maar het zaadje was geplant, het schoot wortel en groeide met de dag. Als Derek haar dit had aangedaan, deze ongelooflijk wrede en gemene streek...

Olivia sloot haar ogen en greep de rok van haar rode viscose jurk beet. Ze had haar zussen niet verteld dat ze van gedachten was veranderd. Ze had het helemaal niemand verteld. Zelfs nu nog kon ze nauwelijks geloven dat ze zo ver was gegaan. Alstublieft God, bad ze, laat deze avond eindigen in geruststelling en diepe schaamte dat ik Derek ooit had kunnen verdenken van iets anders dan normaal mannelijk egoïsme.

Hun huwelijk was niet perfect, maar Olivia had beloofd bij hem te blijven en ze wilde die belofte heel graag gestand doen. Tenzij hij haar met opzet de meest ellendige en angstige jaren van haar leven had bezorgd. Ze schudde haar hoofd en weigerde dat te geloven, omdat het gewoon niet waar kon zijn. En dan zou deze maaltijd een oprecht welkomstmaal worden in plaats van een list. Alstublieft God...

Haar telefoon trilde. Weer een berichtje van Derek.

Ben er over vijf minuten. Mijn hemel, na Montana is LA alsof je in een lift met ongewassen marathonlopers staat die vlooien hebben.

Olivia glimlachte. Ja, de arme man had helaas het mannelijke defecte gen, net als alle andere mannen, maar hij kon ook grappig en charmant zijn, en haar hart maakte nog steeds een sprongetje wanneer hij na een reis thuiskwam, net zoals op de dag dat hij de bar van Vincenti Ristorante in Brentwood was binnengelopen. Ze had met een glas nebbiolo aan de bar gezeten toen haar hart geen sprongetje, maar een reuzensprong had gemaakt. Derek had haar die eerste avond al ten huwelijk gevraagd, en daarna drie weken lang elke avond, tot ze was gezwicht en ja had gezegd, op voorwaarde dat er een lange verloving zou komen.

Vanavond, acht jaar na hun fantastische, grootse bruiloft in Hawaii, zou allesbepalend zijn. Voor hun huwelijk en haar vertrouwen.

Haar glimlach verbleekte en ze stuurde een bericht terug. We kunnen altijd nog naar Montana verhuizen.

Ik ga nog liever in een bad vol schorpioenen liggen.

Oké. Dan maar vastzitten in het verkeer. Tot zo.

Vijf minuten.

Ze liep naar de badkamer om te controleren of haar make-up goed zat en haar haren precies op de juiste manier langs haar gezicht en schouders vielen. Het zou niet meevallen om er stralend uit te zien nu ze zo bang was, maar ze was per slot van rekening actrice. Het zou haar lukken. Haar moeder zou het ook gelukt zijn. Haar moeder had er als het moest zorgeloos uit kunnen zien terwijl ze met granaten jongleerde. 'Als het je te veel wordt, doe dan maar alsof.'

Rammelend ging de garagedeur open.

Ze probeerde haar zenuwen te bedwingen en liep zo ontspannen mogelijk naar de achterdeur. Zodra ze de patio op liep, had ze een brede glimlach op haar gezicht getoverd. Haar hart bonkte zo snel dat ze er duizelig van werd.

Derek stond op de inrit en had de kofferbak geopend van de Porsche Boxster, die ze voor hem had gekocht toen ze vijf jaar getrouwd waren. Hij haalde zijn koffer eruit. Haar knappe echtgenoot. Lang en donker, zijn dikke haar samengebonden in een keurige paardenstaart, een zwarte zijden blazer op een zwarte spijkerbroek en met zwarte laarzen eronder. Absurd aantrekkelijk.

Hij deed de kofferbak dicht, zette twee stappen en zag haar toen pas staan.

'Hé.' Hij zette zijn koffer neer, grijnsde, en sprintte plotseling op Olivia af. Ze deinsde met een gilletje terug, ook al wist ze dat hij op tijd zou stilstaan, haar op zou tillen en zou zoenen tot ze allebei besmeurd waren met haar lippenstift en ze ademloos in de lach zou schieten. Hoe moest ze nou geloven dat deze man haar verraden had?

'Dag vrouwlief.' Hij had nog steeds zijn armen om haar heen en drukte zijn voorhoofd tegen het hare.

'Dag manlief,' zei ze moeizaam, ontzet dat ze hem had kunnen verdenken van zoiets laaghartigs. Derek hield van haar. Hij was dol op haar. Ze zou zich de gelukkigste vrouw ter wereld moeten voelen. Ze stond te popelen om haar twijfels te verjagen en haar argwanende, veroordelende zussen te laten weten dat ze het mis hadden.

'Jij bent echt de meest sexy vrouw in de hele staat Californië.' Zijn handen gleden over haar rug en bleven op haar billen rusten. Hij trok haar tegen zich aan, zodat ze zijn erectie kon voelen.

Olivia kreeg opeens ontnuchterende gedachten over wat ze zou willen doen met die bobbel als ze erachter kwam dat hij bewust, maand na maand, jaar na jaar, met losse flodders had geschoten.

'Het eten staat klaar.'

'Het eten kan wel even wachten.' Hij trok haar jurk bij de zoom omhoog.

'Dit eten niet.' Ze trok zich terug. Absoluut geen seks totdat ze haar antwoord had.

'Ik wil maar één ding opvreten en dat ben jij.'

'Spareribs, maïsbrood, boerenkool, kokostaart. Seks komt straks.' Ze trok haar wenkbrauwen op alsof ze op zijn beslissing wachtte, ook al wist ze dat ze hem in haar macht had.

'Vooruit dan maar.' Hij keek naar de tafel en zijn mond viel open. 'Wauw. Waar heb ik dit aan te danken?'

'Je bent thuis. En ik heb iets geweldigs te vertellen.'

'Hm, laat me raden.' Hij knipte met zijn vingers. 'Je hebt een jacht voor me gekocht, zodat we het vuurwerk woensdag vanuit de baai kunnen bekijken?'

'Eh... goed idee, maar nee. Kom binnen. Neem een biertje. Praten we straks verder.' Ze draaide zich om naar de keuken en slaagde erin om even vrolijk en enthousiast te klinken als ze zou moeten klinken. Ze was niet voor niets Jillian Crofts dochter. 'Heb je honger?'

'Ik rammel. Waardeloos eten in het vliegtuig. Ik kreeg geen hap door mijn keel. Wauw, wat ruikt het hier lekker.' Hij greep haar van achteren beet en trok haar weer tegen zich aan. 'Fijn om weer thuis te zijn.'

Olivia draaide zich om voor een kus en legde haar hand op zijn stoppelige wang. 'Fijn dat je er weer bent. Je blijft even, toch? Biertje?'

'Graag.' Hij liet haar los en volgde haar naar de keuken. 'Ja, mijn volgende klus is interieurs vinden voor een korte film die zich afspeelt tijdens de Dust Bowl. Gewoon hier in de stad.'

'Leuk.' Ze schonk voor hem een biertje in en voor zichzelf nog een whisky met ijs. Eenentwintig jaar oude Macallan. Daar was het de avond voor. Ze had vóór zijn komst al een flinke bel genomen. Moed indrinken, had haar moeder dat genoemd, hoewel Olivia betwijfelde of ze die moed in die fles ging vinden.

'Wauw, die taart.' Derek liep op de taartstolp af en raakte verlangend het gepolijste kristal aan. 'Je bent echt een chef-kok, schatje. Dit ziet er fantastisch uit.'

'Begenadigd amateur.' Olivia nam een slokje van haar whisky, die zacht en troostend in haar keel gleed. 'Gewoon om te laten zien dat ik blij ben dat je er weer bent.'

'Dank je.' Hij nam een grote slok bier en zijn adamsappel ging op en neer rond het citaat van Philip Sidney dat hij in zijn hals had getatoeëerd: IK VIND EEN WEG EN ANDERS MAAK IK DIE.

'Klaar om te eten?' Ze haalde het aluminiumfolie van de spareribs.

‘Terwijl deze onder de grill staan, kunnen we vast beginnen met de ingemaakte garnalen van je moeder.’

‘O mijn God.’ Hij pakte de ovenschaal op, zette een stap en draaide zich toen bezorgd om. ‘Al mijn lievelingseten... Weet je zeker dat het geen slecht nieuws is en je de klap wilt verzachten?’

‘Nee.’ Ze glimlachte liefdevol en hoopte maar dat het niet te overdreven was. ‘Integendeel.’

Dereks hoge jukbeenderen ontspanden. ‘Gelukkig. Ik zet de grill wel even aan.’

‘Dank je.’ Zodra hij haar de rug toekeerde, dronk Olivia haar glas leeg en schonk ze zichzelf bij. Ze pakte de in azijn en citroen gemarineerde garnalen met ui uit de koelkast en liep ermee naar de tafel. Op het laatste moment nam ze ook de fles Macallan mee. Terwijl Derek de spareribs onder de grill zette, serveerde Olivia het voorgerecht op met blaadjes sla gegarneerde bordjes.

‘Zo, schatje.’ Derek ging zitten, pakte zijn vork en spietste er een garnaal aan. ‘Wat wilde je me vertellen?’

‘Nou.’ Olivia plofte op haar stoel en nipte van haar whisky om haar droge keel te verzachten. ‘Ten eerste werd ik vorige week gebeld door Cherie.’

Dat deel van het verhaal was tenminste waar. Het telefoontje van haar agent was op het perfecte moment gekomen.

‘O ja?’ Hij kauwde en sloot zijn ogen. ‘Zalig, dit. Wat wilde ze? Heb je een rol gekregen?

‘LA *Morning* doet een item over onvruchtbaarheid. Iemand van hun team heeft me vast over onze problemen horen vertellen op *Crofty Cooks*. Ze willen me in de uitzending hebben.’

‘O ja?’ Hij spietste nog twee garnalen aan zijn vork. Was zijn gezicht opzettelijk neutraal of reageerde hij niet omdat er niet veel was om op te reageren? ‘Oké. Denk ik. Eerlijk gezegd ben ik er niet zo blij mee dat ons privéleven op straat ligt. Ik bedoel, dit is iets tussen ons, toch?’

'Ja. Maar.' Olivia zette haar ellebogen op tafel en keek toe hoe hij at, zelf te nerveus om een hap door haar keel te krijgen. 'Veel vrouwen hebben moeite met zwanger worden. Hoe meer erover gesproken wordt, hoe beter. Mensen moeten weten dat ze niet de enigen zijn. Hoe meer het in de openbaarheid komt, hoe groter de druk wordt om onderzoek te doen en mensen zoals ons te helpen.'

Derek knikte en spietste al kauwend nog drie garnalen aan zijn vork, prik, prik, prik. Hij at snel als hij niet op zijn gemak was. Geen onomstotelijk bewijs, maar wel een veeg teken. 'Ik zou liever hebben dat je het niet deed, schatje, maar het is jouw carrière. Je weet dat ik die nooit in de weg zal staan.'

'Ja. Dat weet ik.' Haar woorden klonken scherper dan bedoeld. Ze nam een slokje water en dacht verlangend aan haar whisky.

'Nou, dat is dus goed nieuws. Denk ik.' Hij keek een beetje verward.

Ze nam het hem niet kwalijk. Ze had het lang genoeg uitgesteld. Ze wilde dit achter de rug hebben, zodat ze konden ontspannen en genieten van de maaltijd die ze had bereid. 'Er is alleen één probleem.'

'O?' Derek keek op van zijn bord, zijn donkere ogen nieuwsgierig, misschien behoedzaam. 'Wat dan?'

Ze zorgde ervoor dat haar glimlach sprankelde. 'Ik ben denk ik niet zo'n goede gast.'

'Waarom niet?'

'Nou...' Nog sprankelender. Dit was het moment. De komende paar seconden kon ze haar huwelijk en haar leven om zeep helpen. Was dit echt wat ze wilde?

Ze keek naar haar man en hij keek naar haar. Zijn wangen werden al een klein beetje slapper. Hij kreeg een beetje inhammen. Wat als ze toch niet voorbestemd was om met deze man oud te worden?

'Omdat...' Ze dwong zichzelf hem warm aan te kijken, terwijl ze vanbinnen ijskoud werd. '...ik zwanger ben.'

Derek verroerde geen vin. Knipperde niet met zijn ogen. Hij keek haar wezenloos aan, alsof hij net een hersenbloeding had gekregen en zijn hersens niet meer werkten. Toen slikte hij zo moeizaam dat ze het aan haar kant van de tafel kon horen.

Ze kon hem nog niet wurgen. Nog niet. Misschien was hij verbijsterd van geluk. Dat was mogelijk. Toch?

'Wat een wonder, hè?' Ze schoof haar stoel naar achteren en legde haar handen beschermend op haar platte buik. 'Hier. Ons kindje. Het kind dat wij –'

Zijn stoel schraapte naar achteren en hij stond op. 'Je maakt een geintje.'

Olivia verstijfde. Met haar handen op haar lege baarmoeder probeerde ze het te bevatten, probeerde ze logisch na te denken over wat nu de beste volgende stap was. Het enige wat ze kon bedenken, was hem omverrijden in zijn Porsche.

Haar grootste hoop was geweest dat hij haar in zijn armen zou nemen en haar zou beloven dat hij de beste vader van de wereld zou worden, zodat Olivia haar zussen kon bellen voor een zeer bevredigend 'zie je wel', trots dat ze achter haar man was blijven staan, blij dat zijn ex een leugenachtige heks bleek.

Haar op één na grootste hoop was geweest dat hij de sterilisatie zou toegeven, maar: 'O schat, wat een wonder! Het ongedaan maken van mijn sterilisatie was elke cent waard! Ik heb het voor jou gedaan. Voor ons. Ik heb het gedaan voor dit moment!'

'Je maakt een geintje' stond niet op haar lijstje van reacties waarop ze had gehoopt. Zelfs niet helemaal onderaan.

Ergens heel diep vanbinnen moest Olivia dit echter hebben verwacht. Als ze echt had geloofd in Dereks onschuld, zou ze nooit dit toneelstukje hebben opgevoerd. Eén iemand in dit huwelijk was tenminste niet in staat tot wreedheid.

Ze dwong haar lippen te bewegen. 'Natuurlijk maak ik geen geintje. Waarom zou ik over zoiets grapjes maken? Dit willen we al zo lang.'

Derek wendde zich af, zijn handen op zijn heupen. Toen hij zich weer omdraaide, stond zijn gezicht moordlustig. 'Hoe...'

'Derek!' Ze keek met geveinsde verbijstering naar hem op, een knap staaltje acteerwerk. Ze wilde op de grond vallen en uit alle macht schreeuwen: hoe heb je me dit aan kunnen doen? In plaats daarvan wist ze een compleet overtuigend, onzeker lachje te produceren. Vanavond voelde ze Jillian Croft door haar heen stromen. Ze voelde haar moeders overtuiging en zelfvertrouwen op het witte doek in elke vezel van haar lichaam. 'Hoe bedoel je: hoe? Penis in vagina heen en weer bewegen tot orgasme, toch? Dat doen we toch elke maand?'

'Vuile heks.'

Olivia's mond viel open en haar ogen werden groot van ontzetting, de tweede akte van deze nachtmerrieachtige schertsvertoning, die zich precies zo ontspon als haar zussen hadden voorzien. Alleen die domme, naïeve Olivia met haar hoofd in de wolken had geloofd dat haar man niet zo'n ongelofelijke hufter kon zijn. 'Wát?'

'Wie is het?'

Ze staarde hem aan alsof ze het probeerde te begrijpen, wat niet zo moeilijk was, want ze probeerde het daadwerkelijk te begrijpen. Hoe kon ze zo lang met iemand getrouwd zijn en geen idee hebben wie hij was of wat hij de vrouw kon aandoen die hij liefde, steun en bescherming had beloofd?

'Wie is wie?'

'De man met wie je vreemdgaat.'

Olivia pakte de Macallan, schonk zichzelf een flink glas in en sloeg het in één keer achterover. Ze zette het glas met een klap op tafel en stond op. 'Wat is dat voor logica, Derek? Waarom leidt "schat, ik ben zwanger" tot "je gaat vreemd"? Waarom zou je in hemelsnaam denken dat ik –'

'Het is niet van mij. En je moet niet drinken. Daar krijg je een mismaakt kind van.'

'Ach, wat aandoenlijk! Wat ben je toch een droomman.' Ze schonk hem haar moeders meest minachtende blik. 'Ik drink zoveel als ik wil. En aangezien ik sinds ik jou ken geen seks met een ander heb gehad, en tenzij ik mezelf heb bezwangerd, wat onwaarschijnlijk is, omdat ik geen zeepaardje ben, ben jij de vader.'

'Ik ben niet de vader.' Zijn ogen spuwden vuur. 'Wie is het?'

Olivia ging achter haar stoel staan en greep de rugleuning beet. Ze had behalve de tafel nog iets anders tussen hen in nodig om steun bij te zoeken. Ze stond te trillen van woede, meer woede dan ze ooit voor iemand had gevoeld sinds de dag dat ze als tiener de telefoon had opgepakt en haar vader lieve woordjes had horen zeggen tegen een vrouw die niet haar moeder was. Nog meer woede zelfs dan toen hun vader Lauren aan zijn dochters had voorgesteld met een of ander onzinverhaal dat hij haar een jaar na de dood van hun moeder had ontmoet. Olivia had haar stem van dat telefoontje herkend.

Ze had haar vader vergeven, en heel misschien zou ze ooit ook Lauren vergeven. Maar Derek zou ze nooit, maar dan ook nooit vergeven.

'Er is geen vader.' Ze hoorde zichzelf lachen zoals ze nog nooit had gelachen, een lelijke lach. 'Er is geen baby, Derek.'

'Wat –'

'Wil je weten waarom er geen baby is?'

De ontzetting was van zijn gezicht af te lezen. Zo dadelijk, wanneer hij doorhad dat ze hem met een list had laten toegeven dat hij de grootste klootzak ter wereld was, zou hij weer woedend worden. Op dit moment was zij in het voordeel.

'Er is geen baby, omdat je vier jaar lang, tijdens al die onvruchtbare ellende, bezoeken aan dokters en specialisten, tranen en hoop en eindeloze teleurstellingen, vergat te vertellen dat je geen kinderen kon krijgen.' Haar stem brak. Verdomme. Ze moest sterk blijven. Ze moest haar verontwaardiging vasthouden. Als ze ging huilen, was het voorbij. Dan zou hij haar troosten. Sussen met lieve woordjes. Hij zou haar proberen te overtuigen van zijn redenen en zeggen dat het zo beter was.

Ze haatte hem zoals ze maar heel weinig mensen had gehaat en nooit meer iemand hoopte te haten. Heerlijke haat. Mooie haat. Kracht gevende, verrukkelijke haat.

'Ik vraag me af waarom je dat kleine detail niet het vermelden waard vond in onze strijd om zwanger te worden.'

'Wie heeft je verteld dat ik geen kinderen kan krijgen?' Hij duwde zijn stoel aan de kant. De stoel wankelde en viel toen langzaam op de grond, alsof hij werd neergeschoten. 'Dat is onzin. Waar haal je dit vandaan?'

'Uit het woordenboek.' Ze glimlachte alsof ze zich vermaakte. 'Bij de s van sterilisatie.'

'Ik ben niet gesteriliseerd.' Hij keek haar zelfs recht aan terwijl hij het zei.

Hoeveel andere leugens had hij haar door de jaren heen verteld? Ze wilde het niet weten.

'O, ik geloof je.' Ze trok haar wenkbrauwen op in een poging serieus te lijken, en hoopte maar dat hij haar niet zag trillen, en dat ze zich hierdoorheen zou slaan zonder als een hoopje ellende in elkaar te storten. En zonder over te geven, tenzij het over zijn zwarte zijden kleding was, die zij trouwens had betaald. 'Of ik zal je tenminste geloven als je me vertelt waarom je zojuist reageerde alsof het kind van iemand anders moest zijn.'

Zelfs deze meesterleugenaar kon niet zo snel iets bedenken om dat te pareren. 'Waarom, Derek?'

Hij probeerde het wel. Zijn ogen schoten heen en weer in een poging een uitweg te vinden en weer de overhand te krijgen. Olivia greep naar haar glas en de fles whisky. Zij en Macallan gingen een lange, knusse avond tegemoet. Alleen. 'Ik wil dat je je koffers pakt en over een uur hier weg bent. Aangezien ik vrijwel alles heb betaald wat van jou is, denk ik dat je het binnen een uur wel redt.'

'Schatje –'

'Mijn advocaat neemt contact met je op over onze scheiding.' Ze schrok zelf van dat woord, ook al was ze van plan geweest het te zeggen. Er zat niets anders op. Niet na wat er gebeurd was.

'Scheiding? Wat maak je me nou?'

Ach gut, hij was helemaal verbijsterd. Gevloerd! Wat was er zo erg aan wat hij had gedaan dat ze zomaar hun Ware Liefde opgaf? Vrouwen waren zo overgevoelig! Al die hormonen; als man had je het toch maar zwaar te verduren. 'Je gooit toch niet tien jaar huwelijk –'

'Acht, Derek.'

'Wat jij wilt, Olivia. Je gooit toch niet acht jaar huwelijk zomaar weg?'

Ze knikte. Hoe bozer hij werd, hoe eenvoudiger zij het vond om kalm te blijven. Hoe beter ze kalm kon blijven, hoe beter ze zich kon verweren. 'Yep.'

'Kom op. Dat meen je niet.' Hij spartelde nu in het web dat hij zelf had gesponnen. Kon ze er maar van genieten zonder deze vreselijke, verscheurende pijn te voelen. 'Dat meen je niet. Kijk naar wat we hebben samen!'

Olivia lachte verbitterd. Grappige Derek! Hilarisch gewoon! Hij zag dit niet als een groot probleem in hun relatie! 'Je hebt tegen me gelogen. Je hebt jarenlang gezwegen terwijl ik door een hel ging. Je wist hoe je het kon verhelpen, maar dat heb je niet gedaan.'

Hij had het lef om zijn nederige gezicht op te zetten. 'Schatje, ik –'

'Erger nog.' Zonder blikken of blozen onderbrak ze hem. Het ging nu om haar. 'Snel na ons trouwen, toen ik begin dertig was, wilde ik al kinderen, en je bleef het maar voor je uit schuiven. Daar hadden we nog genoeg tijd voor, zei je. Ik ben nu bijna veertig, Derek. En de kans is groot dat ik geen andere man meer vind om me te bezwangeren voordat het te laat is. Je hebt datgene wat ik het allerliefst wilde in mijn leven van me afgepakt.'

'Hou toch op. Jouw leven? Jouw leven is een eitje. Je bent opgegroeid in een huis met meer geld dan –'

'O, daar gaan we weer. De arme jongen uit het zuiden! Je had zoveel honger dat je op een spijkerbed sliep en je beste vrienden opat, ah!' Ze keek hem zo vals mogelijk aan. 'Toen trouwde je met mij, en wat gebeurde er? Jouw leven werd ook een eitje!'

'Dat is niet wat –'

'Maar dankzij mijn slimme vader, die blijkbaar doorhad wat een klootzak je was en die erop stond dat ik op huwelijkse voorwaarden zou trouwen, zul je nu helaas weer terug moeten naar je minderwaardige middenklasse.' Ze siste de laatste woorden alsof het een doodvonnis was en keek vervolgens nadrukkelijk op haar horloge. 'En je hebt nu overigens nog maar vijftig minuten om mijn huis uit te gaan.'

'Oké. Oké. Ik zal je machtsspelletje meespelen.' Hij zette de omgevallen stoel overeind en wees naar haar. 'Maar ik ken jou. Over een paar dagen smeek je of ik terug wil komen. Je bent zo veeleisend dat je het nog geen week volhoudt zonder man die tegen je zegt hoe mooi en getalenteerd en ongelofelijk bijzonder je bent.'

Zijn verwrongen gezicht maakte hem lelijker dan ze ooit voor mogelijk had gehouden. Even vroeg ze zich af wat ze ooit in hem gezien had, ook al wist ze dat zodra hij weg was alle herinneringen zouden terugkomen en de pijn nog veel erger zouden maken.

Terwijl Derek stampvoetend het huis in liep en vloekend en tierend door hun slaapkamer beende, bleef Olivia verstijfd afwachten, haar glas met smeltend ijs in haar hand alsof het een magische kristallen bol was waarmee ze de klok kon terugzetten naar een tijd waarin dit allemaal nog niet was gebeurd. God, was dit allemaal maar niet gebeurd.

Eindelijk kwam hij weer beneden, een van de absurd dure koffers achter zich aan slepend die ze vorige kerst voor hem had hem gekocht, toen zijn donkere ogen waren gaan schitteren bij het zien van het bruin geblokte Louis Vuittonpatroon. Ze had de koffer voor hem gekocht omdat ze hem gelukkig wilde maken, omdat geld voor haar geen enkel beletsel vormde, ook al wist ze dat dit voor slechts een handjevol mensen op deze wereld gold.

Zou hij haar geld evenveel missen als haar? Of meer?

Hij zou de seks missen. Zij ook.

Hij bleef even op de patio staan, aan de rand van het pad naar de garage, en keek haar aan, waarschijnlijk om te zien of ze al bijna brak.

'Schatje –'

'Mijn advocaat belt je wel.'

Zijn gezicht werd hard. 'Jíj belt me wel. Je hebt mijn nummer.'

'Ik zal het aan hem doorgeven.'

Woedend beende hij naar de garage. Hij smeet de Louis Vuittonkoffer op de achterbank van de Porsche, reed achterwaarts de oprit af en draaide met piepende banden de straat in.

Klein kind. Blijkbaar had ze dus al die tijd al een kind gehad.

Het ronken van de motor ebde weg. Olivia draaide zich om in de richting van hun huis. Haar huis.

Dus. Haar man was weg.

Als een zombie ruimde ze de tafel af. Ze pakte de verkoolde spareribs en de rest van de garnalen, de boerenkool en het maïsbrood. Ze kon zich niet voorstellen dat ze een van die gerechten nog ooit zou eten.

Toen ze klaar was, stond ze vertwijfeld in haar veel te stille, hypermoderne keuken. Ze reikte opnieuw naar de whisky, ondanks het verstandige stemmetje in haar achterhoofd dat zei dat alcohol drinken het slechtste was wat ze nu kon doen. Toch schonk ze zichzelf in. Een royale portie.

Wat nu? Hoe vulde je de lege uren nadat je leven was ingestort? Televisie? Ze giechelde en nam nog een slok Macallan. Goede whisky zeg.

Helaas kende Derek haar beter dan wie ook. Olivia was niet zo goed in verdriet. Bijna twintig jaar eerder, tijdens een feestje in de eerste uren van het nieuwe jaar, had haar vaders stem aan de telefoon hoog en vreemd geklonken. 'Olivia, kom naar het ziekenhuis. Je moeder heeft een ongeluk gehad.'

De rit van Redondo Beach naar het Cedars-Sinai-ziekenhuis was de langste rit uit haar leven geweest. Op de eerste hulp stond haar vader, grauw en beverig, plotseling oud. 'Je moet dapper zijn.' Olivia had zo'n scène geschopt dat haar vader de artsen had gesmeekt haar een kalmeringsmiddel te geven.

Dapper? Ze was niet dapper. Nog een slok.

Ze schopte haar Balenciaga-pumps uit.

Tja, ze kon hier toch niet de hele avond zo blijven staan.

Ze draaide zich om en stond oog in oog met de kokostaart, nog steeds onder de glazen stolp op een hoek van het aanrecht, gedecoreerd met maagdelijk wit glazuur en orchideeën zoals die ook op tafel stonden. Wachtend als een bruid op haar bruidegom tijdens hun huwelijksnacht. Olivia deinsde wankelend achteruit, botste tegen de muur en zakte als een in alcohol gedrenkte plumpudding in elkaar.

Derek.

Hoofdstuk 3

1 september 1993 (woensdag)

Weer een film! Weer een sterrenrol! De rollen zijn nog niet opgedroogd, ook al ben ik ruim in de veertig. Het is misdadig wat er met de carrières van vrouwen gebeurt. Zodra ze rimpels krijgen, moeten ze het veld ruimen, ook al zijn rijpere vrouwen voor zover ik weet juist op de toppen van hun kracht en kunnen. Ik zal hun eens wat laten zien.

Ik speel een vrouw aan het eind van de negentiende eeuw die in de woestijn van Californië woont en haar man verliest doordat hij een slechterik vertrouwde. De slechterik verkracht haar. Ze krijgt een kind, een zoon die ze grootbrengt om later zijn vader te doden. Ik moet haar zowel op jonge als op oudere leeftijd spelen. Ik ben zo enthousiast! Ik wil al mijn eigen stunts doen, ook op de paarden. Ik heb al veel onderzoek gedaan. Ik wil een hutje ergens in de woestijn huren, bij voorkeur in de buurt van Lone Pine, aangezien daar de film wordt opgenomen, en mezelf in die wereld onderdompelen. Gewoon om te zien hoe het voelt, alsof ik Laura Ingalls Wilder ben, de schrijfster van Het kleine huis op de prairie. *Als kind vond ik die boeken geweldig. Destijds las ik alles wat los en vast zat, al was dat niet veel. De eerste keer dat ik de bibliotheek van New York binnenliep, dacht ik dat ik in de hemel was terechtgekomen. Ik heb een uur met open mond rondgedwaald. Onnozel plattelandsmeisje dat ik was!*

Het slechte nieuws is dat ik voor het filmen met mijn medicatie moet stoppen. Ik kan niet acteren en tegelijkertijd die pillen slikken. Net nu alles zo goed leek te gaan.

Met bipolaire groet,

Jillian

Olivia trok de deur open van de wachtruimte voor de auditie en zette zich schrap voor al die andere slanke, knappe vrouwen van tegen de veertig met lang haar die er al zouden zitten, waardoor ze zich een van de vele bonenstaken zou voelen.

Gelukkig was ze inmiddels wel wat gewend.

'Hallo.' Ze keek stralend de wachtruimte rond en kreeg de reacties die ze al had verwacht, namelijk geen of een had-je-het-tegen-mij-blik. Met een vastberaden glimlach meldde ze zich bij de receptioniste, waarna ze tussen twee andere bonenstaken in ging zitten, hopend dat ze er niet uitzag alsof ze afgelopen week opgekruld als een baby de ogen uit haar kop had liggen janken.

Ze had niet meer zoveel gehuild sinds het overlijden van haar moeder. Diep, lelijk verdriet dat net zo lang tranen uit haar lichaam trok totdat ze zeker wist dat ze geen druppel meer kon produceren. Na een kort intermezzo van geradbraakte rust verkrampte haar keel weer, ging haar borstkas zwoegen en begon ze opnieuw. Als een eindeloze emotionele buikgriep.

Ze zette haar voeten op de grond, deed haar oordopjes in en koos rustgevende oceaangeluiden om kalm te worden en een gesprek met de vrouw naast haar te ontmoedigen. Om zich nog beter voor te kunnen stellen dat ze aan een prachtig strand lag, sloot ze haar ogen en zei ze in gedachten de zinnen op die haar agent haar had gestuurd, ook al kende ze die allang uit haar hoofd. Wachten op haar beurt kon een paar tot heel veel minuten duren, afhankelijk van wie er al dan niet was komen opdagen.

Eerlijk gezegd had ze ernstig getwijfeld of ze deze auditie wel zou doen. Uiteindelijk had ze gedaan wat haar moeder haar ingeprent had sinds ze oud genoeg was geweest om een veelbelovend acteertalent te lijken: elke mislukking betekent een stap dichter bij succes. Dit was een kleine studio, met slechts één B-sterretje, maar het was werk, en ze moest ook weer eens iets anders doen dan zichzelf uitdrogen.

Toen ze heel klein was, had ze kok willen worden. Uren had ze doorgebracht in de grote keuken van hun huis in Beverly Hills met Emma, de lieve en uitermate geduldige kokkin die hun moeder had ingehuurd. Emma had haar de basistechnieken bijgebracht en haar geleerd hoe je recepten kon maken met de ingrediënten die je had. Het was een obsessie voor Olivia geweest, tot haar moeder haar voor het eerst in actie zag op het podium, in een toneelstuk op school, en haar onmiddellijk had besmet met het acteervirus.

Olivia was er nog steeds niet van genezen. Het grootste deel van haar leven was ze ervan overtuigd geweest dat wereldfaam in het verschiet lag. En waarom ook niet? Haar moeder had haar begeleid, onderwezen, voorbereid op wat ze zo lang Olivia zich kon heugen 'het onvermijdelijke' had genoemd. 'Kies de rollen die je wilt, Olivia. Loop niet wanhopig alle audities af. Als je hard werkt en goed oplet, komen ze naar jou toe.'

Olivia had het advies ter harte genomen. Het kwam immers niet alleen helemaal van de top, maar bovendien: welke ouder zou tegen een kind over zoiets belangrijks liegen? Diep vanbinnen had ze verwacht dat ze nog sneller dan haar moeder de top zou bereiken, omdat Olivia niet gebukt ging onder een psychische ziekte of verslaving. Er zou niet achter haar rug om gefluisterd worden en ze zou niet hoeven opdraven bij talkshows om zich te verontschuldigen voor haar gedrag, om haar geliefden en fans te bedanken voor hun steun, de artsen en medewerkers erkentelijk te zijn dankzij wie ze het licht had gezien, en haar mooie nieuwe alcoholvrije leven aan te prijzen. Om vervolgens weer in oude patronen terug te vallen en de hele riedel nog een keer te moeten doen.

Olivia zou het meteen helemaal goed doen.

Na het afronden van de toneelschool, waar haar vader lesgaf, had ze blakend van zelfvertrouwen figurantenrollen geweigerd. Kleine bijrollen had ze afgewezen. Ook voor afstudeerprojecten had ze bedankt. Tv-reclames deed ze evenmin. Uiteindelijk zei haar agent – haar eerste – tegen Olivia dat ze niet wilde werken met iemand die niet wilde werken, en ze vertrok.

Dat lag natuurlijk aan de agent! Duidelijk een amateur! Olivia's moeder wist het beter. Het enige wat Olivia hoefde te doen, was hard werken en nooit ofte nimmer opgeven.

Als gevolg van ongetwijfeld een gigantische vergissing leek de filmwereld echter niet in de gaten te hebben dat ze voorbestemd was om een wereldster te worden. Met het verstrijken van de jaren moest ze langzaam maar zeker de pijnlijke waarheid onder ogen zien en de overtuiging laten varen dat de wereld aan haar voeten lag, en bereid zijn om onderaan te beginnen.

Inmiddels wilden ze haar echter onderaan ook niet meer hebben. Nu ze geen kookprogramma meer had, geen man, geen prachtige kindjes die ze de afgelopen vijf jaar had kunnen opvoeden, móést haar carrière gewoon een succes worden. Op haar negenendertigste, met een acteerdiploma op zak en een cv vol cursussen, workshops, amateurtheater, bijrolletjes in slechte films en nog kleinere rolletjes in grote films, was dit het enige wat ze kon. Het enige wat ze wilde. Naast kinderen.

Geef nooit op.

De deur van de auditieruimte zwaaide open. Elk perfect gekapt hoofd in de wachtkamer draaide zich om en op elk perfect opgemaakt gezicht verscheen een verwachtingsvolle glimlach. Een uitgeput ogende vrouw met slordig haar tuurde op haar klembord. 'Lacey Desiree?'

Olivia moest haar best doen niet te snuiven. Lacey Desiree? Waarom zou je als een pornoster willen klinken als je serieus wilde acteren?

Lacey keek even haar kant op. Olivia schonk haar een grote glimlach en stak haar gekruiste vingers op. Ik hoop dat je het verprutst!

'Dank je!' Lacey kwam met rinkelende armbanden langs haar en gooide haar lelijk geblondeerde haren over haar schouders. Slecht idee, die armbanden. Dat geluid zou op de band te horen zijn en iedereen irriteren. Waarom zou je dat risico nemen?

Olivia sloot opnieuw haar ogen en concentreerde zich weer op haar oceaangeluiden, terwijl ze in haar hoofd nog eens haar tekst doornam. *We zouden dit niet moeten doen. Niet met de aliens zo dichtbij. Ze kunnen ons lichaam ruiken.*

Mijn hemel. Hadden die scriptschrijvers wel gelezen wat ze hadden geschreven? Hardop? Hadden ze niet één keer gedacht: goh, dat klinkt best dom en clichématig en volkomen onrealistisch; misschien moet ik het nog eens proberen totdat ik iets bedenk wat een personage echt zou kunnen zeggen?

In deze film blijkbaar niet.

Adem diep in. Adem volledig uit. Laat je gedachten dwalen. Laat Derek doodvallen.

Ga weg, Derek.

Het ergste deel van de week was niet de woede over zijn verraad geweest, ook al was dat een bijzonder snijdende pijn geweest. Het ergste was het defilé aan goede herinneringen geweest. Waarom kon Olivia zich niet beperken tot het feit dat Derek achterbaks en egoïstisch was en veel te weinig had gedaan om hun huwelijk vitaal te houden, en dat hij een raar smakkend geluid maakte wanneer hij at?

Nee, ze herinnerde zich de leuke tijden, de liefdevolle tijden, het gevoel van zijn warme, naakte lichaam verstrengeld met het hare in het bed dat ze bijna tien jaar hadden gedeeld. Hun vakanties naar Griekenland, Toscane, Ierland, Spanje, meerdere keren Parijs. De feesten die ze hadden gegeven, de vrienden die ze samen hadden gemaakt, de ochtenden waarop ze de liefde bedreven, lazen, lachten om de gekkigheid in hun hoofd en de gekkigheid om hen heen. Olivia en Derek tegen de rest van de wereld, veilig met elkaar verbonden tot de dood hen zou scheiden.

Hij was dol op haar. Ondanks al haar gebreken, haar neuroses, haar narcisme en kinderlijke impulsiviteit hield hij van haar. Welke andere man zou dat ooit doen?

Het verdriet welde weer in haar op. Haar ogen vlogen open. Haar kaak verstrakte. Niet nu. Echt niet nu.

De deur ging open. Lacey Desiree zweefde voorbij met een blos op haar wangen en stralende ogen. Ze dacht dat ze de auditie binnen had. Maar zelfs de vorm van je neus kon funest zijn. Olivia had geleerd om afwijzingen niet persoonlijk op te vatten, wat onverlet liet dat ze dat toch altijd deed. Gebruik die woede, Olivia, gebruik het om de volgende keer nog beter zijn. Er is altijd een volgende keer… tenzij je stopt met proberen.

Ze was goed bezig. Ze probeerde het nog steeds. Daar moest ze zich op concentreren.

De deur ging weer open. 'Olivia Croft.'

Gemompel in de wachtruimte van degenen die háár misschien niet hadden herkend, maar wel haar moeders achternaam, die Olivia had verkozen boven de achternaam Braddock waarmee ze was geboren. Ze was er vooralsnog niet achter of het nu in haar voordeel of in haar nadeel had gewerkt.

'Ik kom eraan, bedankt.' Ze trok haar oordopjes uit en stopte ze in haar zak, terwijl ze vriendelijk naar de uitgeputte vrouw met het slordige haar keek, die stond te wachten om haar naar de ongetwijfeld bedompte ruimte te brengen. Telkens andere bedompte ruimtes, andere uitgeputte medewerkers, andere rollen, maar steeds dezelfde mengeling van zenuwen en hoop.

'Ga daar maar staan.' De vrouw wees naar een blauw kruis dat met tape op de vloer was geplakt.

Olivia ging gehoorzaam op de aangewezen plek staan. Drie chagrijnige, verveelde mensen zaten met een dit-wordt-niks-uitdrukking op hun gezicht te wachten. Ze keek naar degene van wie ze hoopte dat het de casting director was – degene die het meest rechtop zat en het leukste T-shirt en coolste haar had – en schonk hem een brede glimlach. 'Hallo. Bedankt dat ik mocht komen. Ik ben Olivia Croft.'

'Ja. Olivia, eh...' De man keek op zijn bureau, bladerde door zijn spullen, haalde er een aan elkaar geniet stapeltje papier uit en bood het haar aan. 'Wij laten je vandaag Melanie lezen.'

'Prima.' De paniek sloeg haar om het hart. Ze nam met gespeelde kalmte de papieren van hem aan. Wie was Melanie in vredesnaam? Waarom hadden ze Olivia's agent niets verteld over de verandering? Hoe kon ze nou onvoorbereid een goede auditie doen?

'In deze scène probeert Melanie haar dochter Martha ervan te weerhouden om achter de alien aan te gaan.'

'Kunt u me iets over haar vertellen?'

Hij keek geïrriteerd. 'Het is Martha's moeder. Ze wil voorkomen dat Martha achter de alien aan gaat.'

'Aha.' Olivia knikte vriendelijk en keek naar de eerste regel van het script, die ze had kunnen zien aankomen: 'Martha! Ga niet achter de alien aan!'

Mijn hemel.

Ze las zo goed als ze kon, trok alles uit de kast om haar geliefde Martha een wisse dood te besparen, diep vanbinnen woedend dat ze dit onvoorbereid moest doen, terwijl ze zo hard had geoefend op zich zorgen maken over de vraag of aliens haar lichaam konden ruiken.

'Dank u.' De mogelijke casting director onderbrak haar laatste regel. 'Kunt u alstublieft voor ons schreeuwen?'

'Schreeuwen.' Haar glimlach bevroor en ze deed haar best om weer te ontdooien. 'Blij schreeuwen, bang schreeuwen, boos schreeuwen, erotisch sch –'

'Gewoon schreeuwen alstublieft, mevrouw Croft.'

Zijn neerbuigende toon maakte haar furieus, duwde haar te ver naar het randje. Toegegeven: de laatste paar jaar was Olivia's randje een stuk dichterbij gekomen. 'Oké.'

Ze perste haar lippen op elkaar, sloot haar ogen en balde haar handen tot vuisten. Ze haalde zich Derek voor de geest zoals ze hem de laatste keer had gezien, bezig hun huis en haar leven te verlaten, op hatelijke toon en vol zelfvertrouwen spottend dat Olivia hem binnen een paar dagen toch wel zou smeken terug te komen.

Toen schreeuwde ze.

En niet onverdienstelijk, vond ze zelf. Ook best hard. En lang, erg lang. Zolang als haar sterke middenrif het volhield. Tegen de tijd dat ze zich weer oprichtte – ze lag bijna dubbelgeklapt op de vloer – was haar gezicht vuurrood en suisden haar oren.

Vier paar geschrokken ogen staarden haar aan.

'Jezus.' De cameraman had zijn handen tegen zijn oren.

Niemand zag er nog verveeld of uitgeput uit.

Graag gedaan.

'Eh...' De casting director schoof ongemakkelijk heen en weer op zijn stoel. 'Bedankt. We weten genoeg.'

'Dank u.' Olivia liep de kamer uit, langs de zwijgende bonenstaken, die haar allemaal met een onvergetelijke mengeling van ontzag en verschrikking aanstaarden, en naar buiten, de zalige zon van Zuid-Californië in.

Voor het eerst deze week voelde ze zich bijna weer mens. Misschien moest ze zich opgeven voor schreeuwtherapie. Werkte goed. Op dit moment kon het haar niet schelen of ze de rol kreeg of niet.

Sterker nog, ze voelde zich krachtig genoeg om te doen wat er gedaan moest worden: haar familie bellen om te zeggen wat er gebeurd was. Ze zou haar zussen vertellen hoe geslaagd Rosalinds valkuil was geweest. Maar ze zou haar vader het hele verhaal moeten vertellen, vanaf het begin.

Bah.

In haar eentje rouwen zoals ze de afgelopen week had gedaan, was op zijn zachtst gezegd ongebruikelijk. Olivia was niet goed in alleen-zijn. Wanneer ze geëmotioneerd was, moest ze het gewoon delen: met haar ouders en zussen toen ze klein was, haar beste vriendinnen op school en tijdens haar studie, daarna haar vriendjes en haar echtgenoot.

Derek had zich inmiddels duidelijk uit de markt geprezen als biechtvader. Haar vriendinnen uit haar leven vóór Derek waren mettertijd opgeslokt door het moederschap, wat van Olivia een buitenstaander had gemaakt. Samen met Derek was ze wel omgegaan met andere stelletjes, maar dat maakte die vrienden aanzienlijk minder geschikt om in haar eentje bij uit te huilen. Haar zussen en vader zouden lief en meelevend zijn, maar aangezien ze haar man nooit echt hadden gemogen, zouden ze allemaal hetzelfde denken, namelijk dat Olivia beter af was zonder hem.

Daarom had Olivia alleen gehuild, want ze was er nog niet klaar voor om die woorden te horen. Ze voelde zich nog niet beter zonder hem. Ze voelde zich een teentje knoflook dat met een hakmes was platgedrukt.

Ze stapte in haar auto en reed naar de Santa Monica Pier, waar ze parkeerde en het warme zand op liep. Het was halverwege de ochtend en niet al te druk. Een paar surfers, moeders met kinderen, tieners, waarschijnlijk ook toeristen. Ze trok haar blauwe katoenen alien-lokker-trui uit, schopte de instappers in bijpassende kleur uit en plofte zonder handdoek neer op het strand. Wat maakte het uit of ze vuil werd? Toen pakte ze haar telefoon om haar vader te bellen. Hij zou boos zijn dat ze niet eerder had gebeld, maar dat was zijn probleem.

Zodra ze zijn diepe stem aan de andere kant van de lijn hoorde, verdwenen haar kracht, haar woede en haar vastberadenheid, en werd ze weer de geplette knoflookteen.

'Papa...' Het kwam er tot haar schaamte uit als kinderlijk gejammer.

'Olivia.' Ze zag hem helemaal voor zich, de borstelige grijze wenkbrauwen die geschrokken opgetrokken werden en vervolgens bezorgd weer zakten. 'Wat is er? Wat is er gebeurd?'

'Derek en ik gaan scheiden.' Het vreselijke woord maakte het veel te echt. Scheiden! Ze zou een van die mensen worden met een gestrand huwelijk, mensen die ervan wegliepen terwijl ze ten overstaan van God hadden beloofd dat niet te doen.

'Heeft hij je verlaten?'

'Ik heb hem eruit gegooid.'

Haar vader grinnikte. 'Zo mag ik het horen.'

Had ze dit niet voorspeld? Haar zussen zouden hetzelfde vinden, al zouden zij waarschijnlijk wijselijk hun mond houden.

'Papa, we hebben het hier over mijn huwelijk. De man van wie ik hield – nog steeds hou.' Maar wel minder. Een dergelijk verraad kon de liefde niet ongeschonden overleven.

'Je bent te goed voor hem, Olivia. Dat heb ik altijd geweten. Het spijt me dat je verdrietig bent, maar ik ben blij dat je erachter bent gekomen voordat je te oud bent om nog iemand anders te vinden.'

Te oud? Haar vader was hertrouwd op zijn vierenzestigste! Haar vader was van alles, waaronder seksistisch, hoewel hij niet de ergste van zijn generatie was.

'De reden dat we geen baby konden krijgen, was omdat Derek gesteriliseerd was. Voordat wij elkaar kenden.'

'Heb je hem er daarom uit gegooid?'

Olivia zat opeens kaarsrecht overeind. Haar vader was zichzelf niet. Misschien dat hij het door zijn beroerte van vorige zomer niet helemaal begreep. Dit was niet de vader die ze kende, degene bij wie ze haar toevlucht zocht wanneer haar moeder depressief was, degene die altijd de tijd nam om haar een troostende knuffel te geven, die zijn geliefde kleine prinsesje door en door verwende. 'Hoe kun je dat nou zeggen?'

'Die dingen gebeuren, Olivia. Sommige mannen produceren gewoon niet genoeg. Daar kan hij niets aan doen, en het is zeker geen reden om van hem te scheiden. Je verbaast me.'

Aha! Nu snapte ze het. 'Nee, nee, hij is niet impotent. Gesteriliseerd. Hij heeft zich tijdens zijn eerste huwelijk laten steriliseren en heeft nagelaten mij dat te vertellen.'

Stilte aan de andere kant van de lijn. Olivia wachtte af en hoopte vurig dat hij haar ellende niet opnieuw zou bagatelliseren.

'Die... hufter. Heeft hij je dit... allemaal aangedaan? Zo... lang?'

'Ja.' Ze beet op haar onderlip, bezorgd over de vreemde pauzes tussen zijn woorden, maar opgelucht dat hij toch aan haar kant stond. Ze had hem nodig. 'Ik wist niet hoe snel ik hem eruit moest gooien.'

'Prinsesje... je...' Hij maakte opeens een angstaanjagend hijgend geluid.

Olivia sprong op. 'Pap? Papa? Wat gebeurt er? Wat is er aan de hand?' Ze hoorde de geschrokken stem van Lauren, eerst op de achtergrond, daarna dichterbij. Haar woorden waren onverstaanbaar, tot ze opeens luid en duidelijk in Olivia's oor klonken.

'Ik bel je straks terug.' Er werd opgehangen.

Shit.

Olivia drukte haar hand tegen haar slaap, draaide zich om en toen weer terug. Wat had ze gedaan? Hij was het afgelopen jaar zo goed hersteld dat ze had gedacht dat hij sterk genoeg zou zijn. Wat als hij weer een beroerte had gehad? Wat als hij zich letterlijk dood was geschrokken?

Ze plofte weer neer op het zand, verdoofd en bang. Wat nu? Ze kon niet snel genoeg het land doorkruisen om hem te helpen, hoewel ze direct zou gaan als ze het idee had dat hij haar nodig had.

Lauren zou terugbellen. Dat moest gewoon. Dat was haar geraden.

God, dat wachten...

Ze verlangde vurig naar Derek. Tot haar grote ongenoegen moest ze toegeven dat als die eikel niet had beweerd dat ze nog geen week zonder hem kon, ze misschien zou zijn gezwicht. Vreemd genoeg had hij haar een plezier gedaan door haar op de kast te jagen. Ze was te trots om nu te zwichten.

Waarom had Lauren nog niet gebeld om te zeggen dat alles in orde was? Olivia snakte naar die opluchting, naar bevrijding van de spanning en het schuldgevoel. Waarom had ze niet gewoon haar zussen gebeld en haar vader erbuiten gelaten? Door haar eigen behoefte liep haar lieve vader nu gevaar.

Haar telefoon ging. Lauren.

Olivia nam onmiddellijk op. 'Wat is er gebeurd?'

'Alles is goed, Olivia. Hij had een soort hartritmestoornis. We laten het onderzoeken, maar hij is in orde, zijn ademhaling is nu normaal en zijn hartslag is rustig.'

'Godzijdank.' Ze viel op haar knieën. 'Ik was zo bang. Ik dacht...'

'Hij heeft me gezegd wat jij hem hebt verteld.' Lauren schraapte haar keel. 'Wat vreselijk voor je. Dat moet afschuwelijk –'

'Het gaat wel, hoor. Dank je. Komt wel weer goed. Ik moet hier gewoon even doorheen.' Olivia wilde geen medeleven van deze saaie, maar sluwe vrouw die zich een weg naar haar vaders hart en bankrekening had gebaand. 'Zal ik langskomen?'

'Je vader maakt het goed. Het was geen noodgeval. Maar als je er even tussenuit wilt: mijn broer Stuart woont in Belfast. Hij heeft een groot huis met een gastenverblijf. Ik kan even navragen of het bezet is. Dan ben je vlak bij ons. Op nog geen uur rijden.'

Olivia rolde met haar ogen. Gezellig, logeren bij Laurens familie. 'Weet je zeker dat papa me niet nodig heeft?'

'Als hij jou ziet, wordt hij alleen maar weer onrustig.'

Olivia kneep haar ogen tot spleetjes. 'Ik dacht dat je zei dat het goed met hem ging.'

'Dat is ook zo, maar door jou raakt hij van streek en dat lijkt me geen goed idee,' zei Lauren mild. 'Ze onderzoeken of hij een pacemaker nodig heeft, tot die tijd heeft hij rust nodig.'

Olivia perste haar lippen op elkaar. Een pacemaker? Dat klonk ernstig. 'Kan ik hem even spreken?'

'Nee. Geef hem wat tijd.'

'Ik wil weten of hij in orde is.'

'Dat zeg ik toch net.'

Irritante controlfreak. Olivia zou nooit begrijpen hoe haar vader na iemand als Jillian Croft een relatie kon hebben met iemand als Lauren.

Het was zoiets als kaviaar inruilen voor balkenbrij. 'Ik wil zijn stem even horen.'

Lauren zuchtte. 'Goed dan. Ik geef hem mijn telefoon. Let alsjeblieft op wat je zegt.'

Alsof ze dat niet zou doen.

'Olivia.' Door zijn krakende stem klonk hij tweehonderd jaar oud.

'Hallo papa.' Zij klonk twaalf jaar oud.

'Zeg maar tegen die waardeloze echtgenoot van je dat als ik jonger was, ik hem tot moes zou slaan.'

'Maak je geen zorgen, het komt goed. Het gaat goed, echt.' De tranen welden op en weigerden zich terug te trekken. Had ze ooit zo glashard tegen hem gelogen? 'Zoals je al zei, ben ik beter af zonder hem.'

'Je vindt vast een betere man. Je bent jong en mooi.'

'Ja, vast wel. Het is beter zo.' Ze veegde haar tranen weg en merkte tot haar ergernis dat er gewoon weer nieuwe opkwamen. Ze moest haar uiterste best doen om haar stem kalm en gelijkmatig te houden, en ze concentreerde zich op haar buikademhaling. 'Het is een mooie dag. Ik sta vlak naast de Santa Monica Pier. Weet je nog dat we hier samen gingen vissen?'

'Natuurlijk.' Hij zuchtte. 'Natuurlijk…'

'Zorg goed voor jezelf, oké, pap?'

'Olivia.' Laurens stem weer. 'Hij moet rusten.'

'Ja, ik weet dat hij –' Ze boorde haar reserves van goede manieren en beleefdheid aan. 'Dank je wel dat ik hem even mocht spreken.'

'Ik begrijp het. En het spijt me van Derek. Je vader heeft gelijk. Hij was niet goed genoeg voor je.'

En jij bent niet goed genoeg voor mijn vader.

'Bedankt.' Olivia probeerde monter te klinken en hing op. Ze veegde de tranen weg en nam even de tijd om haar ademhaling weer diep en rustig te laten worden. Ze kon maar beter haar zussen bellen, dan had ze het maar achter de rug.

Wanneer zou ze weer eens een vrolijke emotie hebben?

Als eerste belde ze Rosalind. Rosalind zou precies zo reageren als Olivia wilde. Rosalind was een rots in de branding. Zelfs toen ze haar haren in alle kleuren van de regenboog verfde en van hot naar her fladderde, was ze er altijd geweest wanneer het nodig was. Eve daarentegen... Eve was rustig en ietwat mysterieus. En dat rustige en ietwat mysterieuze gaf Olivia steevast het gevoel dat Eve haar veroordeelde.

'Hé, Olivia! Ik zat net aan je te denken. Over je te piekeren, eigenlijk. Hoe is het leven na je tv-programma?'

'Fantastisch. Ik heb net de longen uit mijn lijf geschreeuwd bij een auditie.' Ze was haar zus immens dankbaar dat ze niet meteen naar Dereks sperma vroeg.

'Hè, balen. Heb je het echt slecht gedaan of voelde het alleen maar zo?'

'Ik heb geen idee. En het kan me eigenlijk ook niet meer schelen. Het is allemaal zo afgezaagd. En er spelen op dit moment andere dingen.'

'Vervelende dingen? Wat is er dan?' Zo was Rosalind: meteen klaar om steun te bieden.

Olivia werd warm vanbinnen. 'Jij en Eve hadden gelijk over wat Jade heeft gezegd.' Ze vertelde haar zus de schokkende details en wist dat Rosalind haar pijn zou voelen.

'O, Olivia. Wat vreselijk. Ik kan gewoon niet geloven dat hij al die jaren tegen je gelogen heeft over iets wat zo belangrijk voor je was. Ik snap echt niet wat er mis is met sommige mensen. Waarom kan niet iedereen gewoon normaal zijn?'

Olivia snoof. 'Net als wij, bedoel je?'

'Je snapt wat ik bedoel. Eerlijk en open en... ik weet niet, beschaafd! Ik zag laatst die documentaire van Fred Rogers, heb je die gezien? Ik heb de ogen uit mijn kop gejankt. Was iedereen maar zo zorgzaam en vriendelijk.' Ze zuchtte. 'En wat nu? Wat ga je – Hé, waarom kom je niet een tijdje naar het oosten, dichter bij Eve en mij? Gewoon om even bij te komen. Ik weet dat je aan je filmcarrière wilt blijven werken, maar misschien heb je even een pauze nodig.'

'Zou kunnen.' De dag was zo zonnig en hoopvol dat het absurd leek dat ze zich zo somber en wanhopig voelde. 'Ik weet het niet. Ik heb geen idee.'

'Heb je het papa verteld?'

'Ja, daarnet.' Ze durfde niet te bekennen dat het bijna zijn dood was geworden.

'Wat zei hij?'

'Hij was boos. Lauren zei dat ik bij haar broer in Maine moest gaan logeren. Alsof dat iets oplost.' Ze wist niet eens waarom ze het zei. 'Was dat geen alcoholist?'

'Nee, dat is die andere, Ben.'

'Hoe weet je dat allemaal?'

'Weet ik veel. Heeft ze weleens verteld.'

'Pff.' Olivia pulkte nog liever de haren uit het doucheputje dan dat ze Lauren een persoonlijke vraag stelde.

'Je zegt steeds dat je Maine zo mist. Bij Stuart logeren is misschien wel een ideale manier om er even uit te zijn.'

'Ik kan me niets deprimerenders voorstellen. Mijn huis, mijn yogaleraar, mijn manicure, mijn masseur en mijn kapper achterlaten?' Ze wachtte tot Rosalind in de lach schoot, maar dat deed ze niet. Olivia besloot zich niet beledigd te voelen. 'En hoe weet jij hoe haar broer heet?'

'Hij en zijn vrouw Georgia waren op de bruiloft van papa en Lauren, weet je dat niet meer? Lange, zwijgzame man, leuke vrouw met rood haar.'

Olivia kon zich er niets van herinneren. 'Dat heb ik verdrongen.'

'Ja, dat was ook een moeilijke dag voor je. Voor ons allemaal. Bryn en ik hebben op dit moment niets belangrijks op de agenda. Ik kan ook naar je toe komen.'

'Nee, je bent hier net geweest. Ik red me wel. Echt.' Ze was blij dat het zo makkelijk was om mensen te overtuigen van iets wat ze zelf nauwelijks geloofde. Wat lag er voor haar in het verschiet behalve verveling, eenzaamheid en verdriet?

'Ik maak me zorgen over je.'

'Ik ben sterk. Net als mama. Ik overleef het wel.' Ze schrok van haar eigen woorden. Mama had het niet overleefd.

'Gelukkig lijk je niet zóveel op mama,' grapte Rosalind cynisch. 'Kom dan naar New York. Ik heb ruimte genoeg. Er valt hier heel wat meer te beleven dan bij Stuart.'

Door Rosalinds lieve bezorgdheid begon Olivia's muur te wankelen. Er dreigde een nieuwe tranenvloed, maar daar wilde ze haar zus niet mee belasten. Ze redde zich wel, toch? 'Als het echt slecht gaat, doe ik dat misschien wel. Dank je wel dat je naar mijn gezeur wilde luisteren.'

'O nee, zeuren is "boehoe, ik heb een *bad hair day*". Dit is niet zeuren. Dit is een ernstige en enorm grote verandering in je leven.'

Dat was het ook. 'Ik moet gaan, Rozzy.'

'Ik bel je snel, oké? En als je me nodig hebt, bel mij dan. Ik ben maar één vliegticket bij je vandaan.'

'Dank je.' Olivia vocht verbeten tegen haar tranen. Rosalind was geweldig. Als er iemand het geluk verdiende dat ze haar biologische familie en Bryn had gevonden, was zij het. 'Ik hou van je.'

'Ik ook van jou. Zal ik Eve voor je bellen? Ik weet hoe vreselijk het is om dit soort boodschappen te moeten brengen.'

'Nee, nee, ik bel haar wel, bedankt. Waarschijnlijk later vandaag.' Olivia nam afscheid, liet haar tranen een halve minuut de vrije loop en droogde daarna haar ogen. Ze boog haar hoofd naar achteren om de zon op haar gezwollen, vlekkerige gezicht te voelen. Niet te lang – ze had geen zonnebrandcrème op – maar net genoeg om van de warmte en het licht te kunnen genieten.

Even later trok ze zich met tegenzin terug in de schaduw. Ze voelde zich rustig en min of meer geestelijk gezond. En ze had honger, voor het eerst in dagen. Weken. Sinds Jades telefoontje tijdens de picknick op Zuma Beach. Maar ze had niet zomaar trek; ze had trek in friet en een hamburger met alles erop en eraan: uien, kaas en een dikke klodder Thousand Island-dressing. Daar had ze zin in.

Met haar blauwe schoenen in haar hand liep ze terug naar haar auto. Ze trok ze aan en volgde vervolgens de aanwijzingen van haar gps naar de dichtstbijzijnde hamburgertent op West Washington Boulevard. Toen ze geparkeerd had en in de rij was gaan staan, liep het water haar al in de mond.

Haar telefoon ging. Cherie, haar agent.

Olivia hapte naar adem. Betekende dit een vervolgauditie? Hadden ze haar geschreeuw zo mooi gevonden? De adrenaline schoot door haar lijf. Hoorde het ook bij de wet van Murphy dat je het succes pas vond als je bijna aan de grond zat? Misschien had ze vanwege haar intense verdriet wel de vertolking van haar leven gegeven. 'Ben ik door?'

'Wat? Nee. O nee, sorry, Livvy. Ik heb niets gehoord.'

Nee. Olivia had schoon genoeg van dat woord. En ze had er ook schoon genoeg van om Livvy genoemd te worden, ook al had ze Cherie al een keer of honderd gecorrigeerd. Maar ze bevond zich niet in de positie om iemand af te snauwen.

De rij schoof naar voren. Ze keek omhoog naar het menu, dat ze nog uit haar hoofd kende. Misschien nam ze wel een dubbele hamburger. In elk geval friet. En in elk geval met alles erop en eraan.

'Heb je Onafhankelijkheidsdag gevierd vorige week? Was het leuk?'

Nee. 'Onwijs leuk. En die van jou?'

'Ook onwijs leuk! Je bent toch wel klaar voor woensdag, hè? *LA Morning*?'

O shit. Over twee dagen kwam ze op tv. Door dit eten zou ze opzwellen als een ballon. Dan zou ze op woensdag nog steeds vet zijn. En waarschijnlijk een pukkel op haar gezicht hebben. 'Natuurlijk.'

'Ze willen dat je in een jurk komt. Niet al te chic. Professioneel, maar toch vrouwelijk. Oké?'

De jongen vóór Olivia stapte naar voren om zijn bestelling te plaatsen, terwijl medewerkers achter de balie zich haastten om de vraag bij te houden.

'Ja, natuurlijk.' Een jurk? Geen pak met een lekker ruim jasje om haar opgeblazen buik van haar schranspartij te verbergen?

'Ze willen dat je er om zeven uur bent. Ruim op tijd komen, oké?'

Olivia wilde schreeuwen: natuurlijk kom ik ruim op tijd; ik doe dit al een eeuwigheid. Maar Cherie was waarschijnlijk haar laatste kans. Ze had alle andere agenten ontslagen of kwaad gemaakt.

'Prima, bedankt dat je me eraan herinnert.'

De jongen vóór haar stapte opzij. Olivia verroerde zich niet en staarde naar de vrouw achter de balie, die afwachtend glimlachte. Olivia was een meter tachtig en had een zandloperfiguur; haar normale gewicht zou tussen de eenenzestig en een vijfenzeventig kilo moeten liggen. Normaliter woog ze achtenvijftig, waarschijnlijk nu wat minder door de stress. Maar een casting director had haar ooit mollig genoemd. Op tv leek je vijf kilo dikker.

Ze kon dit niet eten. Ook mocht ze tot woensdag niet meer huilen, anders zou ze dikke ogen hebben. Waar was ze in godsnaam mee bezig?

'Haal me eruit, Cherie. Ik kan hier niet mee doorgaan.'

'Wat?' krijste Cherie bijna. 'Dat meen je niet, Olivia. Zeg me dat je het niet meent.'

Olivia kon het wel uitschreeuwen. Een complete uitbarsting.

Ooit heb je het gemaakt, Olivia, helemaal gemaakt, en zul je misschien nog wel beter zijn dan ik. Als de weg erheen niet zwaar is, doe je iets verkeerd.

Ze zuchtte. 'Natuurlijk meen ik het niet. Ik ben woensdag in de studio. Ruim op tijd. In een jurk.'

En dan doe ik alsof ik onvruchtbaar ben, dacht ze. Alsof mijn man niet de grootste nachtmerrie is die ooit geboren is. Ze sloot haar ogen en voelde zich draaierig van de honger en de vermoeidheid.

‘Mevrouw?’ De vrouw achter de balie deed niet eens haar best om haar ongeduld te verbergen. ‘Mevrouw? Kan ik uw bestelling opnemen?’

Olivia opende haar ogen en keek omhoog naar het menu. Haar maag rammelde.

Geef nooit op.

Ze draaide zich om en liep weg.

Hoofdstuk 4

15 oktober 1993 (vrijdag)

Een ramp. Ze willen dat ik in Solitary Vengeance *een naaktscène doe, ook al weet iedereen in deze business dat ik dat niet doe. Ze begrijpen niet waarom niet. Ze denken dat ik preuts ben. Preuts! Ik heb een topless portret van mezelf in ons huis hangen. Maar zelfs als alleen de cameraman en de regisseur me naakt zien, zijn dat er twee te veel. Ze zouden zien dat ik niet normaal ben. Ze zouden zien dat er iets mis met me is. Ze zouden het aan iemand kunnen doorvertellen. Ze zouden het aan iedereen kunnen doorvertellen.*

Dat kan ik niet riskeren. Ik moet alles in het werk stellen om dit te ontlopen zonder mijn reputatie in gevaar te brengen van iemand die volledig toegewijd is aan haar kunst en aan het script. Als mensen de misselijkmakende waarheid over mijn lichaam te weten zouden komen, zouden mijn carrière en mijn leven voorbij zijn.

Als er niets anders op zit, geef ik met liefde de grootste prima-donna-driftbui uit mijn carrière ten beste. Ik ben zo ver gekomen zonder dat iemand erachter is gekomen, en ik heb drie prachtige dochters van wie iedereen denkt dat ze van mij zijn. Dat ga ik niet op het spel zetten. De schaamte zou mijn dood worden.

Vastberaden de jouwe,
Jillian

Olivia stond in de comfortabele artiestenfoyer van LA *Morning* en probeerde er rustig uit te zien, net als de twee andere nerveuze mensen in de kamer. De een was een man van middelbare leeftijd in een slecht zittend pak, die voor zich uit staarde en met zijn vingers tegen zijn dijbeen trommelde. De ander was een jonge vrouw in spijkerbroek, op hoge hakken en met een gele blouse met een geruite kraag, die onderuitgezakt in haar stoel met haar gezicht tegen haar telefoon geplakt zat.

In de ene hoek stonden een kan water en benodigdheden voor thee en koffie, in een andere hoek stonden potplanten. Er lagen showbizztijdschriften op bijzettafeltjes die naast zachte fauteuils stonden waar Olivia niet in ging zitten om haar jurk niet te kreuken. Ze was in een spijkerbroek hierheen gekomen en had zich op het toilet omgekleed, waarbij ze eerst haar hakken aandeed, zodat ze niet voorover hoefde te buigen wanneer ze haar jurk aan had. Een van de vele glamourlessen van de buitengewoon glamoureuze Jillian Croft.

Olivia had slecht geslapen en had bij het ontbijt geen hap door haar keel kunnen krijgen. De afgelopen twee dagen had ze al haar energie gestoken in niet huilen, wat betekende dat ze zichzelf ook niet toestond om te ontspannen. 's Avonds slaappillen en whisky. Geen massages. Geen therapie. Geen meditatie of yoga. Niets waardoor haar hersenen de tijd zouden krijgen om na te denken over haar rampzalige leven. Ze was extra veel gaan sporten, was eindeloos wezen winkelen, en had geluncht met een vriendin die ze in geen jaren had gezien, die maar liefst een paar minuten lang over iets anders dan haar op alle vlakken bovengemiddelde kinderen had gepraat.

Een zeer welkome ontwikkeling was dat Olivia, doordat ze de reden van haar kinderloze bestaan uit haar leven had geschopt, minder verbittering en afgunst had gevoeld bij de verhalen over Catha's kinderen. Er was tenslotte geen reden waarom Olivia niet nog steeds kinderen kon krijgen, alhoewel ze op haar leeftijd wel een beetje moest opschieten.

Ondanks de catastrofe met Derek wist ze dat ze opnieuw wilde trouwen, maar dan met de juiste, net als haar ouders. Ze wilde iemands vrouw zijn. Ze was dol geweest op Bill Chandler, de gedistingeerde gescheiden man met wie ze vóór Derek iets had gehad, maar ze had het uitgemaakt toen duidelijk werd dat zijn trouwbeloftes slechts leugens waren die hij zelf graag wilde geloven.

Olivia liep naar een tafeltje, pakte een tijdschrift op en legde het weer neer, de bewonderende blik negerend van de man van middelbare leeftijd die haar met zijn ogen volgde. Ze liep weer terug en stopte voor de spiegel om zichzelf nog eens te inspecteren. Door stress en slaapgebrek staken haar jukbeenderen een beetje te scherp af, en ze had de kringen onder haar ogen alleen met een zeer dikke laag make-up weten te camoufleren.

Het goede nieuws was dat het niet-huilen had gewerkt. Haar ogen waren helder en niet gezwollen. Toen ze die ochtend op de weegschaal was gaan staan, had ze met een schok van zowel ontzetting als intense tevredenheid geconstateerd dat ze nog maar zesenvijftig kilo woog, waardoor haar outfit – niet helemaal de conservatieve look waar de studio om had gevraagd – als gegoten zat.

Ze kon niet ontkennen dat ze er waanzinnig goed uitzag. In de nauwsluitende jurk kwamen haar elegante borsten mooi uit, en de smaragdgroene kleur stond prachtig bij haar ongewoon lichtbruine ogen en kastanjebruine haar – dezelfde kleur als haar moeder had gehad.

Ondanks de schaamte die ze diep vanbinnen voelde voor het feit dat ze niet zwanger kon worden, was Olivia vastbesloten om de boodschap uit te dragen dat onvruchtbaarheid een vrouw niet minder vrouwelijk maakte. Daar was haar moeder het levende bewijs van geweest.

Een sjofele man met opzettelijk warrig haar, een versleten spijkerbroek en een slobberig zwart T-shirt kwam met een klembord in zijn hand de kamer in. Olivia keek hem stralend aan en probeerde haar paniek te verbergen. Hoe oud was hij, twaalf? Dertien? Waarschijnlijk vijfentwintig. Ze zagen er elk jaar jonger uit.

'Jacob Thalston? Je mag meekomen.'

'Ja, dat ben ik. Oké, dank je.' De man trok zijn das recht, stond langzaam op en liep schoorvoetend naar de deur, alsof hij op weg was naar het schavot.

Olivia slaakte een zucht van opluchting. Waarom was ze toch zo braaf op tijd gekomen? Ze zat liever zenuwachtig thuis dan hier in deze zogenaamd gezellige kamer, waar ze moest doen alsof ze de rust zelve was.

God, wat was ze nerveus. Niet voor de camera's – voor de camera staan was haar werk, haar passie, haar leven – maar omdat ze moest liegen over zoiets persoonlijks als haar lichaam, dat toch een onlosmakelijk onderdeel was van haar identiteit. Ze kon niet bevatten hoe haar moeder de leugen had kunnen volhouden, niet één keer, maar telkens weer... Drie keer een nepbuik dragen, geïnterviewd worden, aangegaapt worden, onderwerp van roddels zijn, en maar blijven lachen, die magnifieke, magnetische glimlach van haar, schijnbaar onverstoord door haar bedrog.

Als haar moeder het kon, kon Olivia het ook.

Ze schudde haar armen los en draaide haar hoofd eerst de ene kant op en daarna de andere, waarbij ze overdreven kauwbewegingen maakte om haar kaken los te maken, en ze tot diep in haar buik inademde in een poging haar balans te hervinden. Het kon haar niks schelen dat het er raar uitzag.

Helaas werkten de gebruikelijke technieken niet. Ze voelde zich nog steeds gespannen en niet in balans. Haar maag rammelde zo hard dat de jonge vrouw van haar telefoon opkeek. Ook dat nog.

'Sorry.'

'Maakt niet uit. Ik val ook om van de honger.' Ze rekte zich uit en stond op. Haar blouse spande zich om een kleine zwangerschapsbuik. 'Weet jij of hier een toilet is? Mijn blaas is zo klein als een tuinboon geworden.'

Olivia wees naar de uitgang en keek haar groen van jaloezie aan. Een baby! Die vrouw was hier vast om een happy end aan de uitzending te geven. 'Deze deur door en dan rechtsaf.'

'Dank je.'

Zodra ze alleen was, pakte Olivia haar telefoon en belde Eve. Haar jongste zus had onlangs schoorvoetend toegegeven dat ze al jaren worstelde met angst- en paniekaanvallen, omdat een hufter van een vriend van mama, de producent Silas Angel – de minst toepasselijke achternaam die er bestond – haar als kind had aangerand. Als iemand Olivia ter plekke advies kon geven over hoe ze met deze belachelijke angst moest omgaan, was Eve het.

'Hé, Olivia, ik heb LA *Morning* op mijn computer aanstaan en ben aan het wachten tot jij komt. Er is nu een of andere psychiater aan het woord. Wat is er?'

Olivia aarzelde en zocht naar de juiste woorden. Dit was geen situatie waar ze zich prettig bij voelde. Zij was altijd de competente oudere zus die de weg bereidde voor de jongere twee, vooral sinds mama's dood.

Zet je eroverheen, Olivia.

'Ik kom hierna. Ik ben alleen... een beetje zenuwachtig.'

'Dat verbaast me niets.' Al klonk ze wel verbaasd. 'Dit is niet jouw programma.'

'Dat is het niet. Het is meer dat ik straks de spreekbuis voor onvruchtbare vrouwen word, terwijl ik dat helemaal niet meer ben. Waarschijnlijk niet tenminste. Het voelt als een leugen.'

'O. Aha. Maar jij en Derek waren samen onvruchtbaar. Dus het is niet echt een leugen.'

'Weet ik. Maar ik...' Ze ademde diep in. 'Ik vind het toch moeilijk.'

Eve zuchtte meelevend. 'Angst heeft niets met logica te maken, anders zouden we het wel uit ons hoofd kunnen praten.'

'Ik vroeg me af of je een tip had. Een techniek waar jij baat bij gehad hebt.'

Er viel een korte stilte die Olivia niet goed kon duiden. 'Ja hoor. Tuurlijk. Je weet al wel hoe je moet ontspannen en wat je met je ademhaling en je houding moet doen, toch?'

'Ja, ja, dat doe ik allemaal al.' Ze wilde niet prikkelbaar overkomen, maar Eve om hulp vragen maakte haar chagrijnig. 'Dat is een standaard onderdeel van de toneelopleiding.'

'Probeer dit dan eens. Mijn therapeut noemt het jezelf troosten. Je wordt je bewust van je angst en doet alsof je een vriendin bent die er last van heeft. Zeg tegen jezelf wat je tegen die vriendin zou zeggen. Het klinkt raar en voelt stom, maar het werkt echt.'

'Bedoel je zoiets als "ach Olivia, het geeft niet dat je straks tegen het halve land gaat liegen"?'

'Precies. En het geeft ook niet. Toen ze je uitnodigden, dacht je echt dat je een probleem had – je wist alleen niet dat Derek het probleem was. Hou dat in gedachten. Onthoud dat je alleen al doordat je al die jaren van teleurstelling hebt doorgemaakt, vrouwen veel te bieden hebt. Of wat je ook maar zou zeggen om een andere Olivia te helpen.'

'Ik zal het proberen. Denk ik.' Ze rolde haar hoofd van links naar rechts om haar gespannen nekspieren op te rekken. 'Bedankt voor je hulp, Eve.'

'Graag gedaan.' Eve zei het op dezelfde, enigszins verbaasde toon als daarnet – of geamuseerd, of beide. 'Volgens mij is dit de eerste keer dat jij mij om advies vraagt.'

'O. Nou.' Olivia had geen idee wat ze daarop moest zeggen.

'Wel fijn, vind ik.' Eve's stem klonk warmer. 'Het betekent veel voor me.'

O ja? Waarom? Was Olivia zo'n vreselijke oudste zus? Zij en Eve konden zich inderdaad nogal aan elkaar ergeren, maar ze had niet verwacht dat om psychologische hulp vragen een doorbraak zou betekenen. 'Oké, mooi. Ik ga het proberen.'

'Succes. Bel gerust nog een keer als je hulp nodig hebt. Marx en ik gaan over een paar dagen naar Washington Island. De eerste schop is in de grond gegaan voor tante Shelleys huis.'

'Spannend! Je eerste ontwerp dat vorm krijgt.' Dit voorjaar was Eve met haar hond Marx door Lauren de Manipulator naar Washington Island gestuurd, ogenschijnlijk om voor een jeugdvriendin van Lauren te werken, die – wat een verrassing – Eve's biologische tante bleek te zijn. Lauren vond het blijkbaar niet nodig om de keuze bij Eve te laten of ze haar biologische familie wilde leren kennen of niet. Als Lauren zoiets met

Olivia had geprobeerd, zou Olivia ziedend geweest zijn. 'Hoe gaat het met Shelley?'

'Goed, volgens mij. Ik heb zin om haar weer te zien. Ik blijf er een paar weken om met de nieuwe opdrachtgever te werken.'

'En om Clayton te zien?'

'Clayton is druk in Chicago,' antwoordde Eve stijfjes.

'O.' Olivia rolde met haar ogen. 'Ik dacht –'

'Maar hij probeert zo vaak mogelijk langs te komen.' Ze grinnikte demonisch.

'Hoera.' Olivia grijnsde triomfantelijk, de eerste oprechte lach van de dag. 'Duik nu in godsnaam eens met hem de koffer in. Dat hele "eerst vrienden zijn" slaat nergens op.'

'Ik beloof je dat je de laatste bent die het hoort.'

Olivia lachte plichtmatig, bedankte haar zus nogmaals en hing op.

Eens kijken of ze zichzelf kon troosten. Ze draaide zich weg van de hoek waar ze zich in teruggetrokken had, hervatte haar diepe ademhaling met het gewicht op beide voeten en de rug recht.

'Lieve Olivia, ik begrijp waarom je staat te trillen als een sneue amateur, maar je doet dit echt om een goede reden. Je moeder zou ongelofelijk trots op je zijn.'

De techniek werkte best goed toen ze het een paar keer had herhaald. Haar schouders zakten nog wat verder omlaag en haar adrenalineniveau daalde ook iets. Niet slecht.

Meneer Sjofel deed de deur weer open en liet de dokter uit, die nu met de zelfverzekerde tred liep van iemand die ontsnapt was aan de hel zonder ook maar een wenkbrauw te schroeien.

Meneer Sjofel keek op zijn klembord. 'Olivia Croft? We zijn klaar voor je.'

'Super.' Ze glimlachte om te laten zien hoe geweldig ze het vond, en wou dat ze dat ook echt vond. 'Ik ben ook klaar voor jullie.'

Hij hield de deur open en ging haar toen voor naar een grote ruimte, die voor de helft in beslag genomen werd door het bekende decor van *LA Morning*. Bob Allen en Barb Vardham zaten op comfortabele, blauwgroene stoelen, met voor zich een lage tafel met glazen water erop en achter zich een nepuitzicht op LA. Het plafond hing vol lampen die in alle richtingen wezen. Het leek op de studio van *Crofty Cooks*, alleen twee keer zo groot en waarschijnlijk met vijftig keer zoveel budget. Anders dan bij *Crofty Cooks* was hier wel een klein publiek in de studio aanwezig.

'We roepen je erbij als de reclame begint. Voel je je oké?'

'Ja hoor.' Ze glimlachte naar meneer Sjofel, vastbesloten om de indruk te wekken dat ze alles onder controle had. In stilte bedankte ze haar zus voor haar kalmeringstip. 'Dit is voor mij bekend terrein.'

'We zijn naar de reclame gegaan.' De productieleider wenkte Olivia zonder haar aan te kijken. 'Volgende gast, alsjeblieft.'

Olivia liep met opgeheven hoofd de set op, waar Bob en Barb op haar wachtten met een geroutineerde, verwachtingsvolle uitdrukking op hun gezicht.

'Hallo, ik ben Olivia Croft, aangenaam.'

'Hoi Olivia, leuk dat je er bent.' Barb, die zodanig op een barbiepop leek dat ze haar naam eer aandeed, stak stijfjes haar hand uit.

'Leuk om je te ontmoeten, Olivia.' Bob was een gezette, joviale man met vakkundig gecoiffeerd donker haar dat zo perfect grijs bij de slapen was dat Olivia vermoedde dat het erop geschilderd was. 'Ik was een groot fan van je moeder.'

'Jij, ik en de rest van de wereld.' Ze nam plaats op de gastenstoel, trok haar rok recht, boog haar immer bij elkaar gehouden knieën naar links en zwaaide haar haren over haar schouders naar achteren. Vertrouwde gebaren die in deze onbekende omgeving vreemd aanvoelden.

'En we zijn weer terug over drie... twee...' De productieleider telde de rest in stilte af en wees toen met zijn vinger.

Barb keek stralend de camera in. 'We zijn terug met een zeer bijzondere gast: Olivia Croft, de oudste dochter van Jillian Croft. Hier in LA is ze bekend als de fantastische presentatrice van *Crofty Cooks*. Welkom, Olivia.'

'Dank je wel.' Olivia glimlachte naar Barb en vervolgens naar de camera, schijnbaar in haar element, maar met gebalde vuisten in haar schoot en nog steeds een licht gevoel van paniek in haar hoofd. Ze mocht dit interview niet verprutsen. Dat was gewoon geen optie. Al was het maar omdat Derek misschien keek.

'We hebben het vandaag over een moeilijk onderwerp dat voor mensen vaak lastig bespreekbaar is. On-vrucht-baar-heid.' Bob zong de lettergrepen bijna en wendde zich vervolgens met een gepaste bezorgde blik tot Olivia. 'Vertel eens, Olivia, hoelang hebben jij en je man geprobeerd zwanger te worden, en speelt dit nog steeds?'

Speelt dit nog steeds? Die vraag kon ze maar beter ontwijken. 'Mijn man en ik proberen al meer dan vijf jaar om zwanger te worden. We zijn bij alle specialisten geweest, maar uit geen enkele test kwam iets abnormaals naar voren. Het is gewoon niet gelukt. Ik bedoel, het lukt gewoon niet.'

Jezus. Haar paniek nam toe en ze werd kwaad op zichzelf. Kom op, Olivia. Zorg op zijn minst dat je niet in de verleden tijd spreekt. Dit was niets voor haar. Ze was een professional.

Laat nooit je zwakke kant zien.

'Wauw, dat moet bijna moeilijker zijn dan wanneer ze wel iets gevonden hadden, toch?'

'Ja, Barb, absoluut. Want er is geen enkele reden dat het niet lukt.' Hiervoor moest ze even op haar tanden bijten. Het zweet prikte op haar hoofdhuid en onder haar oksels. 'Onvruchtbaarheid is nooit gemakkelijk, maar als er iets specifieks mis is, kun je het probleem oplossen of leren accepteren dat het niet oplosbaar is. Dat was bij ons niet zo. Is bij ons niet zo.'

Niet in de verleden tijd, Olivia.

'Je moeder had ook moeite met zwanger worden, toch?'

Olivia draaide haar hoofd naar Bob, onmiddellijk in de beschermende-waakhondstand. 'Waarom denk je dat?'

Hij leek lichtelijk uit het veld geslagen. 'We vonden een artikel in het tijdschrift *People* waarin jouw geboorte werd aangekondigd. Daarin verklaarde je moeder dat het haar en Daniel Braddock zeven jaar had gekost om zwanger te worden.'

Godzijdank. 'Aha. Ja. Sorry, dat was ik vergeten.'

'Denk je dat er enig verband is?' vroeg Bob.

'Met mijn moeder? Nee. Dat denk ik niet.' Olivia schraapte haar keel en dacht razendsnel na. 'Nee. Mijn moeder, eh, wist... het probleem op te lossen.'

Shit. Ze had nog nooit voor de camera naar woorden moeten zoeken. Nog nooit. Haar moeder had haar op alle mogelijke interviews voorbereid totdat ze in elke situatie adequaat wist te antwoorden. Jillian zou zich in haar graf omdraaien als ze zag dat haar beste leerling er zo'n potje van maakte.

'Kennelijk, want anders zat je hier niet.' Bob lachte zijn tv-lach en Barb lachte perfect getimed mee. Het publiek volgde gehoorzaam hun voorbeeld. Wat een goede grap.

Toen werd hij ernstig. 'Olivia, voordat jij hier zat, hoorden we van dokter Thalston dat stellen met vruchtbaarheidsproblemen allerlei emoties doormaken, en dat deze... moeilijkheid in feite het verlies van controle over hun leven betekent, wat flinke psychologische gevolgen kan hebben.'

'Inderdaad, Bob.' Barb schudde treurig haar hoofd. 'Hij beschreef een cyclus van ongeloof, woede, verdriet, schuldgevoelens, verwijten, angsten en depressie. Hebben jij en je man vergelijkbare ervaringen gehad, Olivia?'

Hadden ze dat? Was het veilig om dat te zeggen? Hoe ging ze dit spelen? Ze kwam er niet uit. Shit. Ze moest íéts zeggen.

'O. Ja. Die... al die dingen. Die emoties. Die hebben we allemaal doorgemaakt.' Ze zweette als een otter, klemde haar kaken op elkaar, haar maag kolkte en haar glimlach verstijfde.

Klotezooi. Ze was het aan het verprutsen. Olivia Croft, die normaal op tv aan één stuk door praatte, die verzot was op aandacht, altijd in de spotlights wilde staan en elke kans aangreep om geestig, mooi en fantastisch te zijn, zat hier machteloos, verward en beschaamd te hakkelen.

Gelukkig borrelde er op dat moment woede in haar op, die heerlijke, krachtige, energie gevende woede, waardoor de mist in haar hersens optrok. 'Het was een van de moeilijkste dingen die we als stel hebben meegemaakt.'

'Hoelang zijn jij en Derek al getrouwd?'

'Een eeuwigheid.' Ze liet het klinken als de nachtmerrie die het ook geworden was.

Oprecht gelach van het publiek in de studio. Bob en Barb deden enigszins ongemakkelijk mee. Blijkbaar hadden ze niet verwacht dat ze een verbitterde heks zouden interviewen.

Maak je borst maar nat, mensen.

'Serieus, hoelang?' vroeg Bob.

'We zijn acht jaar getrouwd. Dit heeft onze relatie veranderd. Zonder twijfel.'

Zonder enige twijfel, en ze hoopte dat de klootzak nu zat te kijken en dat het angstzweet hem uitbrak.

'Zou je kunnen zeggen dat deze strijd jou en je man dichter bij elkaar heeft gebracht?' Barb leunde naar voren, een eind-goed-al-goed-antwoord verwachtend dat Olivia nu in haar hoofd zou moeten formuleren om alle kijkers te geven wat ze wilden horen.

Zou ze kunnen zeggen dat dit haar en haar man dichter bij elkaar had gebracht?

Olivia's gedachten vertraagden. Ze keek naar de overdreven tandpastaglimlach van Barb en werd zo razend op de hufter die haar in deze positie had gebracht, dat het haar opeens geen donder meer kon schelen wat er gebeurde, niet met haar, niet met LA *Morning*, niet met wie of wat dan ook.

'Nee.'

Barbs ogen werden groot.

'Wat naar om horen.' Bob keek zo invoelend als mogelijk was voor een presentator die op het punt stond sappige, controversiële roddels in zijn programma te horen te krijgen.

'Ik kan me voorstellen dat dit voor elk koppel zwaar zou zijn.' Barb deed haar best om meelevend te kijken, maar de fonkeling in haar ogen was onmiskenbaar.

'Sterker nog...' Olivia begon er plezier in te krijgen, niet op een leuke manier, maar zoals je genoot van met borden gooien of het stuksnijden van de autobanden van je vijand. '...we gaan scheiden.'

Bob deed alsof hij naar adem hapte. 'O nee. Maar zoiets kan dus gebeuren, hè? Door de spanning van niet weten wat er mis was, waarom het niet lukte om zwanger te worden? Dat moet zwaar zijn geweest.'

Olivia lachte, maar het klonk alsof er een schoothondje werd gewurgd. 'Het was inderdaad zwaar. Maar weet je wat echt zwaar was, Bob? Weet je wat echt het allerzwaarst was?'

Bob had overduidelijk geen idee. En hij wilde het overduidelijk dolgraag weten.

'We gaan scheiden omdat ik erachter ben gekomen waarom het niet lukte om zwanger te worden.' Ze stelde zich voor dat Derek het in zijn absurd dure spijkerbroek deed zodra hij in de gaten kreeg wat ze ging doen, wat ze niet van plan was geweest te doen totdat ze in dit programma kwam en voor het eerst in haar leven een black-out op televisie kreeg ten overstaan van de opgewarmde lijken Bob en Barb.

Olivia... Het verstandige stemmetje in haar zei dat ze volwassen moest zijn en zich niet moest verlagen tot Dereks niveau.

'Dus je bent erachter gekomen wat er mis was?' Barb leunde nog verder naar voren en zag de kijkcijfers al de lucht in schieten. 'Mag ik vragen wat dan precies het probleem was?'

Olivia zei tegen het verstandige stemmetje dat het de pot op kon. De wraak zou zo zoet zijn dat ze het al bijna kon proeven.

'Mijn man Derek is gesteriliseerd.' Haar stem brak. 'Jaren geleden. Voordat we getrouwd waren.'

Opgewonden gemompel vanuit het publiek.

De vermoeidheid en de angst werden haar te veel. Tranen welden op en stroomden over haar wangen – ongewild, maar mijn god, wat heerlijk theatraal. Ze drukte haar handen tegen haar wangen, een slachtoffer overmand door emoties, en fluisterde met trillende stem: 'Dat heeft hij me nooit verteld.'

Hoofdstuk 5

18 januari 1994 (dinsdag)

Papa is met spoed aan zijn hart geopereerd. Ik moest de set verlaten, ben onmiddellijk naar Bangor gevlogen en ben vervolgens als een gek naar het ziekenhuis in Greenville gereden (in de sneeuw!), maar dat was voor mama natuurlijk nog niet snel genoeg. Christina was er al wel; waarom had ik er zo lang over gedaan? Christina woont in Maine! Natuurlijk was ze er eerder! Maar dat zei ik maar niet. Wat heeft het voor zin?

Het zag er heel vreemd uit, papa in een ziekenhuisbed. Ik ken Arnold Moore niet anders dan rechtop en sterk. Ze zeggen dat de operatie geslaagd is, maar dat hij voortaan rustig aan moet doen. Daar kan ik me nauwelijks iets bij voorstellen. Hij werkt al zijn hele leven met zijn handen en zijn lijf.

Mama deed afschuwelijk tegen mij. Ze zal me nooit vergeven dat ik zonder iets te zeggen ben vertrokken, hoe vaak ik ook zeg dat ik pas besefte wat ik had gedaan toen ik zelf kinderen kreeg, dat ik destijds alleen maar aan mezelf dacht en dat ik er enorm veel spijt van heb.

Wat natuurlijk niet helemaal waar is. Als ik haar mijn plannen had verteld, zou ze me hebben opgesloten. Ik moest steeds tegen mezelf zeggen dat wat ik ook zeg of doe geen verschil maakt. Maar het is gewoon zo moeilijk voor iemand als ik, voor wie het vanzelfsprekend is om andermans standpunten te begrijpen, om te beseffen dat mama echt alleen maar aan zichzelf denkt. Het is makkelijker om haar als een heks te zien, maar dat is niet eerlijk, want ze zegt gewoon wat volgens haar de waarheid is.

Het huis ziet er vreselijk uit. Waar is al het geld gebleven dat ik haar gestuurd heb? Alle mooie apparaten en meubels waarvan ik dacht dat ze ze mooi zou vinden? Nergens te bekennen. Ze moet me echt heel erg haten.

Met verdrietige groet,

Jillian

De nasleep begon langzaam. Allereerst de gretige reacties van Barb en Bob op de set, die geschoktheid en medeleven veinsden, maar bijna grinnikten van opwinding. Hoe had Olivia gereageerd op de ontdekking dat Derek gesteriliseerd was? Hoe had hij zoiets kunnen doen? Wat ging ze nu doen? Was een stel dit ooit eerder overkomen? Ze wilden graag reacties van kijkers ontvangen.

Olivia wist niet meer wat ze had geantwoord en wat ze nog meer had gezegd. Ze was te gespannen, had te veel adrenaline in haar lijf. Naast een vleugje schuldgevoel omdat ze zich zo had verlaagd, had ze immense vreugde gevoeld dat ze zo zoet wraak had genomen op Derek voor de verpletterende leugen die hij haar en hun huwelijk had aangedaan, waarbij hij willens en wetens haar meest gekoesterde hoop de grond in had geboord, en blijkbaar ook nog zonder enige wroeging of spijt.

Het teken dat er iets groters broeide, begon met het telefoontje van Cherie vlak nadat Olivia was aangekomen in haar te grote, te lege huis in Brentwood. Uitgeput en verdoofd na de rit door het drukke verkeer had ze haar huispak aangetrokken en had ze zich afgevraagd wat ze nu moest doen met de grote eenzame leegte die voor haar lag. De overtuiging dat ze een rechtvaardige klap had uitgedeeld, was omgeslagen in twijfels en zorgen over de gevolgen en de vraag of ze enige hoop kon koesteren op een snelle en relatief pijnloze scheiding. Met een beetje geluk had niemand die stomme uitzending gezien, of hadden degenen die wel hadden gekeken geen enkele belangstelling voor haar problemen.

'Livvy, wat een gouden greep vandaag.'

Olivia stond voor de koelkast. Haar hoofd zei tegen haar lichaam dat ze wat moest eten, maar haar lichaam weigerde als een opstandige peuter.

'Zo zou ik het zelf niet willen noemen.'

'Bob en Barb zijn door het dolle heen. De telefoons en hun website stonden roodgloeiend na jouw optreden. Ze zeiden dat ze nog nooit zoiets hadden meegemaakt. Jij bent de tragische heldin van dit moment.'

Olivia moest er half om lachen. 'Dat meen je niet.'

Haar telefoon piepte dat er nog iemand belde. Eve.

'Ik meen het, schatje. Je hebt jezelf landelijk in de kijker gespeeld. Ik zie de producers hier al vechten om dit verhaal. Dit kan goud zijn voor ons.'

'Wauw.' Ze lachte weer, een tikkeltje hysterisch. Ze wilde beroemd zijn, niet berucht. Cate Blanchett, niet Lorena Bobbitt.

'O mijn God, TMZ belt. Ik moet gaan. Ik bel je terug.'

Olivia legde haar telefoon neer en deed de koelkastdeur dicht. De roddelpers. Dat was slecht nieuws. Maar goed, het was nog steeds mogelijk de schade te beperken. Ze zou hen niet te woord staan. Dereks geheim onthullen viel misschien eenmalig te vergeven – haar temperament, rauwe emoties – maar interviews geven, dat ging te ver. Dat kon ze zelfs hem niet aandoen.

Olivia's telefoon ging opnieuw. Rosalind. 'Hoi Rozzy.'

'Olivia! Wauw, wat een actie! Ik stond te juichen voor de tv. Goed gedaan, zus. Hij heeft het verdiend!'

Olivia lachte, weer die gewurgde schoothond. 'Ik sloeg een beetje door, geloof ik.'

'Je was geweldig. Heel overtuigend. Het zag eruit alsof je hem in eerste instantie probeerde te beschermen, maar vervolgens brak en de waarheid moest toegeven. Het was fantastisch om te zien.'

Haar hoop nam toe. Als iedereen het zo zag… 'Dank je.'

'Weet je of Derek het gezien heeft?'

Olivia kromp ineen. 'Daar kom ik vast snel genoeg achter.'

'Ja, dat zal wel. Ik hoop dat het niet al te erg wordt.'

'O, het wordt zeker erg.' Ze deed de koelkast weer open, omdat de vrolijke stem van haar zus haar maag het verkeerde idee gaf dat hij wel wat te eten kon verdragen. Yoghurt moest kunnen. Ze pakte een doos frambozen en zocht in de kast naar muesli.

'Als Eve of ik langs moet komen om hem in elkaar te slaan, laat maar weten. Wat een eikel. Hij heeft het dubbel en dwars verdiend. Ik ben supertrots op je.'

Olivia glimlachte, lepelde de yoghurt in een kom en strooide er een flinke hand muesli overheen. 'Dank je, Rozzy.'

Ze liep met de yoghurt naar de woonkamer, negeerde het telefoontje van Cherie die terugbelde, en vroeg zich af wanneer er een eind zou komen aan deze afschuwelijke combinatie van haar man haten én hem missen. Ze had hem in tweeën gesplitst: ze miste de Derek die ze in haar hoofd had gecreëerd en haatte degene die hij in het echt bleek te zijn.

Maar zo eenvoudig was het niet eens.

Ze ging op de bank zitten en keek al etend om zich heen. Ze moest het huis opnieuw inrichten en alles wegdoen wat ze samen met Derek had gekocht. Het zou makkelijker zijn om de pijn te verdringen als ze hier niet voortdurend aan hem herinnerd werd, alle spullen zag met de verhalen die erbij hoorden, aan de tijd dacht dat ze de liefde hadden bedreven op de bank waar ze nu op zat of samen in de luie stoel hingen, Olivia bij hem op schoot, met z'n tweeën een glas wijn delend. Het schilderij waar ze allebei verliefd op waren geworden in een kleine galerie in Milaan. Het vloerkleed dat ze van een marktkoopman in Casablanca hadden gekocht.

Wat zou ze allemaal nog meer opnieuw moeten inrichten? Ze hadden over de hele wereld gereisd, voor zover hun carrières het toestonden, en op de beste plekken gegeten en gedronken. Overal geskied, gezeild, gezwommen, geklommen, gewandeld en de liefde bedreven.

Klootzak.

Op het hoogtepunt van haar yoghurt met verdriet belde Eve weer.

‘Heb je jezelf de laatste tijd nog gegoogeld?’

Olivia snoof, want ze wilde niet toegeven hoe vaak ze dat inderdaad deed. Alleen de laatste tijd niet. ‘Ik heb wel wat beters te doen. Hoezo?’

‘Je gaat viral.’

Olivia zette haar kom neer. ‘Dat meen je niet.’

‘Online nieuwszenders hebben het verhaal opgepikt. Het gaat als een razend vuurtje rond.’ Eve klonk bezorgd. ‘Mensen… reageren.’

‘Reageren?’

‘De meeste mensen zijn kwaad op Derek.’

‘En terecht.’ Olivia ging iets meer rechtop zitten.

‘En anderen?’

‘Die denken er anders over.’

‘Wat maakt het uit. Het zijn hun zaken niet.’

‘Als je op tv zoiets zegt, is het wel een beetje te laat voor privacy.’

Olivia zakte naar achteren tegen de kussens. Ze had liever Rosalinds reactie. ‘Oké. Hoe erg is het?’

‘Erg. Misschien moet je je verontschuldigen of zo.’

‘Verontschuldigen!’ Ze stond zo abrupt op dat ze haar knie tegen de tafelpoot stootte. Ze bukte en wreef er stevig over, haar moeders remedie tegen elk letsel. ‘Moet ik me verontschuldigen omdat mijn man mijn leven heeft geruïneerd?’

‘Olivia, het is echt erg.’ Eve klonk bang. ‘Mensen bedreigen je.’

Olivia ging weer zitten en voelde zich plotseling duizelig. Anoniem bashen – het laagste niveau van communicatie, en het lafste. ‘Bedreigen ze me?’

‘Ja. Ik zou… ik weet niet… misschien bij een vriendin gaan slapen?’

‘Meen je dat?’

‘Ja, Olivia. Het is gewoon eng.’

‘Ik ga zelf even kijken en dan bel ik je terug.’ Ze stak de telefoon in haar zak en rende naar boven om op haar laptop te kijken hoe erg het was.

Erg.

Ja, sommige mensen stonden aan Olivia's kant en haatten Derek. Maar sommige mensen haatten haar en wilden dat ze zichzelf iets aandeed. Of ze wilden haar zelf iets aandoen. Of allebei tegelijk.

Een paar uur lang bleef ze waar ze was, verlamd van afschuw en van de snelheid waarmee de informatie, waar en onwaar, zich verspreidde. Ze had dit weliswaar eerder gezien, maar net als de meeste menselijke drama's was het heel anders nu het haarzelf overkwam.

Derek had in een tweet alles ontkend en Olivia een leugenaar genoemd, een verbitterde, labiele vrouw die op wraak zinde nadat hij had aangekondigd te willen scheiden.

Jade had zich erin gemengd, zichzelf introducerend als Dereks exvrouw, en had, ter verdediging van Olivia, het sterilisatieverhaal bevestigd. Derek noemde Jade vervolgens ook een leugenaar en een verbitterde vrouw. Kennelijk trouwde hij daar graag mee.

Boze mannen schaarden zich achter de arme Derek om hem te verdedigen tegen wraakzuchtige wijven. Sommigen wilden Olivia en Jade vermoorden. Anderen wilden hen verkrachten en dan wurgen. Gangbangen, ouderwets neerknuppelen, lynchen, openbaar martelen en onthoofden.

Zoveel intrigerende methodes! Wat een verbeeldingskracht!

Anderen gingen daar weer op in. Juist Derek verdiende die martelingen, niet Olivia of Jade. Baby's werden ter adoptie aangeboden aan Olivia. Er werden verschillende castratietechnieken geopperd voor Derek.

Een verpleegkundige die in de Beverly Hills-kliniek had gewerkt, waar Derek en Olivia een vruchtbaarheidsbehandeling hadden ondergaan, deed ook een duit in het zakje. Ze had het al die tijd geweten van Derek en vond hem de walgelijkste persoon die ze ooit had ontmoet. Door het medische beroepsgeheim was ze aan handen en voeten gebonden geweest, maar ze had het vreselijk gevonden om Olivia zo lang te zien lijden! Ze wilde Derek met haar blote handen wurgen. God zou hem zeker naar de hel sturen.

Nog meer meningen. Nog meer filmpjes. Geamuseerde presentatoren op regionale zenders die vlak voor het reclameblok over het voorval vertelden, als luchtig element in het programma. Olivia's ellende was vermaak voor het hele land.

Ze bleef lezen totdat ze zo overstuur was dat ze moest stoppen. Hijgend klapte ze haar laptop dicht. Dit was een ramp. Het was doodeng.

God, was mama er maar, dacht ze. Zij zou precies weten hoe je hiermee om moest gaan. Mama wist overal mee om te gaan.

Toen haar telefoon ging, schrok ze op en keek ze angstig naar het schermpje, ook al vond ze dat ze niet zo paranoïde moest doen. Ze ging heel voorzichtig met haar mobiele telefoon om. Alleen familie en goede vrienden hadden haar nummer.

Het was familie. Shit.

Ze rechtte haar rug. 'Derek.'

'Waar ben je in godsnaam mee bezig?'

'Met mij gaat het goed, dank je. Hoe gaat het met jou?' Ze stond op en begon door hun – haar – slaapkamer te ijsberen.

'Ik zit in de shit en dat is jouw schuld.'

'Jij zit in de shit? Heb ik soms kinderen? Nou?' Haar stem zwol aan tot een paniekerige gil.

Maak het nou niet nog erger, dacht ze bij zichzelf. Ze dwong haar stem een octaaf omlaag. 'Luister. Je hebt me iets vreselijks aangedaan. Ik was boos en heb jou iets vreselijks aangedaan. We hadden ons allebei niet zo moeten gedragen. Maar dan staan we nu quitte. We hoeven geen –'

'Quitte? Noem je dit quitte? Ik kwam net van de bank en toen werd ik bespuugd door een vrouw.'

Olivia's huid begon te tintelen, en ze schaamde zich voor haar eerste gedachte: was hij naar de bank gegaan? Moest ze hun rekeningen blokkeren? Lieve hemel, waren ze echt zo diep gezonken?

'Vrouwen vinden het fout wat je hebt gedaan.'

'Vrouwen horen niet te weten wat ik heb gedaan.'

De woede welde weer in haar op. 'Wat is dat nou voor excuus voor al die jaren dat je tegen me hebt gelogen? Boehoe, ik ben betrapt?'

'Ach, hou toch eens je bek, met dat verwende luxeleventje van je.'

Olivia's mond viel open. In al die jaren dat ze getrouwd waren, had Derek nooit zo tegen haar gepraat, zelfs niet als hij heel boos was. Ze deinsde achteruit tot in de hoek van de slaapkamer. De muur voelde stevig en koel tegen haar rug.

'Wat zei je?'

'Het enige waar je om geeft, waar je ooit om gegeven hebt, is jezelf. Ik werd er doodziek van om dat al die jaren te moeten aanhoren.'

Zijn woorden waren een klap in haar gezicht. Na wat hij haar had aangedaan, haar moedwillig het kind had onthouden waar ze zo naar verlangde, had Olivia het niet voor mogelijk gehouden dat Derek haar nog meer pijn kon doen. Ze wilde op de grond in elkaar zakken. In plaats daarvan trok ze zich echter op aan de enige kracht die ze nog in zich had – haar woede.

'Om wie gaf jíj dan toen je verzweeg dat je onvruchtbaar was? Om mij?'

'Ik kon het je niet vertellen.'

'Waarom niet?'

'Dan zou je me hebben verlaten.' Zijn stem was nauwelijks herkenbaar als die van de man die zulke lieve woordjes kon fluisteren; het was een trillend, lelijk gegrom waar ze ijskoud van werd. 'Als je het had geweten, zou je niet bij me zijn gebleven.'

'Die keuze lag niet bij jou.'

'Het was de enige keuze die ik had.'

Olivia legde haar hand tegen haar voorhoofd en kneep haar ogen dicht in een poging rustig te worden en zich te concentreren. 'Dus... je was bang om me kwijt te raken?'

Ze hoefde niet op zijn misselijkmakende lach te wachten om te weten dat ze een romantische dwaas was.

Derek had nooit kinderen gewild. Derek had háár nooit gewild, niet echt. Hun huwelijk, dat ze met heel haar hart was aangegaan, ging alleen maar over het leven dat ze hem kon geven, en dat was waarschijnlijk van het begin af aan zo geweest. De toewijding en de aanbidding? Allemaal toneelspel zodat ze bij hem zou blijven. Zodat ze zou betalen voor alles wat die arme jongen uit Mississippi altijd al had gewild.

Ze wilde op handen en knieën met haar hoofd tegen de muur bonken totdat haar hersenen pulp waren en ze niet meer kon denken of voelen.

Met de grootste moeite wist ze een geluid te produceren. 'Je bent bij me gebleven voor het geld. Mijn geld. Daarom ben je met me getrouwd.'

Hij ademde diep in, en als ze daarnet een romantische dwaas was geweest, dan was ze dat nu helemaal, omdat ze stiekem hoopte – oprecht hoopte – dat hij ging zeggen dat ze niet zo idioot moest doen. Dat hij boos was geweest, maar dat hij natuurlijk van haar hield.

'Je moet je excuses aanbieden. Publiekelijk. Een verontschuldiging online zetten en zeggen dat je boos was en dat je alles hebt verzonnen, dat je ongelijk had. Dat moet je echt doen, Olivia.' De dreigende toon was onmiskenbaar. 'Nu meteen.'

Want anders?

'Nu meteen, Olivia. Dat is verdomme wel het minste wat je kunt doen.'

Ze gleed tegen de muur naar beneden en dacht aan de goede tijden, de gelukkige tijden. De nog betere tijden. En de akelige tijden, de afschuwelijke eenzaamheid die ze als zijn echtgenote had gevoeld, een leegte die ze met een kind had proberen te vullen. Wat was ze stom geweest. Wat had ze haar kop in het zand gestoken.

'Nee, Derek. Het minste wat ik kan doen, is dit.' Ze verbrak de verbinding en gooide de telefoon naast zich op de hardhouten vloer.

Een halfuur later zat ze nog steeds in de hoek van de kamer. De dreigementen van Derek en van woedende internetgebruikers stapelden zich op in haar hoofd tot ze verlamd was van angst.

Haar vader had haar als middelbare scholier een keer meegenomen naar de LA Opera, waar *Othello* werd opgevoerd, Verdi's opera gebaseerd op het werk van Shakespeare. Olivia had het geweldig gevonden tot aan het derde bedrijf, waarin Desdemona zich klaarmaakt voor de nacht. Ze wordt gewekt door haar man, die zingt dat hij is gekomen om haar te doden, en dat ze zich moet voorbereiden op de dood. Olivia had haar hoofd in haar vaders schouder verborgen omdat ze het niet kon aanzien. Sindsdien had ze de scène in geen enkele andere versie meer willen zien. Hoeveel gewelddadige of gruwelijke films ze na die tijd ook had gezien, er was niets wat ze zo huiveringwekkend had gevonden als deze man, die rustig en weloverwogen de vrouw wurgt van wie hij houdt.

Haar telefoon ging opnieuw. Ze schrok op, stootte haar hoofd tegen de muur en slaakte een verraste kreet. Wat als het Derek weer was? Wat als hij buiten stond? Ze draaide de telefoon om alsof er een schorpioen onder verscholen zat.

Lauren.

Voor de eerste keer in haar leven nam Olivia het telefoontje van haar stiefmoeder met enige gretigheid aan. 'Hoi Lauren.'

'Er gaat vanavond een late vlucht naar Bangor vanaf LA. Ik heb een ticket voor je gekocht. Mijn broer verwacht je. Ga nu, voordat de verslaggevers op je stoep staan. Als ze er niet al staan. Of voordat een of andere gek je adres in handen krijgt. Als je nu gaat, haal je het net. Alsjeblieft, Olivia.'

Duizend protesten kwamen in haar hoofd op, en toen nog eens duizend, maar het enige wat ze deed, was overeind krabbelen, al met haar hoofd bij wat ze moest inpakken, en twee woorden uitspreken die ze nog nooit zo welgemeend tegen Lauren had gezegd.

'Dank je.'

Hoofdstuk 6

19 mei 1994 (donderdag)

Mijn rol in Solitary Vengeance *is de beste rol die ik ooit heb gespeeld, beter nog dan die in* Dangerous Fall. *Ik ben zo ontzettend enthousiast! Ik weet zeker dat er hierna meer rollen zullen komen. Ik kan niet wachten om ze te krijgen! Voor mij geen langzaam wegglijden in de vergetelheid; ik heb bewezen dat ik een blijver ben en dat ik alleen maar beter word.*

Zodra de opnames klaar zijn, willen Daniel en ik voor het eerst zonder de kinderen op vakantie, op een tweede huwelijksreis naar Griekenland. Ik moet scripts lezen en hij moet stukken nakijken, maar als je je werk op een balkon doet met uitzicht op de Middellandse Zee, hoe kan het dan als werk voelen?

Als het gaat zoals ik wil, zal deze reis degene met wie Daniel het doet voor de rest van zijn leven uit zijn bed houden. Ik ben van plan op alle mogelijke manieren helemaal fantastisch te zijn.

Met fantastische groet,

Jillian

Olivia stopte voor het huis van Stuart en Georgia Patterson, waar ze haar straf zou uitzitten totdat het stof was neergedaald en ze weer naar huis kon. Zo abrupt inpakken en vertrekken was een hel geweest. Maar hier aankomen, in de staat waar ze als kind zo graag op vakantie ging, voelde als opluchting. Alsof ze terugging naar haar jeugd, toen ze nog geen verantwoordelijkheden had, gelukkig was in de schoot van haar familie, en de halve wereld haar nog niet wilde afmaken.

Het grote, witte, victoriaanse huis van de Pattersons stond statig op een glooiende heuvel aan het eind van een lange oprit, vlak na de afslag van de snelweg. Ze stapte uit de witte Volkswagen Jetta die ze op het vliegveld had gehuurd. Ondanks haar uitputting en bonkende hoofdpijn als gevolg van haar zelfmedicatie met die schattige flesjes Woodford Reserve-whisky in het vliegtuig op de nachtvlucht vanuit LA, nam ze de tijd om haar ogen te sluiten en haar longen een paar keer te vullen met de verrassend frisse lucht hier aan de kust van Maine, die geurde naar dennen, zout en zee. Een bedwelmend aroma dat haar Stille Oceaan, hoe prachtig en wild die ook was, niet had.

Ze snoof de lucht nogmaals op, maar haar nostalgische adempauze werd onderbroken door het opengaan van de voordeur. In de deuropening stond een roodharige vrouw van middelbare leeftijd met blauwe ogen en sproeten. Ze droeg een overall die haar figuur volledig verhulde en ontblootte met een zonnige glimlach haar grote tanden.

'Welkom, Olivia. Welkom.' De vrouw – Olivia nam aan dat het haar stieftante Georgia was – liep met uitgestrekte armen op haar af. Kennelijk wilde ze haar omhelzen.

Olivia boog met een stijf glimlachje voorover en verloor door Georgia's enthousiaste knuffel bijna haar evenwicht op haar laarzen met hoge hakken. Voor zo'n klein vrouwtje was ze onverwacht sterk. Ze kwam maar net tot Olivia's sleutelbeen.

'Ik ben zo blij dat je ons komt opzoeken.' Georgia week achteruit, maar hield Olivia's armen vast en keek haar onderzoekend aan. 'Arme meid, wat heb je toch veel meegemaakt.'

'Dank je. Wat aardig van jullie dat jullie me wilden ontvangen.'

'Geen enkel probleem, heel graag gedaan.' Een licht zuidelijk accent maakte Georgia's stem zangerig en muzikaal. 'Kom binnen, kom binnen. Geef mij je tas maar.'

'Tassen.' Olivia drukte op de knop van haar autosleutel. De klep van de kofferbak ging gehoorzaam open en toonde haar felrode koffers.

'Drie!' Georgia schoot in de lach. 'Schatje, hier heb je alleen schoon ondergoed nodig, twee korte broeken en zeven shirts. Eén keer per week doen we de was.'

'Ik ben nogal overhaast vertrokken. Ik had geen idee waar ik mee bezig was. Ik heb maar gewoon alles meegenomen.'

'Heel goed, maakt niet uit. We hebben plek zat. Dit huis is te groot voor ons tweeën. Fijn om er nog iemand bij te hebben.' Ze haalde de twee grootste koffers eruit alsof ze niets wogen. 'Stuarts ouders hebben ons dit huis gegeven. Tussen ons gezegd en gezwegen: ik zou liever iets kleiners hebben, maar soms heb je het niet voor het kiezen. De prijzen zijn in Belfast nu veel hoger dan toen mijn schoonouders dit kochten, dus dit huis is goud waard. Deze kant op.'

Normaal gesproken zou Olivia gek worden van zoveel geklets, maar bij deze vrolijke, levendige vrouw, met haar zangerige stem en warme ogen, was de woordenstroom onverwacht troostend. Het betekende ook dat Olivia's uitgeputte hersenen niets hoefden te verzinnen om te zeggen. En ze was opgelucht dat Georgia aan haar kant stond in dit gruwelijke debacle.

Of ze was te beleefd om het te zeggen als het niet zo was.

'Laat mij de koffers maar dragen, Georgia. Ze zijn belachelijk zwaar.'

'Dat zijn ze inderdaad.' Met snelle, ferme passen liep ze naar het huis. 'Til ik nu het lichaam van je man?'

'Was het maar waar.'

'Waarschijnlijk beter van niet. Anders zou het zo onaangenaam gaan ruiken.' Bij de deur aangekomen trok ze de hor open en duwde ze met haar heup de voordeur open. 'Heb je al geluncht?'

Olivia volgde haar de lichtgele hal in. 'Broodje krab bij McLaughlin Seafood in Bangor.'

'Lekker eten hebben ze daar.' Georgia gebaarde in de hal met haar hoofd naar de houten trap. 'Ik zal je je kamer laten zien. Je kunt zo lang uitrusten als je wilt. Die nachtvluchten zijn slopend.'

'Dank je wel dat ik hier mag schuilen.'

'Lieve hemel, dat is wel het minste wat we kunnen doen.' Ze liep de trap op. 'Echt, ik vertrouw mijn man volledig, maar als je dan hoort wat er met jou is gebeurd, krijg je toch de rillingen. Dan denk je: "Zij vertrouwde háár man waarschijnlijk ook." Wat moet je dan nog?'

'Niet meer vertrouwen.' Olivia vond het al meteen een heerlijk huis; ze had een glimp opgevangen van gezellig ingerichte kamers met hoge plafonds naast en achter de trap, waarvan de krakende treden in het midden bijna tot op het blanke hout waren versleten. Een comfortabele plek, het perfecte toevluchtsoord als je even moest ontsnappen aan je eigen leven.

'Zonder vertrouwen kun je geen huwelijk hebben.'

'Mee eens.' Olivia volgde haar gastvrouw naar een grote kamer met een hemelbed, een schommelstoel en een bureau. Hij bood een prachtig uitzicht op de baai en de haven van Belfast ertegenover. 'Daarom stop ik ook met getrouwd zijn.'

'Ik neem het je niet kwalijk.' Georgia legde de grootste koffer op een kofferrek. 'Zo. Normaal gesproken zouden we je in het gastenverblijf onderbrengen, maar Duncan is er, en die kunnen we er niet uit schoppen.'

'Duncan.' Olivia zocht in haar hoofd naar informatie over Laurens familie, maar die naam zei haar niets.

'Duncan en onze zoon Nate zijn samen opgegroeid, als broers. Duncan heeft het laatste jaar van de middelbare school zelfs bij ons gewoond toen zijn familie naar Florida verhuisde. Voor Stuart en mij is hij als een tweede zoon. Zijn zoon Jake is waarschijnlijk onze enige kans op een kleinkind, aangezien Nate het te druk heeft met zijn restaurant in Portland. Dat heeft hij altijd al gewild, maar echt, die jongen heeft nergens anders meer tijd voor.'

'Aha.' Olivia luisterde maar met een half oor naar de stortvloed van informatie, omdat de aanblik van de bloemetjessprei op het bed zo uitnodigend was.

'Daar is je eigen badkamer. Er hangen schone handdoeken op het rek achter de deur. Even kijken, wat nog meer...' Georgia dacht even na. 'Nou ja, Jake is hier wanneer zijn vader op de werf werkt. Dat is het bedrijf van mijn man. Jake doet op dit moment een dutje, maar hij wordt zo wakker.

Duncan en zijn vrouw wonen al een tijdje niet meer samen. Ze liggen in scheiding.'

'Ach, wat erg.' Het standaardantwoord, maar nu Olivia op het punt stond in dezelfde situatie te belanden, besefte ze dat felicitaties soms meer op hun plaats waren dan medeleven. Ze was nog niet zo ver dat ze zichzelf feliciteerde, maar ze kon zich inmiddels wel voorstellen dat dat ooit zou gebeuren.

'Ja, het is echt jammer.' Georgia perste haar lippen op elkaar. Met haar handen op haar heupen keek ze naar de koffers, maar Olivia kreeg de indruk dat ze niet alleen aan de bagage dacht. 'Ik zal nog een rek voor je koffers zoeken.'

'Nee hoor, doe alsjeblieft geen moeite.' Olivia onderdrukte een geeuw en moest tot haar schaamte bekennen dat ze wilde dat deze aardige, gastvrije vrouw haar met rust liet.

'Wat je wilt. Deze ladekast is leeg.' Georgia trok de bovenste la open en daarna de la eronder, alsof ze wilde bewijzen dat ze gelijk had. 'In de hangkast is ook veel ruimte. Leg je spullen daar maar in, dan kunnen we je koffers op zolder zetten om ruimte te besparen.'

'Dank je wel.'

'Oké, volgens mij is dat alles.' Georgia spreidde haar armen om Olivia nog een knuffel te geven die de lucht uit Olivia's longen perste. 'Rust lekker uit. Kom maar naar beneden wanneer je er klaar voor bent, dan kletsen we dan verder.'

'Ja, bedankt. Doen we.' Olivia hield haar zinnen zo kort mogelijk en uiteindelijk vertrok Georgia. Ze deed zorgvuldig de deur achter zich dicht en liet Olivia in een zalige stilte achter.

Zo.

Olivia keek de kamer rond, die ingericht was voor iemand die meer van franjes en een landelijke stijl hield dan zij. Hoelang zou dit haar thuis zijn? Eén week? Twee weken? Het verschil met LA kon bijna niet groter zijn, maar ze voelde een sterke emotionele en familiale band met deze staat, zowel vanwege de zomers in Stirling, ten noordoosten van Belfast, als vanwege de bezoekjes aan oma Betty, haar moeders moeder, meer naar het noorden en landinwaarts, in het relatief geïsoleerde Jackman. Met uitzondering van Californië voelde Olivia zich hier waarschijnlijk meer thuis dan waar ook.

Een halfuur later, nadat ze haar enorme lading spullen, toiletartikelen en kleren in de kasten had opgeborgen en haar koffers uit het zicht had geschoven, viel ze op bed. Het lag heerlijk en had dikke donzen kussens, in Olivia's ogen de enige acceptabele soort.

Ze rolde op haar rug en keek naar het hoge witte plafond. Met haar blik volgde ze een kronkelende scheur, af en toe bijna niet te zien, met grijze stofdraden die als Spaans mos naar beneden hingen.

Wat moest ze hier doen? Ze kon haar vader en Lauren opzoeken in het verzorgingshuis in Blue Hill, ongeveer een uur rijden hiervandaan. Ze had haar laptop meegenomen. Ze had boeken meegenomen. Ze had een leeg schrift meegenomen voor het noteren van ideeën voor een nieuw programma, of een boek, of... welke volgende stap ze ook zou zetten.

Welke volgende stap zou ze zetten? Haar moeder had haar op alles voorbereid, behalve op wat ze moest doen als dat 'alles' niet werkte. Hoeveel andere kinderen waren er die er nog niet in waren geslaagd om hun absurd getalenteerde ouders in hun voetsporen te volgen? Voelden zij zich net zoals zij? Misschien moest ze een praatgroep beginnen voor Kansloze Kinderen van Uitzonderlijke Talenten. Acroniem: KKUT.

Olivia grijnsde. Genoeg negativiteit voor vandaag. Ze leefde nog, was gezond, had een liefdevolle familie, en wat haar carrière betrof, gooide ze de handdoek nog niet in de ring.

Zo. Hielp dat?

Nee. Dat soort praatjes hielp nooit.

Ze probeerde Eve's troost-jezelf-techniek nog eens. 'Olivia, je bent door een hel gegaan, die je weliswaar deels zelf hebt veroorzaakt. Dit is niet de tijd voor belangrijke levensbeslissingen. Ga gewoon lekker ontspannen op deze mooie plek, dan komt er vanzelf wel iets opborrelen. Als er een deur dichtgaat, gaat er ergens anders wel een raam open.'

Hielp dat? Ja. Best goed eigenlijk.

Het plafond bestuderen werd saai en langzaam vielen haar ogen dicht.

Ze schrok op bij het horen van een kinderstem en snelle voetstapjes op de gang. Blijkbaar was zowel zij als Jake wakker geworden.

Ze waste haar gezicht in de ouderwetse diepe wastafel in de badkamer en bracht haar make-up opnieuw aan, blij dat ze haar verlichte spiegel had meegebracht. Snel haalde ze een borstel door haar haar en toen was ze klaar voor een avond met vreemden, voor zover ze dat ooit zou zijn. Georgia was heel warm geweest, maar Olivia maakte zich zorgen om Stuart. Wie weet wat Lauren hem had verteld over haar oudste maar zeker niet liefste stiefkind. Olivia's verblijf zou een stuk aangenamer zijn als hij niet al bij voorbaat tegen haar was opgestookt.

Toen ze bij de deur was, ging haar telefoon. Ze keek op het schermpje en kreunde. Ze overwoog niet op te nemen, maar… Lauren wilde waarschijnlijk weten of ze veilig was aangekomen. Olivia had haar vader gebeld tijdens haar tussenstop in Philadelphia en vond hem tot haar opluchting sterker klinken. Ze had hun een berichtje moeten sturen toen ze aankwam.

'Hoi Lauren. Ik ben aangekomen.'

'Dat wilde ik even weten. Je vader slaapt. Hij was blij met je telefoontje vanochtend.'

Olivia vertrok haar gezicht. Ze vond het vreselijk wanneer Lauren haar relatie met haar vader overnam. 'Ja, dat zei hij al.'

'Wanneer kom je naar Blue Hill? Daniel wil je graag zien. Hij maakt zich zorgen.'

'Weet ik nog niet. Over een paar dagen? Ik moet eerst een beetje bijkomen. Ik laat het je nog wel weten.' Ze zou Lauren nogmaals moeten bedanken voor dit logeeradres, maar de woorden bleven in haar keel steken.

'Prima. Sterkte, Olivia. Doe rustig aan. Het is echt… erg voor je wat er is gebeurd.'

Ze verstarde. 'Wat weet papa ervan?'

'Alles. Hij zegt dat hij trots op je is omdat je terugsloeg.' Uit haar toon en zorgvuldige manier van articuleren bleek duidelijk dat ze het niet met haar man eens was. Maar omdat ze geen greintje lef had, zou ze dat nooit zeggen en veroordeelde ze Olivia dus gewoon in stilte.

'Oké. Ik ga Georgia even helpen met het avondeten.'

'Ze is een goede kok. Je zult lekker eten daar. En als je iets nodig hebt, Olivia, kun je –'

'Ik bel papa morgen, bedankt.' Ze gooide haar telefoon op het bed en slaakte een lange, luide grom van frustratie.

Aan de andere kant van de deur klonk een gilletje van schrik, gevolgd door een zachte plof. Jake had blijkbaar een nieuwsgierige inborst en goede oren.

Ze deed de deur open en trof een jongetje aan van een jaar of drie, vier, zittend op zijn achterwerk, alsof hij gevallen was, die haar met open mond aanstaarde.

'Hallo. Ik ben Olivia. Heb ik je bang gemaakt?'

'Ik dacht dat je een beer was.'

'Hm.' Hij was ongelofelijk schattig. Bruine ogen en omhoog krullende mondhoeken. Olivia's slechte humeur was op slag verdwenen. Ze hurkte voor hem neer. 'Kijk eens goed. Denk je dat nu nog steeds?'

Hij schudde zijn hoofd en zijn bruine lokken dansten om zijn hoofd.

'Ik wist niet dat je hier was, anders zou ik niet zo'n boos geluid hebben gemaakt.'

'Oké.' Hij staarde naar zijn gymschoen. 'Waarom was je boos?'

Omdat mijn stiefmoeder een passief-agressieve heks is. 'Soms, als ik moe ben, word ik kwaad om kleine dingen die eigenlijk niet echt belangrijk zijn. Heb jij dat ook weleens?'

'Jahaa.' Hij boog zijn hoofd achterover en trok een raar gezicht waardoor Olivia voor het eerst die dag oprecht moest glimlachen.

'Was je hier om naar me te gluren? Als een spion? Om geheime informatie te vinden?'

Zijn ogen lichtten op. 'Ja! Als een superspion!'

'Cool. Wedden dat ik je naam kan raden?' Ze sloot haar ogen en drukte haar vingers tegen haar slapen. 'Ik denk… Jake.'

Zijn ogen werden groot en toen klein. 'Dat heeft Gorgy verteld.'

'Misschien…' Ze wees op haar borstkas. 'Kun je mijn naam raden?'

'Ik weet hoe je heet. Dat heb je net gezegd.'

'Kom op, raad gewoon.'

Hij giechelde en hield zijn hoofd schuin. 'Olivia!'

'Nee. Ik ben James. Raad nog eens.'

'Nietes!' Hij schaterde het uit. 'Je bent Olivia!'

'Nee. Ik ben James. Raad nog eens.'

Hij viel bijna om van het lachen. 'Je bent Oliv… Je bent James Bond!'

'Bingo. Goed gedaan.' Dat kind was scherp. Ze was nu al verliefd op hem. 'Dus jij bent hier bij Georgia als je vader aan het werk is?'

'Ja.' Hij sloeg zijn magere armpjes over elkaar en hield op met lachen. 'Papa en mama wonen niet meer samen.'

'Wat vervelend voor je, Jake.' Ze raakte zijn arm aan. 'Maar soms is dat beter, omdat anders je vader en moeder heel ongelukkig worden. Ik ga ook scheiden.'

'Had je ook een man in je?'

Olivia's ogen werden groot. 'Eh…'

'Mijn mama had een man in zich. Daar werd papa verdrietig en soms boos van.'

Olivia moest haar best doen om zich in te houden. Alleen als dit jongetje zijn moeder en haar minnaar had betrapt, wat onwaarschijnlijk was, tenzij ze extreem onoplettend of dom waren geweest, was er geen enkele reden waarom hij zou moeten weten dat zijn moeder was vreemdgegaan, en al helemaal niet tot in detail. Juist toen Jake's welzijn de hoogste prioriteit had moeten zijn, was iemand erg onzorgvuldig geweest.

Godzijdank waren bij haar scheiding alleen zij en Derek betrokken. Met hun waardeloze beslissingen en slechte gedrag deden ze alleen zichzelf en elkaar pijn.

'Scheiden is moeilijk. Maar je vader en moeder zullen altijd evenveel van je blijven houden.'

'Ja.' Zijn hoofd ging op en neer. Hij krabde aan een muggenbeet op zijn been. 'Dat zeggen zij ook de hele tijd.'

Dat was in elk geval goed. Olivia stond op. 'Ik denk dat ik Georgia even ga helpen met het eten. Kun je me laten zien waar de keuken is?'

'Yep.' Hij krabbelde overeind. 'Die is beneden.'

Het was een prachtige keuken, ruim en gemoderniseerd met behoud van het victoriaanse karakter, waardoor hij niet uit de toon viel in het huis. Witte kasten met handgrepen van messing en smeedijzer, een bewerkt plafond met een sierlijke, ijzeren kroonluchter boven een ronde tafel en bijpassende stoelen met houtsnijwerk. Buitengewoon smaakvol.

'Gorgy, Livia is hier. Ik hoorde haar grommen.'

'O ja?' Georgia pakte een handdoek en draaide zich met een brede glimlach om van de gootsteen. 'Hoi Olivia. Ben je geïnstalleerd?'

'Ja, dank je. De kamer is prachtig. De keuken ook trouwens.' Olivia gebaarde om zich heen. 'Ik zou hier wel kunnen wonen.'

'Soms heb ik het gevoel dat ik ook doe.' Georgia trok de gigantische roestvrijstalen koelkast open. 'Wil je een biertje of een glas wijn? De jongens komen zo thuis.'

'Het zijn geen jongens, Gorgy.'

'Nee, dat is waar. Ik neem een wijntje. Olivia, wat wil jij?'

'Een wijntje lijkt me heerlijk, dank je.' Olivia was onder invloed van haar vader een lichte wijnsnob geworden. Daniel Braddock nam het onderwerp zeer serieus. Indien enigszins mogelijk Frans, en anders Italiaans en Spaans. Hij moest niets hebben van de omhooggevallen wijnmakers in zijn staat. Op dit moment zou ze echter alles drinken om deze avond door te komen.

Georgia overhandigde haar een glas witte wijn. 'Er zit een fantastische wijnboer in Rockport, een halfuur rijden hiervandaan. Hij leert me van alles over wijn. Dit is een muscadet uit de Franse Loirevallei. Ik hoop dat je hem lekker vindt. Ik vind hem ideaal voor deze lange zomerdagen.'

Olivia nam een slokje en glimlachte, opgetogen dat ze in een huis terecht was gekomen waar ze lekkere wijn schonken. 'Heel lekker. Fruitig, maar droog.'

'Ha!' Georgia klapte in haar handen. 'Dat is precies wat hij zei. Ik vind hem gewoon lekker smaken. Maar ja, wat weet ik ervan? Ik kom uit een baptistenfamilie. Wij dronken melk of water.'

'Ik drink ook melk of water,' zei Jake. 'Ben ik dan een baptist?'

'Nee. Wees maar blij.'

'Oké. Ik ben blij. Mag ik sap?'

Georgia lachte hard haar mooie witte tanden bloot. 'Ja hoor, je mag wat sap.'

'Waar kom je vandaan, Georgia?' Olivia proefde nog eens van de wijn, blij met zo'n zalig hulpmiddel om te ontspannen. 'Het zuiden, vermoed ik.'

'Inderdaad.' Georgia keek haar vanaf de koelkast met pretlichtjes in haar blauwe ogen aan. 'Raad maar welke staat.'

'Toch niet Georgia?'

'Jawel.' Ze schudde haar hoofd, kuiltjes in haar wangen, en schonk cranberrysap in een plastic beker. 'Mijn jongere broers en zussen zijn allemaal vernoemd naar county's in Georgia. Macon, Clarke, Gwinnett, Liberty en Floyd. Mijn ouders zijn gek.'

'Mag ik ook wijn?'

'Als je wat ouder bent, lieverd.' Ze verdunde het sap met water en gaf het aan Jake, samen met een plastic schaaltje met een paar doppinda's. 'Is dit ook goed? Papa komt zo.'

'Joepie.' Hij ging op de grond zitten en begon geconcentreerd pinda's te pellen.

Georgia gebaarde naar Olivia's glas. 'Nog wat?'

Tot haar schrik zag Olivia dat haar glas bijna leeg was. 'Ja, lekker. Het was een lange dag.'

'Na alles wat jij hebt meegemaakt, mag je van mij zoveel drinken als je wilt.' Ze vulde het glas royaal bij. 'Ah, daar zijn ze.'

'Papa!' Jake sprong op en holde de keuken uit.

'Wat een schatje.' Olivia wilde het lege pindaschaaltje oppakken.

'Nee, waag het niet. Je bent te gast hier.' Georgia haastte zich om haar te snel af te zijn. 'Het is inderdaad een schatje. Hij gaat ook best goed met de scheiding om, al is het voor niemand makkelijk. Maar dat weet jij ook.'

'Inderdaad.'

'Hoi Stu.' Georgia's gezicht lichtte op toen ze haar man zag. 'Kijk eens wie er veilig en wel is aangekomen? Je nicht en ik zijn aan het bijpraten.'

Olivia kon zich voorstellen dat ze de kleine Georgia over het hoofd had gezien op de bruiloft van papa en Lauren, maar Stuart had ze moeten onthouden. Hij was breedgeschouderd, minstens een meter vijfennegentig lang en hij rook naar buiten, chemicaliën en man. Zijn nek was ongeveer even dik als Olivia's dijbeen. Hij had dunner wordend, peper-en-zoutkleurig haar, een hoog voorhoofd en ogen die opvallend veel op die van Lauren leken, maar dan donkerder blauw. Hij had een snor die om zijn mond naar zijn kin liep en die ook bedekte. Knappe kerel. Indrukwekkende verschijning.

Hij kuste zijn vrouw en keek toen naar haar. 'Olivia.' Zonder te lachen stak hij een enorme hand uit, maar Olivia kon niet zeggen of hij vijandig of gewoon gereserveerd was. 'Goed je weer te zien. Lauren heeft me door de jaren heen op de hoogte gehouden van het wel en wee van jou en je zussen.'

'Ook leuk om jou weer te zien.' Olivia's bezorgdheid dat Lauren haar kansen bij Stuart had verpest, werd niet weggenomen door de vlakke manier waarop hij tegen haar sprak. 'Bedankt dat ik hier mag logeren. Het werd me in LA nogal heet onder de voeten.'

'Dat geloof ik,' zei Georgia meelevend. 'Mensen zijn idioten.'

'Sommigen meer dan anderen.'

Olivia wilde beleefd instemmen, maar zag toen Georgia met een misprijzende blik naar haar echtgenoot kijken. Doelde hij op haar? O nee… ze was gevlucht voor de wolven maar het hol van de beer in.

Ze stak haar kin omhoog en schonk hem een oogverblindende glimlach. 'Absoluut. Je weet nooit waar je ze kunt verwachten.'

Georgia maakte een geluid dat verdacht veel op snuiven leek. Stuart had het fatsoen zijn blik te laten zakken, al kreeg hij een kleur, net als zijn zus wanneer ze boos, niet op haar gemak of in verlegenheid gebracht was. Ze had geen idee wat er door hem heen ging.

'Ik ga me even opfrissen voor het avondeten.'

Zodra hij de keuken uit was, rolde Georgia met haar ogen. 'Trek je niets aan van die stomkop. Ik hou zielsveel van hem, maar hij blijft een man en heeft dus geen enkel benul. Ik zal hem straks wel even op zijn nummer zetten, maak je geen zorgen. Zo'n fout maakt hij niet nog een keer.'

'Het stoorde me niet, hoor.' Olivia loog. Het was al vernederend genoeg om bij familie van Lauren te moeten onderduiken; dat in een half vijandige omgeving doen was ronduit onverdraaglijk. Dan zette ze nog liever een pruik en een zonnebril op en ging ze in een motel slapen.

Jake's opgewonden kinderstemmetje kwam dichterbij en even later liep hij de keuken in, een absurd knappe man achter zich aan slepend. De man was jonger dan Olivia – midden dertig, gokte ze – en had donker haar, bruine ogen en de fitte uitstraling van een man die met zijn handen en zijn lijf de kost verdient. Sexy stoppels en een ongelooflijk sensuele mond. Had een vrouw déze man bedrogen?

'Dit is papa.'

'Olivia Croft, dit is Duncan Reed.'

'Hallo.' Hij gaf een kort knikje en hield zijn handen in de zakken van zijn spijkerbroek. Hij deed nog koeler dan Stuart.

'Hallo Duncan.' Ze stak uitdagend haar hand uit. 'Ik hoor dat je een soort tweede zoon van de familie bent.'

'Ja, zoiets.' Hij trok onwillig een hand uit zijn zak en schudde de hare zonder oogcontact te maken.

Het was duidelijk waarom zijn vrouw hem had bedrogen: hij was een onbeschoft varken. Een buitengewoon knap onbeschoft varken. 'Leuk je te ontmoeten. Je zoon en ik hebben elkaar al even gesproken, toch, Jake?'

'Ik hoorde Olivia grommen, papa. Als een beer.' Jake ging op zijn hurken zitten, strekte zijn armen uit als klauwen en vertrok zijn gezicht in een grauw. 'Raaaaaahr!'

'Zo ja.' Ze keek stralend naar Duncan, hopend dat hij zou zien hoe leuk ze was en wat zou ontdooien. 'Het is een slimme jongen. Je bent vast trots op hem.'

'Ja. Bedankt.' Duncan deed een stap achteruit, eerder ongemakkelijk dan gevleid. 'Klaar om te gaan, Jake?'

'Blijven jullie niet eten?' vroeg Georgia. 'Citroenkip met rijst, niets bijzonders. Olivia, het leek me dat je op je eerste avond het liefst iets eenvoudigs at.'

'Ja, je –'

'Bedankt, maar we gaan naar huis.'

'Ahh!' Jake keek zijn vader boos aan. 'Wat eten we?'

'Hamburgers.'

'Niet weer.' Zijn schattige gezichtje vertrok in een grimas. 'Dat eten we elke dag sinds mama weg is.'

'O ja? Ik meen me van gisteravond toch een groot bord spaghetti te herinneren.'

'Ik heb genoeg.' Georgia glimlachte warm naar Duncan. 'We vinden het gezellig als jullie blijven.'

'Kunnen we alsjeblieft blijven? Alsjeblieft?'

'Vanavond niet.' Duncan tilde zijn zoon op. 'Zeg maar dag tegen Georgia. En niet jammeren.'

Jake onderdrukte een ongetwijfeld volleerd gejammer en liet zijn hoofd hangen, pulkend aan een knoop van zijn vaders blouse. 'Dag Gorgy.'

Olivia deed haar mond open om ook gedag te zeggen, maar veranderde toen van gedachten. Ze had wel genoeg afwijzing gehad voor één dag en zou onder het eten ook nog wel een portie van Stuart krijgen.

'Tot morgen, Jake. Dag Duncan.' Toen de deur achter vader en zoon dichtviel, slaakte Georgia een zucht. 'Ik had gehoopt dat ze zouden blijven. Ik maak me zorgen over die man.'

'Heeft hij het moeilijk met de scheiding? Niet dat het ooit makkelijk is.'

'Nee, inderdaad. En ja, hij heeft het er moeilijk mee.' Georgia bukte en haalde een schaal met prachtig gebruinde stukken kip uit de oven. 'Niet dat hij en Sam nou de ideale match waren, maar ze leken goed voor elkaar. Ze heeft gewoon… Nou ja, het is zoals het is. Ik mag niet roddelen.'

O jawel, dat mag je zeker wel. Olivia keek om zich heen. 'Waar kan ik je mee helpen?'

'Alles is klaar. Ik draag de kip, jij kunt de wijn meenemen. Stuart komt zo naar beneden.'

'Oké.' Olivia dronk haar glas leeg en vulde het weer bij, waarna ze Georgia naar de eetkamer volgde. De kamer had een hoog plafond en drie ramen met een prachtig uitzicht op de glooiende tuin en een charmant prieeltje dat Olivia vanuit haar slaapkamerraam niet had opgemerkt.

De massieve eiken tafel was gedekt voor vijf. Georgia zette de kip op een warmhoudplaat, haalde de twee extra borden weg en liet de drie aan het eind met het beste uitzicht staan.

'Ga lekker zitten.' Ze wees naar een van de gestoffeerde antieke stoelen en ging op de stoel ertegenover zitten. Het hoofd van de tafel was blijkbaar gereserveerd voor de heer en meester van dit huis.

Olivia hoopte maar dat haar charmes bij de heer en meester beter zouden werken dan bij Duncan, anders zou ze een hoop smoesjes moeten gaan verzinnen om niet mee te hoeven eten.

Stuart kwam de eetkamer binnen en ging zitten zonder Olivia aan te kijken. Zijn grijzende haar was keurig naar achteren gekamd en hij had zijn sweater en laarzen ingeruild voor een blauw poloshirt en een schone spijkerbroek. 'Is Duncan naar huis?'

'Hij zei dat hij niet kon blijven.'

'Aha.' Hij pakte de vleestang en hield hem boven de kip. 'Donker of wit, Olivia?'

'Donker, alsjeblieft. Niet te veel. Ik heb meer slaap dan honger.' En angst, en stress, en zin in heel wat meer wijn dan ze in het bijzijn van deze mensen zou moeten drinken.

Stuart pakte een kippendij en goot er met een lepel een boterachtig uitziende saus overheen. Uit een andere pan schepte hij er een kleine portie rijst bij en gestoomde worteltjes die, afgaand op de geur, bestrooid waren met koriander.

'Dank je, Stuart. Georgia, wat ziet dit er heerlijk uit.'

'Het is simpel. Ik ben een eenvoudige kok. Niet zoals jij.'

'O, nee hoor.' Olivia wuifde haar compliment weg. 'Wel zoals ik. Mijn programma ging juist over eenvoud. Eenvoudig en gezond, voor koks van alle niveaus.'

'Maar jij hebt ervoor geleerd. Ik heb alleen maar met mijn moeder meegekeken in de keuken.'

'Ik heb er niet voor geleerd. Ik heb ook alleen maar meegekeken in de keuken en ben toen zelf gaan oefenen. Maar in wezen ben ik actrice, geen kok.' Ze nam een hap van de kip en proefde tot haar vreugde dat die net zo zalig smaakte als ze had willen zeggen. 'Heerlijk. Het is moeilijk om de citroensmaak er echt uit te laten springen.'

'Dank je wel.' Georgia keek tevreden.

Stuart hield zijn ogen op zijn bord gericht en at gestaag door.

Het zou niet meevallen om hem voor zich te winnen. 'Hoe hebben jullie elkaar ontmoet?'

'In het vliegtuig.' Georgia keek stralend naar haar man, die met zijn vork rijst in zijn mond schoof en al kauwend zijn vork alweer vol schepte. 'We zaten naast elkaar op een vlucht naar Atlanta. Ik was op weg naar huis na een bezoek aan mijn oom; Stuart ging een boot op Sea Island bekijken. Zodra ik hem zag, wist ik dat hij de ware was.'

Olivia voelde een pijnscheut door zich heen trekken en dronk haar glas voor de helft leeg. Zij had ook gedacht dat Derek de ware was toen ze hem voor het eerst zag. Waarom leek liefde op het eerste gezicht voor iedereen te werken behalve voor haar? 'En jij, Stuart? Wist jij het ook meteen?'

Stuart haalde zijn schouders op. 'Ze zag er leuk uit.'

'Hé!'

Hij grijnsde naar zijn vrouw. 'Dat was toch zo?'

Georgia rolde met haar ogen. 'Om je vraag te beantwoorden, Olivia: ja, hij wist het ook meteen. We hebben de hele vlucht aan één stuk door gepraat, en de weken daarna ook, totdat hij naar Georgia kwam, mijn ouders ontmoette en me ten huwelijk vroeg.'

'Wat vonden zij ervan?' Olivia nam nog een slok wijn en probeerde zichzelf ervan te overtuigen dat eten belangrijker was. Zo voelde het alleen niet.

Georgia keek met glanzende ogen naar haar man. 'Ze dachten dat we gek geworden waren.'

'Dat waren we ook.'

'Jij misschien.' Ze duwde tegen zijn sterke onderarm. 'Het is prima gegaan. Maar ik moet je zeggen, Olivia, mijn eerste winter hier was een ramp. Volgens mij dreigde ik elke paar weken wel een keer dat ik terug naar huis ging.'

'Elke week.' Stuart schonk zichzelf nog wat water in.

'Dus maakten we een afspraak.' Georgia reikte Olivia een mand met broodjes aan die er zelfgemaakt uitzagen en zalig roken. 'Ik bleef, mits ik elke winter in elk geval een tijdje op een warmere plek mocht doorbrengen. Toen we jonger waren, en Nate op de basisschool zat, konden we alleen tijdens de schoolvakanties weg, en hadden we alleen genoeg geld om bij mijn familie in het zuiden te logeren. Dat waren de magere jaren, hè, schatje?'

Hij antwoordde met een knikje.

'Nu kunnen we gaan en staan waar we willen, van januari tot maart, en ik ben zo blij als een kind. In de zomer is het hier prachtig. Maar ik wil niet nog een keer doordraaien zoals toen.'

'Je zou naar Zuid-Californië moeten verhuizen.'

Stuart keek afkeurend. 'Veel te veel mensen.'

'Dat is waar, maar –'

'Veel te veel ráre mensen.'

Olivia dronk haar glas leeg om te voorkomen dat ze hem ging vertellen wat haar definitie van 'raar' was.

Georgia reikte haar man de broodjes aan. 'Wat zou je willen doen zolang je hier bent, Olivia? Ik vind het leuk om je de omgeving te laten zien.'

'Je hoeft me niet te vermaken hoor. Ik ben heel zelfstandig. En...' Ze keek nadrukkelijk naar Stuart, die tot haar verrassing niet meer over zijn bord gebogen zat, maar haar blik beantwoordde. '...ik kan me zo voorstellen dat jullie niet zaten te wachten op mijn komst zonder te weten wanneer ik weer wegga. Ik beloof dat ik niet in de weg zal lopen.'

Stuart legde zijn vork neer, zette zijn ellebogen op tafel en vouwde zijn handen samen. 'Je bent familie en je zit in de problemen. Dan kun je hier terecht.'

'Oké.' Ze hief haar glas naar hem. 'Maar wil je nu zeggen dat Lauren jullie niet onder druk heeft gezet?'

'Natuurlijk niet,' zei Georgia.

Stuarts rechterwenkbrauw trilde. 'Een beetje.'

Olivia glimlachte droogjes. Hij was tenminste eerlijk. 'Nou, daar ben ik haar dankbaar voor. En ik ben weg zodra dit allemaal voorbij is. Of eerder, als jullie dat willen.'

'Nee joh, doe niet zo gek.' Georgia wuifde haar opmerking weg. 'Het lijkt me heerlijk om met iemand ouder dan vier te kunnen praten.'

'Ik ben ouder dan vier,' zei Stuart.

'Dat vraag ik me soms af.' Ze grijnsde naar haar man. 'Maar je bent de hele dag weg en dan voel ik me soms eenzaam.'

'Dat heb je me nooit verteld.'

'Je hebt het nooit gevraagd.'

Hij gromde en pakte nog een broodje.

Olivia schonk nog wat wijn in. Ze had voldoende op om zich niets meer aan te trekken van wat zij vonden. Ze zou morgen nieuwe wijn voor hen kopen. Een hele doos. Of misschien wel twee, en dan één op haar kamer verstoppen. Het op een zuipen zetten voor de duur van haar ballingschap.

Stuart keek nadrukkelijk naar de bijna lege fles toen Olivia hem weer neerzette. 'Als je dorst hebt: we hebben ook genoeg water.'

Olivia verstarde. Jezusmina. Had ze dat nou goed gehoord?

'We hebben ook genoeg wijn, Stuart.' Georgia's berisping was mild, maar opvallend dwingend.

'Ik duld geen dronkaards in dit huis.'

'Dat is geen probleem.' Olivia tilde haar glas op. Haar gezicht gloeide van woede. 'Want ik ben nog lang niet dronken.'

Stuart legde zijn bestek weer neer. 'In mijn huis –'

'Stuart, Olivia is een volwassen vrouw die net door een hel is gegaan. Als ze wat stoom moet afblazen, denk ik dat je bedoelt dat ze haar gang mag gaan, want ons huis is een veilige en liefdevolle plek om dat te doen.'

Hij trok zijn wenkbrauwen op. 'Denk je dat ik dat bedoel?'

'Ja, Stuart.' Georgia sloeg haar armen over elkaar. 'Inderdaad.'

'Weet je wat?' Olivia stond op. 'Ik denk dat ik jullie verlos van mijn onaangename aanwezigheid en naar bed ga. Erg bedankt voor het heerlijke eten, Georgia. Stuart, we hebben het er nog wel over. Tot morgenochtend.' Ze zette twee stappen naar de deur, bedacht zich toen, liep terug naar de tafel, pakte haar glas en de fles en liep de trap op naar haar kamer.

Hoofdstuk 7

29 juni 1994 (woensdag)

Daniel en ik hebben een fantastische, ontspannen vakantie gehad. Volgens mij ben ik in twee weken tijd zo'n vijf kilo aangekomen. Maar om daar te zijn, zonder stress, met alleen elkaar… het was net als vroeger. Het was perfect. Het is onmogelijk dat hij nu iemand anders wil dan mij. Voor het eerst in lange tijd voel ik me veilig.

Ik ben nog nooit zo blij geweest om iemand te zien als toen ik bij thuiskomst mijn meisjes weer zag. Ik vond het moeilijk om niet bij hen te zijn, maar we belden regelmatig. Ze zijn alle drie een stukje van mijn hart. Zij verdienen een betere moeder, maar niemand houdt meer van hen dan ik. Het zijn mijn kinderen, ook al komen ze niet uit mijn lijf. Zij horen bij mij. Ik zal nooit ofte nimmer dulden dat ze bij een andere vrouw horen.

Met gelukkige groet,
Jillian

Olivia kon niet slapen. Het bed was comfortabel, een zalige zeebries waaide door het open raam naar binnen, het geluid van de golven was hypnotiserend, maar haar slaappil had geen effect. Ze voelde zich claustrofobisch, stond stijf van de spanning, en haar geest weigerde tot rust te komen. Ze had al drie dagen niet gesport, gemediteerd of iets anders gedaan wat ze normaliter deed om uit haar hoofd en in haar lichaam te komen. Eve's techniek werkte wel, maar had te lijden onder Olivia's onrust, en haar geduld raakte op.

Alle emoties die ze overdag op afstand wist te houden, wachtten geduldig tot de duisternis inviel. Dan besprongen ze haar en spookten ze door haar brein. Verdriet over haar huwelijk, angst dat ze de rest van haar leven alleen zou blijven, nooit succes zou hebben, nooit kinderen zou krijgen, nooit meer een man zou kunnen vertrouwen. Een cocktail van pijn, zelfmedelijden en spijt.

Olivia gooide de dekens van zich af en ging rechtop zitten, nog steeds een beetje dronken. Als ze hier nog langer bleef liggen, werd ze gek. Ze moest naar buiten. De lucht, de zee, de heerlijke geuren en de onschuld van de natuur zouden haar misschien tot rust brengen. Alles was beter dan hier eindeloos liggen malen.

Ze kleedde zich snel aan, pakte haar telefoon om hem als zaklamp te gebruiken en sloop zo zachtjes mogelijk door de gang en de krakende trap af, al verwachtte ze niet dat Georgia of Stuart achter haar aan zou gaan als ze wakker zouden worden. Georgia zou denken dat ze honger had. Stuart zou denken dat ze nog meer drank wilde.

Mmm… nog één glaasje om aan het strand van te nippen…

Maar dit was niet haar huis en niet haar wijn.

Buiten, in de koele, zoete lucht, leek het idee nog aanlokkelijker. Misschien was er ergens nog een slijter open. Ze zocht op internet en vond op vier minuten rijden een tankstation dat dag en nacht open was en waar bier, wijn en sterkedrank verkocht werden. Halleluja.

Bij haar auto bleef ze staan met de klink in haar hand. Was ze echt zo diep gezonken? 's Avonds laat wegglippen om drank te kopen? Dronken moeten worden om met haar emoties te kunnen omgaan? Zichzelf moeten uitputten om te kunnen slapen?

Yep. Zo diep was ze gezonken.

Tien minuten later was ze terug met de beschamende bruinpapieren zak met daarin een fles Jack Daniel's. Op haar tenen ging ze naar de achterkant van het huis en liep ze over het pad dat het grote gazon doorkruiste, langs het schattige tuinhuisje en langs een schuurtje dat ze niet eerder had opgemerkt. Aan de kust zag ze bij een enorme ceder een trap omlaag naar een houten platform. Hier werd het water niet begrensd door de immense, steile richels en keien van Candlewood Point in Stirling, maar door stenen variërend in grootte van aardappels tot meloenen. Er waren een paar richels groot genoeg om op te zitten en haar benen te laten bungelen. De maan was ondergegaan en het tij leek ongeveer half opkomend of afgaand; ze was hier nog niet lang genoeg om het ritme van eb en vloed te kennen.

Ze ging min of meer gemakkelijk zitten, schroefde de dop van de whisky en nam een brandende, smaakvolle slok. De zoete warmte stroomde haar borstkas in. Mmm. Zalig. Ze nam nog een slokje.

De koele lucht was zacht, de geuren en geluiden van de zee waren vertrouwd en troostend. Olivia leunde naar achteren op haar ellebogen. Aan de maanloze hemel fonkelden de sterren, oneindig veel meer dan je in Los Angeles kon zien. Het deed haar denken aan de avonden dat ze vroeger als gezin buiten op de prachtige, grote richels bij hun huis hadden gelegen, luisterend naar het gekabbel van de golven, de hemel afspeurend naar vallende sterren; papa en mama op de ene plek en Olivia, Eve en Rosalind dichter bij het water, giechelend van opwinding, terwijl de meteoren langs de hemel schoten, soms met lange, witte staarten, soms zo klein dat slechts één of twee van hen het zagen. Veel o's en ah's en vingers die wezen naar wat alweer verdwenen was. Zag je die? Dan weer wachtend op de volgende, en de volgende…

Olivia bracht de fles weer naar haar mond. Tegelijk met de whisky die door de smalle hals van de fles stroomde, kwamen nog meer herinneringen naar boven. Datzelfde geluid op die sterrenkijkavonden. Mama die whisky dronk. Zij en papa, in elkaars armen, af en toe een slok nemend; de meisjes tegen elkaar aan gekropen, warmte bij elkaar zoekend, of onder een deken als het echt koud was. Soms moest papa mama helpen bij het teruggaan, zijn arm onder haar elleboog, terwijl hij haar over de rotsen en om de boomwortels op het pad leidde. Zo sterk. Zo zachtaardig. Zo verliefd.

Onwillekeurig slaakte Olivia plotseling een kreet van verdriet, en de whisky druppelde langs haar kin op haar T-shirt.

Ze schoot naar voren en boog haar hoofd, waarbij de rest van haar slok uit haar mond op de stenen spatte. Weer een schok van intens verdriet, weer een langgerekte kreun die haperde door de snikken die ze niet kon onderdrukken.

Hoe had het zover kunnen komen?

Olivia was het gouden meisje, de dochter die tot grote hoogte zou stijgen, met genoeg geld om haar te ondersteunen en genoeg zelfvertrouwen en ambitie om de weg naar de top af te leggen. Eve was na een korte gothic-periode weer zichzelf geworden, zo onopvallend dat het leek of ze onzichtbaar wilde blijven. Rosalind fladderde van hot naar her en proefde overal vluchtig van. Olivia was degene die er volledig in was gedoken en zichzelf had ondergedompeld in het leven dat ze wilde hebben.

Nu hadden Rosalind en Eve een gelukkige relatie, een mooie toekomst voor zich en verdienstelijke prestaties voor en achter zich. Ze zouden kinderen krijgen; schattige baby's die hun leven compleet zouden maken.

Ze stootte nog een jammerkreet uit en werd toen onderbroken door iets wat vlak naast haar landde. Het buitelde en stuiterde en bleef toen abrupt liggen tussen de rots waar ze op zat en die ernaast. Ze gilde het uit van schrik.

Toen bleef het stil.

Wat was dat? Ze deed haar zaklamp aan. Het projectiel werd vrijwel onmiddellijk in de lichtbundel gevangen: een rechthoekige doos tissues.

Olivia draaide zich om, keek naar links en naar rechts en toen omhoog. Georgia? Eerder Stuart. Georgia zou naar beneden komen en haar zelf de tissues overhandigen. Maar de slaapkamer van de Pattersons was aan de andere kant van het huis, een heel stuk de heuvel op. Ze wist nog hoe ver het geluid in Stirling droeg, maar toch kon ze zich niet voorstellen dat zij haar konden horen.

'Kan het wat zachter?'

Olivia slaakte opnieuw een gilletje van schrik, krabbelde overeind en tuurde onvast op haar voeten naar de gestalte boven op de rotsen. Duncan? Hoe had hij haar kunnen horen? Waar was zijn huis? Hoe luidruchtig was ze geweest?

En was dat echt zijn reactie op een vrouw in nood? Kan het wat zachter? Ze zette haar handen op haar heupen. 'Bedankt voor de tissues. En je bezorgdheid.'

'Je jaagt mijn kind de stuipen op het lijf.'

Haar verontwaardiging smolt weg. Shit. Eerst achter een deur grommen, nu midden in de nacht janken als een wolf. Olivia was Jake een maand lang knuffels en koekjes verschuldigd. 'Het spijt me. Ik kon er niets aan doen.'

'Natuurlijk kun je er wat aan doen. Gewoon je mond dichthouden.'

Olivia's mond viel open en ze voelde de woede in zich opwellen. Dit was toch niet te geloven. 'Ben jij eigenlijk wel een mens?'

'De laatste keer dat ik keek wel.'

'Kijk dan nog maar eens. En vraag je de volgende keer even af waarom iemand midden in de nacht tranen met tuiten huilt en toon wat medeleven.'

'Ik weet waarom. Je hebt het jezelf aangedaan. Ik heb geen medelijden met je.'

Ze zou niet met stomheid geslagen moeten zijn. Ze had de tirades en dreigementen op internet gelezen. Het was gewoon zo anders om in levenden lijve zo'n gevoelloze klootzak te ontmoeten, iemand die compleet immuun was voor het verdriet van een ander. 'Gelukkig dat er zulke liefdevolle mensen als jij op de wereld zijn.'

'Wat had je dan verwacht dat er zou gebeuren toen je je vuile was buiten hing? Dat iedereen medelijden zou krijgen met het zielige, rijke meisje dat niet kreeg wat ze wilde?'

Ze kreeg een rood waas voor haar ogen. 'Pardon? Hoor ik dat nou goed?'

'Privézaken moet je privé houden.'

Ze werd verteerd door de behoefte om terug te slaan, hem een klap te verkopen die zijn vreselijke, veroordelende vermogens zou uitschakelen. 'Het verbaast me niks dat je vrouw is vreemdgegaan.' Zo, dan kon hij het krijgen ook.

'Vreemdgegaan? Wie heeft je dat verteld?'

'Je zoon.'

'Wat zei hij dan precies?'

'Wat maakt het uit wat hij precies zei. Ik zou je ook hebben bedrogen, recht voor je neus.'

Zijn handen gingen naar zijn heupen. 'Ik wil weten wat hij heeft gezegd.'

Ze worstelde met haar woede en verloor. 'Donder op.'

'Ik wil weten wat mijn zoon heeft gezegd.' Hij kwam de trap af.

Olivia deed een stap achteruit en verloor bijna haar evenwicht. Toen sloeg ze haar armen over elkaar en keek woedend naar hem op, bang, maar vastbesloten om dat niet te laten merken. Ze was dom geweest, zoals gewoonlijk. Hij was sterker. Ze was alleen en wist niets van hem, of waartoe hij in staat was. 'Hij zei... dat ze een man in zich had.'

Duncan bleef met zijn hand op de leuning staan. Hij maakte een geluid en het duurde even voordat ze besefte dat het een lach was. 'Die is goed.'

Wát? Ze kon niet geloven dat hij het grappig vond. Die arme vrouw van hem. Olivia wilde haar opsporen en samen Duncan van de rots af duwen. 'O, hilarisch. Jake vond het vast ook heel leuk. Heb je het gefilmd, zodat hij het ook kon zien?'

'Stop.' Ze merkte hoe boos hij was aan de manier waarop zijn lichaam verstarde. 'Nu.'

'Hoe heb jij in hemelsnaam de voogdij weten te krijgen?'

'Ik zei stop. Dat zijn jouw zaken niet.'

'Aha, ik snap het.' Ze was nu op dreef. 'Maar mijn problemen zijn wel die van jou?'

'Jij hebt je problemen aan de hele wereld verteld.'

Olivia wist niet of ze ooit zo woedend was geweest. Ze wilde de trap op rennen en een lang en scherp voorwerp in zijn maag steken. Daarom was het ook zo'n slecht idee dat mensen met haar temperament wapens hadden. Ze zou met alle liefde een geweer op hem hebben leeggeschoten, alleen maar om de grijns van zijn gezicht te krijgen. Zolang ze het daarna maar meteen weer ongedaan kon maken.

'Luister, klootzak.' Ze liep naar de trap. Ze had geen idee wat ze zou doen als ze boven was, maar haar benen bewogen uit zichzelf. In het donker struikelde ze; de fles gleed uit haar hand en sloeg op de rotsen, vlak voordat zij dat voorbeeld volgde.

Verdomme. Ze krabbelde overeind en hoorde Duncan de trap af stampen.

'Laat me met rust.'

'Jezus, je bent dronken. Sta op.'

'Ik sta al.' Ze schreeuwde. 'Blijf uit mijn buurt.'

'Je bloedt.'

'Ik bloed niet.' Ze begon te huilen. 'Blijf uit mijn buurt. Ik haat je.'

'Duncan. Sam.' Stuarts stem bulderde vanuit de tuin. 'Wat doen jullie daar in vredesnaam? We hebben een gast boven.'

'Je gast is hier.'

'Olivia?' Hij klonk verbijsterd. 'Ik dacht dat je binnen was.'

'Ze is gewond.' Duncans stem klonk minachtend. 'Ik mag haar niet aanraken.'

'Waarom maak je ruzie met haar?'

'Omdat hij een hufter is,' riep Olivia.

'Je moet iemand naar die wond laten kijken.'

'Ik bloed n–'

'Daar.' Duncan wees.

Olivia keek omlaag naar haar met bloed besmeurde onderarm. Ze begon opnieuw te huilen. 'Ik wil naar huis.'

'Stuart? Wat is er aan de hand?' Georgia klonk paniekerig. 'Olivia is niet op haar kamer.'

'We hebben een klein probleempje.'

Georgia's verbaasde uitroep was tot onderaan de trap te horen, gevolgd door haar lichte voetstappen. 'Lieve hemel, kind, je zit onder het bloed. Hou je arm omhoog.'

'Ze zat te drinken.'

'Natuurlijk deed ze dat. Dat zou ik ook doen.' Ze sloeg haar arm om Olivia heen. 'Veroordeel mensen niet om wat ze doen als ze verdriet hebben, Duncan. Niet iedereen kan het wegstoppen zoals jij. Wat Olivia doet, is een stuk gezonder dan hoe jij ermee omgaat.'

Olivia wachtte op Duncans spottende weerwoord. Hij deed een stap achteruit, zijn handen op zijn heupen, maar zei niets. Blijkbaar respecteerde hij Georgia tenminste wel.

'Ik weet niet wat hier aan de hand was, maar ik durf te wedden dat je Olivia je excuses moet aanbieden. Die verwacht ik morgenvroeg van je, nederig en wel. Ga nu terug naar je zoon. Hoe durf je hem zo alleen te laten?'

'Ze maakte hem wakker met haar gejank. Hij was bang.'

'Dus liet je hem alleen?'

'Ik dacht niet –'

'Kennelijk.'

Georgia's toon bracht bij Duncan de eerste onzekerheid teweeg sinds zijn houding van gerechtvaardigde woede. Olivia kon wel juichen.

'Hij had zijn knuffelbeer en zijn muziek. Hij wist waar ik was, en dat ik –'

'Ga terug. Nu. Ik zie je morgenochtend, jongeman. Nederig en wel.'

Duncan draaide zich om en ging met twee treden tegelijk de trap op, waarna hij over het pad beende in de richting van de bomen, waarvan Olivia had gedacht dat ze de grens van het terrein van de Pattersons markeerden. Zijn huisje moest daarachter liggen. Ze zou ervoor zorgen daar nooit ofte nimmer in de buurt te komen.

'Laat me die wond eens bekijken.' Georgia hield Olivia's onderarm in het schijnsel van Stuarts zaklamp. 'Even zien of daar een paar hechtingen in moeten.'

'Nee hoor, dat hoeft niet.' Nu haar tegenspeler weg was, en de strijd voorbij, begon Olivia te beven en te klappertanden. 'Het spijt me zo dat ik jullie wakker –'

'Hij is lang, maar niet diep. Misschien zit er nog wat glas in. Kom mee naar binnen, dan maak ik het schoon.'

'Het spijt me zo. Het –'

'Sst, het komt goed. Het komt allemaal goed. Ik maak het schoon en dan ga je lekker naar bed. Morgen ziet alles er beter uit, beloofd. Je hebt een vreselijke schok gehad, en alles is zo snel gegaan, dat je nog geen tijd hebt gehad om het te verwerken. Kom maar. Stuart, help haar even.'

Stuart kwam met zware stappen de trap af en pakte Olivia's ongedeerde arm vast. Ze deed geen moeite om te protesteren. Haar voeten werkten niet goed mee en afgaande op Stuarts postuur kon hij haar als ze struikelde of viel, met zijn duim en wijsvinger beetpakken voordat ze de grond raakte.

'D-dank je.' Die stomme kaak van haar werkte ook niet mee. 'Ik weet niet h-hoe dit allemaal is g-gebeurd. Ik werd heel boos. Hij w-werd ook heel boos.'

'Sst, het komt goed.' Georgia aaide haar onder het lopen over haar rug. 'Verspil je energie niet aan praten, en geef jezelf niet de schuld. Je hebt het moeilijk op dit moment, en Duncan ook, dus gewoon zand erover.'

'Waarom ben je zo aardig tegen me? Dat verdien ik niet.'

'Omdat ze een heilige is.' Stuarts woorden lieten er geen twijfel over bestaan dat als zijn vrouw er niet was geweest, Olivia nu op de rotsen zou leegbloeden.

'Hoe kom je daar nou bij, dat ben ik helemaal niet. Kijk uit op het gras, het kan glad zijn.'

'Ik heb jullie wakker gemaakt.'

'Nee, nee, we sliepen nog niet,' zei Georgia geruststellend.

‘Wel waar.’

‘Stuart! Dat helpt niet.’

‘Het spijt me.’ Olivia’s stem klonk als zielig gefluister. Ze ging nooit, maar dan ook nooit meer zo dronken worden. Dat wist ze zeker.

Georgia had haar kennelijk in bed gestopt, want de volgende ochtend werd Olivia daar wakker, haar arm schoon en verbonden, met een vage herinnering aan de twee liter water die ze had moeten drinken voordat ze mocht gaan slapen.

Het zonlicht stroomde onder de jaloezieën door naar binnen, en aangezien haar slaapkamer op het zuidwesten lag, betekende dit dat de dag al een eind op dreef was. Olivia tuurde op de oude wekkerradio naast het bed. Bijna twaalf uur.

Kreunend stapte ze uit bed. De misselijkheid kolkte in haar maag en een welverdiende hoofdpijn bonkte tegen haar slapen. Ze pakte schone kleren, terugdeinzend voor alles wat ze de avond ervoor mogelijk had gedragen.

In de nostalgische badkamer, compleet met een bad op pootjes, dat waarschijnlijk bij het oorspronkelijke huis hoorde, nam ze een aspirine, dronk ze nog meer water, en nam ze snel een douche onder de sterke straal. Ze deed een schoon verband op de snee, die prikte, maar mooi genas.

Enigszins opgefrist kwam ze beneden, vurig hopend dat Stuart weg was en dat Duncan had besloten zich niet te verontschuldigen, was vergeten om zich te verontschuldigen, of het had laten zitten toen hij had ontdekt dat ze nog in bed lag.

‘Goeiemorgen.’ Georgia sprong op van de stoel in de keuken, waar ze zat te lezen in een boek met een roos in reliëf op de voorkant. ‘Heb je goed geslapen? Hoe voel je je? Hoe gaat het met je snee?’

‘Het is maar een kras. En ik voel me beter dan ik verdien.’

‘Nee, je hebt jezelf gisteravond al genoeg gestraft. Ik heb Duncan een berichtje gestuurd. Hij komt er zo aan om zich te verontschuldigen, en dan beginnen we allemaal met een schone lei.' Ze liep naar het fornuis en vulde een waterkoker. 'Koffie?'

'Ja, graag.'

'Wat vind je lekker voor ontbijt? Ik heb een bosbessen-koffiecake, gemaakt met bessen uit Maine – niet vers, want die komen pas in augustus, maar van vorig jaar, uit de diepvries. Als je liever geroosterd brood met honing hebt, dan is dat er ook. Mijn moeder maakte dat altijd voor ons als we buikpijn hadden.'

'Dat is prima. Maar laat mij het maken. Ik wil niet dat je –'

'Nee, deze eerste ochtend ben je onze gast. Daarna mag je zelf je gang gaan, oké?'

'Ja, dank je.' Georgia was geweldig. Als zij en Stuart ooit gingen scheiden, zou Olivia haar ten huwelijk vragen.

Het warme geroosterde brood werd net op haar bord gelegd toen de voordeur openging en Duncan de keuken binnenkwam. Zonder na te denken legde Olivia haar servet op tafel en ze stond op.

Hij liep op haar af, stopte een paar meter bij haar vandaan en zette zijn handen op zijn heupen. Ze was zo in verlegenheid gebracht dat ze alleen maar even haar ogen naar hem durfde op te slaan, maar dat was genoeg om nog eens te zien hoe absurd knap hij was. Hij keek haar aan met behoedzame bruine ogen, die iets donkerder waren dan de hare. 'Goeiemorgen.'

Olivia dwong zichzelf haar kin op te tillen en wilde hem de minachtende blik toewerpen die hij verdiende, maar uit respect voor Georgia zou ze niet te streng voor hem zijn. 'Goeiemorgen.'

'Ik… wil me verontschuldigen voor gisteravond. Het spijt me dat ik je beledigd heb. Ik had een zware dag gehad en was boos. Het was niet terecht om dat op jou af te reageren.'

'Dank je wel.' Ze keek omlaag naar de tafel en merkte tot haar ontzetting dat ze rood werd. 'Ik was ook niet op mijn best. Mijn excuses voor wat ik gezegd heb. Ik had mijn beroerde dag ook niet op jou moeten afreageren.'

Hij deed een stap naar voren en stak zijn hand uit. 'Oké.'

'Oké.' Ze schudde zijn hand en dwong zichzelf volwassen te doen en hem aan te kijken, maar werd toen bevangen door ongewenste aantrekkingskracht. Kon dit soort chemie van één kant komen? Dat hoopte ze maar. Het laatste wat ze wilde, was weer een of andere eikel van zich af moeten slaan.

'Ah!' Georgia stond met haar handen in elkaar geklemd naar hen te kijken. 'Wat was dat schattig. Alsof jullie je huwelijksgeloften aflegden!'

Olivia en Duncan draaiden zich om en keken haar allebei ontzet aan.

Georgia schoot in de lach. 'Ik plaag jullie maar. Jullie zijn hilarisch. Dank je, Duncan, goed van je. Dank je, Olivia, dat je het zo goed opneemt.'

Olivia glimlachte, blij dat ze verstandig was geweest, en ze vroeg zich af hoeveel penibele situaties er in dit huis dankzij Georgia's vriendelijkheid en overwicht waren gladgestreken of ontweken. Daar kon Olivia nog wat van leren. 'Geen probleem.'

Duncan knikte, keek Olivia kort met een onpeilbare blik aan en verliet de keuken.

Olivia ging weer aan haar ontbijt zitten, opgelucht dat het achter de rug was. Ze hoopte maar dat Duncan niet te vaak langskwam, ook al was hij een genot voor het oog. Misschien als hij nooit meer zijn mond opendeed...

'Waar is Jake?' Ze nam een hap van haar toast en viel bijna flauw. 'Mmm. Heb jij dit brood gebakken?'

'Jazeker. Recept van mijn oma. Jake is bij Betsy aan het spelen. Hij komt zo terug voor de lunch.'

Olivia at haar ontbijt en dronk wat sinaasappelsap, gevolgd door Georgia's uitstekende koffie. Hij was sterker dan ze gewend was, maar deze ochtend kon ze wel een extra oppepper gebruiken.

'Wat zijn je plannen voor vandaag?' vroeg Georgia, terwijl ze de lunch voor Jake klaarmaakte. 'Bijkomen en een beetje je draai vinden?'

'Zoiets. Als ik je ergens mee kan helpen, hoor ik het graag. Ik wil me niet nutteloos of een last voelen.' Olivia stak haar hand op om Georgia's protest tegen te houden. 'Ik meen het. Ik kan helpen met koken. Ik kan helpen in het huishouden. Ik kan op Jake passen.'

Bij dat laatste voorstel veerde Georgia op. 'Echt? Zou je dat willen?'

Olivia moest bijna lachen. 'Is dat zo raar? Heel graag zelfs.'

'Nou...' Georgia liep naar Olivia's lege bord. 'Eerlijk gezegd kan ik wel een pauze gebruiken. Ik hou van hem, maar ik heb Nate ook al opgevoed, en soms wil ik gewoon even wat doen zonder steeds gestoord te worden.'

Olivia's humeur klaarde op. Ze had iets te doen! Om de tijd te doden, zich nuttig te voelen, en iets terug te kunnen doen voor haar geweldige gastvrouw. Ze pakte haar vuile bord op voordat Georgia erbij kon en liep ermee naar de vaatwasser. Er waren grenzen aan de mate waarin ze bediend wilde worden. 'Ik wil echt graag helpen.'

'Afgesproken – o, verdorie.' Georgia's gezicht betrok. 'Ik moet het eerst met zijn papa en mama overleggen.'

'Aha.' Olivia schonk zichzelf nog wat koffie in. 'Nou, dat zou geen probleem moeten zijn. Ik heb tenslotte een geweldige eerste indruk op Duncan gemaakt.'

'Hm...' Georgia tuitte haar lippen en keek Olivia onderzoekend aan, alsof ze een oplossing uit haar kon trekken. 'Weet je wat? We proberen het volgende week een paar dagen uit, onder mijn toezicht, zodat ik kan zien hoe het gaat en hoe Jake op je reageert. Als ik voor je insta, hebben we meer kans dat zijn ouders ja zeggen.'

'Dat zou geweldig zijn.' Olivia was zo opgewonden dat ze het liefst door de keuken zou dansen, maar dan leek ze misschien op iemand die de grip op de werkelijkheid kwijt was. Alweer.

'En...' Georgia keek haar strak aan. '...het zou schelen als je wat aardiger tegen Duncan deed.'

'Doe ik.' Olivia legde een hand op haar hart. 'Poeslief.'

'Doe vandaag en dit weekend rustig aan. Maak een wandeling, kijk rond in Belfast. Dat is echt een leuk stadje. Je kunt maandag beginnen. Jake is hier door de week elke dag, maar 's avonds en in het weekend is hij de ene week bij zijn vader en de andere week bij zijn moeder. Deze week is hij bij zijn moeder, behalve gisteravond, toen ze een afspraak had en geen oppas kon vinden.'

'Klinkt perfect.' Olivia was helemaal week van dankbaarheid. 'Dank je wel, Georgia.'

'Jij doet iets voor mij, hoor.'

'Niet waar. Ik wil iets terugdoen. Omdat jullie me hebben opgevangen. En voor... gisteravond,' zei ze met een grimas. Ze schaamde zich nog steeds diep voor haar gedrag.

Georgia legde een warme hand op haar schouder. 'Om je de waarheid te zeggen, wist ik niet zeker wat ik kon verwachten toen je hier kwam. Maar zodra ik je gezicht zag, wist ik dat je een goed mens was, dat je het moeilijk had, en dat we het prima met elkaar zouden vinden. Je hebt veel verdriet in je, maar ook veel moed en mildheid.'

'Ja, moedig dronken en mild schreeuwend.'

Georgia's blauwe ogen glommen van pret onder haar rode krullen. 'Misschien iets rustiger aan doen met de drank?'

'Maak je geen zorgen.' Olivia wreef over haar slaap. 'Ik hou het van nu af aan binnen de perken, beloofd.'

'Goed dan, jongedame.' Georgia knikte beslist. 'Dat is dan afgesproken.'

Hoofdstuk 8

28 maart 1995 (dinsdag)

Ik heb geen Oscar gekregen. Dianne Wiest kreeg hem voor Bullets over Broadway. *Ze is een geweldige actrice, maar ik wilde deze keer zo graag winnen. Ik wilde die erkenning. Ik wilde dat beeldje, verdomme. Wie weet of er ooit nog zo'n goed script mijn kant op komt.*

Toen ze haar naam noemden, was ik zo teleurgesteld dat ik bijna moest huilen. Op dat moment zag mijn lieve kleine Eve, nog geen vijf jaar oud, maar met een geweldig stel hersens, wat er gebeurde en zei ze: 'Camera, mama.' Ze ziet alles. Het lukte me om op tijd te lachen en blij te kijken voor Dianne, ook al wilde ik het uitschreeuwen en dat beeldje uit haar handen grissen. Dianne werkt hard, is een zeer stijlvolle dame en heeft een geweldige prestatie neergezet in haar film.

Maar ik ook, verdomme. Ik ook!

Ik ga naar beneden om een borrel te nemen. Eentje maar.

J

'Ik heb meer stenen nodig!'

Olivia grinnikte om Jake's bazige toontje en ging er nog een paar zoeken. Jake was een 'zwembad' aan het bouwen om het water in op te vangen wanneer het vloed werd. Olivia verzamelde de grotere stenen en Jake instrueerde haar waar ze die neer moest leggen. Ze had hem gewaarschuwd dat het water tussen de opgestapelde stenen door zou stromen, maar hij vond blijkbaar dat het haar aan natuurkundig inzicht ontbrak en vulde alle spleten die hij zag zorgvuldig met kleinere steentjes, in de volle overtuiging dat zijn luxe zwembad met opkomend tij vol zou lopen.

Olivia had een paar aangename, ontspannen dagen gehad, zonder ook maar één zenuwinzinking. Ze was bijna vergeten hoe het voelde om niet op het punt te staan de afgrond in te springen. Het grootste deel van het bewolkte, natte weekend had ze lezend en slapend doorgebracht, maar ze was ook een paar verkwikkende rondjes gaan hardlopen en had het stadje verkend – met een zonnebril en een hoed op, ook al had niemand haar een blik waardig gegund.

Belfast was een charmant stadje, met langs de hoofdstraat – heel toepasselijk Main Street geheten – statige, eeuwenoude gebouwen van rode baksteen, en wijken met al even prachtige oude huizen. Qua architectuur versloeg de regio New England LA met gemak. Zelfs bedrijfsgebouwen waren hier elegante bouwwerken.

In economisch opzicht was het stadje vroeger niet altijd even florerend geweest, maar nu duidelijk wel. Gigantische jachten lagen aan de kade onderaan de steile heuvel van Main Street, klaar om het kanaal te volgen naar Belfast Bay en verder. Onder een hoge, smalle brug kwam in die baai een rivier uit met de naam – schrik niet – Passagassawakeag. Een tongbreker voor vele generaties schoolkinderen.

Georgia had Olivia en Jake de afgelopen dagen naar haar volle tevredenheid zien spelen en ging vandaag een uurtje koffiedrinken met een vriendin, blij om weer eens een gesprek te kunnen voeren zonder zich om een jengelende kleuter te hoeven bekommeren.

Olivia en Jake werden al snel vrienden, vooral omdat Olivia al zijn bevelen opvolgde – wat was daar nou niet leuk aan? Zij en Stuart hielden een soort wederzijdse geforceerde beleefdheid in stand. Olivia lokte hem niet meer uit de tent en hij ging haar zoveel mogelijk uit de weg, wat zij prima vond. Duncan had ze niet meer gezien, wat ze nog beter vond.

'Zo.' Jake legde een laatste kiezelsteentje neer. 'Nu wil ik hem vullen.'

'Eh...' Olivia keek naar het rotsachtige strand met het water erachter, een stuk dat snel langer werd nu het eb werd. Ze stond niet te popelen om met emmers water over de rotsen te zeulen, om ze vervolgens in een zwembad te gieten dat toch onmiddellijk leeg zou lopen. 'Waarom wacht je niet tot –'

'En ik heb mijn zwembroek nodig.'

Dat wilde ze wel doen. Als het met zijn zwembad niet lukte, kon ze hem afleiden door hem aan de rand van het water rond te laten spetteren. 'Waar ligt die?'

Jake wees naar de bomen, waar Duncan afgelopen donderdagavond uit tevoorschijn gekomen was omdat hij haar wilde wurgen. 'In papa's nieuwe huis.'

'Volgens mij kunnen we daar beter niet naar binnen gaan.'

'Waarom niet?'

'Ik... ik heb geen sleutel.'

'Het is niet op slot.'

'Oké. Eh...'

'Wat is het probleem?'

Ze moest lachen om zijn vraag. 'Zegt jouw papa of mama dat als iemand aarzelt?'

Hij knikte enthousiast, glimlachte engelachtig en trok haar mee aan haar hand. 'Kom. Ik moet mijn zwembroek hebben.'

Hoe kon ze nee zeggen tegen dit schattige jongetje? 'Goed dan. Maar laten we het wel snel doen.'

'Oké!'

Ze klommen de trap op naar de oever en volgden het goed onderhouden pad. De felle zonnestralen schenen met moeite tussen de bomen door op een kleine open plek waar een eenvoudig wit gebouwtje stond dat op een schuur leek. Olivia vond het op een gerenoveerd boothuis lijken.

'Hier is het.' Jake trok de hor open en draaide aan de deurknop.

Olivia verstarde. 'Is je vader op zijn werk?'

'Ja.'

'Weet je zeker dat de deur niet op slot zit?'

Hij keek haar aan alsof ze haar verstand had verloren. 'Papa en ik moeten toch naar binnen kunnen.'

Ze wilde net gaan uitleggen dat een slot een heel handig hulpmiddel was om niet beroofd te worden, maar herinnerde zich toen gelukkig hoe vaak ze de arme Jake al bang had gemaakt, en hoe graag kinderen dingen die ze gehoord hebben aan hun ouders vertelden, die het niet zouden waarderen dat ze hem angst voor inbrekers had aangepraat. 'Natuurlijk. Mooi zo. Kom, dan gaan we.'

Jake dribbelde enthousiast naar binnen en ze liep achter hem aan.

Vast en zeker een boothuis. Eén grote kamer, met links een open keuken en daarachter aan de rechterkant een houtkachel en een zitgedeelte. Achterin stond een ladder naar een loft.

Jake klom al naar boven. 'Onze slaapkamer is hier. We hebben een dakraam. Kunnen we 's nachts sterrenkijken.'

'Wat gaaf.' Ze bleef bij de keuken staan, armen over elkaar, en voelde zich een indringer. Ze was doodsbang dat Duncan onverwacht zou opdagen en dat hij haar, aangezien hij niet wist dat Georgia had ingestemd met haar proeftijd als oppas, zou beschuldigen van ontvoering of inbraak of wat hij in al zijn minachting ook maar bedacht. Ze moest aardig tegen hem zijn als ze wilde dat hij haar zijn zoon toevertrouwde. Al zou Jake's moeder Sam hem die avond ophalen. Misschien kon ze beter proberen eerst haar toestemming te krijgen.

Ze keek rond terwijl ze Jake boven hoorde rommelen. De keuken en de rest van de benedenverdieping waren spaarzaam ingericht, met een minimum aan decoratie: er was alleen het hoogstnoodzakelijke, afgezien van de enorme hoeveelheid speelgoed die bij de open haard op de grond lag. Verder was er nauwelijks een teken dat iemand hier langer dan één of twee nachten verbleef. Het rook er wel heel lekker, naar houtvuur en aftershave. Net als Duncan waarschijnlijk.

Ze deed haar armen wat steviger over elkaar, nog steeds angstig. 'Ben je klaar, Jake?'

'Yep.' Zijn kleine lichaam verscheen bovenaan de trap. Ze kwam instinctief dichterbij, maar hij klom zonder enige aarzeling omlaag in een felblauwe zwembroek met visjes en donkerblauwe schildpadjes op zijn billen. 'Nog even mijn emmer halen.'

Wat was hij toch een schatje. Ze wilde hem knuffelen, haar neus in zijn hals duwen, hem op zijn zachte wangetjes kussen, en... hem opnieuw de stuipen op het lijf jagen! Misschien kon het als ze wat langer bevriend waren. Maar nu mocht ze geen fout meer maken.

'Kom, we gaan!' Hij beende het huis uit met zijn blauwe emmertje en Olivia volgde hem, zorgvuldig de deur achter zich sluitend. Haar hartslag vertraagde pas toen ze weer veilig het bos uit waren en bij zijn zwembadje aankwamen. Ze maakte de gevaarlijke tocht over de gladde rotsen naar het water en terug, en goot het kleine beetje water in zijn zwembad.

'O nee!' riep Jake beteuterd uit. 'Het blijft er niet in zitten! Ik moet meer kleine steentjes halen.'

Olivia hielp hem even met rapen, maar kondigde toen aan dat ze een pauze nam. Ze ging op het houten platform onderaan de trap zitten en keek hoe hij bezig was, ondertussen muggen van haar blote huid af slaand.

'Jake?' Een diepe, vrouwelijke stem klonk boven hen, maar de spreker was nog niet zichtbaar.

'Mama!' Jake draaide zich verrukt om. 'Mama, ik ben hier beneden. Kom naar mijn zwembad kijken!'

'Ik kom eraan.'

Olivia stond abrupt op en probeerde niet schuldig te kijken. Zijn moeder was te vroeg. Ze zou pas over een uur komen, wanneer Georgia terug was en hen aan elkaar kon voorstellen. Nu moest Olivia uitleggen wat Jake bij een onbekende deed.

Sam kwam in beeld. Olivia's vriendelijke blik maakte plaats voor ontzetting. Tenzij er nog iemand achter hem liep, was Jake's moeder een man. Een buitengewoon knappe man, jonger dan Olivia, vrouwelijk, met grote, bruine ogen, fantastische wimpers en een hip kapsel, lang bovenop en korter bij zijn oren. Hij was gladgeschoren, had drie gaatjes in zijn oren en een tatoeage met symbolen op zijn onderarm, die ze vanaf deze afstand niet kon ontcijferen. Zijn slanke lichaam ging gehuld in een strakke spijkerbroek en een koningsblauw T-shirt met daarop in gouden letters BELFAST LIONS. Olivia dwong zichzelf weer vriendelijk te kijken. Allerlei gedachten tolden door haar hoofd, waaronder: nee toch, is Duncan homo?

'Hallo lieve Jake.' Sam keek naar Olivia, en heel even keek hij angstig, voordat hij de trap af liep. 'Ik ben Sam. Jij bent zeker Olivia.'

'Hallo, Sam. Jake en ik hebben vandaag gespeeld. Georgia is naar... Ze zei dat ik –' Wacht eens even, hoe wist hij hoe ze heette?

'Ik heb een zwembad gemaakt, mama. Kom eens kijken. Kom eens kijken!'

'Ik kom er zo aan.' Sam bleef naast Olivia staan. 'Ik had Georgia een berichtje gestuurd dat ik Jake wat vroeger kwam ophalen. Ze vertelde me dat jij hier was en dat jij zo het zo geweldig deed met hem. Leuk je te ontmoeten.'

'Dank je.' Olivia kon haar ogen niet van deze prachtige man afhouden. Niet alleen omdat hij oogverblindend was, of omdat ze moest vechten tegen de ongewilde teleurstelling dat Duncan homo was, maar omdat er iets intrigerends en... anders aan hem was.

'Wat een mooi zwembad, Jakey! Wauw, heb je dat helemaal zelf gemaakt?'

'Livia heeft geholpen.'

'Goed gedaan, hoor. Bedankt.' Sam grijnsde naar Olivia, en in die nietsverhullende glimlach zag ze het antwoord. Jake's moeder was transseksueel. Als vrouw geboren en veranderd in een man. Mama had een man in zich.

Geen wonder dat Duncan er niets van had begrepen toen Olivia zei dat zijn vrouw was vreemdgegaan. Geen wonder dat hij precies had willen weten wat Jake had gezegd. Sam had inderdaad een man in zich, de man die hij was geworden, of aan het worden was. Zijn stem was laag genoeg en zijn biceps, die onder zijn mouwen uitstaken, waren redelijk goed gevormd, maar zijn gezichtsbeharing, zichtbaar als stoppels op zijn wangen, was als die van een jongen van vijftien, onregelmatig en dun. Olivia wilde niet naar zijn borstkas staren, maar ze had de indruk dat zijn borsten geplet waren, of anders operatief waren verwijderd.

'Ik hoorde van je... toestanden. Wat rot voor je, Olivia.'

'Dank je.' Ze dwong zichzelf om niet te staren en zich als een beleefd mens te gedragen. Sams eigen toestanden, dacht ze, waren weliswaar privé, maar waarschijnlijk een stuk moeilijker dan de hare. 'Het was inderdaad niet gemakkelijk.'

'Je bent net zo mooi als ik had verwacht. Net als je moeder.'

'Dank je.' Olivia wachtte op de pijn die altijd opkwam wanneer ze eraan werd herinnerd dat zij en haar moeder geen bloedverwanten waren, maar ze was zo van haar stuk gebracht door Jake's moeder dat die pijn uitbleef. In Californië had ze wel transseksuele vrouwen ontmoet – eentje was een grote fan van *Crofty Cooks* – maar weinig transseksuele mannen. Of misschien had ze hen gewoon niet herkend. Hoe dan ook zou ze er dit keer beter mee moeten kunnen omgaan.

'Mama!' Jake's ongeduld had inmiddels het punt van schreeuwen bereikt.

'Ik kom eraan.'

Tot Olivia's opluchting liep Sam naar haar zoontje om zijn zwembad te bewonderen. Olivia ging weer op het platform zitten en probeerde haar kalmte te hervinden, die de laatste tijd veel te vaak ver te zoeken was.

Sam stond over het zwembad gebogen, de rondingen van zijn billen duidelijk vrouwelijk.

Olivia's gedachten gingen meteen een kant op die ze het afgelopen jaar juist zoveel mogelijk had proberen te vermijden.

Mama.

Jillian Croft was zelf een soort hybride geweest, geboren met niet-ingedaalde testikels waarvan ze te horen had gekregen dat het een voorstadium van kanker was en dat ze operatief moesten worden verwijderd. Geen baarmoeder. Geen eierstokken, hoewel haar borsten zich normaal ontwikkelden, net als haar gelaatstrekken en vormen. Ze kwam in elk geval zeker over als een heteroseksuele vrouw. Maar ze was niet geheel vrouwelijk.

Hoe was deze overgang voor Sam geweest? Wat waren zijn gedachten en gevoelens dat hij zo resoluut had geweigerd om zijn fysieke verschijningsvorm te accepteren? Hoeveel soortgelijke geslachtsverwarring had Jillian weggestopt?

Sam was volledig vrouw, volledig toegerust om een kind te krijgen, maar met een brein dat zo mannelijk was dat hij bereid was om de hormonen te nemen die nodig waren om al het vrouwelijke uit zijn uiterlijke verschijning te wissen. In zijn lichaam hadden alle vrouwelijke organen geleefd – of misschien leefden ze nog steeds – die Jillian Croft onthouden waren. Net als zoveel andere dingen in de wereld was het niet eerlijk.

Sam lachte met Jake, klopte hem liefdevol op zijn ruggetje en liep toen terug naar Olivia. Hij rook naar aftershave. Zeer mannelijk. Ondanks Olivia's overtuigd liberale standpunten over seksualiteit en gender was er iets aan hem wat ze erg verontrustend vond.

'Ik hoorde dat je graag op Jake wilt passen.'

'Ja.' Olivia wist haar beverigheid te verbergen achter haar geroutineerde televisieglimlach. 'Alleen als jij en Duncan dat goed vinden. Georgia kan wel een pauze gebruiken. Ik blijf hier een tijdje en wil iets nuttigs doen. Jake is een schatje.'

'Ja hè.' Sam zat met zijn benen wijd, zijn armen rustend op zijn dijen, zijn handen tussen zijn knieën geklemd. 'Elke ouder vindt zijn eigen kind bijzonder. Ik dus ook.'

'Je zult inmiddels wel op internet hebben gelezen hoe dol ik ben op kinderen en hoe graag ik ze zelf wil.'

‘Ja, goh, wat een toestand was dat.’ Hij boog voorover om een takje van een stekelige plant af te trekken die op een rots groeide, en beet het uiteinde eraf. ‘Als ik eerlijk mag zijn…’

‘Wees eerlijk.’

‘Mijn enige zorg is dat je op dit moment misschien niet heel… geduldig bent.’

Wie had hem dat verteld? Georgia? Duncan?

‘Nee. Maar met kinderen omgaan is een compleet andere dynamiek. Jake geeft me rust. Zijn vrolijkheid en hoe hij opgaat in het moment zijn heel goede lessen voor me.’ Ze lachte verlegen. ‘Ik klink nu waarschijnlijk erg Californisch.’

‘Nee, ik snap wat je bedoelt. Ik ervaar dat net zo.’ Sam gooide het takje weg en wreef in zijn handen. ‘Ik vroeg hem hoe hij het vindt om met jou te spelen en hij zei: “Ze is aardig”, en uit zijn mond is dat al heel wat. Maar ik moet het wel met Duncan overleggen.’

‘Natuurlijk.’ Olivia zou iets moeten zeggen over wat er vorige week tussen hen was gebeurd. ‘Ik wilde –’

‘Mama? Kunnen we morgen terugkomen als het vloed is geweest?’

‘Ik heb morgen vrij genomen. We gaan vissen met oom Thomas, weet je nog?’

Jake werd stil, zijn bruine ogen – precies die van zijn vader – groot en bezorgd. Olivia voelde dat er in dat kleine lijfje een flinke storm op komst was. ‘Maar ik moet weten of het water in mijn zwembad is gebleven.’

‘Zullen we er dan met de boot heel dicht langs varen als we weggaan, zodat je het met de verrekijker kunt bekijken?’ Sam maakte ter verduidelijking rondjes van zijn vingers. ‘Is dat een idee?’

‘Ja!’ Zijn gezicht klaarde op en hij ging weer verder met spelen.

‘Nog vijf minuutjes, Jake, oké?’

‘Aaah!’

‘Vijf,’ zei Sam vastberaden.

‘O-kééé.’ Hij was het er duidelijk niet mee eens.

Gelukkig had Olivia door dit onderonsje heel even de tijd gehad om te bedenken wat ze wilde zeggen. 'Je ex en ik hebben... woorden gehad.'

'Georgia heeft het me verteld. Klinkt alsof jullie allebei niet op jullie best waren.'

'Dat kun je wel zeggen. Ik had het idee dat Duncan niet stond te popelen om me te ontmoeten, en vanaf toen ging het van kwaad tot erger. Niet dat mij geen blaam trof. Absoluut niet.'

'Dat doen mensen vaak, oordelen op basis van emoties in plaats van op feiten. Ik zal je zijn geheim vertellen: Duncan heeft iets tegen rijke, mooie vrouwen.' Sam leek dit amusant te vinden. 'Zijn vriendinnetje van de middelbare school woonde op Islesboro, een groot eiland ten zuiden van Belfast. Haar familie was puissant rijk en Duncan was helemaal weg van haar. Hij stal boten om naar haar toe te gaan als de veerboot niet ging. Haar familie vond hem echter geen goede match voor haar en stak dat niet onder stoelen of banken. Clara maakte het uit toen ze naar Vassar College ging. Duncan heeft altijd het gevoel gehad dat haar familie haar onder druk gezet heeft.'

'Dan koestert hij al lang wrok, zeg.'

'Hij is trots.' Sam keek Olivia onderzoekend aan. 'Ze leek ook een beetje op jou. Lang en wulps, alleen iets donkerder. De enige vrouw die ooit zijn hart heeft gebroken.'

'Jij niet dan?'

Sam trok één wenkbrauw op en zei met pretlichtjes in zijn ogen: 'Ik ben een man.'

'O ja.' Olivia lachte harder dan nodig was, omdat deze zeer aantrekkelijke man heel dicht naast haar zat en naar haar glimlachte, waar ze buitengewoon ongemakkelijk van werd. Ze stond op. 'Bedankt dat je me dit verteld hebt. Het scheelt dat ik dit verhaal nu ken.'

'Graag gedaan.' Sam stond ook op. Het was makkelijker nu ze stonden, want hij kwam maar tot haar voorhoofd.

'Hij is trots, maar niet onredelijk. Geef hem de tijd. Oké, Jake, tijd om te gaan.'

'Aaah!'

'Spettiballen en sjoktaart vanavond.'

Jake keek verrukt op en bleef stokstijf staan, met open mond en glimmende ogen. 'Spettiballen en sjoktaart!'

'Zijn babywoordjes,' lichtte Sam toe. 'Spaghetti met gehaktballen en chocoladetaart, of eigenlijk brownies, maar zo noemde hij het altijd.'

'Wat lief.' Ongelofelijk lief. Olivia duwde haar verlangen naar haar eigen hakkelende kindje weg. Het had geen zin om te huilen om spettiballen. Ooit zou ze zelf een kindje krijgen, of niet. 'Wat doe je voor werk, Sam?'

'Ik ben natuurkundeleraar op de middelbare school hier in Belfast. In de zomer doe ik van alles om wat bij te verdienen. Op dit moment werk ik in een hotel in de stad.' Hij wendde zich tot zijn zoon. 'Jake, nu!'

'Ik kom!' Hij klauterde over de muren van zijn zwembad en huppelde op hen af. Hij liep over het ongelijke, soms hobbelige oppervlak alsof het asfalt was. Olivia had dat als kind in Stirling ook ervaren: haar hersens waren onbewust de rotsen vóór haar aan het afzoeken naar gladde stukken, altijd bezig met de volgende veilige voetstap.

'Ik zal met Duncan praten, zeggen dat ik je met Jake heb gezien en hoe goed je bent met – au!' Sam klapte bijna dubbel toen Jake op het platform sprong en met grote vaart tegen Sams benen aan holde. 'Voorzichtig, Jake. Hij vindt het vast prima.'

Olivia stelde zich dat gesprek voor en was daar niet zo zeker van.

Hoi Duncan, ik zat te denken om Olivia –

Nee.

'Ik zit te denken...' Olivia smeerde wat zonnebrandcrème op Jake's rug uit die ze had gemist. 'Als je het goed vindt, kan ik denk ik beter met hem praten. Ik wil niet dat je het hem vraagt zolang hij mij alleen maar kent als een dronken, hysterisch wijf.'

'Geen slecht idee.' Sams ogen werden zachter door zijn vrouwelijke glimlach. 'Hoewel ik durf te wedden dat je een prachtig dronken, hysterisch wijf bent.'

Hun oogcontact was zinderend en ondraaglijk, net als Olivia's huivering van genot bij dit compliment. Maar ze was zo hetero als wat, en Sam was niet echt een man, tenminste…

Wacht even. Als hij verliefd was op Duncan toen hij een vrouw was, dan zou hij homo moeten zijn, toch? Of… Olivia had geen idee hoe zoiets werkte. Maar ze schrok ervan dat Sam haar op deze manier raakte.

'Dank je.' Ze stak nadrukkelijk formeel haar hand uit. 'Leuk je te ontmoeten, Sam.'

'Insgelijks.' Hij schudde haar stevig de hand. 'Jake, wil je je even omdraaien en Olivia bedanken voor het helpen met je zwembad?'

'Dank je wel voor het helpen met mijn zwembad.'

Olivia smolt opnieuw bij de aanblik van het ernstige, lieve gezichtje van het jongetje. 'Graag gedaan. Wie weet kunnen we binnenkort weer samen spelen.'

Hij boog zijn hoofd bij wijze van knik en keek omlaag naar zijn waterschoenen, zwaaiend met zijn armen.

'Kom schatje, we gaan. Ga je mee naar het huis, Olivia?'

Na haar bizarre reactie op hem durfde ze niet naast Sam te lopen. 'Ik denk dat ik nog even hier blijf. Het is zo vredig hier.'

'Prima.' De mannelijke moeder schonk haar nog een laatste lieve glimlach en liep toen met zijn zoontje de trap op.

Olivia bleef nog even naar het water zitten kijken. Ze genoot van de zon en snoof de zoete, rustgevende zeebries op. Toen ze Sams auto hoorde wegrijden, ging ze naar het huis. Tot haar opluchting was Georgia nog niet terug. Ze pakte een glas water in de keuken en nam het mee naar boven.

Op haar kamer plofte ze op bed en ze keek op internet of ze nog steeds evenveel aanbeden en verafschuwd werd als eerst, of dat de storm al was gaan liggen. De moed zonk haar in de schoenen. De discussies waren nog in volle gang. Dereks rechten waren geschonden doordat Olivia voor de camera persoonlijke medische informatie had gedeeld. Olivia's rechten waren geschonden door een man die haar in het geheim het kind onthield waar ze naar verlangde. Mensen wilden haar stenigen. Mensen wilden hem waterboarden.

Laat het toch rusten.

Hier, liggend op de lila sprei op het hemelbed, met buiten de krijsende meeuwen en de zoute zee die zich uitstrekte achter de vredige, groene velden, voelde Olivia zich alsof ze zich in het oog van de orkaan bevond, in plaats van dat er aan alle kanten aan haar geduwd en getrokken werd.

Ze nam zich voor een aantal dagen niet te kijken en luisterde haar voicemails af, eentje van Rosalind en eentje van haar agent. Rosalind maakte zich zorgen om haar. Cherie vertelde opgewonden dat alle talkshows in het land in de rij stonden om Olivia als gast te hebben. 'De wereld wil je, schatje. Dit is jouw moment. Bel me, bel me, bel me!'

Olivia sloot haar ogen. Nadat ze net weer zo dom was geweest om naar haar ellende te kijken, werd ze al moe bij de gedachte. Ze moest haar agent terugbellen. Ze moest een plan maken voor wat ze zou doen wanneer ze weer in LA was. Ze moest een bezoekje aan haar vader en Lauren plannen. Ze moest een bezoekje aan haar oma plannen, die hier maar anderhalf uur rijden vandaan woonde.

In plaats daarvan belde ze haar zus.

'Olivia, lieverd, hoe gaat het? Niet te geloven hoe ziek sommige mensen zijn. Het is walgelijk. Hou je het een beetje vol? Ik hoop dat je het ergste weet te vermijden. Je moet opladen.'

Olivia werd emotioneel bij het horen van het medeleven in Rosalinds stem. 'Het gaat wel, hoor.'

'Vind je het fijn als ik langskom?'

Het idee van een vertrouwd en geliefd iemand in de buurt was verleidelijk. Olivia wilde al ja zeggen, maar in een vlaag van volwassenheid bedacht ze zich. Dit was haar puinhoop. Daar moest ze Rosalind niet bij betrekken. 'Nee, dat hoeft niet. Ik red me wel. Ik voel me al beter. Echt. Ik moet hier gewoon even doorheen.'

'O, maar –'

'Trouwens, ik wil je wat vragen.' Olivia leunde op haar ellebogen. 'Heb je ooit een transseksueel ontmoet?'

'Niet persoonlijk. Ik bedoel, ik heb ze weleens gezien, maar wie niet?'

'Ik heb er vandaag één ontmoet. Een transseksuele man.'

'Eh… welke is dat ook alweer? Een man die vrouw geworden is? Of –'

'Nee, andersom. Deze man was… Het was gewoon eng. Ik voelde me tot hem aangetrokken.'

'Eh… dat klinkt best ingewikkeld, Olivia. Weet je zeker dat dit het moment is om –'

'Nee, niet seksueel aangetrokken, gewoon een rare reactie. Ik ben veel te hetero.' Ze grinnikte verdorven. 'Behalve als ik heel dronken ben.'

Rosalind snoof. 'Nou, mocht je met deze man aan de rol gaan, dan hoef ik het niet te horen. Ik ben nog steeds getraumatiseerd door de ontdekking dat mama geen vagina had.'

Olivia schoot overeind 'Wat? Ik dacht…' Gegeneerd dacht ze: geen voortplantingsorganen… wat viel daar eigenlijk allemaal onder?

'Geen volwaardige in elk geval. Ze moesten haar oprekken.'

'Gatver.' Olivia viel weer achterover op bed. 'Arme mama!'

'Ze deed het voor papa.'

'Ik wil het niet horen.' Ze rolde op haar zij en ondersteunde haar hoofd met haar hand. 'Eigenlijk wil ik het wel horen. Volgens mij ben ik er bijna klaar voor. Denk je dat mama zichzelf als een echte vrouw zag? Vindt een transseksuele vrouw zichzelf een echte vrouw?'

'Wat is een echte vrouw? Mensen zijn mensen. Als je met definities begint, is het einde zoek. Het is te ingewikkeld.'

'Oké. Maar… hoe denk jij dat het allemaal werkt? Met gender en zo, bedoel ik.' Ze klonk niet erg samenhangend of intelligent, en wist niet zo goed wat ze nu echt vroeg.

'Volgens mij is het een continuüm. Vrouwelijke hersens met alle bijpassende lichaamsdelen aan de ene kant. Mannelijk equivalent aan de andere kant. Perfecte hybride in het midden. Allerlei varianten ertussenin.'

Olivia rolde van het bed, liep naar het raam en keek uit over het water en de groene heuvels. 'Toen ik dacht dat ik geen kinderen kon krijgen, voelde ik me ook niet helemaal vrouw.'

'Sorry, maar pff.'

Ze schoot in de lach. 'Ik bedoel, ik was natuurlijk nog steeds een vrouw, maar ik voelde me alsof ik me meer richting het midden op het continuum bevond. Niet de totaalvrouw aan het eind.'

'Ik snap dat je dat moeilijk vond. Maar het klopt niet. We worden niet gedefinieerd door ons vermogen om kinderen te krijgen.'

'Dat is ook zo. Je hebt gelijk.' Ze liep weg bij het raam en leunde tegen de muur, gefrustreerd omdat ze niet kon verwoorden wat ze wilde zeggen. 'Wat vind je van Laurens broer?'

'Stuart? Hij heeft een hekel aan me.'

'Nietes.'

'Wel waar. Lauren heeft hem waarschijnlijk gewaarschuwd dat ik een heks ben. Maar zijn vrouw Georgia is een engel. O, en er is een superknappe man met wie Stuart werkt. Die heeft ook een hekel aan me.'

'Waarom?'

Ze vertelde haar zus in het kort over de ruzie met Duncan en de gedwongen verontschuldiging. Ze liet het grappiger klinken dan het was geweest en zei niets over haar bloedende arm.

'Lekker bezig.' Rosalind lachte. 'Wat ben je toch heerlijk zelfdestructief.'

Die opmerking verbaasde haar. Zelfdestructief? Hoezo was dit háár schuld? Dronken worden was inderdaad volledig haar eigen verantwoordelijkheid. En haar man publiekelijk afvallen op tv ook. En haar zelfbeheersing verliezen…

Hm. Oké.

'Ik zou zo graag zien dat je wat aardiger voor jezelf was, Olivia.'

'Als ik een bubbelbad neem, is dat dan aardig genoeg?'

'Het is in elk geval beter dan niets. Heb je papa al gezien?'

'Nee, ik loop het een beetje uit te stellen,' antwoordde ze schuldbewust. 'Maar ik ga binnenkort.'

'Ik zou mee kunnen gaan.'

'Dat zou kunnen.' Ze draaide zich weer om naar het raam; ze werd claustrofobisch zonder dat ruime, weidse uitzicht. 'Dan kunnen we ook samen naar oma Betty gaan.'

'Jakkes, waarom?'

Olivia grinnikte. Met haar zus kletsen was een soort therapie. Veel beter dan dronken worden. 'Ik ben dol op oma Betty, ze is zo grappig.'

'Ga dan maar zonder mij. Eve is er geweest. Ze heeft er een trauma aan overgehouden.' Rosalind huiverde van afschuw. 'Als je minder dol op haar wilt zijn, lees dan mama's eerste dagboek, dat ik heb gekregen. Daarin staat ook veel over mama's aandoening en hoe ze zich daarbij voelde. Ik kan het naar je opsturen als je wilt. Toen ik een kopie voor Eve maakte, heb ik er voor jou ook een gemaakt.'

'Ook al wist je dat ik er niets mee te maken wilde hebben?'

'Ik hoopte dat je ooit van gedachten zou veranderen. Ik denk dat je het echt interessant zou vinden.'

'Ik ben niet... Nog niet.' Olivia haalde haar hand door haar haren en merkte dat ze trilde. Tijd om van onderwerp te veranderen. 'Hoe gaat het met Bryn?'

'Perfect.'

'Natuurlijk.' Olivia grinnikte en probeerde de voorspelbare steek van jaloezie te onderdrukken. 'Bedankt voor het bellen, lief zusje van me. Doe de groeten aan Bryn. Veel liefs voor hem. En nog meer voor jou.'

'Zal ik doen. Ik hou ook van jou. Zet hem op, Olivia. Ik bel snel weer.'

Olivia bleef een tijdje met de telefoon in haar hand staan. Ze had nu al spijt dat ze haar zus naar hun moeder had gevraagd. Het was misschien kinderachtig, maar ze wilde zich Jillian Croft precies zo herinneren als ze dat nu deed: stralend, elegant, mooi en zo getalenteerd dat alles wat ze deed er gemakkelijk uitzag, of het nu een verschrikkelijk moeilijke rol in een film was of het ontvangen van honderd mensen in hun huis in Beverly Hills waarbij ze iedere gast het gevoel gaf speciaal te zijn.

Ze wilde de herinneringen intact houden aan de zeldzame keren dat ze met hun tweetjes gingen winkelen, moeder en dochter, zonder Eve en Rosalind. Olivia genoot ervan hoe de winkelbediendes het vuur uit hun sloffen liepen om haar te plezieren. 'Is dit uw dochter? Ze lijkt sprekend op haar moeder.' De manier waarop andere klanten reageerden: ze deden alsof ze niet doorhadden wie er net binnengekomen was óf ze gaapten haar aan. Sommigen vroegen aarzelend om een handtekening; anderen deden alsof ze Olivia's moeder kenden en alsof die hen net zo geweldig vond als zij haar.

Olivia wilde aan de goede tijden kunnen blijven terugdenken, aan de make-uplessen waar Eve en Rosalind niets van moesten weten, en aan het ouderwetse advies: 'Benadruk altijd je boezem, dat is je beste accessoire. Draag een beha, zodat je borsten nooit gaan hangen. Doe oefeningen om ze stevig te houden.'

Haar moeder en zij waren een team geweest, verbonden door hun liefde voor alles wat theatraal en meisjesachtig was. Dus ja, ze zou misschien veel aan de weet komen door Jillians dagboeken te lezen. Maar ze kon geen enkele reden bedenken waarom ze haar gekoesterde versie van haar moeder zou inruilen voor iets wat minder perfect was.

Hoofdstuk 9

9 februari 1997 (zondag)

Ik zit in bed en kijk naar de slapende hoofdjes om me heen. Rosalind snurkt, want ze is verkouden. Met hun ogen dicht lijken ze heel erg op de baby's die ze ooit waren. Ik moest denken aan de gekke liedjes die Daniel en ik voor hen verzonnen. 'Livia de Faboo Baby', 'Everything's Coming Up Rosalind' en 'Amazing Eve Grace'. God, wat hebben we daarom gelachen.

Ik ben nu drie dagen terug uit de afkickkliniek. Ik voel me beter en sterker dan ik me in lange tijd gevoeld heb. Deze keer weet ik zeker dat ik nuchter kan blijven. Als het niet voor mezelf is, dan wel voor mijn meiden en mijn man. Dat ben ik hun verschuldigd. Als ik die woorden een miljoen keer per dag tegen mezelf moet zeggen, doe ik dat.

Om mijn terugkeer te vieren heb ik de meiden getrakteerd op een filmavondje op mijn kamer, want Daniel is in New York voor een congres. Ik was graag met hem meegegaan, deels omdat ik zielsveel van die stad hou – daar is het voor mij allemaal begonnen – en deels om ervoor te zorgen dat hij alleen slaapt. Hij heeft iets of iemand aan zijn hoofd. Alweer? Nog steeds? Ik weet het niet. Ik hoop dat hij thuisblijft nu ik afgekickt ben.

De meisjes en ik hebben Bringing up baby *gekeken. Ik heb popcorn gemaakt en ze kregen ijs en we zijn knus tegen elkaar aan gekropen en hebben gegiebeld tot ze in slaap vielen. Ik hoop dat ze zich deze avonden zullen herinneren. En niet de rest. Ik schaam me vreselijk dat zo'n groot deel van het slechte karma in hun leven van mij afkomstig is. Ik zou zoveel liever hun bron van vreugde zijn.*

Jillian

Beneden in de keuken stond Georgia aan het aanrecht boerenkool te snijden met een verschoten rode schort voor waarop stond KUS DE KOK. Ze keek glimlachend op toen Olivia binnenkwam. 'Hoi, heb je een dutje gedaan? Op Jake passen kost een hoop energie hè? Ik voel me fris als een hoentje dankzij jou. Meestal wil ik op dit tijdstip mijn benen strekken en in coma vallen.'

'Ik ben inderdaad even ingedommeld. Maar ik heb ook met mijn zus gebeld.' Olivia nam een glas water. 'Kan ik iets doen voor het avondeten?'

'Ja, als je wilt, mag je de sla wassen en drogen voor een salade.' Georgia wees op een paar kroppen botersla en Romaanse sla en een slacentrifuge naast de gootsteen. 'Ik heb lasagne uit de vriezer gehaald als avondeten. Dat leek me het makkelijkst, aangezien ik er vanmiddag niet was.'

'Ik ben gek op lasagne.' Olivia dronk haar glas leeg en zette het in de vaatwasser. 'Je was maar een uurtje weg of zo.'

'Nou, het leek veel langer. Wat een luxe om je zinnen te kunnen afmaken. Dank je wel.' Georgia boog zich over haar werk. 'Dus... ik neem aan dat je Sam hebt ontmoet.'

'Ja.' Olivia pakte de botersla en trok er een paar bladeren af, die ze vervolgens in kleinere stukken scheurde en in de slacentrifuge deed. 'Dat was nogal een verrassing.'

'Ik had erbij willen zijn toen jullie elkaar ontmoetten, zodat ik je van tevoren kon bijpraten. Ik had al eerder iets moeten zeggen, maar het was gewoon steeds niet het juiste moment om het over haar te hebben.' Georgia slaakte een geërgerde zucht. 'Ik weet dat ik "hem" moet zeggen, maar dat lukt me gewoon steeds niet. Ik ken Sam al haar hele leven, sinds ze een baby was, daarna als meisje, toen als puber, toen als jonge vrouw, toen als Duncans echtgenote en Jake's moeder. En dan moet ik nu opeens omschakelen?'

Olivia begon aan de Romaanse sla. Ze wist niet goed hoe ze hierop moest reageren. Het was als gast niet aan haar om Georgia de les te lezen over tolerantie en acceptatie. 'Dat lijkt me inderdaad moeilijk.'

'Uiteindelijk zal het vast wel lukken, maar ik vind het zo lastig. Ze is nog geen halfjaar weg bij Duncan. Ik weet niet wanneer ze begonnen is met hormonen slikken. Ze was zo mooi. En nu... Het lijkt gewoon niet natuurlijk.' Ze tilde de snijplank op en veegde met haar mes de gesneden boerenkool in een steelpan. 'Misschien komt het omdat ik niet ben opgegroeid met transseksualiteit, maar ik snap er echt niets van. Hoe kun je als vrouw geboren worden, trouwen, een baby krijgen, en dan opeens denken dat je een man bent?'

Olivia deed de Romaanse sla ook in de slacentrifuge en dacht na over een zorgvuldige reactie. Aangezien Georgia over het algemeen zacht en begripvol leek, nam Olivia aan dat dit eerder een uiting van complexe gevoelens was dan een regelrechte veroordeling. Ze durfde te wedden dat Stuart niet de meest gewillige gesprekspartner was voor dit onderwerp. Of hij was de hele tijd aan het razen en tieren en gaf Georgia niet de kans zelf iets te zeggen. 'Ik weet er ook niet zoveel van. Maar ik denk niet dat het opeens was. Eerder dat hij eindelijk de moed had om de waarheid onder ogen te zien.'

Georgia legde haar mes neer en zette haar handen tegen de rand van het aanrecht, alsof ze het door de muur wilde duwen. 'Ik weet dat je gelijk hebt, echt. Het is soms gewoon zo moeilijk om haar te steunen en te doen alsof het allemaal geweldig en bevrijdend voor haar is, terwijl ik me zo'n zorgen maak over Duncan, en nog meer over Jake.'

'Met Jake lijkt het goed te gaan. Heel goed zelfs.' Olivia wist niet zeker of ze gewoon moest luisteren en troost moest bieden, of haar iets moest proberen bij te brengen, ook al was ze zelf ook geen deskundige. De laatste die met een groot probleem bij haar was gekomen, was haar beste studievriendin Angela geweest; haar man was voor de tweede keer vreemdgegaan. Dat was eenvoudig geweest: het is een hufter, ga bij hem weg. 'Jake is jong genoeg om zich hieraan aan te passen. Het zou moeilijker zijn geweest als Sam had gewacht tot hij ouder was.'

'Maar als hij na de zomer naar school gaat... al die vragen die ze hem zullen stellen. "Waarom is je moeder je vader?" Ik ben bang dat hij gepest gaat worden.' Ze was bijna in tranen. 'Ik snap niet waarom Sam dit moest doen. Ze was altijd al jongensachtig, sinds ze oud genoeg was om achter haar vier broers aan te zitten. Geen zussen. Haar moeder is heel vrouwelijk, maar die is advocate en niet veel thuis. Misschien was het die combinatie...'

Olivia deed haar best om zich zorgvuldig uit te drukken en dacht aan haar eigen moeder, die ook heel vrouwelijk was geweest. 'Ik weet vrij zeker dat het dieper gaat dan dat. Genetisch, bedoel ik.'

'Ja, natuurlijk. Luister maar niet naar mij, het raakt me gewoon erg.'

Olivia vulde de kom met water om de sla te wassen. 'Het is voor iedereen vast heel moeilijk. Maar –'

'Die arme Duncan vindt het vreselijk om te zien dat zijn mooie vrouw een baard krijgt. Kun je het je voorstellen? Dit is ook nog eens een dorp. Mensen roddelen.'

'Ja, zo zijn mensen.' Olivia werd het beu om een neutraal standpunt in te nemen. 'Sam lijkt er vrij goed mee om te gaan.'

'Ja, natuurlijk. Zij krijgt wat ze wil.'

Dat was de druppel. Olivia draaide zich om en keek Georgia aan, maar ze hield haar stem kalm en haar gezicht vriendelijk. 'Hij laat zien wie hij denkt dat hij is. Wie hij waarschijnlijk echt is.'

Georgia zuchtte diep. Ze draaide zich om en rommelde tussen de potjes van haar kruidenrek. 'Dat zeggen ze allemaal. Ik hou zielsveel van Sam, echt waar, maar voor haar kind, voor haar huwelijk... zou ik willen dat het anders was.'

'Ik durf te wedden dat Sam dat ook zou willen.' Olivia tilde de met sla gevulde korf uit het water en liet hem uitlekken terwijl ze naar haar volgende woorden zocht. 'Was Sam gelukkig voordat hij aan de verandering begon? Met het huwelijk? Met zichzelf?'

'Nou, nee. Er waren wel problemen.'

'Die zouden erger geworden zijn.' Olivia deed de deksel op de centrifuge. 'Dat is nog veel moeilijker voor een kind dan een gelukkige ouder.'

'Dat is waar.' Georgia klonk vertwijfeld.

'Wat vindt Stuart ervan?'

'Hij vindt het allemaal moderne onzin. Maar zo is hij opgevoed. Hij en Duncan praten er niet over.'

De voordeur ging open. 'O jee, hij is er al, en ik sta hier maar te kletsen in plaats van te koken.'

Stuarts zware voetstappen klonken in de gang. Olivia draaide krachtig aan de slacentrifuge. Als Stuart thuis was, betekende dat dat Duncan thuis was. En als Duncan thuis was, betekende dat dat ze heel binnenkort aan hem moest gaan vragen of ze op Jake mocht passen. Met Duncan praten stond op haar lijst van favoriete martelingen net onder de duimschroeven.

'Dag schat.' Georgia's stem was een en al zuidelijke zonnigheid. 'Hoe was je dag?'

'Goed.' Stuart knikte kortaf naar Olivia.

Olivia stond op het punt om te zeggen: 'De mijne ook, en die van jou?' In plaats daarvan goot ze het water uit de centrifuge en draaide ze nog eens flink, tot haar arm zeer deed en de sla waarschijnlijk gekneusde, papperige pulp was.

'Het eten is over een uurtje klaar. Ik ben een beetje laat begonnen. Olivia heeft op Jake gepast en ik ben koffie gaan drinken met Maxine.'

Stuart trok zijn borstelige wenkbrauwen op. 'Heeft zíj op Jake gepast?'

'Inderdaad.' Olivia keek hem met een charmante glimlach aan. 'Ik heb eerst zijn vingernagels eruit getrokken en hem daarna in brand gestoken.'

'Olivia!' Georgia begon geschrokken te giechelen. 'Luister maar niet naar haar, Stuart. Ze deed het hartstikke leuk met hem. Sam heeft haar ontmoet en die vond het ook prima.'

'We hebben op het strand een zwembad gebouwd. Jake was er erg trots op.' Olivia liep met de ultra-gedroogde sla naar Georgia. 'Ik zou het graag vaker doen. Daarmee help ik je vrouw en heb ik iets leuks en nuttigs te doen zolang ik hier ben.'

‘Vindt Sam het goed?’ Stuart deed de koelkast open en haalde er een Budweiser uit. ‘En Duncan? Vindt hij het ook goed? Na hoe je je die avond gedragen hebt?’

Grr.

‘Weet je wat? Ik was van plan om straks met Duncan te praten, maar ik denk dat ik het nu meteen maar even doe.’ Olivia liep de keuken uit. ‘Ik ben vóór het eten terug, Georgia.’

‘Haast je niet. Dat eten loopt niet weg.’

Zodra Olivia bij de voordeur was, veranderde Georgia’s toon. ‘Stuart, ik zou je met liefde wurgen. Waar ben je in godsnaam –’

Olivia deed de deur achter zich dicht, de neiging onderdrukkend om hem dicht te slaan, en miste zo de rest van de uitbrander. Als die man door God was gestuurd om haar geduld op de proef te stellen, dan was hij goed bezig. Misschien moest ze haar plekje in de hel maar vast reserveren. Voordat de smoes in haar opkwam om Duncan op te zoeken, had ze op het punt gestaan om die bronstige eland te vertellen waar hij zijn gewei in kon steken.

Nu ze echter het huis uit was en er nergens duimschroeven leken te zijn, moest ze helaas ook echt gaan proberen om vriendjes te worden met Duncan de Verschrikkelijke. Toch was het de moeite waard, niet alleen omdat ze op Jake wilde passen, maar ook omdat ze het niet erg zou vinden om Duncan op het terrein of tijdens het avondeten tegen te komen zonder dat haar maag zich omdraaide.

Met ferme tred, opgeheven hoofd en zwaaiende armen liep ze de helling naar de kust af en ze nam vervolgens het pad door het bos, waar ze op haar vastberaden mars een eekhoorn de stuipen op het lijf jaagde. Zonder enige aarzeling klopte ze aan bij het boothuis. Ze zette haar handen op haar heupen, maar liet ze toen weer hangen. Te aanvallend. Ze zou Laurens voorbeeld moeten volgen, volledig kleurloos en altijd vriendelijk.

Als die eikel maar wel thuis was.

De deur ging halfopen. De eikel was thuis en hij was adembenemend. Dat wil zeggen: ze kon nog wel ademen, maar haar hart deed opeens een technobeat na. Hij had zich vast gedoucht na het werk; zijn gezicht was glanzend schoon en zijn haar was nog vochtig. Hij rook nu waarschijnlijk heerlijk naar aftershave en/of zeep. Hij droeg een strakke spijkerbroek en een ruimvallend T-shirt, en hij verdiende het totaal niet om zo woest aantrekkelijk te zijn of om zo'n effect op haar te hebben.

Als hij al verrast, teleurgesteld of geïrriteerd was toen hij haar zag, of alle drie, dan liet hij het niet merken. 'Wat is er?'

'Ik wil graag praten. Eén op één. Een wapenstilstand sluiten. Beter een goede buur dan een verre vriend en zo.'

Duncan aarzelde terwijl Olivia haar gezicht in de plooi hield, want behalve dat ze hoopte dat hij haar binnen zou laten, vroeg ze zich ook af hoe hij er naakt uitzag.

'Oké.' Hij deed een stap naar achteren, wat ze maar opvatte als een uitnodiging. Het voelde alsof ze het hol van de leeuw binnenging.

Ze liep het inmiddels bekende huis binnen, overwoog te zeggen dat ze hier met Jake al geweest was, maar besloot het niet te doen. 'Leuk huis.'

'Oud boothuis.'

'Dacht ik al.'

'Ik wilde net een biertje pakken. Wil je er ook een?'

'Ja, is goed. Bedankt.' Tot dusver ging het goed.

Terwijl Duncan naar het tafelmodel koelkast liep, keek Olivia nog eens rond, want als ze naar hem bleef kijken, werd ze onrustig. Het speelgoed dat bij haar vorige bezoek voor de open haard had gelegen, was inmiddels opgeruimd; verder was het spartaanse interieur nog steeds spartaans. 'Je mist Jake zeker wanneer hij bij je… ex is.'

'Yep.' Hij maakte het flesje open. 'Wil je een glas?'

'Ja, graag.' Ze nam het glas en het flesje aan. 'Wat is dit?'

'Een biertje en een glas.' Olivia wierp hem een vernietigende blik toe. Oké, het was een domme vraag. Maar als hij eens ophield met zo aantrekkelijk te zijn, zou dat het een stuk makkelijker maken. Ze was vastbesloten om dit bezoekje professioneel en onpersoonlijk te houden, desnoods te accepteren dat ze van mening verschilden, en met een ferme handdruk en een goed gevoel weer te vertrekken.

'Belfast Bay Brewing Company, Stone Crab IPA.' Olivia las het etiket en nam nerveus een slok, en toen nog één. 'Lekker. Niet te hoppig.'

Duncan gebaarde naar de rode slaapbank in de woonkamer en ging op een stoel ernaast zitten, naar voren gebogen, met zijn ellebogen op zijn bovenbenen, wat Olivia deed denken aan Sams houding eerder die dag aan de kust. Een mannenhouding.

Ze ging zitten en nam nog een grote slok bier in de hoop dat het haar zou helpen ontspannen. Zette hij maar wat muziek op. Door de dodelijke stilte leek elk woord zwaarder te wegen.

'Aangezien we allebei weten dat ik hier niet voor de gezelligheid ben, kom ik maar meteen ter zake.' Ze haalde diep adem. 'Ik wil graag Georgia ontlasten en af en toe op Jake passen zolang ik hier ben. Georgia vindt het goed. Sam lijkt het ook goed te vinden. Uiteraard moet –'

'Heb je Sam ontmoet?'

Ze probeerde zich niet te ergeren aan de onderbreking. 'Ja. Toen hij vandaag Jake kwam ophalen.'

Ze staarden elkaar aan, alsof ze een wedstrijdje deden wie het langst bleef kijken. Wie zou als eerste zeggen wat voor de hand lag?

Niet al te ver weg barstte een meeuw uit in een lachend gekrijs. Ze hoorde iets over het dak lopen.

Olivia besloot dat zij het maar moest zijn, anders kon het nog lang duren. 'Dit is vast een moeilijke tijd voor jullie.'

'Dat is precies de reden waarom ik wat ik van jou heb gezien niet in de buurt van mijn zoon wil hebben.'

En daar gingen ze! Wat een fantastische start van de wedstrijd. Olivia begon van de weeromstuit zenuwachtig te giechelen. Hoe zou Lauren op zoiets reageren? Of haar lieve diplomatieke zus Rosalind? 'Wat je van mij hebt gezien, komt niet in de buurt van je zoon. Daarom ben ik hier, om je te laten zien wie ik ben als ik bij hem ben. Georgia heeft die persoon bij hem gezien. Sam heeft die persoon bij hem gezien. Ik ben dol op kinderen en weet heel goed hoe ik me niet moet gedragen bij hen.' Ze tilde haar flesje op om haar tevreden grijns te verbergen. Prachtig gesproken, vond ze zelf. Bovendien was het de waarheid.

Duncan stond op en draaide zich om naar de schuifpui van het boothuis, die openstond nu het avond werd. 'Wat wil je dat ik zeg?'

Mijn hemel. 'Nou, wat je denkt, bijvoorbeeld?'

'Dat wil je niet weten.'

Goed dan. Olivia bleef vriendelijk kijken, al voelde ze zich vanbinnen een stuk minder vriendelijk worden. 'Je zou nog staan te kijken.'

'Je wilt dat ik in één gesprek mijn mening over jou verander zodat je krijgt wat je wilt.' Hij draaide zich weer naar haar om. 'Ik vermoed dat je vrijwel altijd krijgt wat je wilt.'

Olivia telde tot tien. Tien was niet genoeg. Wat een eikel. 'Weet je wat zou helpen? Als je ophield met tegen me te praten als een vrouwenhater met tenen zo lang als Islesboro.'

Hij kneep zijn ogen tot spleetjes. 'Islesboro.'

'Sam heeft me verteld over Clara en jouw probleem met rijke meisjes.'

Zijn kaak verstrakte. 'Dat heeft hier niets mee te maken.'

'O nee?' Ze hield zijn blik vast. 'Echt niet? Weet je honderd procent zeker dat je geen vooroordelen over me hebt op basis van mijn uiterlijk, inkomensniveau of afkomst? Het feit dat ik uit Californië kom, uit LA zelfs, en een societyleven leid, maakt voor jou geen enkel verschil? Vind je dit allemaal een legitieme reactie op mijn gedrag op één enorm zware avond? Gedrag waarvoor ik mijn excuses al heb aangeboden?'

Hij dronk zijn flesje leeg. 'Ik wil er nog een. Jij?'

'Ja, ik ook.' Met trillende handen dronk ze de rest van haar bier op. God, wat werd ze kwaad van die man. En wat wilde ze graag met hem naar bed. Dezelfde gevaarlijke combinatie als die waarvan ze binnenkort ging scheiden.

Duncan deed de koelkast dicht, liep blootsvoets terug over de houten vloer en gaf haar een tweede flesje. Vervolgens liep hij weer terug naar zijn hoek van de ring.

Zo bleven ze zitten. En dronken ze bier.

'Oké.' Duncan wreef over zijn slaap. 'Je hebt waarschijnlijk gelijk.'

Olivia glimlachte beleefd in plaats van het overwinningsdansje te doen waar ze zin in had. 'Ik snap het wel, hoor. Toen ik jou ontmoette, dacht ik ook dat je een arbeider zonder opleiding was met een slechte smaak op alle fronten.'

Zijn ogen werden donker, tot hij doorkreeg dat ze een grapje maakte. 'Oké. Ik snap je punt.'

'Dan begrijpen we elkaar.' Ze hief het glas naar hem. 'Vooruitgang geboekt tussen de strijdende partijen.'

Hij liet bijna een glimlach zien.

'Vertel eens wat meer over jezelf.' Er was geen man op aarde die niet graag over zichzelf praatte. 'Ik weet dat je hier bent opgegroeid. Georgia vertelde me dat je ouders in het laatste jaar van je middelbare school naar Florida zijn verhuisd en dat jij toen bij haar en Stuart bent ingetrokken. En verder? Hoe ben je in de scheepsbouw terechtgekomen?'

Hij keek naar zijn flesje en heel even vreesde Olivia dat hij er niet op in zou gaan en ze weer terug bij af zouden zijn.

'Ik heb hier in Maine een opleiding gedaan. Een van de weinige erkende botenbouwscholen ter wereld.' Hij klonk trots. 'Daar heb ik mijn diploma gehaald en vervolgens heb ik mijn bachelor gehaald aan de Southern New Hampshire University in technisch management. Toen heb ik een tijdje geschipperd, eerst voor een man in Florida, daarna voor iemand in St. Thomas.'

Olivia sloeg met een vuist op haar borst. 'Schipperen betekent dat je andermans jacht overal heen vaart?'

'Zeilt.'

'Zeilt, sorry. Wauw.' Bij de gedachte alleen al zwijmelde ze weg. 'Wat een droombaan. Jachten? St. Thomas? Waarom heb je dat opgegeven?'

Hij haalde zijn schouders op. 'Ik kreeg er genoeg van en had heimwee, dus ben ik teruggekomen en ben ik voor Stuart gaan werken.'

'Mis je het zeilen niet?'

'Ik heb een boot.' Opnieuw die trots. 'Maar ik heb ook een woonplaats.'

Olivia knikte, geraakt door die opmerking, en ze dacht terug aan de eerste keer dat ze Derek had ontmoet. Hij had honderduit over zijn leven gepraat, maar het meeste bleek overdreven of verzonnen om indruk op haar te maken. Ze was er vrij zeker van dat alles wat Duncan haar zojuist had verteld voor de volle honderd procent waar was. Dat voelde goed.

'Nadat je terugkwam, ben je met Sam getrouwd, en de rest weet ik?'

'Zo ongeveer.' Hij keek haar met tegenzin aan. 'En jij?'

Ze moest bijna lachen om zijn beduchte toon. Hij verwachtte waarschijnlijk dat ze haar hele hebben en houden op tafel zou gooien. 'Voor mij draaide alles om acteren. Na mijn theaterstudie aan de UCLA was ik er helemaal klaar voor, in de volle overtuiging dat LA aan mijn voeten zou liggen. Maar dat was niet zo. Succes, flop, succes, flop, kookprogramma, meer flops, ontploft huwelijk. Nu ben ik hier.' Ze zag hem verbaasd kijken en voelde zich weer zelfvoldaan.

'Klinkt alsof je niet altijd hebt gekregen wat je wilde.'

'Wie wel?'

Hij krabde aan zijn oor. 'Mensen die niets willen?'

Olivia schoot in de lach. Hij was grappig. Bescheiden. Sexy. Tegen de tijd dat ze uit Maine vertrok, zou ze hem misschien zelfs mogen. 'Diepzinnig hoor. Heel zen.'

'Ja, dat kennen jullie in Californië niet, hè.' Hij glimlachte alweer bijna, duidelijk minder bang dat ze hem zou aanvallen, waardoor alleen met hem in deze blokhut zijn een stuk intiemer werd. Waardoor ze hem wilde aanvallen.

'Wanneer heb je Sam ontmoet?'

'We zijn samen opgegroeid. Ze is het kleine zusje van een vriend van mij.' Hij keek stuurs naar de vloer. 'En om je volgende vraag te beantwoorden: ik wist pas dat ze man wilde worden toen ze het me vertelde.'

'Dat was niet mijn volgende vraag, want dat gaat me niets aan. Maar het spijt me voor je. Dat meen ik. Het is niet helemaal hetzelfde, maar ik zag Dereks sterilisatie ook niet aankomen.'

Hij perste zijn lippen op elkaar en liet ze toen abrupt los. 'Dat zal ook lastig geweest zijn.'

Empathie! Het ging goed. Ze begon zich wat losser te voelen, deels omdat hij iets meer op zijn gemak leek, en deels omdat ze haar tweede biertje alweer half op had. 'Nogal. Zo erg dat ik door het lint ging. Zoals je hebt gezien.'

'Op televisie.'

'Ik had dat niet gepland. Het gebeurde gewoon.' Ze tikte tegen haar hoofd. 'Opvliegend. Altijd al geweest. En slechte impulsbeheersing.'

'En dan moet ik het goed vinden dat jij op Jake past?'

Shit. Nu had ze haar eigen graf gegraven. 'Zo ben ik nooit bij kinderen. Het is net als met kristal: je weet dat je voorzichtig moet zijn. Compleet anders dan hoe je een plastic bekertje oppakt.'

'Dat is waar.'

Ze raakte onder de indruk van hem. Hij leek in staat zijn fouten en gebreken toe te geven. En Olivia vond het ook makkelijker om de hare aan hem toe te geven. Ze probeerde zich een confrontatie tussen haar en Derek te herinneren waarbij ze niet allebei hun hakken in het zand hadden gezet en alleen maar hun eigen gelijk hadden willen halen. Het ging altijd uitsluitend om winnen, niet om de discussie. Zo idioot.

'Als de ontdekking van Dereks sterilisatie lastig was, dan lijkt me de ontdekking dat je vrouw een man is catastrofaal.'

Zijn gezicht verhardde. 'Ja.'

'Nog steeds?'

'Op sommige dagen gaat het beter dan andere.'

Olivia probeerde zich voor te stellen hoe ze zich zou voelen als Derek zou bekennen dat hij een vrouw was.

Onmogelijk. Het lukte haar niet.

'Ik zag pas dat hij een transgender was toen hij glimlachte.' Ze dacht terug aan hun ontmoeting: de glimlach, de grote, mooie ogen in het grotendeels mannelijke lichaam. Het gevoel dat hij haar gaf. 'Het was vreemd om met hem te praten en zo dicht bij hem te staan, zijn aftershave te ruiken en te proberen het te begrijpen. Ik bedoel...'

Olivia hield zichzelf op tijd in. Wat had ze net ook alweer gezegd over impulsbeheersing? Een rechtstreekse, volledig open verbinding van haar hersenen naar haar mond.

'Wat bedoel je?'

'Hij was... Ik bedoel, hij is erg... aantrekkelijk.'

Duncans wenkbrauwen gingen omhoog. 'Je gaat me toch niet vertellen dat je haar probeerde te versieren?'

'Nee, o nee, absoluut niet.' Ze werd rood. Waarom was ze hier in hemelsnaam over begonnen? 'Het was gewoon... verwarrend. Verontrustend. Zo van: wat is hier aan de hand en wie ben ik?'

'Hoe denk je dat ik me voel?' Hij spuugde de woorden bijna uit. 'Ik voel me nog steeds aangetrokken tot haar, maar ze is nu een man. Wat zegt dat over mij?'

'Dat je iemand bent die iets heel ingewikkelds doormaakt.'

Hij wreef met zijn hand door zijn opdrogende haar, waardoor het heel aandoenlijk alle kanten op ging staan. Zo bleven ze zwijgend zitten, maar de stilte was minder beladen dan eerst. Olivia zat het stilzwijgen uit door zich over te geven aan seksuele fantasieën over haar en Duncan en de stoel waar hij op zat. Het kwam erop neer dat ze hem wilde bespringen en hem de kleren van het lijf wilde rukken. Helaas was dat een van de vele slechte ideeën op Olivia's lijst. Ze was hier om zijn vertrouwen te winnen. Dit was niet het moment. Hoewel... misschien wat later op de avond...

Duncan keek op van zijn bier, alsof hij haar gedachten kon lezen, en hun blikken kruisten elkaar. De chemie tussen hen ontvlamde zo hevig dat ze nu echt geen adem kreeg. De seksuele fantasie die ze puur ter vermaak had toegestaan, begon te veranderen in een belofte die werkelijkheid kon worden.

Ze wachtte tot haar verstandige stemmetje tegen haar zou foeteren dat dit het stomste was wat ze kon doen. Olivia nam zich voor deze keer te luisteren.

Maar het stemmetje bleef stil.

Drie hartslagen. Ze zou drie hartslagen wachten tot hij wegkeek. Als hij wegkeek, zou ze verder gaan met het gesprek. Zo niet...

Eén. Twee. Drie.

Hij keek niet weg.

Ze zette haar bijna lege glas neer en haalde diep adem. 'Heb je condooms in huis?'

Duncan keek geschrokken, zoals ze had verwacht, maar niet afkeurend.

'Eh...'

'Want ik heb er eentje nodig.' Ze trok haar shirt uit en gooide het op de bank. 'Mijn leven is ingestort. Mijn man bleek alleen maar achter mijn geld aan te zitten. Mijn carrière zit in het slop. En vandaag voelde ik me aangetrokken tot een transseksuele man.'

Hij bewoog niet, keek naar haar met licht toegeknepen ogen, maar zijn lichaam was star en de spanning hing nog steeds in de lucht.

Misschien was dit wel een van haar beste ideeën. 'En ik kan me voorstellen...' Ze maakte haar beha los, liet hem naast haar shirt vallen. 'Aangezien jouw leven ook is ingestort, en je je tot dezelfde man voelt aangetrokken, heb je misschien ook een beetje... bevestiging nodig.' Ze stond op, schopte haar schoenen uit en knoopte haar spijkerbroek los.

Duncan verroerde zich nog steeds niet, maar zijn blik bleef op haar rusten.

'Geen verplichtingen. Gewoon een vluggertje.' Ze stapte uit haar spijkerbroek. Eén been. Het andere. Gooide de broek aan de kant. 'We willen allebei ons leven niet ingewikkelder maken dan het al is, maar dit hebben we nodig. Daarna praten we gewoon weer verder en doen we alsof er niets gebeurd is. Dat zijn de regels.'

Hij slikte hoorbaar.

'Dus.' Haar slipje belandde ook op de hoop. Ze stond tegenover hem met haar handen op haar heupen. 'Wil je?'

Duncans ogen gleden over haar lichaam. Hij nam rustig een slok van zijn bier en wees naar een hoek van de hut. 'Medicijnkastje. In die hoek. Eerste plank.'

'Mooi zo.' Ze glimlachte koeltjes, terwijl haar hart als een drilboor tekeerging. 'Ik ben zo terug.'

De condooms lagen er inderdaad. Olivia nam er eentje, pakte een paar tissues uit een doos op het aanrecht en liep triomfantelijk met haar buit in haar hand terug.

Duncan had zijn shirt uitgetrokken en was bezig zich van zijn spijkerbroek en ondergoed te ontdoen. Zijn borstkas was breed en gespierd na een leven vol lichamelijke arbeid, net als zijn bovenbenen. Zijn erectie wees rechtstreeks naar haar. Hij was een lust voor het oog.

'Ga zitten.' Ze duwde tegen zijn borstkas tot hij weer op zijn stoel zat, legde de tissues op de vloer naast hem, en overhandigde hem het condoom. Ze ging schrijlings op zijn knieën zitten terwijl hij het condoom omdeed. 'Klaar?'

Hij liet met een kleine glimlach rond zijn lippen zijn handen op haar heupen rusten. 'Je bent gek.'

'Wij allebei. Daarom is dit ook zo'n goed idee. Een van mijn beste ideeen deze maand.'

'Dat wil niet veel zeggen, maar goed.' Hij legde zijn handen om haar middel en trok haar naar zich toe alsof ze tien kilo woog. 'En om je vraag te beantwoorden: ja, ik ben er klaar voor.'

Ze pakte zijn schouders en klom op hem, dankbaar voor haar sterke bovenbenen. De aarde stond stil, ze was opgewonden en genoot intens, en de aantrekking tot Sam werd opgeslokt door de zekerheid van Duncans enorme mannelijkheid en Olivia's pure vrouwelijkheid.

De hele affaire duurde ongeveer tien waanzinnige minuten.

Olivia bleef zo lang als ze durfde tegen hem aan liggen, genietend van de mannelijke armen om haar heen, de druk van haar borsten tegen een warme, harde borstkas, het fijne gevoel van huid op huid.

Een golf van emoties was de enige waarschuwing die ze nodig had. Ze wilde haar beste versierpoging ooit niet verpesten door in tranen uit te barsten. Dus drukte ze haar wang tegen zijn warme hals, reikte naar de tissues en stond voorzichtig op, terwijl ze hem de helft gaf. 'Zo.' Ze zuchtte en deed haar best niet te beven. 'Dat is beter.'

'Mee eens,' zei hij met een halve glimlach. Hij deed het condoom af en fatsoeneerde zichzelf.

Olivia liep terug naar haar kleren op de grond en kleedde zich snel aan, net als hij.

Ze ging op zijn bank zitten en pakte met onvaste hand haar biertje op. 'Waar hadden we het ook alweer over?'

Hij trok zijn wenkbrauwen op. 'Doet het je echt zo weinig?'

'Nee.' Ze nam een slok bier waar ze geen trek in had. 'Ik probeer niet te huilen.'

Hij wreef over zijn kaak. 'Eerste keer sinds je scheiding?'

'Ik mag hopen van wel, aangezien ik pas drie weken geleden gescheiden ben.'

'Voor mij ook, sinds Sam weg is.' Zijn stem werd schor. 'Onverwacht. Maar noodzakelijk.'

'Ik kwam echt alleen maar om te vragen of ik op je zoon mocht passen.'

Duncan grinnikte. 'Vreemd genoeg geloof ik je.'

De wapenstilstand was gesloten. Misschien was er zelfs enig vertrouwen. 'Daar ben ik blij om.'

'Goed dan.' Hij ging op de futon zitten, met zijn arm op de rugleuning, zo dichtbij dat ze tegen zijn vingers aan wilde leunen. 'Vertel nog eens waarom je op Jake wilt passen.'

Deze keer vroeg hij het oprecht, dus nam ze de tijd om haar antwoord te formuleren. 'Wanneer ik bij hem ben, is er geen gedoe. Hij heeft geen verwachtingen van mij. Eigenlijk kan het hem niet eens schelen wie ik ben. Ook wil ik Georgia helpen, omdat ze zo ontzettend gastvrij is. En ik wil tijdens deze bizarre ballingschap graag even niet met mijn eigen sores bezig zijn.'

Hij knikte een paar keer langzaam. 'Oké.'

Haar hoop nam toe. 'Oké?'

'Dat zei ik toch?'

Toen kon ze glimlachen, niet haar televisieglimlach, maar een natuurlijke, gelukkige glimlach. 'Dat zei je inderdaad. Dank je, Duncan.'

'Graag gedaan.' Hij keek haar aan totdat de aanblik van hem en haar gevoelens ondraaglijk geweldig werden. 'Je bent me er eentje, Olivia.'

'Dat ben ik zeker.' Ze stond met tegenzin op. Ze wilde hem nog een keer haar naam horen zeggen. 'Ik moet terug voor het avondeten. Maar ik ben blij dat ik gekomen ben.'

Hij snoof. 'Ik ook.'

Ze lachte, en dat voelde goed. Het was lang geleden dat ze zo oprecht gelachen gehad. Zelfs als dit gevoel tijdelijk was, had ze het juiste gedaan.

Voor de verandering.

'Bedankt voor het luisteren, dat ik op Jake mag passen, en eh… de rest. Dit was echt een leuke manier om een wapenstilstand te sluiten.' Ze liep naar de deur en draaide zich toen om. 'Fijne avond verder.'

Duncan knikte. 'Jij ook. Altijd welkom.'

Haar hart maakte een sprongetje. Altijd welkom?

Nog nagloeiend en tevreden liep ze de heuvel op. De zon ging bijna onder; schaduwen werden lang, kleuren verdiepten zich, roze tinten weerkaatsten tegen boomstammen en takken. Zo mooi. Zo rustgevend om hier te zijn, ver weg van de hectiek en het lawaai en al die mensen met hun behoeftes.

In de jaren na hun moeders dood had Olivia niet terug gewild naar deze prachtige kust, bang voor de herinneringen op de plek waar Jillian Croft het gelukkigst was geweest. Later, toen haar vader en Lauren hierheen waren verhuisd, had ze niet alleen hen ontlopen, maar had ze met haar Californische levensstijl Stirling te afgelegen gevonden, te zeer afgesneden van alles wat er in de wereld gebeurde. Onbetekenend. Onecht. Eerder een filmset dan een echte plaats.

Ze moest eerst door alles waar ze in LA van hield in de steek gelaten worden om in te zien dat ze zich vergist had. Ze voelde zich in haar moeders geboortestaat juist dichter bij haar moeder. Dit deel van de wereld leek nu eerlijker en belangrijker dan het mierennest waar ze zich zoveel jaren in had bewogen.

Of misschien was ze deze plek aan het romantiseren omdat ze zich zo lekker voelde na dat zalige nummertje.

Hoe dan ook was ze weer verliefd geworden op de kust van Maine. Ze zou vanavond gezellig met Georgia kletsen en Stuarts humeurigheid van zich af laten glijden. Wie weet zou ze zelfs goed slapen.

Toen ze bij de voordeur van de Pattersons was, ging haar telefoon. Ze trok hem uit haar zak in de hoop dat het Eve of Rosalind was. Ze wilde hen graag in deze betere gemoedstoestand spreken, hen met meer zekerheid geruststellen dat ze het wel zou redden, want vanavond had ze de indruk gekregen dat dat ook echt weleens zo zou kunnen zijn.

De adrenaline schoot opeens door haar lijf. Hoop, angst en schuldgevoelens buitelden over elkaar heen om haar gelukzalige stemming te verpesten. Het was geen zus die belde. Het was Derek.

Hoofdstuk 10

4 augustus 1998 (dinsdag)

Mijn zus heeft diabetes. Mama wist het, maar heeft me natuurlijk niets verteld, omdat het niet over haar ging. Toen ik het van Christina hoorde, ben ik onmiddellijk naar haar toe gevlogen. Ik wist dat ze tijdens haar zwangerschap diabetes had gehad, wat een risicofactor is voor het krijgen van de ziekte in een later stadium, vooral als je niet goed op je gezondheid let. Christina is veel aangekomen. Volgens mij volgt ze haar dieet ook niet goed. Ik ben bang dat ze depressief is en het haar niet genoeg kan schelen.

Soms vraag ik me af of het een vergissing is geweest om haar haar kind te laten afstaan. Ik zag hoe ze naar Olivia keek toen we de eerste keer met de baby op bezoek kwamen. Mijn hart brak en verstijfde tegelijk. Ik heb hen daarna nooit meer alleen gelaten. Mensen met een groot verdriet kunnen wanhopige, atypische dingen doen. Sinds dat bezoek toonde ze schrikbarend weinig interesse in haar nichtje, alsof ze haar bestaan kon ontkennen door haar te negeren. Ik bood aan om een coach voor haar te vinden, waarop ze me aankeek of ik gek geworden was. Volgens mij gaat ze veel te weinig het huis uit. Volgens mij ontmoet ze geen mannen. En ze is veel te veel bij mama. Die man die haar bezwangerd en in de steek gelaten heeft, heeft haar ernstig beschadigd – alsof mama ons al niet genoeg heeft aangedaan.

Zou het anders zijn gegaan als Christina haar dochter had gehouden? Ik weet nog steeds niet zeker of ik ten aanzien van Olivia de juiste keuze heb gemaakt. Maar Christina wilde de baby niet houden. Dat valt mij niet te verwijten, hoewel mama daar ongetwijfeld toch wel een reden voor zou vinden.

Mijn zus moet gezond blijven. Ze is altijd een goede vriendin voor me geweest, en goede vrienden zijn schaars. Ik weet nooit zeker of mensen echt om me geven of alleen maar denken aan wat ik voor hen kan betekenen.

Jillian

Olivia bleef zo lang naar de telefoon staren dat ze zich moest haasten om op te nemen voordat hij op de voicemail sprong. Waarom belde hij? Om zich te verontschuldigen? Om te bekennen dat hij toch van haar hield? Om het goed te maken? Bij die gedachte maakte haar hart een belachelijk sprongetje, en ze riep zichzelf tot de orde. Had ze dan helemaal niets geleerd? Het kwam vast door de vermoeidheid dat ze de afgelopen weken wilde zien als een uitzonderlijk slecht deel van hun verder jarenlange behoorlijke, zij het niet spectaculaire huwelijk. Met hoogtepunten en dieptepunten zoals bij iedereen, maar ze waren toegewijd en trouw.

Oeps! Tot net dan!

Ze grinnikte ondeugend. Ze had wel degelijk iets geleerd. Als Derek het goed wilde maken, zou ze hem met alle liefde vertellen dat hij op kon rotten.

'Hé, Derek.' Ze slaagde erin exact de verraste, luchtige toon aan te slaan waar ze op mikte. Als de enige vereiste voor een filmrol was om het tegenovergestelde te klinken van hoe ze zich voelde, zou Olivia inmiddels een ster moeten zijn.

'Hé, baby.'

Olivia klemde haar kaken op elkaar bij het horen van de vertrouwde begroeting en zijn diepe, licht hese stem, alsof er niets was gebeurd en hij vanaf een locatie belde om bij te kletsen. Doordat hij voor zijn werk zoveel weg was, waren er regelmatig weken dat hun relatie uitsluitend bestond uit telefoongesprekken die op deze manier begonnen.

Ze duwde de voordeur open en liep langs de eetkamer, waar Georgia en Stuart lasagne zaten te eten. Ze wees op haar telefoon terwijl ze geluidloos 'sorry' zei. Georgia zwaaide met een glimlach naar haar en stak haar duim op. Stuart keek niet op of om.

'Wat is er?' Olivia liep de trap op.

'O, niets. Ik bel alleen maar even om te vragen hoe het met je gaat.' Hij klonk zoals hij normaal klonk, oprecht, ontspannen, intiem.

'Best goed eigenlijk. Elke dag een beetje beter.' Ik heb net heerlijke seks gehad. Verleidelijk om te zeggen, maar zo diep wilde Olivia niet zinken. Wat als hij het al met andere vrouwen deed sinds de dag dat hij vertrokken was? Dan zou ze emotioneel weer terug bij af zijn, net nu ze uit het dal aan het klimmen was. 'Hoe gaat het met jou?'

'Nog steeds aan het opkrabbelen.'

'Ja.' Het was een bizar gesprek, als leiders van oorlogvoerende landen die elkaar vriendelijk naar hun gemoedstoestand vroegen.

'Ik heb net een interessant gesprek gehad met een vrouw die me belde. Ze heeft je moeder gekend. Of in elk geval van televisie.'

'Oké.' Olivia ging haar kamer binnen en deed de deur dicht, geïrriteerd dat hij leek te denken dat ze gewoon een kletspraatje konden maken alsof er niets was gebeurd. 'Die zijn er wel meer.'

'Inderdaad.' Zijn lach werd nerveus, niet meer ontspannen, niet meer oprecht. Olivia bleef naast het bed staan en keek uit het raam, waar een spectaculaire zonsondergang in voorbereiding was, en ze overwoog of ze tegen Derek moest zeggen dat hij niet om de hete brij heen moest draaien.

'Ze had informatie die jij denk ik wel interessant zou vinden.'

'Oké...'

'Over je moeder.'

Olivia slaakte een geërgerde zucht. Stomme showbizzmensen. Altijd zo dramatisch. 'Wat is je punt, Derek?'

'Ik heb hier een stuk papier voor me liggen dat bewijst dat Jillian Croft half man, half vrouw was. Dat ze ooit ballen heeft gehad, en dat jullie niet haar echte kinderen zijn, ondanks alle leugens die zij en je vader de pers en de wereld wijsmaakten.'

Olivia ademde in en plofte toen zo hard op bed dat ze terugveerde.

Dit kon niet waar zijn. Hij had het over het document uit 1969 dat zij en haar zussen afgelopen zomer hadden gevonden, waarin de achttienjarige Sylvia Moore de diagnose compleet androgeen ongevoeligheidssyndroom kreeg.

'Hoe kom je daaraan? Waar heb je het gevonden?'

Bij het horen van Dereks triomfantelijk lachje begreep Olivia haar vreselijke vergissing. De hufter had gebluft. Hij kon onmogelijk dat document in handen hebben. De enige kopie was veilig bij Rosalind in New York. Het origineel was tientallen jaren geleden vernietigd door het medisch personeel.

Ze kon het wel uitschreeuwen. In plaats van koeltjes alles te ontkennen en hem een zielige, wraakzuchtige moddersmijter te noemen, had ze hem haar laatste wapen op een presenteerblaadje aangereikt. 'Wat wil je?'

'Toe, Olivia. Kom op. Ik ben niet... Ik probeer je niet te chanteren.'

'O nee? Wat lief van je.' Ze wilde een huurmoordenaar inschakelen. Hoe had ze zo lang met deze man getrouwd kunnen zijn terwijl ze geen idee had waar hij toe in staat was? Ze werd misselijk bij het idee dat ze klaar had gestaan om zijn hoop op verzoening de grond in te boren. 'Je wilde het me gewoon even vertellen om mij een plezier te doen?'

'Luister, schatje.' Hij had het lef om ongeduldig te klinken. 'Ik zit in een wanhopige situatie. Ik moet... Ik moet gewoon mijn toekomst veiligstellen, dat is alles.'

'Aha, ik snap het.' De woorden bleven bijna in haar keel steken. 'Maar dit is geen chantage.'

'Nee.' Hij klonk doodernstig. 'Nee, ik wil gewoon –'

'Jezus, Derek. Wees een man en geef het toe.'

'Ik ben niet...' Hij haalde even adem om tot rust te komen. 'Ik ben je niet aan het bedreigen of iets dergelijks.'

'O, bedankt! Ontzettend bedankt. Je wilde me laten weten dat je dit document hebt, wat volgens mij niet waar is, en vermeldt tussen neus en lippen door dat je je toekomst moet veiligstellen, maar dat het geen dreigement of chantage is. Super!'

Hij zuchtte, alsof dit criminele gedoe hem vreselijk veel energie kostte. De arme schat! 'Ik moet gewoon ergens wonen. Het huis is van jou.'

De smiecht. 'Goed gedaan hoor, Derek. Heel goed. Al die jaren samen en dan nu dit?'

'Wat betekende ons huwelijk voor jou toen je de hele wereld vertelde dat ik geen kinderen kon krijgen?'

Olivia's mond viel open en ze deed hem weer dicht. Ze kon niets zeggen, ze kon alles zeggen, ze kon zeggen: jij begon, dus je hebt het verdiend, sliep uit. Nè-nè-nè-nèèè-nè. Maar het had geen zin.

Ze had met vuur gespeeld toen ze publiekelijk wraak nam. Ze had geen idee gehad hoe hoog zijn vuur kon oplaaien, maar dit was het gevolg: ze werd compleet in de as gelegd.

Wat had Rosalind ook alweer gezegd over Olivia's zelfdestructieve neigingen?

Verlangend dacht ze terug aan haar relatief zorgeloze wandeling in de vredige avondzon vanaf Duncans boothuis. Ze dacht aan LA, aan haar nog steeds niet bestaande carrière, aan de vele jaren van verdriet en frustratie. En instinctief nam ze een impulsief en ongelofelijk bevrijdend besluit: ze ging nooit meer terug. Niet om te wonen. Dat leven was voorbij. Er was inmiddels ook een bloeiende filmindustrie in andere steden, zoals Atlanta en Vancouver. Of ze kon een theatercarrière proberen op te bouwen in New York of Chicago. Ze bleef zich niet als een ezel tegen dezelfde steen stoten. Ze was er klaar mee.

'Neem het huis maar. Je mag niets hebben van wat erin staat, maar het huis mag je hebben. Verkoop het, koop een appartement, en je zit voor de rest van je leven gebeiteld, langer als je iets goedkopers buiten LA koopt.'

'Zeker, zeker. Ja, oké. Mooi zo, mooi zo.' Hij klonk nu echt bizar. Voelde hij zich schuldig? Had hij drugs gebruikt?

Wat maakte het uit?

'Maar ik wil zwart op wit dat dit alles is, Derek, dat je klaar bent, en dat je deze informatie nooit meer tegen me zult gebruiken.'

'Ja, is goed. Natuurlijk, doe ik.'

Haar maag draaide zich om. Hij zou het niet doen. Zoveel macht zou hij nooit opgeven. Wat ontzettend naïef van haar om dat te vragen. 'Oké. Dan zijn we klaar.'

'Ja, ja. Bedankt, Olivia. Ik waardeer dit echt.'

Graag gedaan hoor, Derek. Bel gerust als je me nog eens wilt chanteren.

'Ik moet gaan.' Ze hing op, kinderachtig zelfvoldaan dat ze als eerste ophing, wat ongeveer een nanoseconde duurde.

Dit was misschien nog maar het begin. Niets hield Derek tegen om wanneer hij maar wilde de informatie over haar moeders aandoening te gebruiken. Vakantie nodig? Pak de telefoon en je krijgt er een. Een jacht met bemanning? Geen probleem! Olivia regelde het wel.

Het was mogelijk dat hij het niet zou doen, dat hij het huis in LA zou verkopen en nog lang en gelukkig zou leven van de miljoenen die het opbracht. Maar met de kennis over haar moeders aandoening trok hij altijd aan het langste eind en had hij de macht om Olivia als melkkoe te gebruiken tot de dood hen scheidde. En hij hoefde niet eens meer haar stemmingswisselingen, driftbuien en egocentrische eisen te dulden. Hij zat op rozen!

Olivia zou voor de rest van haar leven aan die smiecht vastzitten. Hij wist maar al te goed hoe belangrijk Jillian Crofts nagedachtenis voor haar was, en hoe hard ze zou vechten om die te beschermen. Hij had haar precies waar hij haar hebben wilde.

Ze stootte een reeks verwensingen uit waar een rapper van onder de indruk zou zijn.

Hoe was hij erachter gekomen? Wie wist het nog meer? Mama zou het nooit aan iemand hebben verteld, en papa ook niet. Oma Betty was nog steeds in volledige ontkenning en Christina was al tien jaar dood.

Wie had er uit de school geklapt, en tegen wie? Rosalind en Eve niet, dat wist ze zeker. Rosalinds vriendje Bryn zou haar nooit verraden. En

Rosalinds biologische moeder Leila of haar halfzuster Caitlin ook niet. Wisten Eve's bijna-vriendje Clayton en zijn dochter Abigail het? Eve's tante, Shelley Phillips? Eve vertrouwde hen allemaal, en dat deed ze niet zo snel.

Lauren? Ook al borrelde de woede in haar op bij die gedachte, ze wist dat het Lauren niet was. Ze was papa's sloofje en deed alles voor hem, en wat Olivia's ideeën ook waren over hoe hun liefdesrelatie was begonnen, het leed geen twijfel dat Lauren Daniel Braddock aanbad. Ze zou nooit het risico nemen hem aan zoveel stress en ellende bloot te stellen. Zeker na het afgelopen jaar niet, waarin zijn gezondheid zo wankel was geweest.

Dus wie dan? Zelfs als iemand het per ongeluk van een van Jillians vertrouwelingen had gehoord, hoe groot was dan de kans dat diegene een of andere gluiperd was die de informatie aan een klootzak als Derek wilde geven – of verkopen?

Olivia moest haar zussen bellen om te kijken of ze samen konden achterhalen welk gespuis mama's geheim had ontdekt. Misschien konden ze hem of haar van tevoren zwartmaken en zo deze nachtmerrie voorkomen. Derek kon wel zeggen dat Olivia had toegegeven dat het document bestond, maar hij kon het niet bewijzen.

Nee, te riskant. Misschien had hij het echt in handen, of kon hij het in handen krijgen. Ze moesten hun moeder beschermen tegen alle speculaties en roddels die ze juist met zoveel moeite had proberen te voorkomen. Haar bijzondere nagedachtenis, bezoedeld door haar verslavingen, afkickpogingen en voortijdige dood zou verder worden geschaad door verontwaardiging, spot, satire en wie weet wat nog meer. Nog meer achterklap, meer laster, meer verslaggevers op de stoep bij familie, vragend naar details van haar aandoening, van de dekmantel, van de geboortes van de drie zussen. Ze zouden ook achter Leila aangaan, en Shelley, die hier allebei niet om hadden gevraagd.

Olivia moest haar zussen bellen.

Ze voelde zich misselijk worden. Hoe kon ze dat doen? Haar relatie met

Eve en Rosalind was afgelopen jaar juist langzaamaan beter geworden. En dan nu dit. Ze zouden allebei woedend op haar zijn, en terecht. Als ze op televisie haar mond had gehouden, zou dit allemaal niet gebeurd zijn. Ze kon in stilte zijn gescheiden van die slang van een echtgenoot en Sunset Boulevard hebben kunnen afrijden op weg naar een nieuw leven. Hoeveel mensen moest ze deze maand nog meer tegen zich in het harnas jagen?

Olivia zou dit alleen afhandelen. Misschien zou Derek tevreden zijn als ze publiekelijk haar verklaring over zijn onvruchtbaarheid zou intrekken en zou toegeven dat ze het allemaal uit wrok had verzonnen. Maar wat als dat nog niet genoeg was? Er kwam misschien geen einde aan. Maandelijkse betalingen, wekelijkse betalingen – hij wist hoe groot haar vermogen was. Hij wist ook hoe groot het vermogen van haar zussen was, want hun moeders erfenis was gelijkelijk over hen drieën verdeeld. Wat belette hem om alles te plunderen?

Olivia liet zich achterovervallen op het zachte matras. Haar leven was een slechte tv-serie geworden. Na de reclame: de scène waarin ze de trap af moest gaan om lasagne te eten met mensen die ze nog maar net kende en moest doen alsof haar leven niet nog verder ingestort was.

God, wat had ze zin in een borrel. De biertjes die ze bij Duncan had gedronken – wat al eeuwen geleden leek – waren allang vervlogen. Ze kon het niet maken om weer te veel te drinken bij de Pattersons. Had ze die fles whisky nou maar niet op de rotsen in scherven laten vallen. Anders had ze nu een paar slokjes kunnen nemen om deze afschuwelijke pijn en spanning wat te verzachten. Een paar maar. Misschien iets meer dan een paar.

Ze kreunde. Nee, dat was verre van gezond en nog minder verstandig. Ze moest niet op alcohol terugvallen om hierdoorheen te komen. In dat opzicht was haar moeder niet bepaald een rolmodel geweest. In plaats daarvan zou Olivia doen wat ze het best kon, namelijk een bezoekje brengen aan haar favoriete plek: de prachtige Planeet Ontkenning.

Dit was allemaal niet gebeurd. Derek had niet gebeld. Vorige week had Olivia uit pure goedheid besloten hem het huis te schenken. Ze hoefde het niet aan haar zussen te vertellen, want Derek was tevreden en zou nooit meer zijn toevlucht tot chantage hoeven nemen.

Ze ging zitten, rechtte haar rug, sloot haar ogen en haalde diep adem, waarbij ze bij elke uitademing de spanning uit haar lichaam liet stromen en negatieve gedachten als kruimels van haar schoot bleef vegen.

In. Uit. In. Uit.

Olivia was sterk. Olivia was vindingrijk. Olivia was goed opgeleid. Olivia had een liefdevolle familie en veel geld. Olivia zou zich wel redden. Vooral als er rode wijn bij de lasagne werd geserveerd.

In. Uit. In. Uit.

Haar lippen krulden op tot een glimlach. Over in-uit gesproken: wat zou Duncan nu aan het doen zijn? Had hij hun ontmoeting uit zijn hoofd gezet? Het had gevonkt tussen hen, een passie die gevoed werd door woede, verdriet en gemis die ze beiden voelden. Nog erotischer dan de goedmaakseks die zij en Derek ongeveer om de week na de zoveelste echtelijke ruzie hadden.

Olivia opende met een glimlach haar ogen. Ze was klaar voor het avondeten.

'Hoi.' Georgia keek bezorgd op van haar salade. 'Alles goed?'

'Ja hoor, prima.' Olivia glimlachte warm naar haar gastvrouw en vervolgens hunkerend naar de fles Chianti op tafel. 'Sorry dat ik zo laat ben.'

'Nee joh, dat geeft niet. Ik heb de lasagne warm gehouden in de oven.' Georgia schoof haar stoel naar achteren. 'Ik zal even –'

'Georgia –'

'Blijf maar zitten. Ik haal het wel.' Olivia liep naar de keuken voordat Stuart tegen zijn vrouw kon zeggen dat ze Olivia niet moest bedienen. Ze probeerde uit alle macht haar innerlijke rust te bewaren en had geen zin in nog meer mannelijke minkukels om die rust te verstoren.

Ze kwam met de lasagne terug naar de eetkamer en schepte zichzelf zwijgend op.

Georgia schoof de slakom wat dichter naar Olivia toe. 'Ik hoop dat je van worst houdt.'

'Absoluut.' Ze hield niet van worst en voelde het maagzuur al opborrelen. Ze was echter niet van plan om Stuart nog meer munitie te geven om tegen haar te gebruiken, dus ze zou de stukjes worst er niet tussenuit pikken, zelfs al zou ze de hele nacht buikpijn hebben.

'Wijn?' Georgia pakte de fles. Stuart maakte een scherpe beweging.

O, in godsnaam.

'Ja.' Olivia wierp een ijzige blik op meneer Minkukel. 'Lekker.'

'Hoe ging het gesprek met Duncan?' Georgia schonk in en zette de fles binnen handbereik neer.

Olivia onderdrukte een grijns. 'Hij vindt het prima als ik op Jake pas.'

Georgia drukte haar handen tegen elkaar. 'O, wat geweldig. Al die vrije tijd die ik dan heb! Ik wilde weer gaan breien. Kun jij breien, Olivia?'

'Nee.' Ze nam een hap. De lasagne was heerlijk smeuïg, vol redelijk kleine stukjes worst, spinazie, champignons en kaas. 'Ik ben geen breister.'

'Ik heb het als kind van mijn oma geleerd. Vroeger zaten we in de woonkamer – die zij de salon noemde – en dan vlogen haar handen heen en weer. Ze maakten de schitterendste patronen. In het begin liet ik steeds steken vallen en moest zij ze er weer op zetten. Maar uiteindelijk kreeg ik het onder de knie.'

Olivia nam een flinke slok wijn, verlangend naar het kalmerende effect. 'En jij, Stuart? Wat deed jij als kind?'

Georgia lachte. 'Stuart is altijd al met boten bezig geweest. Duncan ook, vanaf de eerste keer dat hij een boot zag.'

'O ja?' Olivia hield haar blik op de Zwijgzame Minkukel gericht. 'Vertel eens.'

Hij haalde zijn schouders op. 'Ik hou van boten. Als kind al. Ik leerde hoe ik ze moest bouwen en dat doe ik nu.'

'Het lijkt me leuk om een keer een rondleiding over de werf te krijgen.'

Stuart gaf een kort knikje, pakte zijn lege bord op en stond op van tafel.

Olivia zette haar glas neer. Oké. Dit was echt belachelijk. 'Hé, Stuart?'

Hij bleef halverwege de kamer staan.

'Moet ik mijn excuses aanbieden omdat ik mezelf ben? Het probleem is namelijk dat ik niet weet hoe ik anders moet zijn.'

Hij keek haar uitdrukkingsloos aan. 'Sorry?'

'Lieverd, we begrijpen niet helemaal wat je zegt.'

Olivia zuchtte. Hoe konden ze het niet begrijpen? Het was pijnlijk om het te moeten uitleggen. 'Ik probeerde een gesprek met je te voeren.'

Stuarts grote, verweerde gezicht vertrok. 'Waar heb je het over?'

Georgia barstte in lachen uit. 'O, ik snap het. Zo is hij altijd, Olivia. Let maar niet op hem.'

Olivia's verontwaardiging wankelde. 'O.'

Tot haar verrassing brak Stuarts gezicht open in een grijns. 'Je dacht zeker dat je bijzonder was, hè?'

Ze snoof geamuseerd. 'Ik ben inderdaad heel bijzonder.'

'Ik zal Duncan vragen om je een keer een rondleiding te geven.' Hij liep met zijn bord de kamer uit.

Georgia rolde met haar ogen. 'Wat een kletskous is die man van mij toch. Geef hem wat tijd. Hij moet altijd even wennen aan nieuwe mensen. En je kwam hier zo plotseling binnenstormen. Hij is geïntimideerd.'

'Geïntimideerd?' Olivia geloofde er niets van. 'Nou, ik wil wel proberen om liever te zijn, maar ik ben nou eenmaal niet zo lief. Hij zou beter met mijn zussen overweg kunnen.'

'Vertel me eens over hen.' Georgia schonk zichzelf een bodempje wijn in.

Olivia merkte dat ze te snel dronk en pakte heel verstandig haar glas water.

Bah. Waterig. 'Rosalind is kunstenaar en een vrije geest. Ze woont in New York, maar heeft afgelopen zomer de liefde van haar leven ontmoet, een beeldhouwer, dus is ze veel bij hem in New Jersey. In Princeton.'

'O.' Georgia was duidelijk teleurgesteld. 'Ik had gehoopt dat ze single was. Onze Nate is ook een vrije geest. Hij is chef-kok in Portland, dat heb ik je geloof ik verteld. Is dag en nacht aan het werk. Hij heeft een goede vrouw nodig om hem af en toe uit de keuken te houden.'

'Klinkt als een zwaar leven.'

'Veel levens zijn zwaar. En je andere zus?'

'Eve is de rustigste van ons drieën. Wij botsen nog weleens.' Olivia wees met een duim op haar borstkas. 'Ik ben de bazige grote zus.'

Georgia trok een grimas. 'Die heb ik ook.'

'We zijn vreselijk, ik weet het.' Ze spoelde de lasagne weg met nog een slok kleur- en smaakloze vloeistof. Een laatste zonnestraal stroomde de eetkamer binnen en zette Georgia's wijn in een rode gloed. Zie je wel? Zelfs God wilde dat ze dronk.

'Waar woont Eve? Wat doet ze voor de kost?'

'Boston. Ze is architect.'

Georgia veerde op. 'Dat is niet ver van Portland.'

'Ja, maar ze heeft dit voorjaar een man ontmoet...'

Georgia stak haar handen in de lucht. 'Ik geef het op. Ik ga nooit kleinkinderen krijgen.'

'Is Nate jullie enige zoon?'

'Ja.' Haar gezicht betrok. 'We wilden er nog meer, maar dat was kennelijk niet Gods plan voor ons.'

'Het was ook niet Dereks plan voor mij.'

'O, sorry.' Georgia kromp ineen. 'Dat had ik niet –'

'Nee, nee.' Olivia schepte wat salade op. 'Het was mijn onhandige manier om te zeggen dat ik weet hoe het voelt. Geen kinderen kunnen krijgen... het is niet het ergste ter wereld, maar vaak voelt het wel zo.'

'Absoluut.' Georgia draaide aan haar glas, waardoor de wijn in het glas kolkte en Olivia bijna begon te kwijlen. 'Ik durf het bijna niet te vragen, want dat vragen mensen vast altijd, maar... hoe was je moeder thuis? Als vrouw en als moeder? Ik bewonderde haar enorm.'

Olivia knikte. Ze had dit antwoord paraat, want dat vroegen mensen inderdaad altijd. 'Ze was een bijzondere vrouw, heel sterk, toegewijd aan haar kunst. Ze wist wat ze wilde en liet zich door niets of niemand tegenhouden, maar ze was zo elegant, zo charmant en zo mooi, dat haar kracht nooit ruw of agressief overkwam. Mijn vader zei altijd dat ze met haar charmes nog de vlekken van een luipaard af kreeg.'

Georgia's ogen begonnen te glanzen, een blik die Olivia gewend was. Mensen wilden altijd hun ideaalbeeld van een beroemdheid bevestigd zien. 'En als moeder?'

'Ze had haar demonen. Daar weet je vast van. Maar ze maakte altijd tijd voor ons. Zij en ik waren...' Ze hield twee vingers tegen elkaar. 'Dezelfde smaak, dezelfde passies.'

'Wat dan?'

'Acteren natuurlijk. Films. Theater. Alles op het podium en het witte doek. Ik nam acteerles, zangles, dansles, alles om me voor te bereiden op de carrière die ik nog steeds niet heb. We hielden allebei van winkelen, heel cliché, ik weet het, maar dat was altijd zo leuk.' De vertrouwde pijn welde op in haar borstkas. 'Meestal bracht een personal shopper kleren aan huis en dan kozen wij iets uit, maar soms, als mama in de stemming was, gingen we naar de winkels. Het winkelpersoneel liep het vuur uit de sloffen voor ons. Iedereen was weg van haar. Als we weer thuis waren, giechelden we over hoe ze iedereen had ingepakt met haar diva-gedrag. Ze ging precies zo staan, precies zo praten. Dan kwam ze uit de paskamer in kleren die haar goed stonden en poseerde ze, alsof ze op goedkeuring hoopte, en viel iedereen in katzwijm voor haar. Het was zo leuk om samen filmster te spelen.'

'Vonden je zussen dat ook leuk?'

'Nee.' Olivia lachte, nam een slok smaakloos water, gaf het toen op en pakte haar Chianti. 'Allebei niet. Ik heb de diva-genen.'

Ze voelde een steek in haar maag. Ze had helemaal geen genen van haar moeder gekregen. Dat deel van Planeet Ontkenning werd steeds moeilijker te bewonen. Het hielp niet dat mama voortdurend iedereen die het maar wilde horen op hun gelijkenissen wees, wat ze zo natuurlijk deed dat Olivia zich afvroeg of Jillian tegen die tijd nog wel doorhad dat ze loog, of dat ze zó in de fantasierol van biologische moeder was opgegaan dat het haar waarheid was geworden.

Met een schok besefte Olivia dat ze het antwoord op die vraag misschien zou kunnen vinden in het dagboek dat anoniem naar Rosalind verzonden was vanaf een adres in Saratoga Springs, New York. Een kopie daarvan lag klaar om naar Olivia gestuurd te worden zodra ze dat wilde. Of mama's tweede dagboek, dat op al even mysterieuze wijze naar Eve op Washington Island was gestuurd, dat ook klaarlag om door Olivia gelezen te worden.

Misschien zou ze er binnenkort klaar voor zijn. De rest van haar wereld was ingestort; waarom zou ze het niet nog erger maken?

Ze dronk haar glas leeg, pakte de fles… bood hem aan Georgia aan en dronk haar water op.

Hoofdstuk 11

27 december 1998 (zondag)

Ik drink te veel. Ik slik te veel valium. Ik heb mijn driftbuien niet onder controle. Ik doe vreselijk tegen Daniel en daarna nog vreselijker. Ik moet iets bedenken om dit overmatige gebruik te stoppen. Ik denk dat ik voortaan na drie drankjes stop en de pillen ga afbouwen. Als ik het onder controle kan houden, red ik het wel en hoef ik niet weer naar de afkickkliniek. Ik kan niet voor de derde keer gaan. Eén of twee keer kan het publiek vergeven en vergeten. Ga je vaker, dan ben je gewoon een treurige verslaafde.

Olivia werd vroeg wakker van kraaien die veel te dichtbij een geanimeerd gesprek voerden. Kra-kra-kra-kra. Het was oneerlijk dat een van de meest voorkomende vogels op aarde een van de hardste en lelijkste klanken voortbrachten. Ze zou het zelf anders hebben ontworpen.

Ze wierp een wazige blik op de wekkerradio naast haar bed. Kwart voor zeven. Langs de randen van het rolgordijn piepte helder daglicht naar binnen. De afgelopen twee dagen, sinds haar avond met Duncan, waren bewolkt, warm en vochtig geweest. Een zonnige dag zou een leuke afwisseling zijn.

Olivia sleepte zich uit bed, slofte naar het raam en trok het gordijn open. Zonlicht bescheen de kust aan de overkant en gaf de zee een blauwe kleur en de naaldbomen een goudgroene tint. Bij het halfopen raam snoof ze de frisse, heldere lucht op. Als het die nacht gestormd had, had ze het niet gehoord, maar de hoge luchtvochtigheid was zeker doorbroken, en de dag straalde een frisse start uit die het onmogelijk maakte om chagrijnig te zijn. Zelfs als je ex je chanteerde.

Gapend pakte ze haar telefoon om te zien of er berichtjes waren.

Eve had een foto van Marx gestuurd vanaf Washington Island, die aan de rand van een enorme bouwput stond waar ooit tante Shelleys huis zou komen te staan, en schreef erbij dat het snikheet was in het Midwesten.

Olivia's agent wilde weten of ze al van gedachten was veranderd over aanschuiven bij *Good Morning America*. Cherie kon hen niet éeuwig aan het lijntje houden. En hoe zat het met de interviews voor de bladen? En waarom had Olivia haar nog stééds niet teruggebeld?

Omdat Olivia niet zat te wachten op nog meer publiciteit. Ze had haar lesje geleerd, en niet op de makkelijkste manier, ten koste van haar huwelijk, haar huis en haar plannen voor de rest van haar leven.

Haar buurman in LA was zo vriendelijk om te melden dat haar huis met eieren was bekogeld.

Mijn hemel. Waren mensen anderhalve week later nog steeds in rep en roer? Iemand anders moest iets stoms doen om de aandacht van Olivia af te leiden. Hoewel ze het niet erg zou vinden als de eieren bleven komen nadat Derek er weer was ingetrokken.

Ze vroeg Eve om Marx een aai van haar te geven, schreef haar agent dat ze geen belangstelling had, bedankte haar buurman, en ging vervolgens de stand van de mediagekte opnemen. Niets nieuws, al had de #MeToo-beweging het overgenomen en was de hele discussie verschoven van het opkomen voor of het veroordelen van haar of Derek in het bijzonder naar het veroordelen van vrouwen door mannen en van mannen door vrouwen.

Het internet had de plek ingenomen van de aloude gewoonte om in je eigen huiskamer tekeer te gaan tegen alle idioten op tv, op de radio of in de krant, zodat die woede nu in ieders huiskamer te horen was. Geleidelijk aan werd Olivia gelukkig steeds minder een doelwit, hoewel ze zich nog als de legendarische koe van Mrs O'Leary voelde, die door het omverschoppen van een lamp de aanstichter was van de grote brand van Chicago in 1871.

Met een beetje geluk kon Olivia binnenkort uit haar ballingschap tevoorschijn komen, maar vreemd genoeg had ze tot nu toe nog geen enkele behoefte gevoeld om de noodzakelijke plannen te maken voor de volgende fase van haar leven. Waarschijnlijk omdat ze geen idee had wat die fase was.

Ze douchte en kleedde zich snel aan, zonder zich om make-up of haar kapsel te bekommeren. Ze koos voor een korte broek van zwart katoen uit een van haar lievelingswinkels in LA en een wit T-shirt met open hals en geplooide kapmouwtjes die tot net over haar schouders vielen. Ze stapte in haar favoriete Teva-sandalen: stevig en uitermate geschikt voor klauteren over rotsen, en het allerbelangrijkst: niet lelijk.

Na een kort bezoekje aan de badkamer om haar tanden te poetsen ging ze naar beneden. In de keuken pakte ze een appel en een banaan-walnootmuffin die Georgia de avond tevoren had gebakken. Koffie moest maar even wachten tot ze terugkwam. Ze voelde zich rusteloos en gespannen; ze wilde aan het water zitten en de frisse lucht van Maine opsnuiven om de lelijkheid van internet uit haar brein te spoelen.

Even had ze het tuinhuisje overwogen, maar ze was van gedachten veranderd toen de muggen draaglijk leken en dus liep ze naar de kust, waar ze op het kleine houten platform onderaan de trap ging zitten, de plek waar ze met Sam had gepraat. Het moest gestormd hebben, of het water was in ieder geval wild geweest, want Jake's zorgvuldige gebouwde zwembad was ingestort. Wat zou hij teleurgesteld zijn.

Ze at haar muffin en appel op, genietend van de lagere luchtvochtigheid en koelere temperatuur, en keek hoe de wind golfjes op het water maakte en boten, van groot tot klein, de haven in en uit voeren. Zo ontbijten deed haar denken aan Stirling, waar ze als gezin regelmatig aan het water hadden gegeten. Zij en Derek hadden vaak gepicknickt op het strand in LA, maar die kust moesten ze altijd delen met rijen huizen en winkels en drommen mensen. In Stirling, waar vele hectares onbewoonde bossen waren en geen andere huizen in de buurt, had ze het gevoel alsof de natuur er alleen voor de Braddocks was.

Tijdens Olivia's laatste bezoek aan Candlewood Point, de zomer ervoor, hadden zij en haar zussen voor de immense taak gestaan om na de beroerte van haar vader het huis leeg te ruimen voor de verkoop. Een moeilijke en veelal pijnlijke klus, vol herinneringen en ontdekkingen – soms heel mooie, zoals het artikel uit *People* waarin Olivia's geboorte werd aangekondigd; soms minder mooie, zoals hun moeders diagnose.

Ze liet de half opgegeten appel zakken en had opeens enorme heimwee naar het huis. Hun vader had het al willen verkopen voordat hij ziek werd; hij en Lauren waren de verantwoordelijkheden van het eigenwoningbezit beu en hadden hun zinnen gezet op een aanleunwoning bij het Pine Ridge-verzorgingshuis waar ze nu woonden. Zijn beroerte had tot een vervroegde verhuizing geleid, en de zussen waren zo overstuur geweest door deze crisis dat het verkopen van het huis meer als een opluchting dan als een verlies voelde.

Vreselijk kortzichtig.

Een mooie houten zeilboot vertrok uit de haven op hetzelfde moment dat ze een ingeving had. Ze haalde haar telefoon uit haar achterzak en opende Google Maps, tikte driftig iets in en grijnsde bij het resultaat. Het was nog geen twee uur rijden van hier naar hun oude huis. Waarom niet? Ze had toch niets beters te doen. Jake was er niet op zaterdag en Stuart en Georgia zouden het waarschijnlijk niet erg vinden om een Olivia-loze dag te hebben. Stuart zeker niet.

Als de familie die hun huis had gekocht er niet was, kon Olivia rondstruinen langs de kust voor hun huis, die ze als haar broekzak kende. Als de familie er wel was, zou ze misschien op zijn minst even mogen rondkijken. Zo niet, dan waren er genoeg mensen die een zomerhuis op Candlewood hadden om een onbewoond plekje te vinden. Ze kon ergens een broodje kreeft halen, misschien op een van de plekken waar ze vroeger kwamen. Jordan's of Ruth & Wimpy's net buiten Ellsworth, of Tracy's in Sullivan. Ze zou zichzelf kunnen omringen met mooie herinneringen, die soms helemaal teruggingen tot haar allervroegste jeugd.

Met hernieuwde energie sprong ze op en ze gooide de rest van haar appel in de zee voor de vissen. Vissen aten waarschijnlijk geen appels, maar dat was wat mama altijd zei wanneer ze het laatste korstje van haar brood of de pit van een pruim in het water gooide. 'Voor de vissen!' Dan lachte ze en pakte ze haar welgevormde kuit vast, een bonte sjaal om haar grote strooien hoed gebonden, tenen in dezelfde robijnrode kleur gelakt als haar vingernagels. Zonder erbij na te denken een perfecte pose. De filmsterrenglamour paste Jillian Croft als een lievelings-T-shirt; ze droeg hem comfortabel en moeiteloos, en trok hem aan zodra ze wakker werd.

Een bezoek aan Stirling, aan Candlewood Point, zou bijna voelen als een weerzien met haar.

'Jij bent vroeg op.'

Olivia schrok bij het horen van Duncans stem, maar draaide zich toen nonchalant om, al gierden de zenuwen door haar lijf en schaamde ze zich dat ze niets aan haar haren of make-up had gedaan. Laat nooit je zwakke kant zien.

'Jij ook.'

'Ik heb dingen te doen.'

'Ik ook.' Met bonzend hart stond ze op en ze keek naar zijn luie manier van lopen en hoe zijn spijkerbroek om zijn dijen spande. Ze had hem niet meer gezien sinds hun samenzijn en hoopte maar dat hij niet van plan was om dichterbij te komen en haar vlekkerige huid, haar dunne wimpers en de wallen onder haar ogen zou zien. Gelukkig bleef hij bovenaan de trap staan. Vanuit dat gezichtspunt zag Olivia er waarschijnlijk maar lichtelijk afgrijselijk uit.

'Wat doe je daar beneden?'

Ze maakte een breed gebaar in de richting van de oceaan. 'Kijken. Ademhalen. Bestaan. Proberen niet te veel na te denken.'

'Goede bezigheden voor een zaterdagochtend.' Hij leunde tegen de leuning, ontspannen, ongedwongen, maar ze zag de energie die in hem broeide. Zijn strakke kaken. De donkere kringen onder zijn ogen. Hij zag ongetwijfeld hetzelfde bij haar. Zelfs wanneer ze wel make-up op had.

Ze waren allebei een puinhoop.

Een plotselinge bries blies haar haren voor haar gezicht en ze schoof ze naar achteren. Ze wilde dat hij wegging. Ze vond het vreselijk hoe kwetsbaar en onvoorbereid ze zich voelde voor deze ontmoeting, en niet alleen vanwege hoe ze eruitzag.

'Goed geslapen?' Stomme vraag, maar ze moest toch wat zeggen.

'Niet geweldig. Ik heb... gedroomd.'

'Leuke droom?'

In plaats van antwoord te geven bleef hij haar strak aankijken, zijn lippen licht gekruld, en Olivia wist precies wat voor droom hij bedoelde.

De adrenaline raasde door haar heen. Ze wilde hem naast zich op het platform hebben en de passerende schippers iets leuks geven om naar te kijken. Met een andere man op een ander moment zou ze dat gedaan hebben. Maar ze had een afspraak gemaakt met Duncan. Geen verplichtingen. Alleen een vluggertje. Dat waren haar regels geweest, en daar moest ze zich aan houden, zeker als ze haar hoofd niet wilde verliezen en het zijne waarschijnlijk ook niet. Gezien hun huidige mentale toestand kon een verliefdheid snel verworden tot een ongezonde afhankelijkheid.

Duncan verbrak hun oogcontact en keek uit over zee. 'Wat zijn je plannen voor vandaag?'

'Naar Stirling rijden. Weet je waar dat ligt?'

'Natuurlijk.' Hij wees over zijn hoofd naar achteren. 'Die kant op, voorbij Milbridge.'

'Wij hadden daar vroeger een huis op Candlewood Point. Daar voelde ik me altijd heel gelukkig en rustig.' Ze haalde haar schouders op. 'Misschien werkt die magie nog steeds. En jij?'

'Ik moet wat klussen in huis. Ik was onderweg naar Stuart om gereedschap te lenen. Het mijne ligt in de opslag.'

'Hij en Georgia zijn nog niet wakker.'

Duncan grijnsde naar haar. 'Ach ja, eigenlijk vraag ik het niet meer. Ga je nu terug? Dan loop ik met je mee.'

Olivia verstijfde, maar zei vervolgens streng tegen zichzelf dat ze niet zo kinderachtig moest doen en liep de trap op, zich met tegenzin klaarmakend om Duncan te laten zien wat niemand behalve Derek ooit had gezien: Olivia, bijna veertig, zonder make-up.

Kalm bleef ze voor hem staan, haar kin naar voren gestoken, ook al werd haar grootste angst bewaarheid toen hij haar aanstaarde met die prachtige bruine ogen van hem alsof hij haar voor het eerst zag.

Olivia zette haar handen op haar heupen. 'Ben je iets kwijt in mijn gezicht?'

'Jij wel.' Hij hield zijn hand bij haar wang, een intiem gebaar, zelfs zonder haar aan te raken, eentje waarvan haar huid ging tintelen. 'Al die troep die je opdoet.'

'Troep?' Ze deed alsof ze verontwaardigd was. 'Weet je hoeveel die "troep" kost?'

'Veel te veel als je er beter uitziet zonder.'

Belachelijk blij met zijn compliment liep ze langs hem heen over de groene helling naar het huis. Shit. Zo kon hij naar haar kont kijken. Daar zat ook geen make-up.

'Ben je er morgenavond met het avondeten?' vroeg hij.

'Ja, ik denk het wel. Hoezo?'

'Stuart en Georgia hebben me uitgenodigd.'

'O.' In de schaduw van het tuinhuisje draaide ze zich naar hem om. Hij had haar gezicht toch al gezien; ze wilde het zijne zien terwijl hij antwoord gaf op haar vraag. 'Wil je dat ik er ben of juist niet?'

Hij haalde zijn schouders op, zijn blik onleesbaar. 'Maakt me niet uit.'

'Oké.' Ze kon niet zeggen of hij eerlijk of beleefd was, en vreemd genoeg was ze te verlegen om het te vragen. 'Ik zie nog wel.'

'Oké.' Als hij al teleurgesteld was, liet hij het niet merken, wat haar ergerde, omdat ze stiekem wilde dat hij het was.

Ze draaide zich om en liep door. Ze moest haar verliefdheid in toom houden. Dit soort chemie was gevaarlijk. In Olivia's perfecte wereld waren knikkende knieën en duizelingen alleen voorbehouden aan haar ware zielsverwant. Daar zorgde ze wel voor.

En als ze toch bezig was, liet ze de kraaien zingen als lijsters.

'Ik ga deze kant op.' Duncan bleef op het pad naar het schuurtje staan. 'Goede reis. Misschien zie ik je morgenavond.'

'Dank je.' Ze stak nonchalant haar hand op, glimlachte koeltjes en ging het huis in, melancholisch denkend aan de wilde seks die ze zouden kunnen hebben. Als ze zich zo volwassen bleef gedragen, zou ze zich nog dood gaan vervelen.

Boven was er nog geen teken van leven van Stuart of Georgia. Olivia maakte zich op, deed haar haar lekker makkelijk in een paardenstaart, en pakte een spijkerbroek en een dun jasje voor het geval het koeler was of vol muggen zat op Candlewood Point. Ze had muggenspray bij zich, maar kon altijd in Ellsworth stoppen voor zo'n elektrische vliegenmepper om die irritante beestjes mee weg te slaan.

Autosleutels, portemonnee, telefoon, briefje voor de Pattersons om te zeggen waar ze heen was... en ze was klaar voor vertrek.

De reis verliep soepel, in zekere zin vertrouwd, maar tegelijkertijd ook weer niet. Vertrouwd omdat het Maine was, niet vertrouwd omdat ze met de familie meestal naar Bangor vlogen en daar een auto huurden, dus de route tussen Belfast en Ellsworth was nieuw voor haar. Vanaf dat punt zat echter aan vrijwel elke bocht een herinnering verbonden. Ze vermeed de kortere, door Google aanbevolen route via Route 182 en bleef op Route 1, want zo was haar vader altijd gereden, hij en mama voorin, de meiden op de achterbank.

De sfeer was altijd vrolijk en gezellig. Als hun moeder niet werkte, nam ze de medicijnen die haar evenwichtiger maakten. Ze waren allemaal uitgelaten en wezen opgewonden naar de bekende punten langs de route die hen dichter bij hun geliefde plek brachten. Ray Murphy, de kettingzaagkunstenaar, met elke avond liveshows, bijna pal naast Ruth & Wimpy's, het restaurant met de gigantische kreeft voor de deur. De zingende brug naar Sullivan, die nu stil was, maar vóór de renovatie een oppervlak had dat onder de ronddraaiende autobanden drie verschillende tonen voortbracht. Het hele gezin zong mee met de veranderingen in toonhoogte.

Hoe dichterbij Olivia kwam, hoe enthousiaster ze werd, alsof ze weer het meisje op de achterbank was op hun eerste bezoek van het jaar. Deze trip voelde precies zoals ze had gehoopt, als een reis terug naar betere tijden, naar de schoot van haar familie, waardoor haar moeder weer tot leven kwam.

In Milbridge stopte ze bij Chipman's Wharf voor een bakje verse krab, en bij de lokale supermarkt kocht ze broodjes, het kleinste potje mayonaise dat ze kon vinden en een paar andere spulletjes voor een picknick. Daarna reed ze verder en passeerde het kleine plaatsje Stirling tot ze bij de afslag naar Candlewood Point kwam.

Na die afslag kon ze nauwelijks meer stilzitten en ze zong luidkeels mee met een cd van Norah Jones, de raampjes naar beneden om de zoete lucht binnen te laten. Hoe enthousiaster ze werd, hoe sneller ze reed; nu op de smalle brug over de wadplaten, waar de oceaan overheen stroomde op zijn tweemaal daagse reis naar hoogtij. Daarna door de bosbessenvelden, met rijpende bessen aan de struiken, vervolgens door de dichte bossen waarmee de rest van Candlewood bedekt was, waardoor het uitzicht op de oceaan beperkt was tot hier en daar een glimp tussen de bomen door.

De verharde weg hield op, een langverwachte mijlpaal, en haar Jetta hobbelde over grind en zand. Ze reed langs opritten, voornamelijk van zomerhuizen. Een scherpe bocht, toen nog één, en daarna werd het brede kiezelstrand zichtbaar, met het eerste volledige uitzicht op de baai. Olivia remde, zoals papa altijd had gedaan, om het uitzicht in te drinken, het teken dat ze op slechts enkele minuten van hun plaats van bestemming waren. Na het strand restte alleen nog de klim door de bossen, waar de zon door de bomen glinsterde, naar hun eigen stukje paradijs.

Het had Olivia verbaasd dat haar erudiete vader, opgegroeid in de culturele wereldsteden New York en Los Angeles, deze afgelegen en relatief primitieve plek had uitgekozen om van zijn pensioen te genieten. Van de andere kant… misschien had hij ook geprobeerd om, net als Olivia vandaag, de tijd te hervinden toen zijn vrouw de filmster en hun gezin het gelukkigst waren geweest. Voordat mama's zwaarste jaren begonnen. Voordat hij om wat voor reden dan ook zijn toevlucht had genomen tot de kleurloze Lauren. Olivia wilde graag geloven dat het zo was.

De laatste paar meter sloeg Olivia's stemming om. Haar springerige opwinding maakte plaats voor een diep, rustig welbehagen. Ze parkeerde bovenaan de oprit en bleef nog een paar minuten in de auto zitten, bedenkend hoezeer haar moeder elke zomer van deze eerste aankomst genoot, hoe giechelig ze tijdens de trip werd, al vanaf het moment dat het vliegtuig de landing in Bangor inzette. 'Bomen! Kijk naar al die bomen!'

Wanneer ze bij het huis aankwamen, sprong ze al bijna uit de auto voordat hij stilstond en zoog ze gulzig haar longen vol. Dan bukte ze om door het raampje naar haar dochters te kijken, haar ogen stralend van geluk, een blos op haar wangen, ongeduldig omdat de anderen niet snel genoeg in beweging kwamen. 'Ruik die lucht. Ruik die lucht nou eens. O mijn god, het is gewoon zalig. Mijn longen zijn lichter, ik zweer het.' Dan spreidde ze haar armen, lachte ze haar mooie, muzikale lach en riep ze, alsof er iemand was om hen te verwelkomen: 'We zijn er! We zijn weer terug!'

Terwijl hun vader plichtsgetrouw de auto begon uit te laden, haastte mama zich met de meisjes naar het water om het te begroeten en luidkeels het uitzicht te bewonderen, waarna ze hen weer naar hun vader stuurde om te helpen met spullen naar binnen tillen, kranen opendraaien om het water uit de bron te laten stromen, en de waakvlam van het fornuis en de boiler aansteken. Mama ging dan snel naar boven voor de doos met lievelingsspullen die ze te kostbaar vond om de hele winter achter te laten: haar koperen pan, speciale handbeschilderde vazen, de getijdenklok die ze elke dag opwond om de beweging van de zee te volgen, restanten van het porseleinen servies van haar vaders grootouders, een ijzeren kroonluchter met acht kaarsen om de eetkamer te verlichten, en de kaarsendover met de lange steel waar de meisjes om vochten wanneer het tijd was om de vlammen te doven.

Olivia had een aantal van haar moeders schatten geërfd. De koperen pan stond op haar aanrecht in LA, vol rijpend fruit. Een van de vazen stond met bloemen erin in haar woonkamer. De gekke soepterrine van het porseleinen servies van de Braddocks stond ergens in een kast. Waar was de rest gebleven? Ze had veel gemist doordat ze vorige zomer niet mee had kunnen helpen met het huis leegruimen. Haar werk had haar volledig in beslag genomen. Het voorbereiden en maken van een wekelijks liveprogramma hield veel meer in dan alleen het uur voor de camera's. Daarnaast had ze geprobeerd zwanger te worden. Achteraf bezien had ze beter haar tijd kunnen steken in het zorgvuldig opslaan en verdelen van de stukken van het kostbare en onvervangbare verleden van haar en haar zussen.

Ze duwde het portier open en stapte het zonlicht in, zich uitrekkend en de lucht opsnuivend met evenveel plezier, maar iets minder lawaai, als haar moeder vroeger. Wat een heerlijke geuren, zelfs nog lekkerder dan in Belfast. Sparren, vochtige aarde en ontbindende bladeren, mos en varens, zeezout en de rijke, licht vissige geur van het laagtij. De lekkerste geur op aarde.

Hoopvol en behoedzaam liep ze over de lange oprijlaan, die omzoomd werd door lage braamstruiken, de bramen nog rood en zuur. Geen auto. Een goed teken. Degene die dit huis had gekocht, was er niet, althans niet nu. Augustus was ook een logischere tijd voor zomergasten, wanneer er minder kans was op de beruchte mist van Maine, de bosbessen rijp waren, en de herfst tegen het einde van de maand zijn intrede deed.

Nog een paar stappen. Daar was het rotsblok bij het huis waar zij en haar zussen 'koning van de berg' hadden gespeeld totdat Eve eraf was gevallen en haar pols had verstuikt. Olivia zou nu elk moment de veranda achter het huis kunnen zien waar ze zo vaak hadden gegeten, met het spectaculaire uitzicht op de baai en een bries die zilte zeelucht meevoerde, die zich vermengde met de etensgeuren. Kort daarna zou de grijze leien gevel van het huis in zicht komen, met de zware donkergroene luiken. Als die openstonden, zouden de eigenaren terugkomen, misschien al wel heel snel. Als ze dicht waren, kon Olivia hier gerust de hele dag blijven.

Met een verwachtingsvolle glimlach versnelde ze haar pas. Toen bleef ze ontzet staan.

De nieuwe eigenaren hadden de prachtige leistenen eraf getrokken en goedkope beige aluminium gevelplaten gemonteerd. De zware groene luiken waren vervangen door glimmende zwarte, die er niet uitzagen als hout. De originele ramen van enkel golvend glas hadden ze ingeruild voor moderne, energiezuinige modellen. De verweerde veranda van cederhout was nu een lelijk geval van grijs composiet. De prachtige openslaande deuren van de veranda hadden plaatsgemaakt voor ramen en deuren van metaal en glas uit een doorsnee doe-het-zelfzaak.

Olivia's hart brak. O, mama.

Toen haar vader hier na haar dood was komen wonen, waren er de nodige aanpassingen gedaan. Lauren had de tot op de draad versleten tapijten, de verschoten gordijnen, de ongemakkelijke antieke meubels en de zwaar verouderde, maar heerlijk romantische keukenapparatuur vervangen. Zo was het charmante, eigenzinnige interieur veranderd in een modern, burgerlijk decor, wat Olivia haar nog steeds niet had vergeven, ook al snapte ze wel dat wat goed genoeg was voor een zomerhuis, niet het hele jaar door wenselijk was.

Maar dit. Dit was verkrachting, roof en plundering ineen. De elegante, zij het enigszins gedateerde charme van het huis was volledig verpest.

Olivia wendde zich af van de gruweldaad en werd geconfronteerd met nog een onaangename verrassing. Een groot aantal van de indrukwekkende sparren en ceders vóór het huis was geveld om meer zicht op het water te hebben. Mama was ervan overtuigd geweest dat het enorme netwerk van boomwortels nodig was om erosie te voorkomen. In haar woorden: als iemand de zee wilde zien, moest hij maar even van zijn luie reet komen en naar de kust wandelen.

Olivia liep in de richting van het water over het vertrouwde, smalle paadje, hobbelig van de stenen en boomwortels, dat tussen de bosbessenstruiken, wilde peen en guldenroede door kronkelde. Ze bleef staan op de met kornoelje bezaaide kust en keek uit over de rotsen, die schuin afliepen naar de zee, die nu een meter of tien uit de kust lag en geleidelijk aan ruim drieënhalve meter omhoogklom naar hoogtij.

De kust was tenminste hetzelfde gebleven. Die konden ze niet verpesten. Daar was het strookje zand waar de Braddocks hun visbarbecues hadden gehouden. Daar de richel waarop ze gingen eten wanneer het weer meewerkte. Daar was Olivia's favoriete getijdenpoel, een magische wereld vol zeepokken, slakken en pekelkreeftjes die zich een weg baanden door het kastanjebruine en groene zeewier. Verder uit de kust lagen vergelijkbare onbewoonde eilanden, dicht bebost met dennen en berken. In de verte huizen zo groot als een erwt en dus eenvoudig te negeren.

Olivia klauterde over de rotsen die ze zo goed kende, zocht de getijdenpoel op en waadde tot haar enkels door het ijskoude water om zeesterren en mosselen te vangen. Toen ging ze zitten en keek zwijgend naar de bewegingen van het glinsterende, met boeien bespikkelde oppervlak, dat de ene kant op getrokken werd door het getij en de andere kant op door de stroming van de rivier, de meeuwen en aalscholvers die in de lucht tekeergingen, de kreeftenvissers die bezig waren met hun vallen.

Om één uur at ze haar lunch. Om twee uur begon ze aan een wandeling rond het terrein langs de rand van Candlewood Point. Om vier uur kon ze niet langer doen alsof ze het leuk vond. Ze was eenzaam, moe van nostalgie en verdriet, van het feit dat niets hetzelfde bleef, van het zoeken naar iets zonder te weten wat en het nooit te vinden.

Mistroostig keerde ze terug naar haar auto. Ze wilde net de motor starten toen Eve belde. Olivia overwoog om niet op te nemen, omdat ze niet wilde laten weten hoe ze zich voelde, maar haar nieuwsgierigheid won het van haar onwil. Haar zus en Clayton moesten toch onderhand een stel zijn.

Ze ging rechtop zitten om haar stem steviger te laten klinken. 'Hoe gaat het, Evie? Ben je blij om weer terug te zijn in Wisconsin?'

'Ja. Het is wel heet, maar het zou binnenkort koeler worden. Het eiland is echt heel leuk in de zomer. Er gebeurt veel meer dan in april.' Haar zus, die normaal een zeer gelijkmatig stemgeluid had, klonk nu verdacht vrolijk. Dat kon maar één ding betekenen.

'Ik neem aan dat Clayton ook blij was om jou te zien?'

'Ik geloof van wel, ja.'

Ondanks haar stemming moest Olivia grijnzen. 'Wat fantastisch! Wat er is gebeurd? Vertel me alles!'

'Waar ben je? De verbinding is waardeloos.'

'Candlewood Point. Bij het huis.'

Eve slaakte een kreet. 'Dat meen je niet. Zijn de eigenaren er? Hoe ziet het eruit?'

'Ze zijn er niet.' Ze zou Eve niet vertellen over de rampzalige veranderingen. De kans was klein dat haar zussen hier ooit nog zouden komen. Olivia wilde dat het huis mooi bleef in de herinnering van Eve en Rosalind. 'Ik heb op onze picknickrots geluncht.'

'Ah!' Alle nostalgie die Olivia niet meer voelde, vond zijn weerklank in de uitroep van haar zus. 'Ik mis die plek.'

'Vertel eens over Clayton. Jullie zijn nu een stel, neem ik aan? Eindelijk?'

'Eindelijk? We kwamen allebei net uit een slechte relatie toen we elkaar ontmoetten. Het was verstandig om rustig aan te doen.'

'Nee, nee, nee, het is nooit verstandig om rustig aan te doen. Kijk maar hoe geweldig dat voor mij heeft uitgepakt!' Ze wachtte tot Eve uitgelachen was. Vond ze het zelf ook maar zo grappig. Misschien zou ze dat ooit vinden. 'Vertel eens hoe het is gegaan.'

'Hij nodigde me uit om te komen eten, en –'

'Je trok je mooie ondergoed aan.'

'Inderdaad.' Eve giechelde. Ze giechelde! Haar blijdschap beurde Olivia op. 'Clayton had zalig gekookt. Hij is echt een fantastische kok. Hij had een heerlijke warme salade met geroosterde eend gemaakt.'

'Ik krijg er honger van.'

'Met overheerlijke wijn uit de kelder van zijn vader.'

'Ik krijg er dorst van.'

'Op een gegeven moment zaten we te praten, ik weet niet meer waarover. Hij is heel gemakkelijk om mee te praten, en ik kletste maar door, en opeens sprong hij overeind, alsof hij iets vergeten was op het vuur, dat dacht ik tenminste. Maar hij kwam recht op mij af, trok me omhoog en kuste me alsof hij dood zou gaan als hij nog een seconde langer moest wachten.'

Olivia joelde. Haar zus was duidelijk in de zevende hemel. Eve had het gewoon verteld! Met details! 'Heb je het toetje gehaald?'

Eve moest weer giechelen. 'Veel later.'

'O lieverd, ik ben zo blij voor je.' Dat was ze echt. En jaloers. Niet op de seks; seks was makkelijk te krijgen. Het enige wat je als vrouw hoefde te doen, was de dichtstbijzijnde vent opzoeken en ja zeggen. Maar wel op dat andere, op de wetenschap dat je met een heel mooi mens iets krijgt wat weleens voor altijd zou kunnen zijn.

Haar zus kletste verder over haar tante Shelley en het door Eve ontworpen huis, haar nieuwe opdrachtgever en hoe ze de woorden uit zijn mond moest trekken.

Op een gegeven moment kreeg ze kennelijk in de gaten dat haar leven rozengeur en maneschijn was, terwijl dat van Olivia gifsumak en hondenpoep was. 'Hoor mij nou, ik moet mijn mond houden. Hoe gaat het met jou, Olivia?'

'Nee, ik vind het juist fijn om te horen dat je zo gelukkig bent. Met mij gaat het goed,' loog ze overtuigend. 'Laurens broer en zijn vrouw helpen me enorm en hun huis is prachtig. Belfast is een schattig stadje.'

'Heb je de dagboeken al gekregen?'

Olivia verstarde. Behoedzaam vroeg ze: 'Mama's dagboeken?'

'Ja, Rosalind en ik hebben ze naar je opgestuurd.'

'Opgestuurd?' Haar stem klonk paniekerig. 'Ik zei tegen Rosalind dat ik er nog niet klaar voor was.'

'O. Nou, tegen mij zei ze dat je dat wel was.'

'Jez – 'Olivia keek door het raam naar de prachtige, met varens bedekte bossen die geen deel meer van haar waren. 'Nu is Rosalind echt te ver gegaan.'

'Hé,' zei Eve zachtjes. 'Je hoeft ze pas te lezen als je er klaar voor bent.'

'Het gaat om het principe.' Ze was bijna in tranen na een aantal dagen zonder, en daar werd ze kwaad om. 'Wat begrijpt ze niet aan de woorden "ik ben er nog niet klaar voor"?'

'Ze houdt van je, Olivia. En ze respecteert je. Ik ook. Maar we vinden het allebei heel belangrijk dat je mama beter begrijpt. En niet alleen dat, ik denk...'

Olivia wachtte. Ze begreep dat Eve het nog steeds moeilijk vond om gedachten over hun moeder te verwoorden. De aanranding in haar jeugd door een vriend van haar moeder had zich vertaald in een diepe verbittering jegens Jillian Croft, die pas recentelijk minder was geworden, deels dankzij haar wekelijkse therapiesessies, wat Olivia heel sterk van haar vond, en deels, dacht Olivia, door zich open te stellen voor de kennelijk bijzondere Clayton. Sinds hun ontmoeting was Eve een nieuw mens.

'Rosalind en ik vinden we dat we hier met zijn drieën doorheen moeten. Nu sta jij erbuiten. Alsof je afgescheiden van ons bent. Dat willen we niet m... niet.'

Niet... meer? Het was waar. Olivia had er altijd buiten gestaan, sinds vorige zomer nog meer, toen ze een verbod had afgekondigd op praten over hun moeders onvruchtbaarheid. 'Ik zal het proberen.'

'Je hebt op dit moment al genoeg voor je kiezen. Meer dan genoeg. Dat wens je niemand toe. Neem je tijd. Maar als je er klaar voor bent, lees ze dan. Ik had dat veel eerder moeten doen.'

'Ja, oké.' Op dit moment wilde Olivia alleen maar ophangen. 'Doe de groeten aan die man. Ik hoop hem snel te ontmoeten.'

'Dat gaat gebeuren! En als je in de tussentijd om wat voor reden dan ook genoeg krijgt van Stuarts huis, dan is Washington Island ook een goede plek om anoniem te zijn, en ik weet zeker dat je bij Clayton of Shelley van harte welkom bent.'

'Dank je.' Wisconsin? Kaas, koeien en worst? Nee, bedankt. Als Olivia dan toch in ballingschap moest gaan, dan liever in de staat waarvan ze hield.

Ze nam afscheid van haar zus en startte de auto. Terug naar Belfast. Terug naar het eten met Georgia en Stuart en Duncan.

Wat had ze verwacht hier te vinden? Dat Candlewood Point echt magisch was? Dat haar moeders geest hier zou rondwaren en haar zou troosten en al haar problemen zou laten verdwijnen? Dit was gewoon een plek met bomen, zoals er zoveel waren in Maine, met mooie uitzichten en rotsen en zeeleven, met een huis zoals zovele, van beton, hout en baksteen – en nu aluminium gevelplaten. Hier lagen geen herinneringen van haar. Olivia had die meegebracht.

Ze reed weg, weg van het huis, van Candlewood, van Stirling, zonder om te kijken. Waar ze ook naar op zoek naar was geweest, Olivia begon te beseffen dat ze veel meer kans had om het te vinden als ze vooruitkeek.

Hoofdstuk 12

23 maart 1999 (dinsdag)

Ik kan niet stoppen bij drie. Dat zou ik erg moeten vinden, maar dat doe ik niet, en dan voel ik me verschrikkelijk, want ik vind het natuurlijk wel erg, maar niet als er een drankje voor me staat. Dan is het enige wat telt om dat zo snel mogelijk op te drinken. Van alle aandoeningen die ik heb, is dit de ergste. Ik weet niet hoe ik deze kan verslaan. Ik kan pillen nemen tegen mijn bipolaire stoornis, ik kon mijn jongere lichaam oprekken om een vagina te maken, ik kon een zwangerschap simuleren – maar dit kan ik niet winnen. Ik zal waarschijnlijk jong sterven en als tragisch worden herinnerd, zoals Marilyn Monroe.

Ik wil niet sterven. Ik wil leven en mijn meisjes zien opgroeien. Mijn prachtige soulmate Olivia wordt ook actrice, een erg goeie, eentje om trots op te zijn. Ze vertelde me dat ze chef-kok wilde worden. Chef-kok! Ik heb tegen haar gezegd dat vrouwen geen chef-kok kunnen worden, dat de wereld daar te seksistisch voor is. Waarom zou je je leven beginnen met vechten tegen de bierkaai? Ik zei dat ze geboren was om op het witte doek te stralen, net als haar moeder. Ze is zo mooi, de camera zal dol op haar zijn. Eve wordt architect en zal over de hele wereld mooie dingen bouwen voor de eeuwigheid. Rosalind… kan allerlei kanten op gaan. En dat doet ze ook. Mijn lieve, vrolijke, springerige Rosalind. Ik wil hun dochters ook zien opgroeien, ook al betekent dat dat ik oma word, een gedachte die te gruwelijk is om bij stil te staan.

Daniel heeft weer een affaire, ik weet het zeker. Ik drijf hem er waarschijnlijk toe. Ik hou van hem en ik haat hem en ik neem het hem niet kwalijk en ook weer wel. Als ik mijn meisjes niet had, zou ik niets hebben om voor te leven.

Olivia liep naar de voordeur van de Pattersons met een tas vol boodschappen die ze op weg naar huis vanuit Stirling had gekocht als bijdrage aan het huishouden. Ze klopte en wachtte ongeduldig. Er waren veel toeristen op de weg geweest, dus de terugreis had lang geduurd, en op dit moment was haar enige doel in het leven om naar de wc te gaan.

Het bleef stil. Ze belde aan, onrustig neuriënd, en luisterde of ze voetstappen hoorde. Niets. Wat als Stuart en Georgia er niet waren? Ze had geen sleutel gekregen. Als ze nog veel langer moest wachten, zou ze het in haar broek doen.

Ze klopte en belde tegelijk, nog steeds neuriënd, alsof haar blaas daarbij gebaat was. Tom-tie-dom-dom. Nog steeds geen antwoord.

Radeloos draaide ze aan de deurknop en de deur ging open. Mijn hemel. Deden Georgia en Stuart hun voordeur niet op slot? Duncans boothuis lag tenminste nog verscholen in het bos. Deze mensen waren gek. Olivia kon zich niet voorstellen dat ze zich zó veilig zou voelen. Zelfs als ze in een klooster woonde, zou ze zich zorgen maken over die ene psychopathische tuinman die misschien stiekem gewapend was.

Ze ging naar binnen en voelde zich een beetje een indringer. In de gele hal stond een stoel uit de keuken; op de zitting lagen twee postpakketjes en een briefje van Georgia. 'Deze zijn vanmiddag voor je bezorgd. Stuart en ik zijn naar de bioscoop. Neem wat je wilt. Er is nog wat lasagne over...'

Georgia beschreef vervolgens vrijwel de gehele inhoud van haar koelkast en voorraadkast, en alle verschillende manieren waarop Olivia die mogelijk zou kunnen eten.

Wat was ze toch een goed mens. Stuart mocht in zijn handen knijpen. En Olivia ook.

Ze zette de boodschappen in de keuken en holde naar de wc. Het was maar goed dat Eve haar had gewaarschuwd dat de dagboeken onderweg waren, anders had ze de pakjes opengescheurd in de hoop iets te vinden wat ze wel graag wilde.

Twee minuten later was ze terug in de hal. Ze zette haar handen op haar heupen en keek stuurs naar de pakjes. Ze zou niet boos moeten zijn op haar zussen, maar dat was ze wel. Niemand dwong haar om de dagboeken van haar moeder te lezen, maar zo voelde het nu wel. Nadat haar bezoek aan Stirling vandaag niet de troost had geboden waarop ze had gehoopt, zat Olivia niet te wachten op nog meer ingewikkelde emoties. Zachtjes uitgedrukt.

Ze liep naar de keuken en pakte de boodschappentas uit. Twee mooie flessen Australische chardonnay en twee flessen pinot noir uit hetzelfde gebied, een zak luxe gemengde noten met cayennepeper en tijm, kip, rozemarijn, prei, spek en andere, minder dure witte wijn om mee te stoven. Olivia zou een van haar favoriete stoofpotten maken en die serveren met gebakken peultjes en bieslookkoekjes. Een lekker etentje was wel het minste wat ze kon doen om de Pattersons te bedanken voor hun gastvrijheid. Ze zou zelfs kunnen voorstellen om het de volgende dag te maken, zodat Georgia van een luie zondag kon genieten. Nu Jake er niet was, wilde Olivia iets omhanden hebben, en er was niets waar ze zo haar hoofd mee leeg kon maken als koken. Behalve misschien seks.

Over seks gesproken: Duncan had gezegd dat hij morgenavond mee zou eten. Ze zou dolgraag –

Olivia rolde met haar ogen. Goed idee, Olivia! Indruk op hem proberen te maken met je kookkunsten! Misschien kon ze ook aanbieden om zijn huis te poetsen of zijn was te doen. Ze begaf zich al meer dan genoeg op glad ijs. Dat soort gedachten moest ze direct uit haar hoofd zetten.

Nadat ze de boodschappen had opgeruimd, schonk ze zichzelf een glas pinot noir in en nam dat samen met een schaaltje nootjes mee naar de serre met uitzicht op het gazon en het tuinhuisje, extra mooi in het vroege avondlicht.

Ze ging in een schommelstoel bij het raam zitten en nam een slokje wijn. At een cashewnootje. Lekker. Ontspannend.

Nog een slokje wijn. Nog een nootje. Een amandel deze keer.

Haar gedachten dwaalden af. Wat stond er in de dagboeken? Wat had haar moeder voor zichzelf opgeschreven, recht uit haar hoofd en hart op papier, zonder te acteren, zonder pose?

Olivia schudde haar hoofd. Ze had hier al over nagedacht. Ze wilde ze niet lezen. Denk aan iets anders.

Ze stond op en liep naar een van de ramen met de rode gordijnen. De baai stak prachtig donkerblauw af tegen de groene kust. Ze was blij dat het vandaag goed weer was gebleven.

Weer naar haar stoel. Slokje wijn. Pecannootje.

Misschien zou het morgen net zo mooi zijn. Ze hoopte voor Eve dat ook de hitte op Washington Island snel overging.

Shit. Toen de dagboeken veilig in een andere staat hadden gelegen, had Olivia er geen seconde aan gedacht. Nu ze een paar meter bij haar vandaan lagen, riepen ze haar, prikkelden ze haar nieuwsgierigheid en stelden ze haar vastberadenheid op de proef.

Ze keek om zich heen of er een tijdschrift lag dat ze kon gaan lezen. Of ze kon een boek van boven pakken. Of naar muziek luisteren op haar telefoon. Ze zuchtte en zette haar glas neer.

Of ze kon het dagboek van haar moeder gaan lezen.

Ze liep naar de hal en pakte het bovenste pakketje, van Rosalind. Als Olivia het zich goed herinnerde, ging dit dagboek over haar moeders beginjaren, vanaf de middelbare school tot aan haar huwelijk met papa.

Ze maakte het pakje open en gluurde er voorzichtig in, alsof Rosalind er misschien per ongeluk een vogelspin in had gestopt. Het boek was identiek aan wat Rosalind Eve afgelopen mei voor haar verjaardag had gegeven: gebonden in blauw leer met daarop in gouden letters de eenvoudige titel SYLVIA. De bladzijdes waren uitgetypte versies van de originele pagina's. Haar moeder had dit nooit aangeraakt.

Olivia nam het dagboek mee naar haar wijn om hen aan elkaar voor te stellen. Ze zouden heel wat tijd samen doorbrengen, dus konden ze maar beter vrienden worden.

Goed dan. Ze sloeg het dagboek open en vroeg zich af of ze dapper of dom was. Waarschijnlijk beide. De eerste pagina's las ze vluchtig door, bang om zorgvuldig te lezen.

Vandaag kreeg ik het allerbeste en het allerslechtste nieuws dat je je maar voor kunt stellen. Het beste nieuws was dat ik de rol van Sarah Brown heb gekregen in de voorjaarsmusical Guys and Dolls*! De hoofdrol, terwijl ik pas in de tweede zit!*

Ik zou vandaag de hele dag in de zevende hemel geweest zijn, ware het niet dat toen ook het allerergste gebeurde... Nan werd ongesteld. Ze was de enige van ons hele jaar die nog ongesteld moest worden op mij na.

Ik moet huilen terwijl ik dit opschrijf... Ik hoop dat ik dit ooit teruglees en dan moet lachen om hoe ongerust ik was, en hoe jong en dom ik was omdat ik dacht dat er iets mis met me was.

Ik denk dat er iets mis met me is.

Olivia's hand trilde toen ze haar wijnglas pakte. Ze dronk haar glas leeg, schonk zichzelf bij en las het nog eens, nu langzamer, om haar moeders blijdschap en angst tot zich door te laten dringen. Dit zou nog een lange zit worden. Ze kon beter het boek neerleggen, de kurk op de fles doen en iets te eten maken.

Aangezien dat allemaal heel verstandige ideeën waren, sloeg Olivia ze in de wind en las ze verder, gefascineerd de bladzijdes omslaand, ook al deed het zeer. Hoe meer ze las, hoe meer ze haar moeder miste, en hoe meer ze meeleefde met alles wat Jillian Croft had moeten doorstaan: dat ze haar lichaam haatte, dat ze niet begreep waarom ze anders was geboren dan de meisjes om haar heen, dat ze het slachtoffer was van een onverschillige en nalatige moeder. Noch oma Betty, noch de huisarts had haar moeder de diagnose verteld. Ook hadden ze haar op geen enkele manier getroost of ondersteund, zelfs niet toen ze geopereerd werd om de niet-ingedaalde testikels te verwijderen, waarvan zij dacht dat het kanker was.

Op dat moment gaf Olivia het bijna op. Haar enthousiasme om een bezoekje te brengen aan oma Betty was in elk geval tot het nulpunt gedaald. Wat haar verder deed lezen, wat haar het meest aantrok in het dagboek, was haar moeders onwrikbare vertrouwen in haar eigen talent. Haar kennis van en toewijding aan haar vak was opmerkelijk voor iemand van haar leeftijd, iemand die geen enkele les of begeleiding had gekregen. Haar hachelijke plan om van huis weg te lopen en naar de beste school in de grootste stad te gaan, had gewerkt.

Hoeveel mensen hadden zulke grote risico's genomen? Hoeveel van hen werden ook daadwerkelijk een ster of konden er in elk geval van leven? Jillian had alle tegenslag overwonnen.

Olivia was trots op haar en schaamde zich nu nog meer dat ze niet in haar grandioze voetsporen had weten te treden. Jillian was een echte actrice, een genie in haar vak. Olivia daarentegen…

Ze had het echt geprobeerd.

Ze corrigeerde zichzelf: ze wás het echt aan het proberen. Deze onderduikperiode was een korte time-out. Een tijd om op te laden.

Ze nam een slokje wijn om haar irritatie te verzachten. Toen zette ze haar glas neer en las verder. En verder. Ze las over haar moeders eerste ontmoeting met Daniel Braddock, dat hij iets bijzonders in haar zag en aanbood om haar te begeleiden. Dat ze verliefd werden, dat hij haar ten huwelijk vroeg. De eerste rampzalige keer dat ze probeerden te vrijen.

Toen haar moeders hartverscheurende laatste notitie na de diagnose:

Ik ben niet normaal. Ik heb geen maagdenvlies. Ik heb geen vagina. Ik heb geen eierstokken en heb die ook nooit gehad. Er zijn bij mij testikels verwijderd. Ik ben half man, half vrouw, maar ben niet in staat tot voortplanting. Een speling van de natuur in een mooi omhulsel. Ik zal nooit kinderen kunnen krijgen, hun nooit de vreugde van het mens-zijn kunnen bijbrengen, nooit de moeder kunnen zijn die mijn moeder nooit geweest is.

De enige manier waarop ik een echte vrouw kan zijn, is door er in de film één te spelen.

Olivia kon het dagboek niet dichtslaan. Ze kon niet van haar stoel opstaan. Ze kon niet eens iets zien door haar tranen.

Waarom had Rosalind haar dit gestuurd? Wat had Olivia eraan om de hartverscheurende waarheid van haar moeders kindertijd te kennen? Hoe moest dit haar dichter bij haar zussen brengen?

Wat had het voor zin?

Ze pakte haar glas en de fles en liep terug naar de keuken. Ze schonk zichzelf nog een glas in, stopte toen, zette de fles op het aanrecht en leunde met haar handen tegen de rand, haar hoofd gebogen.

Het was niet Rosalinds opzet om haar te kwetsen. Rosalind zou nooit iemand kwaad doen. Eve ook niet.

Voorzichtig, om niet te knoeien, schonk Olivia haar glas leeg in de fles en deed de kurk er weer op. Ze at lasagne rechtstreeks uit de koelkast en spoelde het weg met bruiswater, dat tenminste iets meer smaak had dan gewoon water.

Dat was beter. Een beetje. Ze was nog steeds rusteloos, nog steeds aangeslagen. Wat viel hier te beleven op zaterdagavond? Dansen? Livejazz? Skeeleren? Ingevette-kabeljauwestafette?

Grijnzend liep ze met haar bord naar de gootsteen. In Milbridge, waar ze die ochtend ingrediënten voor haar picknick had gekocht, werd er elke zomer een kabeljauwestafette gehouden. Deelnemers deden in lieslaarzen en gele regenjassen mee aan een estafetterace met in hun handen, je raadt het al, een ingevette kabeljauw, die ze onder luid gejoel en hilariteit samen met hun outfit moesten doorgeven aan het volgende teamlid. Haar moeder had het altijd een geweldig evenement gevonden, en het gezin ging er steevast heen als ze eind juli in Stirling waren. Ze droeg dan een zonnebril, een oude spijkerbroek en een sweatshirt, haar haren weggestopt onder een Red Sox-honkbalpet, om niet op te vallen in de menigte.

Olivia schrok op toen er plotseling op de deur werd geklopt, een zacht tik-tik-tik dat klonk als een geheim teken. Wie het ook was, kon omkeren. Georgia en Stuart waren er niet.

Ze zette haar bord en bestek in de vaatwasser. Er werd opnieuw geklopt. Tik-tik-tik. Waar sloeg dat op? Waarom drukte de bezoeker niet gewoon op de bel? Wat een engerd.

Olivia zette de lasagne weg en was het aanrecht aan het schoonmaken toen de voordeur openging.

Ze hapte naar adem en sprong naar achteren, zodat ze niet zichtbaar was vanuit de hal, wanhopig om zich heen zoekend naar een mes. Of een plek om zich te verstoppen. Of allebei. Jezus. Daarom moesten mensen ook hun deur op slot doen! Wat was er mis met hen? En waarom had zij hem niet op slot gedaan?

Er klonken voetstappen. Er was iemand binnen. Op het aanrecht zag ze Georgia's messenblok staan. Drie… twee… een… Olivia sprong erheen, trok er een koksmes uit en hield het voor zich uit. Ze had aan vechtsport gedaan. Ooit. Lang geleden. Wie weet kwam er nog iets naar boven. Heel misschien.

'Olivia?'

Ze slaakte een sputterende zucht. 'Jezus, Duncan.'

Hij verscheen in de deuropening in een spijkerbroek en een nauwsluitend wit T-shirt waar haar hart niet minder snel van ging kloppen. 'Wat doe je met dat mes?'

'Dat had je bijna tussen je ribben.'

'O ja?' Hij hield zichtbaar zijn lachen in en nam haar langzaam op. Hij had die roofdierblik in zijn ogen die hij eerder die dag ook al had gehad. Die blik waar ze knikkende knieën van kreeg. En er was nog iets wat anders aan hem was, maar ze kon er niet de vinger op leggen. 'Wat heb ik nu weer gedaan?'

'Me de stuipen op het lijf gejaagd.' Ze was nog steeds aan het nahijgen, maar nu vermengde de angst zich met aantrekkingskracht en werd het iets absurd opwindends.

Duncan moest lelijk worden. En snel ook.

'Ik heb geklopt.'

Olivia schudde minachtend haar hoofd. 'Jullie mensen uit Belfast hebben echt geen idee hoe de echte wereld eruitziet.'

'Gelukkig niet.'

Ze legde het mes weg en schonk nog wat wijn in. 'Kijk nou wat je hebt gedaan. Ik was bij mijn tweede gestopt.'

'Waarom?'

Ze wierp hem een geërgerde blik toe, maar het was moeilijk om boos te blijven op iemand die zo sexy en zo aandoenlijk geamuseerd keek. 'Dat betekent dat jij ook moet drinken.'

'Goed idee.' Hij hield een sixpack omhoog dat hij had meegebracht. 'Ik wist dat Stuart en Georgia vanavond weg waren. Ik dacht dat je misschien... eenzaam was.'

O. Mijn. God.

Olivia draaide zich naar hem om. 'Zeg je nu wat ik denk dat je zegt?'

Hij maakte een biertje open en schonk haar een luie grijns als antwoord op haar vraag.

'En onze regels dan? Alleen één vluggertje?'

Hij haalde zijn schouders op. 'Is dat echt wat je wilt?'

Ja, wat wilde ze eigenlijk? Hoe moest zij dat nou weten, in haar huidige toestand? Ze wilde in elk geval Duncan, dat stond buiten kijf. Ze wilde zich bij hem verstoppen voor de echte wereld, doen alsof ze normale mensen waren die iets normaals deden, iets wat normale mannen en vrouwen deden – alleen wist ze niet meer zeker wat een man of vrouw normaal maakte.

'Het is gevaarlijk, Duncan.'

'Waarom?'

'Omdat we... ik weet niet... eraan gewend zouden kunnen raken.'

Hij deed een stap in haar richting met een blik die duidelijk maakte hoe stom hij die opmerking vond. Hij leek brutaler. Minder gesloten. 'En waarom zou dat verkeerd zijn?'

'Omdat we dan misschien...' Shit, ze had dit vandaag toch uitgedacht. Iets met afhankelijkheid. 'Omdat we het dan misschien te leuk zouden gaan vinden.'

Hij schoot in de lach, en ze moest wel meelachen, want het klonk inderdaad belachelijk. 'Ben je bang dat je verliefd op me wordt, Olivia?'

Ze maakte een spottend geluid. 'Die kans is ongeveer even groot als dat jij verliefd op mij wordt.'

'Dus?' Nog een paar stappen en dan was hij dichtbij genoeg om aan te raken. Dat wilde ze heel graag.

In plaats daarvan nam ze een voorzichtig slokje wijn en probeerde ze door haar primitieve behoeftes heen te luisteren naar wat haar verstandige stemmetje te zeggen had. Haar stemmetje bleek net zo geil te zijn als zij.

Olivia hield haar adem in en slaakte toen een diepe zucht. Oké. In het ergste geval zou ze een beetje voor hem vallen en gekwetst worden. Tot die tijd... nou ja, kijk nou naar hem.

'Hm.' Ze keek hem vol smeulende seksualiteit aan. 'Ik ben inderdaad wel een beetje eenzaam.'

'O ja?' Hij deed een stap dichterbij.

'Hm-m.' Ze trok het elastiekje uit haar haar en schudde haar haren zo sensueel mogelijk los.

'Heb je iets speciaals in gedachten?'

Duncan snoof en keek om zich heen. 'Wacht even, zitten we in een film van je moeder?'

'Ha!' Ze vond het leuk dat hij zonder gemeen te zijn korte metten maakte met haar aanstellerij. 'Heb je eigenlijk weleens een film van mijn moeder gezien?'

'Een paar. Wat een vrouw.'

Olivia hield haar hoofd schuin en keek hem fronsend aan. 'Mag ik iets vragen zonder naar een compliment te vissen, even serieus... Vind je dat ik op haar lijk?'

'Hm.' Hij kneep zijn ogen tot spleetjes en keek haar onderzoekend aan. 'Bijna.'

'Bijna?'

'Je hebt haar uitstraling, maar niet haar gelaatstrekken; haar sensualiteit, haar sterke aanwezigheid. Maar niet...' Duncan maakte fronsend een handbeweging, zoekend naar het juiste woord. 'Niet haar intensiteit.'

'Ja.' Olivia draaide zich om en zette haar glas weg. 'Dat stuk is me niet gelukt.'

'Nu heb ik je gekwetst.'

'Ik vroeg erom. Ik neem het je niet kwalijk dat je antwoord geeft.' Ze hoorde hem zijn biertje op het aanrecht zetten.

'Jij bent...' Hij draaide haar om zodat ze hem aankeek, en bleef op ongeveer vijftien centimeter afstand van haar staan. '...buitengewoon sexy.'

Olivia smolt, want hoewel hij zich natuurlijk verplicht had gevoeld om dat te zeggen, had hij zijn best gedaan om overtuigend te klinken. 'Dat vind ik nou ook.'

'Echt waar?'

'Jazeker.' Ze bewoog naar voren totdat haar mond nog maar een paar centimeter van de zijne was. Ze voelde zijn adem op haar lippen. 'Ik ben inderdaad buitengewoon...'

Ze verpestte het grapje door in de lach te schieten, inclusief een buitengewoon onsexy knorgeluid, waardoor ze nog harder moest lachen.

Duncan deed een stap achteruit, keek haar hoofdschuddend aan, reikte toen plotseling naar haar en pakte haar bij haar middel om haar op te tillen. Ze slaakte een gil, een schaamteloos onwaarachtig protest dat ze onmiddellijk tegensprak door haar benen om zijn middel en haar armen om zijn nek te slaan om het tillen gemakkelijker te maken. Niet dat hij hulp nodig leek te hebben.

God, wat was dit heerlijk.

'Wil je graag de liefde bedrijven in een bed?' Zijn ogen fonkelden van plezier. 'Of wil je genomen worden op het aanrecht?'

Olivia knipperde zedig met haar ogen en rilde van opwinding. 'Ja, graag.'

Hij lachte en droeg haar naar een lager stuk van het aanrecht, waar Georgia vóór een rij kookboeken een stoel en een laptop had gezet. Hij zette haar weer neer. 'De laatste die naakt is, verliest.'

'Wat als Stuart en Georgia thuiskomen?' Olivia stapte haastig uit haar korte broek en slipje.

'Gebeurt niet.' Hij trok zijn T-shirt uit, liet het op de grond vallen en begon aan zijn gulp. 'Ze hadden me een berichtje gestuurd of ik mee wilde. Voorstelling van halfacht, en de film duurt honderdtweeëndertig minuten.'

Olivia giechelde en raakte bijna verstrikt toen ze haar shirt en beha tegelijkertijd probeerde uit te doen. 'Heb je dat gecontroleerd?'

'Ik was alleen in het boothuis en mijn vrienden waren allemaal bezet vanavond.' Zijn spijkerbroek vloog door de keuken. 'Het leek me dat jij ook alleen was, aangezien je vrienden duizenden kilometers verderop wonen, en het leek me zonde van de tijd om een mooie avond niet met jou door te brengen.'

Ze had hem nog nooit zoveel en zo openlijk horen praten. Hij had al een sixpack op óf ze was geslaagd voor een soort test. 'Misschien ben je romantischer dan ik dacht, Duncan.'

'Misschien heb je gelijk.' Hij keek haar met een warme, lichtelijk verdorven glimlach aan en haar hart begon te bonzen.

'Ik heb gewonnen.' De naakte Olivia draaide zich abrupt om, legde haar shirt op het aanrecht en klom erop. Ze strekte haar armen naar hem uit, hopend dat hij al haar teleurstelling, verwarring en twijfels over zichzelf kon wegduwen.

Ze besprongen elkaar, net als de vorige keer, hun lichamen zoekend naar de beste houdingen en ritmes voor elkaars genot. Duncan wachtte als een echte heer op Olivia's hoogtepunt. Een echte heer die een voor hem vrijwel onbekende vrouw op het aanrecht van iemand anders nam.

Samen kwamen ze bij, hijgend en een beetje beschaamd lachend.

'Mmm.' Olivia pakte Duncans nek en bracht hun voorhoofden bij elkaar om even contact te maken. 'Dank je wel. Dat was fantastisch therapeutisch.'

'Voor mij ook.' Hij veegde een lok van haar voorhoofd, een teder gebaar waar haar hart opnieuw van begon te bonzen. Toen pakte hij wat tissues uit een doos die Georgia op haar aanrecht had staan om zich schoon te maken, en het bonzen hield abrupt op.

Duncan nam Olivia's tissues van haar aan en gooide ze in de prullenbak. Vervolgens kwam hij terug, prachtig en zelfverzekerd naakt, met zijn handen op zijn heupen en de terughoudende blik van iemand die op het punt staat om een gunst te vragen of een misdaad te bekennen.

'Ik weet niet hoe het met jou zit, maar...' Hij schraapte zijn keel. 'Ik, eh, zou er een moord voor doen om met iemand in bed te liggen in plaats van altijd maar alleen.'

Olivia ademde verrast in. 'Wauw.'

Hij keek naar de klok op het fornuis. 'We hebben nog ongeveer twee uur voordat de film afgelopen is. Lijkt het je wat?'

'God, ja,' zei ze, dom lachend, denkend aan al die keren in de afgelopen weken dat ze 's nachts wakker was geworden omdat ze naar Dereks lichaam tegen het hare verlangde. Ook al wist ze tegelijkertijd dat als hij die keren daadwerkelijk tegen haar aan had gelegen, ze moord en brand zou hebben geschreeuwd. Duncans lichaam echter... 'Je hebt geen idee hoe graag ik dat wil.'

'Hoe is jouw bed boven? Of voel je je prettiger in het boothuis?'

Ze fronste en haalde toen haar schouders op. 'Maakt me niet uit. Zolang we maar uit elkaar zijn wanneer Stuart en Georgia terugkomen.'

Hij stak zijn hand uit om haar van het aanrecht af te helpen. 'Als we naar jouw kamer gaan, hoeven we ons niet aan te kleden.'

'Doen we dat.' Ze gingen naar haar kamer, zetten hun drankjes op het nachtkastje en kropen onder de dekens. Duncan ging op zijn rug liggen en trok Olivia tegen zich aan, hun benen verstrengeld; twee bijna-onbekenden die elkaar iets fijns gaven op een moment dat ze het allebei hard nodig hadden.

'Wat voel je lekker.' Hij drukte zijn kin tegen haar slaap. 'De gekke dingen die je mist als je single bent.'

'Inderdaad.' Ze werd zich bewust van elke plek waar hun lichamen elkaar raakten, de mannelijkheid van zijn huid tegen de hare, het gelukzalige gevoel van warm worden vastgehouden tussen koele lakens. 'Ik zou graag weten waardoor je mening over mij veranderd is.'

'Wie zegt dat mijn mening over jou veranderd is?'

'Nou, bijvoorbeeld...' Ze gebaarde naar het gebrek aan ruimte tussen hun lichamen. 'En je praat vanavond echt met me. Is leuker dan ruziemaken.'

'Ach, ik weet niet, dat was ook leuk.' Hij legde een hand onder zijn hoofd en staarde naar het plafond. 'Om je vraag te beantwoorden: Georgia gaf me een preek. Daar begon het mee. Je deed niet lullig toen ik me verontschuldigde, en Sam zei dat je het heel goed deed met Jake – dat hielp. Maar pas in het boothuis, toen je je kleren uittrok, zag ik echt wat voor een goed mens je bent.'

Olivia deed alsof ze hem wegduwde. 'Jij bent walgelijk.'

'Zo zijn wij mannen nu eenmaal. Kunnen we ook niets aan doen.'

'Jammer.' Ze liet haar hand over zijn harde borstkas glijden en dacht na over wat hij had gezegd. Ze dacht aan de verschillen tussen man en vrouw. Aan haar moeder. Aan Sam. 'Wordt Sam ook zo? Ik bedoel seksueel agressiever?'

Hij kreunde. 'Moeten we het daarover hebben?'

'Ja. Want ik wil het weten.' Ze steunde met haar hoofd op haar hand, terwijl haar hoofd zich vulde met nog meer vragen. 'Veranderen de hormonen de manier waarop –'

'Waarom vraag je het haar niet?'

'Hem.'

'Ook goed.'

'Omdat ik hem niet goed genoeg ken.'

'Je kent mij ook niet goed genoeg.'

'Oké, oké.' Ze ging rechtop zitten en reikte langs hem heen om hun drankjes te pakken. 'Hier. Drink.'

Hij kwam overeind en zette de kussens achter zich om ertegen te leunen.

Olivia nam een slokje wijn en zette toen het glas naast zich neer. De smaak was scherp en zuur geworden en niet meer lekker. 'Hoelang weet je al dat Sam wilde veranderen?'

'Waarom wil je dat allemaal weten?'

'Daar heb ik mijn redenen voor. Belangrijke redenen.' Ze keek hem strak aan. 'Persoonlijke redenen.'

Zijn ogen werden groot. 'Je gaat me toch niet vertellen dat jij je ook wilt laten ombouwen.'

'Ik? Ik? Denk je dat ik...' Ze kneep hem toen hij grinnikte. 'Iemand die ik goed ken, was... Nou ja, het is ingewikkeld.'

'Je echtgenoot?'

'God, nee. Dat is een te grote eikel om iets vrouwelijks in zich te hebben.'

'Hé.'

'Eén-nul.' Ze trok met haar vinger een denkbeeldig lijntje op een scorebord.

'Wat Sam betreft.' Duncan trok een grimas en wreef over zijn voorhoofd, alsof hij hoofdpijn kreeg van dit onderwerp.

'Ik zal geen miljoen vragen stellen. Alleen de grote lijnen. Als je er echt niet over wilt praten, dan is dat natuurlijk prima. Maar het zou... Ik denk dat het mij zou helpen bij het verwerken van bepaalde dingen.'

'De grote lijnen. Oké.' Hij nam een slok van zijn bier, zette het flesje terug en sloeg zijn brede, gespierde armen over elkaar. 'Sam is altijd jongensachtig geweest. Ze is hier opgegroeid met vier oudere broers en een sterke vader. Ik ben goed bevriend met haar broer Caleb.'

'Dat vertelde Georgia al.'

'Ik begin net, mag ik even?'

Ze knipperde bevallig met haar wimpers. 'Ga alsjeblieft verder.'

'Sam werd vaak gepest door haar broers en op school omdat ze niet vrouwelijk genoeg was, wat dat ook moge betekenen. Ik kwam soms voor haar op.' Hij krabde op zijn hoofd en liet toen zijn arm vallen, alsof de beweging hem had uitgeput. 'Ze had denk ik wel een oogje op me, maar daar was ik niet zo mee bezig. Toen ze wat ouder was, en ik op de middelbare school zat, raakten we bevriend. Ze trok soms met mij en Caleb op. Toen –'

'– kreeg ze borsten en werd je verliefd op haar.'

Hij keek haar nijdig aan. 'Zo erg ben ik niet.'

'Oké, oké, sorry. Wat gebeurde er dan?'

'Ze kreeg borsten en ik werd verliefd op haar.'

Olivia barstte in lachen uit, blij dat ze haar glas had neergezet, anders zouden Georgia's hagelwitte lakens nu vol wijnvlekken zitten. 'Laat me raden. Omdat je een man bent, en zo zijn mannen nu eenmaal.'

'Ach ja.' Hij gaf haar die grijns waar ze een knoop in haar maag van kreeg. 'De natuur heeft ons niet voor niets zo gemaakt. Overleving van de soort en zo.'

'Dus ben je met haar getrouwd...'

'Ja. Ik hield van haar, we waren vrienden, het leek een goede match. En het was ook goed.' Hij zei het zakelijk, niet alsof ze de liefde van zijn leven was geweest. 'We hadden veel lol samen.'

Olivia bleef glimlachen, al voelde ze tot haar ergernis een steek van jaloezie. Hij mocht toch wel van zijn eigen vrouw gehouden hebben? Zij en Derek hadden ook veel goede tijden gekend.

'We besloten nog een paar jaar met kinderen te wachten, om zeker te weten dat onze relatie stabiel was. Maar...' Hij zuchtte en wreef door zijn haar, waardoor hij er verfomfaaid en om op te vreten uitzag. 'Sam bleef het maar uitstellen. Ze – ze was toen nog een zij wat mij betreft, dus je hoeft me niet te verbeteren.'

'Ik lig hier gewoon.' Ze lag daar gewoon en voelde hoe haar interesse in het gesprek verschoof van informatie willen krijgen voor haar eigen doeleinden naar Duncan de kans willen geven om zijn verhaal te vertellen. Ze voelde dat hij die kans niet vaak kreeg. Misschien wel nooit.

'Sam begon smoesjes te verzinnen. Ze wist niet zeker of ze wel een goede moeder zou zijn, ze wilde promoveren, enzovoort. Ik probeerde geduldig te zijn, maar dat was moeilijk en verwarrend, omdat de smoesjes niet oprecht leken, en we waren altijd volledig eerlijk tegen elkaar geweest.'

'Dat dacht je tenminste.'

'Precies. Ze ging naar een therapeut om het allemaal uit te zoeken. Later kwam ik erachter dat ze zich rot was geschrokken toen ze besefte wat haar waarheid was, en in plaats van die te onderkennen en te onderzoeken, duwde ze die weg. Na die afspraak was ze opeens dolenthousiast over het krijgen van een baby. Ik was superblij. Ze werd snel zwanger en al even snel flipte ze weer. Ze haatte haar grotere borsten, de dikke buik. Ik had gehoord dat vrouwen moeite kunnen hebben met de veranderingen, maar dit leek...' Hij ademde met een zucht uit. 'Ik bedoel, ze vond het echt vreselijk, ze vond het hele idee van zwanger zijn afgrijselijk. Toen Jake geboren was, was het hetzelfde met borstvoeding geven. Ze werd er doodongelukkig van. Uiteindelijk zei ik dat ze ermee moest ophouden. We sukkelden nog een paar jaar samen door, heel zware jaren. Ze werd steeds depressiever. Ze sneed zichzelf. Had het over zelfmoord.'

'God, Duncan.'

'Het was zwaar.' Zijn lichaam verstrakte naast haar. 'Ik was boos. Ik schaam me voor alle lelijke dingen die ik heb gezegd tegen haar – hem, tegen die tijd. Het frustreert me nog steeds. Ik heb nog steeds negatieve gedachten en kan me moeilijk neerleggen bij zijn geslachtsverandering. Maar... dat is denk ik mijn trots. Zelfs toen het redelijk goed ging, had ik al het idee dat het beter kon. Diep vanbinnen wist ik dat het niet goed zat, maar dat wilde ik niet toegeven.'

'Je bent ook maar een mens.' Ze streelde zijn arm en voelde dat hij enigszins ontspande. Het raakte haar dat hij dit van haar nodig had, en ze was blij dat ze hem een luisterend oor kon bieden.

'Maar goed, uiteindelijk is hij nu gelukkiger.' Duncan keek haar schuin aan. 'Je zou zelfs kunnen zeggen dat hij een compleet ander mens is.'

'Haha.' Olivia drukte haar lippen op zijn schouder. 'Wat erg dat je dit hebt moeten meemaken.'

'We hebben Jake. Daar heb ik geen spijt van.'

'Nee. Hij is heel speciaal.' Zij hadden Jake. Olivia verwachtte dat de oude vertrouwde afgunst weer de kop op zou steken, maar gelukkig bleef die uit. 'Bedankt dat je me dit hebt verteld.'

'Graag gedaan.' Hij pakte zijn bier, nam een grote teug en slaakte aan het eind een vergenoegde zucht. 'Ik wilde er eigenlijk niet over praten. Maar het stroomde er gewoon uit.'

'Dat is alleen maar goed.'

'Georgia zegt altijd dat ik te veel binnenhoud.' Hij raakte haar wang aan, zijn ogen warm en kwetsbaar, onvergelijkbaar met de koude blik die Olivia de eerste dag in de keuken van de Pattersons had gekregen. 'Ik voel me kennelijk veilig bij je.'

Olivia's reactie op zijn blik en zijn woorden beangstigde haar bijna. Hij had haar ook iets gegeven, namelijk zijn vertrouwen. Zoiets kostbaars was ze niet waard. Het was te veel.

Dat was de reden dat ze beneden nee had willen zeggen. Het ging niet om de seks. Seks was niet het gevaar.

'Daar ben ik blij om.' Ze zei het op een luchtige toon, pakte voorzichtig zijn flesje en zette het weg. 'Het is tijd.'

'Waarvoor?'

'Je gaf me beneden een keus. Genomen worden of de liefde bedrijven. Het genomen worden hebben we gehad.' Ze kwam op hem liggen, kuste zijn voorhoofd en zijn trotse jukbeenderen en proefde tot slot kort van zijn mond. 'Laten we van elkaar genieten tot de film is afgelopen.'

Hoofdstuk 13

12 juni 1999 (zaterdag)

Volgens mij word ik bestolen. Ik ben een paar sieraden kwijt. Ik word ook in de gaten gehouden, dat voel ik gewoon, maar ik kan niet zeggen waar of hoe. Heeft iemand een telescoop op mijn huis gericht? Is het een geest? God? Buitenaardse wezens? Ik ben bang dat ik gek word. Ik ben de hele tijd doodsbang.

Ik weet zeker dat Daniel vreemdgaat. Ik weet het gewoon. Ik snuffel aan hem om te kijken of ik haar kan ruiken. Ik haal zijn hele kamer overhoop en ruim hem daarna weer op. Ik vind niets. Hij weet het te goed te verbergen. Hij vertelt me waar hij naartoe gaat, met een uitgestreken gelaat zonder een spoortje schuldgevoel. Hoe is hij zo'n goede acteur geworden?

Ik heb vanavond een grote fout gemaakt. Ik kon het niet meer aan, de eenzaamheid, de stilte, het gevoel bekeken te worden en de angst om Daniel kwijt te raken. Ik heb al mijn vriendinnen gebeld. Josie was er niet, en Alice en Isabel ook niet. Niet thuis.

Toen heb ik mama gebeld. Waarom in vredesnaam? Wanneer leer ik het nou eens? Ik wilde gewoon een kletspraatje maken, maar toen stortte ik in en gooide ik alles eruit, over Daniel, dat ik hem of mezelf wil vermoorden, en dat het zo niet verder kan. Ze zei dat ik moest stoppen met huilen en de andere kant op moest kijken. Hij deed wat mannen nu eenmaal doen. Toen ik zei dat ik dat niet kon, zei ze: 'Jij verwacht altijd dat iedereen van je houdt. Maar niet iedereen doet dat.' Ik zei: 'Ja, mama, dat heb ik wel van jou geleerd.' Vlak voordat ze ophing, zei ze nog dat ze nog nooit iemand had ontmoet die zo wreed was als ik.

Nu wil ze waarschijnlijk nooit meer met me praten. Ik wou dat ik ook nooit meer met haar wilde praten.

Gelukkig heb ik ten minste één rake opmerking geplaatst. Laat haar maar zo aan me terugdenken als ze dat wil. De heks.

Olivia draaide haar gezicht opzij, zodat ze overal evenveel zon kreeg. Niet om bruin te worden – aan die schade ging ze haar huid niet blootstellen – maar de warme stralen voelden weldadig op haar royaal ingesmeerde huid.

Vandaag was best een goede dag geweest. Gisteravond hadden zij en Duncan het beste gemaakt van het uur dat hun nog restte, met een langzame, sensuele ontdekkingstocht van elkaars lichaam, waarna ze heerlijk in elkaar verstrengeld onder de lakens lagen. Het best was nog dat ze liefdevol afscheid hadden genomen en zonder gedoe uit elkaar waren gegaan, in de rustige wetenschap dat dit er was als een van hen het nodig had.

Ze kon gewoon niet geloven hoeveel geluk ze had gehad met het vinden van deze ideale flirt. Het ruimhartige deel van haar hoopte dat Derek iets vergelijkbaar had gevonden. Als hij beter in zijn vel zat, zou hij haar misschien met rust laten en de scheiding soepel laten verlopen. Als een scheiding ooit makkelijk was.

Die ochtend had ze uitgeslapen en daarna was ze een ontspannen rondje gaan joggen langs de kust. Vervolgens had ze in de kelder van de Pattersons gewerkt aan de kracht in haar bovenlijf met een stoffige halterset die Nate, aldus Georgia, op de middelbare school had gekocht om breder te worden en indruk op een meisje te maken.

Na al die inspanningen maakte ze een eiwitrijke lunch voor zichzelf om de spiermassa te behouden, zodat ze zich in bikini kon blijven vertonen.

Ze had nog tijd voordat ze aan het avondeten moest beginnen, een voorrecht dat ze pas bemachtigd had na een beleefde strijd met Georgia, die leek te denken dat Olivia nog langer moest uitrusten voordat ze aan zoiets belastends begon als het in stukken snijden van kip.

Het was opnieuw een schitterende dag en Olivia had besloten om die, na de fysieke inspanningen van die ochtend, in elk geval deels volledig immobiel door te brengen. Dus was ze met Georgia's nieuwste *Cook's Illustrated* naar het strand getogen, waar ze een geschikte rots voor haar handdoek had uitgezocht en daar had liggen lezen en luieren.

Ze had zich in geen tijden zo blij en tevreden gevoeld. Tevreden was goed. Tevreden was helemaal prima. Ze zou zich erom moeten bekommeren dat ze haar advocaat moest bellen. Dat Derek haar weer zou gaan chanteren. Dat ze haar zussen moest vertellen dat de informatie over haar moeders aandoening uitgelekt was. Wat ze met de rest van haar leven moest doen als ze echt nooit meer terugging naar LA.

Maar op dit moment wilde ze als een prachtige, glanzende luchtbel wegdrijven van haar zorgen. Ze wist dat ze er al snel genoeg weer tegenaan zou botsen en dan uit elkaar zou spatten.

Ze dommelde even weg, zich vaag bewust van de geluiden van de boten, de meeuwen, klapperende aalscholvers – alle mooie zeegeluiden. Toen werd ze wakker en rekte ze zich uitgebreid uit. Hoeveel ze ook sportte, het voelde altijd als een verloren strijd tegen de hardnekkige pogingen van haar lijf om dik en vadsig te worden. In haar ideale wereld bleef iedereen die een bepaalde mate van fitheid had bereikt de rest van zijn of haar leven op dat niveau.

Terwijl ze lag te luieren, was de zon verder omhooggeklommen, en daarmee ook de temperatuur. Ze ging rechtop zitten om een briesje op te vangen en keek weifelend naar het heldere, rustige water dat haar uitnodigde om erin te springen. Maar ze liet zich niet bedotten. Hier in het hoge noorden stond 'zwemmen' gelijk aan moed verzamelen om in het water te springen en er vervolgens zo snel mogelijk al rillend en naar adem happend weer uit rennen. Zo zwommen zij en haar zussen tenminste vroeger bij Candlewood Point. In juni hoefde je het niet eens te proberen. In juli was het een uitdaging. In augustus was het pijnlijk, maar mogelijk.

Het water in deze beschutte baai was misschien warmer dan bij Candlewood, maar het zou nog steeds verdomd koud zijn.

Ze stapte van haar zonnerots en liep tot aan haar enkels het water in op haar Teva's, die haar voeten beschermden tegen zeepokken en scherpe randen.

Yep. Verdomd koud. Voorzichtig zette ze nog een stap, zoekend naar vaste grond onder haar voeten op de rotsachtige bodem, en toen nog een paar stappen, tot het water aan haar knieën stond. Op dat punt begon haar vastberadenheid te wankelen. Bij deze kou moest je er gewoon meteen in duiken en op je tanden bijten. Niet te lang nadenken.

Haar moeder ging vroeger aan de rand van het water staan, vulde dan haar longen met lucht, blies met veel geluid uit en rende tot haar bovenbenen de zee in, waarna ze vooroverviel en kopje-onder ging. Een paar slagen, haar bleke armen spetterend door het water, en dan kwam ze er gillend en lachend weer uit, met haar armen om zich heen geslagen op de handdoek af rennend. Soms werd de handdoek al voor haar opengehouden door hun vader, die beweerde dat hij anatomisch niet gebouwd was op bevriezing.

Aangespoord door deze herinnering – als haar moeder het kon, kon zij het ook – bukte Olivia om haar onderarmen in het water te steken.

Brrrrr.

Zo meteen. Zo meteen zou ze erin duiken.

Eén... twee... drie...

Nee, nog niet.

Eén... twee...

Misschien als ze nog iets verder liep.

Eén onhandige stap op een wiebelende steen nam de beslissing voor haar. De schok van het ijzige water perste de lucht met een verraste kreet uit haar longen. Ze slaagde erin haar hoofd boven water te houden, zodat haar make-up niet uitliep, waarna ze gillend en giechelend haar voeten probeerde neer te zetten, waarbij ze bijna twee keer viel in een poging uit de ijzige hel te komen.

Met moeite klom ze terug op haar rots en trok ze haar sandalen uit.

Dit was het fijne deel, het deel dat de marteling de moeite waard maakte, wanneer je lichaam weer opwarmde in de zon en je huid tintelde. 'Alsof je gloeit,' had haar moeder gezegd.

'Alsof je doodgaat,' had haar vader gereageerd. 'Als ik aan dit soort idioterie had meegedaan, zouden jullie nooit geboren zijn.'

Olivia's glimlach verbleekte. Ze had de inhoud van de dagboeken weg weten te stoppen door na te genieten van haar avond met Duncan. Ze wilde niet denken aan hoe haar vader haar en haar zussen echt had verwekt. Rosalind had haar biologische moeder gevonden. Eve had ontdekt dat de hare dood was. Olivia wilde nog steeds het fysiek onmogelijke: de wonderbaby die volledig gevormd uit Jillian Crofts hoofd was gesprongen, zoals Athena uit dat van Zeus.

Ze moest vanmiddag echt haar vader bellen. Haar eigen problemen en de nieuwe omgeving hadden haar zo in beslag genomen, dat ze hem had verwaarloosd. Misschien kon ze –

'Je bent toch niet vrijwillig het water in gegaan, hè.'

Een stoot adrenaline joeg haar zorgen weg. Duncan kwam de trap af lopen.

'Natuurlijk wel. Het was heerlijk.'

'Rare mensen, die zomergasten.'

'Zwem jij dan niet?'

'In Florida. In Virginia. In St. Thomas. Niet hier.'

'Waarom niet?' Ze glimlachte, schoof wat opzij op haar richel en klopte naast zich op de rots.

'Omdat ik hersens heb.' Duncan ging zitten, maar aan het andere uiteinde van de rots. De magnetische energie en het vertrouwen van de avond ervoor leken vervlogen. Hij zag er ernstig en vermoeid uit.

'Drukke dag gehad vandaag?'

'Wat gesport en geluierd.' Ze wilde hem bemoedigend over zijn rug aaien. 'Maar ik ga wel koken vanavond.'

'Ben je een beetje goed in de keuken?'

‘Eh…’ Olivia keek hem veelbetekenend aan. ‘Ik had een kookprogramma, hè?’

‘In LA is toch alles nep?’ Hij gluurde ondeugend naar haar borsten.

Olivia gooide een sandaal in zijn richting, maar miste met opzet. ‘Die zijn echt.’

‘Weet ik.’ Zijn glimlach verflauwde. ‘Ik wilde het met je hebben over vanavond.’

‘Oké…’ Ze verstarde.

‘Ik wil niet dat Georgia en Stuart weten wat we aan het doen zijn.’

Mijn hemel. Zaten ze nog op de middelbare school?

‘Wil je onze verloving geheimhouden?’ Ze drukte haar handen op haar borst. ‘Ik ben geschokt.’

Hij negeerde haar theatrale reactie. ‘Ze zijn gewoon vrij traditioneel.’

‘Ik snap het, Duncan.’ Olivia wilde hem stompen, kietelen of knijpen om de man terug te krijgen die hij gisteravond was. ‘Ik denk dat ik wel een uur of twee van je af kan blijven.’

‘Oké.’ Hij stond op.

‘Kwam je daarom hierheen? Om te zeggen dat ik uit je buurt moest blijven?’

‘Romantisch hè?’ Hij liep terug naar de trap en stak zijn hand op. ‘Tot vanavond.’

‘Ja.’ Ze was geïrriteerd, maar niet genoeg om niet dat lekkere kontje van hem na te kijken dat de trap op liep.

Bovenaan draaide hij zich om. ‘Eigenlijk… wilde ik je om een andere reden waarschuwen.’

‘Wat dan?’ Nou komt het, dacht ze.

Hij mompelde iets wat ze niet kon verstaan.

‘Wat?’

Hij zuchtte. ‘Ik zei: “Omdat ik niet weet of ik wel van jou af kan blijven.”’ Hij verdween uit het zicht voordat Olivia haar hersens in gang had gezet om iets terug te zeggen.

Goede genade. Hij was vandaag misschien niet zo spraakzaam, maar kon wel degelijk communiceren.

Toen hij weg was, voelde Olivia's rots echter niet meer als een veilige haven, maar eerder als het eiland Naxos, met haar als de achtergelaten Ariadne. Ontstemd liet ze het lezen en luieren voor wat het was, haalde de sandaal op die ze naar hem gegooid had en beende naar het huis, zichzelf vertellend dat ze zich niet door Duncans stemming moest laten beïnvloeden.

Eenmaal binnen nam ze een snelle, verkwikkende douche om zout, zonnebrand en haar wrevel van zich af te spoelen, waarna ze gewapend met haar telefoon en een draagbare bluetooth-speaker naar beneden ging. Ze was klaar om aan het eten te beginnen.

Het was veel te lang geleden dat ze gekookt had. Wanneer ze in de keuken bezig was, alleen met haar gedachten en fijne muziek op, was ze altijd het gelukkigst. In tegenstelling tot acteren kon ze dit doen wanneer ze maar wilde en in de stijl die ze wilde. Wanneer ze naast *Crofty Cooks* niet met een film of een commercieel project bezig was, aten zij en Derek elke avond dan ook vorstelijk, zelfs zo dat hij soms smeekte om gehaktballen en aardappelpuree.

Zodra ze de keuken binnenkwam, verscheen Georgia vanuit de hobbykamer. 'Hulp nodig?'

'Wat was je aan het doen?' Olivia liep naar het aanrecht, zette de speaker aan en sloot haar telefoon aan. 'Je was toch niet aan het niksen, hè.'

'Schuldig.'

'Ga daarmee verder.' Ze koos het album van St Vincent en David Byrne, *Love This Giant*, en liep naar de koelkast voor de kip, de prei en het spek. 'Je hebt een avondje vrij.'

'Weet je het zeker?' Georgia klonk vertwijfeld.

'Absoluut. De keuken is mijn heiligdom. Als ik daar te lang niet kom, word ik prikkelbaar.' Ze liep met de kip naar de gootsteen. 'Dus je doet me juist een plezier.'

‘Ik zat te denken om met een boek in het tuinhuisje te gaan zitten.’

‘Doen. Ik ben hier helemaal in mijn element. Dat meen ik.’ Olivia haalde de kip uit het plastic en merkte toen dat Georgia nog niet weg was. Olivia keek haar vragend aan.

‘Er is nog één ding.’ Georgia deed twee stappen in haar richting. ‘Ik heb een verrassing voor vanavond. Maar ik denk dat ik het eerst even met jou moet overleggen.’

Olivia testte de rand van een van Georgia’s messen en knikte goedkeurend. Een bot mes was net zoiets als snijden met een steen. ‘Als het een mannelijke stripper is, ben ik vóór.’

Georgia giechelde en bloosde. ‘Lieve help, het is geen stripper. Ik heb een film gehuurd om na het eten te kijken.’

‘Klinkt leuk. Welke?’

‘*Friendship Never Dies*.’

Olivia schrok en lachte. Dat was een van haar betere rollen geweest. ‘Echt waar? Wil je die zien?’

‘Natuurlijk. Maar jij hebt hem vast al duizend keer gezien.’

‘Om eerlijk te zijn…’ Olivia depte de kip droog met keukenpapier. ‘…heb ik hem nog nooit gezien.’

‘Wat?’ Georgia drukte haar handen tegen haar borstkas. ‘Dat meen je niet.’

‘Ik kijk nooit naar mijn films.’ Olivia begon de kip in stukken te snijden en vroeg zich af wat Duncan van haar acteerprestaties zou vinden. Toen riep ze zichzelf tot de orde. Ze moest ophouden met ‘Duncan dit’ en ‘Duncan dat’. ‘Mama keek ook nooit naar haar films.’

‘Lieve hemel. Dat zou ik nooit gedacht hebben. Ik zou ze zelf waarschijnlijk steeds opnieuw bekijken. Waarom kijk je ze niet?’

Olivia hield even op met snijden. ‘Als ik hem nooit zie, blijven mijn acteerprestaties in mijn hoofd perfect.’

‘Dat kan niet de reden zijn dat je moeder nooit keek. Haar prestaties wáren perfect.’

'Daar zou zij anders over denken.' Olivia begon de poten van het arme dier te scheiden in drumsticks en dijen. 'Maar ik vind het niet erg om vanavond te kijken. Bedankt dat je eraan hebt gedacht.'

'Graag gedaan.' Georgia deed een stap achteruit. 'Dus... je weet zeker dat ik niet kan helpen?'

'Ga nou maar.' Olivia wees met het mes naar de deur. 'Ga lekker ontspannen.'

Georgia glimlachte met kuiltjes in haar wangen. 'Dank je, Olivia. Ik kan me niet herinneren wanneer ik voor het laatst een zondagmiddag voor mezelf heb gehad.'

Olivia snoof afkeurend. 'Laat je dan een keer door Stuart mee uit eten nemen.'

'Hij vindt het fijn om op zondag thuis te eten.' Georgia sloeg geërgerd haar armen over elkaar. 'Zo ging het bij zijn lieve moedertje ook altijd.'

Olivia gromde. 'Zeg maar dat je niet zijn lieve moedertje bent.'

'Weet je?' Georgia schudde hooghartig haar krullen naar achteren. 'Misschien doe ik dat wel. Grappig hoe je soms zonder na te denken dingen doet, totdat iemand je een spiegel voorhoudt. Bedankt, Olivia.'

'Veel plezier met je boek.' Ze ging verder met de kip en vroeg zich af waarom mannen die in de tweede helft van de twintigste eeuw waren opgegroeid nog steeds deden of het 1940 was. Kwam het gewoon door hun hormonen dat ze minder zorgzaam waren en meer aan zichzelf dachten? Zijn mannen nu eenmaal zo, zoals Duncan gisteravond had beweerd?

Natuurlijk was dat een grove generalisatie, maar als dat zo was, kwam het dan door die hormonen dat Jillian Croft, ondanks het feit dat ze de ultieme vrouw belichaamde, geen traditionele huisvrouw was? De meiden waren net zozeer door hun vader als door hun moeder opgevoed, en beide ouders hadden tegelijkertijd een bloeiende carrière gehad.

Een vergezochte theorie, maar nu er steeds meer studies naar gender werden gedaan, was Olivia benieuwd hoeveel vrouwelijk en mannelijk gedrag gestuurd werd door de relatieve hoeveelheid chemische stofjes in ieder mens. Wat voor vrouw zou haar moeder geweest zijn zonder haar aandoening? Hoeveel van haar uitgesproken vrouwelijkheid was een inherent onderdeel van haar – haar kleding, haar flirterige gedrag tegenover mannen, het topless portret dat in hun villa in Beverly Hills hing – en hoeveel was overcompensatie voor wat zij als een misvorming beschouwde? 'Geen echte vrouw,' bestempelde ze zichzelf in haar dagboeken, terwijl ze voor veel mensen, inclusief Olivia, juist het toonbeeld van vrouwelijkheid was.

Zodra ze klaar was met de voorbereidingen, zou ze haar vader bellen. Misschien kon ze met hem over haar moeder praten.

Ze braadde de kip aan in een braadpan, waarna ze het spek krokant en de prei zacht bakte. Toen deed ze alles samen met knoflook en rozemarijn in de pan, schonk de minder dure fles chardonnay erbij en zette de pan op een laag vuur om te stoven.

Het rook al zalig. Olivia had het recept van Emma, hun vroegere kok bij hen thuis in Beverly Hills, die het had overgenomen van een aflevering van Julia Childs *The French Chef.* Wanneer Olivia als kind niet achter haar moeder aan liep, zat ze in de keuken en keek ze naar Emma's kookkunsten, of klungelde ze zelf wat aan. En anders keek ze naar het tv-kanaal Food Network of verslond ze kookboeken alsof het romans waren – tot de dag waarop haar moeder haar het tijdschrift *Gourmet* zag lezen en dat resoluut verving door Uta Hagens *Respect for Acting.*

Haar punt was duidelijk. Als Olivia het wilde maken als actrice, mocht ze haar tijd niet verdoen met frivoliteiten.

Terwijl de kip op het vuur stond, zette ze Jenny Lewis op in plaats van St Vincent en ze ging verder met het nagerecht. Ze sneed de perziken in stukjes en mengde ze in een kom met suiker, gemberpoeder en een vleugje kaneel. Vervolgens maakte ze kruimeldeeg van havermout en walnoten, op smaak gebracht met gehakte walnoten, gekonfijte gember en nog wat kaneel.

Haar bewegingen waren snel en precies en ze had er plezier in dat ze meerdere gerechten tegelijk kon maken, een vaardigheid die ze in de loop der jaren had geperfectioneerd.

Terwijl de perzik-crumble in de oven stond, begon ze aan de bieslookkoekjes, ook een recept van Julia. Ze sneed met behulp van Georgia's keukenmachine boter door de droge ingrediënten. Puristen beweerden dat er niets ging boven het gebruik van twee messen of een deegmenger, maar Olivia beweerde dat een normaal mens geen geduld had voor dat gedoe. Haar taartkorsten en koekjes waren net zo goed als die van een ander.

Toen de koekjes in de oven stonden, zette Olivia Jenny Lewis uit en belde ze eindelijk haar arme vader. Ze was een waardeloze dochter geweest. Ze had al dagen geleden moeten bellen en allang een afspraak moeten maken om op bezoek te komen.

'Olivia!' Ze vond het heerlijk hoe hij haar naam uitriep, een zwakkere leeuw dan vroeger, maar hij liet nog steeds duidelijk merken hoe leuk hij het vond om haar stem te horen. 'We vermaken ons kostelijk met het volgen van de opschudding die je hebt veroorzaakt. De wereld is gek geworden.'

'Ik doe mijn best het te negeren.'

'Hoe bevalt het bij Stuart? Goede, betrouwbare man. Zijn vrouw Georgia is ook lief. Echt een engel.' Hij lachte, en hoewel Olivia het heerlijk vond om hem weer te horen lachen, voelde ze geen aandrang om mee te doen.

'Het is hier heel aangenaam.' Ze veranderde snel van onderwerp voordat hij door ging vragen over wat ze van Stuart vond. 'Ik moest daarstraks aan je denken toen ik even ging zwemmen.'

Hij maakte een afkeurend geluid. 'Je bent gek. Net als je moeder.'

'Ik moest ook aan haar denken.' Olivia begon door de keuken te ijsberen, maar draaide zich abrupt om toen ze de plek zag waar zij en Duncan het de avond ervoor gedaan hadden. Daar wilde ze niet aan denken wanneer ze haar vader aan de telefoon had. 'Mis je haar?'

'Natuurlijk.' Zijn stem werd zachter. 'Maar ze is er al heel lang niet meer.'

Olivia fronste. Nou en? In haar hoofd was Jillian nog steeds ongelofelijk levend, en zij had haar moeder maar half zo lang gekend als hij. 'Ik mis haar ook. Vooral hier.' Olivia leunde tegen het aanrecht. Ze moest ervoor zorgen dat ze haar vader niet weer van streek maakte. Maar de dagboeken hadden zoveel vragen opgeroepen. 'Papa?'

'Ja, eekhoorntje?' Zijn bijnaam voor haar omdat ze rood haar had en te veel praatte.

'Was je gelukkig met mama?'

Van zijn aarzeling werd haar bloed even koud als het zeewater waar ze in rond gesparteld had.

'Je moeder was een gecompliceerde vrouw, Olivia. Het was soms voor ons allemaal zwaar. Voor mij, voor jou en voor je zussen. Gelukkig was niet altijd het goede woord. Maar ik hield van haar.'

Olivia draaide zich om en leunde op haar ellebogen op het aanrecht. Dat was niet het antwoord dat ze had verwacht, en zeker niet het antwoord waarop ze had gehoopt. 'Ben je gelukkiger met Lauren?'

'Ja.' Zijn scherpe toon was een reactie op haar ongelovige toon.

'Maar mama was –'

'Wanneer kom je op bezoek, prinsesje? Je bent vlak in de buurt. De mensen hier kan het niet schelen wie je bent. De helft is te oud om het in de gaten te hebben.'

'Ik kom binnenkort, papa. Maar ik zat te denken –'

'Hoe binnenkort?'

Ze kon wel gillen om de weinig subtiele manier waarop hij het haar belette om iets over haar moeder te vragen. 'Morgen? Ik moet 's ochtends het een en ander doen, maar –'

'Hoe laat kunnen we je verwachten?'

Olivia trok een kinderachtige grimas. We? 'Zal ik je mee uit lunchen nemen, papa? Wij met zijn tweetjes?'

Weer een aarzeling, wat voelde als een afwijzing. 'Ik denk dat Lauren dat niet zo leuk vindt.'

Alsof haar dat iets kon schelen. 'Als zij er is, kan ik nooit met jou praten.'

'Ze is mijn vrouw, Olivia.' Hij verhief zijn stem niet. Dat hoefde hij niet. Net als dat hij nooit een straf hoefde uit te spreken tegen zijn dochters; hij hoefde alleen te zeggen: 'Want anders...' en dan gehoorzaamden ze.

'Dan kom ik iets na twaalven.' Ze hing op, woedend dat hij haar afgekapt had, dat ze zich open had gesteld voor een afwijzing en die ook had gekregen. Ze had haar hoofd op het hakblok gelegd.

Haar moeder had haar vader verafgood. Als Lauren niet tussenbeide was gekomen, als papa mama volledig had kunnen steunen, was ze misschien van de drank afgebleven. Dan was ze misschien haar medicijnen blijven innemen, vooral nadat het werk was opgedroogd. Toen de meiden gingen studeren en het huis uit waren, hadden haar ouders hun liefde nieuw leven kunnen inblazen, door reizen te maken en te genieten van het goede leven.

Olivia zette Jenny Lewis weer aan. Wat had het voor zin om te denken 'wat als...' over dingen die tientallen jaren geleden gebeurd waren.

Ze haalde de peultjes uit de vriezer, en de koekjes uit de oven toen ze lichtbruin waren. Iets voor zessen kwam Georgia weer binnen. Ze zei dat ze de hemel rook in de keuken en stond erop om ergens mee te helpen. Olivia liet haar groenten snijden voor een salade, terwijl zij een mosterdvinaigrette maakte. Kennelijk was het voor Georgia niet mogelijk om volledig uit haar eigen keuken verbannen te worden, wat Olivia heel goed begreep.

Om zes uur kwam Duncan binnen in een nieuwe spijkerbroek en een blauwwit gestreept linnen overhemd. Zijn ogen gleden ongeïnteresseerd langs Olivia en hij maakte een beleefde opmerking over hoe lekker het eten rook. Olivia reageerde op dezelfde afstandelijke manier, de verleiding weerstaand om hem stiekem veelbetekenend aan te kijken. Ze had hem beloofd om voorzichtig te zijn, dus deed ze dat.

Stuart kwam de keuken binnen gestommeld, trok de koelkastdeur open en gaf Duncan een biertje met een voor zijn doen warme begroeting. De twee mannen stonden in de hoek over werk te praten, tot Olivia het niet meer uithield en ze Stuart bestek en Duncan servetten in de handen duwde. 'De tafel moet gedekt worden. Jullie weten waar de borden zijn.'

Georgia keek op van haar snijplank, en haar verschrikte blik veranderde al snel in een geamuseerde. 'Goh.'

Stuart keek zijn vrouw boos aan, alsof Olivia's misstap haar fout was, maar stond toe dat Duncan hem naar de eetkamer duwde.

'Dank je,' zei Georgia. 'Ik had hem beter moeten africhten. Maar hij is opgevoed door een moeder die alles voor hem deed, dus het is een constante strijd om iets van hem gedaan te krijgen. Meestal is het makkelijker als ik het alleen doe.'

'Ik begrijp het.' Ze begreep het niet. Maar het was niet haar huwelijk. Godzijdank.

Toen de mannen klaar waren – Stuart had de lepels en de messen verwisseld – kwam Olivia aanlopen met het eten en vroeg ze hen te gaan zitten, wat ze meteen deden, aan dezelfde kant van de tafel. Ze serveerde de kip en de bieslookkoekjes en ging toen zelf zitten, stralend de complimentjes in ontvangst nemend.

Wat het eten betreft, was de avondmaaltijd een succes. De kip was mals en smaakvol, de koekjes waren krokant vanbuiten en boterzacht vanbinnen. Duncan en Stuart schepten een tweede keer op, en Stuart zelfs een derde keer. De perzik-crumble was kruidig, warm en troostend; niet te zoet en geserveerd met royale porties vanille-ijs.

Wat het tafelgesprek betreft, was het niet zo'n succes. Zoals te verwachten droeg Stuart er weinig aan bij. Duncan probeerde het wel, maar was duidelijk niet op zijn gemak. Hij keek Olivia zelden aan, zelfs niet toen ze hem en Stuart doorzaagde over scheepsbouw en reparaties en verbouwingen. Uiteindelijk gaf ze het op en kletste ze met Georgia over recepten en hun lievelingseten.

Gelukkig klapte Georgia in haar handen zodra Stuart zijn laatste hap van zijn tweede portie perzik-crumble had doorgeslikt. 'We hebben vanavond iets speciaals voor na het eten.'

'Wat dan?' vroeg Stuart wantrouwend.

'Ik heb een film van Olivia gevonden.' Georgia glimlachte trots. 'We kunnen haar op het witte doek zien.'

De hoofden van Duncan en Stuart draaiden naar Olivia als toeschouwers van een tenniswedstrijd. Olivia bleef vanbuiten kalm, maar vanbinnen was ze zenuwachtig van opwinding.

'Die heeft ze vast al vaak genoeg gezien.'

Olivia rolde met haar ogen. Nog even en ze ging een bak met ijsklontjes in Stuarts broek leeggooien. 'Eerlijk gezegd, Stuart, heb ik nog nooit een film van mezelf gezien.'

'Nog nooit?' vroeg Duncan verbaasd.

'Dat zal toch wel.' Stuart keek sceptisch.

'Waarom? Waarom zal dat toch wel?' Olivia wist vrij zeker dat ze nijdig keek.

'Stuart, als ze zegt dat ze die niet gezien heeft, heeft ze die niet gezien.' Georgia klopte op Olivia's arm.

'In hoeveel films heb je gespeeld?' vroeg Duncan.

'Zes.' Ze telde ze na op haar vingers. 'In vier had ik maar een paar regels en in twee een rol. In deze film ben ik de beste vriendin van de hoofdrolspeelster, die sterft. Ik was goed in sterven.'

'Net als je moeder.' Georgia glimlachte tot ze de geschokte stilte aan tafel opmerkte en haar mond openviel. 'O, lieverd. Ik bedoel in de film.'

Olivia haalde weer adem. 'Natuurlijk.'

'Haar beste sterfscène was in *Dangerous Fall*. Goede genade.' Georgia klopte op haar borstkas. 'Ik heb wekenlang moeten janken als ik er alleen al aan dacht. "Stop pas met hozen…"'

‘“…als de boot droog is.”’ Olivia maakte de zin voor haar af en ze schoten allebei in de lach.

Duncan trok zijn wenkbrauwen op. ‘Wat betekent dat?’

‘Geef nooit op,’ legde Olivia uit. ‘Mama’s personage zegt dit tegen de verlamde man die opnieuw moet leren lopen, en hij zegt het weer tegen haar wanneer ze kanker krijgt.’

‘Klinkt gezellig,’ zei Stuart sarcastisch.

‘Het is een drama!’ riep Georgia uit. ‘Hij is een stuk beschaafder dan die films die jij leuk vindt, waarin ze alles opblazen wat ze niet kapotschieten.’

‘En gaf ze ooit op?’ vroeg Duncan.

‘In de film sterft ze aan kanker.’ Olivia durfde voorzichtig naar hem te glimlachen. ‘In het echte leven gaf ze zeker nooit op.’

‘Begrijp me niet verkeerd,’ zei Stuart. ‘Ik bewonderde je moeder. Ze was heel mooi.’

Heel mooi. Mannen als Stuart zouden het nooit begrijpen. Olivia glimlachte uitdagend naar hem. ‘En ze had ongelofelijk veel talent.’

‘Over talent gesproken: laten we onze eigen filmster gaan bekijken.’ Georgia schoof haar stoel naar achteren. ‘Ik ruim de tafel af, maar de afwas doen we straks wel. Ik kan niet wachten.’

‘Nee hoor, we helpen allemaal wel even.’ Deze keer keek Olivia niet uitdagend naar Stuart, maar dat wilde ze wel.

Tot haar verbazing hielp hij. Hij ruimde het overgebleven eten af en zette het weg, terwijl de anderen opruimden.

‘Bedankt voor je hulp, Stuey.’ Georgia legde een hand op zijn wang en keek hem liefdevol aan. ‘Je bent een schat.’

‘Ja, ik val best mee.’ Zijn beurt om uitdagend naar Olivia te kijken, die hem een verzoenend glimlachje schonk, maar haar eindoordeel nog even uitstelde.

‘Laten we gaan kijken.’ Georgia liep de keuken uit. ‘Ik ben zo benieuwd.’

In de woonkamer moest Olivia zich beheersen om niet naast Duncan op de zachte leren bank te gaan zitten. Ten eerste hield ze niet van zachte leren banken. En ten tweede wist ze niet of ze haar handen wel thuis zou kunnen houden als ze in het donker naast hem zat. Dus ging ze keurig in een van de fauteuils aan de andere kant van de kamer zitten.

Terwijl Georgia op de eindeloze rij knopjes van de eindeloze rij afstandsbedieningen drukte om de film aan de praat te krijgen, kreeg Olivia de kriebels. Ze voelde zich een verdachte die haar straf te horen krijgt. Ze was trots op wat ze in deze film had gedaan, maar het was behoorlijk ondraaglijk om hem te zien met mensen op wie ze graag een goede indruk wilde maken.

Friendship Never Dies was een tranentrekker over Alantha, een vrouw gespeeld door Missy Taylor, een actrice met een ongeveer even succesvolle carrière als Olivia. Haar personage worstelt met haar demonen nadat ze haar beste vriendin Jane van de verdrinkingsdood heeft gered, waarna die vervolgens de dood vindt in een ongeluk dat zijzelf per ongeluk heeft veroorzaakt. Sentimenteel plot, maar geschikt voor grootse emoties, en met een geweldige scène waarin Olivia als Jane haar vriendin fluisterend vergiffenis schenkt terwijl ze, bedekt met nepbloed, vastzit in de passagiersstoel van een overtuigend in elkaar gedeukte auto.

Olivia leunde naar voren toen de film begon. Het was niet alleen haar beste werk, maar ook een film met een fatsoenlijke productie. Ze hoefde zich nergens voor te schamen.

De begintitels rolden onder gitaargetokkel over het scherm en verdwenen weer. Alantha en Jane kwamen in beeld. Iedereen klapte en joelde. Olivia grijnsde, opgewonden van de adrenaline.

Alantha begon te praten, terwijl Olivia als Jane aandachtig luisterde. Ze waren onderweg om te gaan zwemmen bij LA's Redondo Beach. Toen de jonge vrouwen hun handdoeken afdeden en hun weinig verhullende bikini's toonden, klonk er bewonderend gefluit in de kamer.

'Duncan!' Georgia keek hem berispend aan. 'Toon wat respect.'

Hij mompelde een ongemeende verontschuldiging.

Olivia wilde hem dolgraag een knipoog geven, maar haar eerste zin kwam eraan, eentje die ze nooit zou vergeten: 'Wauw, kijk naar die golven.' Ze had haar best gedaan om die woorden met precies de juiste mengeling van angst en enthousiasme uit te spreken. Ze had voor zichzelf een achtergrond voor haar personage bedacht van iemand die al vanaf jonge leeftijd dol was op spanning en avontuur en een paar bijna-doodervaringen had gehad. Nu kwam hij…

'Wauw, kijk naar die golven.'

Olivia verstijfde terwijl de anderen in de kamer juichten. Het was een vlakke, amateuristische weergave, met ongeveer evenveel emotie uitgesproken als een robot. Een houterige arm zwaaide naar de oceaan, haar mond in een komische o van verbazing.

Het werd nog erger. Nou ja, misschien niet erger, maar zeker niet beter. Olivia keek met stomheid geslagen toe hoe de domme plot zich ontvouwde. In elke scène waarin zij meespeelde, maakte Georgia een opmerking. 'Daar ben jij, Olivia. O, wat is dit leuk.' Duncan en Stuart zeiden niets.

Niet snel genoeg, ongeveer op een derde van de film, had Jane haar grootse sterfscène, de scène waar Olivia zo trots op was en die haar agent van haar voor audities moest gebruiken.

Slechts een klein beetje minder verschrikkelijk.

Haar ogen op het scherm gingen dicht. Haar lichaam werd slap.

Georgia begon te klappen. 'Geweldig! Schitterend. Ik ben zo trots op je.'

Olivia was niet trots op zichzelf. Ze schaamde zich dood. Want nu ze eindelijk had gezien wat volgens haar het beste was wat ze ooit had gedaan, besefte ze iets afschuwelijks.

Dat ze geen grote rollen kreeg, was niet vanwege het vooroordeel van mensen over haar beroemde vader of moeder, of vanwege haar lengte of figuur of gelaatstrekken, of vanwege slechte timing, of pech.

Ondanks al haar studie, al haar inzet voor het vak, al haar moeders geloof in haar, en alle aanmoediging van iedereen om haar heen, kon ze gewoon niet acteren. Ze bewoog en sprak als een middelbare scholier in een slecht toneelstuk.

Geen wonder dat haar vader, toen ze aankondigde dat ze naar de toneelschool ging, haar had aangeraden iets anders te kiezen, wat dan ook. Destijds had hij gezegd dat hij haar probeerde te beschermen tegen de keiharde filmwereld.

Maar misschien probeerde hij haar te beschermen tegen de mislukking die hij twintig jaar geleden al had zien aankomen.

Ze had niets van haar moeders talent geërfd. Niets!

De film ging verder en Olivia bleef verbijsterd zitten, stomverbaasd hoezeer ze zichzelf afgelopen jaar voor de gek had gehouden. Athena uit het hoofd van Zeus? Kom nou toch.

Het werd tijd om de waarheid onder ogen te zien, een waarheid die nog veel erger was dan haar gebrek aan talent, een waarheid die haar zussen al hadden aanvaard, maar die Olivia, zelfs na het lezen van haar moeders dagboek, had weggestopt en nooit echt had toegelaten.

Er viel niets te erven van haar moeder. Biologisch gezien hadden zij en Jillian Croft, de vrouw die ze haar hele leven tevergeefs had proberen te worden, helemaal niets gemeen.

Hoofdstuk 14

27 oktober 1999 (woensdag)

Ik ben me lam geschrokken. Ik ben nog steeds aan het nahijgen. Ik was in een oude doos aan het rommelen – ik verstop mijn mooiste sieraden tegenwoordig voor het geval er inbrekers komen – en vond een boek over compleet androgeen ongevoeligheidssyndroom, dat Daniel voor me moet hebben gekocht toen we nog zo jong en verdrietig waren over mijn diagnose en zo hard op zoek waren naar meer informatie. Hij bedoelde het goed, maar ik kon er niet naar kijken, kon het gewoon niet aan, dus stopte ik het weg. Ik weet niet of hij het gelezen heeft. Zo ja, dan heeft hij het óf niet gezien óf hij is de wreedste klootzak die er bestaat.

Er staat een foto in van een doodsbang naakt tienermeisje met een zwarte balk voor haar ogen om haar identiteit te verbergen. Maar ik weet hoe ik eruitzie. Ik weet nog dat ze deze foto maakten. Ik weet nog hoe bang ik was, hoe koud het in de kamer was, hoe graag ik mijn kleren weer aan wilde trekken. Hoe bars en onvriendelijk de mensen waren. Ze legden niet uit waarom ze de foto maakten. Ze legden niets uit.

Daarom maakten ze hem dus, zonder mijn toestemming, zonder dat ik het begreep. Mijn lichaam is een symbool voor misvorming waar de hele medische wereld zich aan mag vergapen.

Ik heb een borrel nodig. Een stuk of vijf.

Nadat *Friendship Never Dies* zich had voortgesleept tot een tenenkrommend einde, de kijkers uit beleefde verveling lamgeslagen in hun stoelen, sprong iedereen op alsof ze werden bevrijd uit een martelwerktuig, Olivia het snelst van iedereen. De film had nauwelijks anderhalf uur geduurd, maar elke minuut stapelde nog meer ellende op haar ellende.

Waarom was ze blijven denken dat ze een ster zou worden, terwijl alles wees op het tegendeel? Waarom had niemand haar verteld dat het hopeloos was? Waarom was haar agent al die jaren bij haar gebleven? Als dit haar beste rol was en die zo slecht was, waarom kreeg ze dan nog steeds audities? Alleen vanwege haar ouders?

Op de een of andere manier wist ze zich door de avond heen te slaan, complimentjes in ontvangst nemend van Georgia, plus een zorgvuldig geformuleerde opmerking van Stuart dat hij nog nooit een bekende in een film had gezien en dat het de illusie van werkelijkheid verstoorde. Duncan noemde het een 'bijzondere ervaring', maar keek haar in de keuken een paar keer behoedzaam aan, alsof hij verwachtte dat ze elk moment een mes kon oppakken en in haar hart kon steken.

Dat idee was inderdaad in haar opgekomen.

Ondanks het feit dat ze overal had rondgebazuind dat ze mislukt was, was ze er diep vanbinnen van overtuigd gebleven dat haar droom ooit zou uitkomen. Misschien niet meer als nieuwkomer, misschien pas als ze grijs haar had en de wereld veroverde met een of andere kunstzinnige publiekslieveling op het Sundance Festival. Ze moest misschien lang wachten, maar ooit zou het succes komen. Succes was haar lotsbestemming. Ondanks alle ontmoedigende, ergerlijke, gekmakende hobbels op de weg werd die gloeiende zekerheid nooit helemaal gedoofd.

Geef nooit op.

Zodra ze beleefd kon verdwijnen, ging Olivia naar haar kamer en deed ze de deur dicht. Vanavond voelde de knusse slaapkamer benauwend en te warm. Ze had vreselijke heimwee naar een plek die alleen van haar was.

Ze ijsbeerde van het bureau naar de kast en terug. Ze had het gevoel dat ze elk moment kon instorten, maar toch gebeurde dat niet, en ze snapte eigenlijk niet hoe dat kon. Misschien was het allemaal te veel, dit geleidelijk afpellen van wat zij dacht dat waar was over haar leven en haarzelf. Haar brein beschermde zich waarschijnlijk en liet niet te veel binnen.

Want vreemd genoeg voelde ze zich bij dit misschien wel allergrootste verlies niet alleen verdrietig, maar ook bijna opgelucht. Want dit moest wel de bodem zijn, toch?

Ze hoorde dat Duncan beneden afscheid nam en dat de voordeur dichtging. Ze stond op en keek uit het raam, wachtend tot hij in de tuin verscheen. De maan was nog niet op, en de lucht was zacht en vochtig. Er was de volgende dag regen voorspeld. Ze moest dingen binnenshuis verzinnen om met Jake te doen.

Duncan liep met zelfverzekerde tred de tuin in.

'Hé.'

Hij keek zoekend om zich heen, zag haar toen en wuifde. 'Hé.'

'Ga je naar huis?' Ze voelde zich stom. 'Ja dus.'

Hij zette zijn handen op zijn heupen, een grijze, mannelijke gestalte op het gras, in het schijnsel van het licht dat uit de woonkamer onder haar slaapkamer kwam. Ze hoopte dat de Pattersons hem niet konden zien.

'Ja, ik moet morgen vroeg op.'

'Mag ik...' Ze sloot haar ogen. Ze vond het vreselijk hoe zielig ze klonk. 'Mag ik langskomen?' Ze kromp ineen bij zijn aarzeling. Ze deed haar mond open om zijn afwijzing vóór te zijn en 'laat maar' te zeggen.

'Oké.'

Ze veerde op van vreugde. 'Weet je het zeker?'

'Ja.' Hij sloeg naar een mug op zijn arm. 'Maar kom dan wel snel.'

'Doe ik.'

Hij draaide zich om en liep weg.

Olivia keek hem na tot hij in de duisternis verdween. Ze hoorde de voetstappen van de Pattersons op de trap, hun zachte gefluister, een lach van Georgia, en toen hun slaapkamerdeur die dichtging. Ze hoorden bij elkaar. Seks was voor hen een manier om verbinding te maken, het cement van hun toewijding en liefde voor elkaar.

Dat zou Olivia misschien voorlopig niet hebben. Maar ze had Duncan. De enorme impact van wat haar te wachten stond na het zien van haar beroerde acteerprestaties, was onvermijdelijk, maar vanavond, of in elk geval de komende paar uur, zou ze zichzelf kunnen verliezen in het genot van het buitensluiten van allesbehalve haar fysieke zelf. Het op één na beste, maar ze was er immens dankbaar voor.

Ze wachtte nog tien minuten voor het geval Georgia of Stuart alsnog de slaapkamer uit zou komen en sloop toen de gang op, de trap af en naar buiten.

Shit. Zaklamp vergeten. Olivia durfde niet weer naar binnen te gaan. Dan maar op de tast.

Ze struikelde een paar keer, maar verder ging het makkelijker dan verwacht. Geleidelijk aan wenden haar ogen aan het donker en ze vond haar weg met behulp van de zwakke gloed in de mistige avondlucht en de lichtjes van Belfast aan de andere kant van het kanaal. Ze ademde de vochtige lucht in, de geuren waar ze zo van hield, en genoot van de stilte.

Misschien kon ze deze week eens nadenken over het kopen van een zomerhuis. Een tweede huis, een toevluchtsoord voor als ze wilde ontsnappen, zoals haar moeder aan LA ontsnapte en Jillian Croft achterliet om weer Sylvia Moore te worden. In Stirling konden de Braddocks doen alsof ze een gewoon gezin waren, veilig en geborgen. Geen vader die de wereld af reisde om lezingen te geven. Geen moeder die naar de filmset moest. Geen 'vrienden' die rondhingen om een glimp van de beroemde ouders op te vangen. Geen gefluister dat de meiden niet verdienden wat ze allemaal kregen alleen maar om wie ze waren. Olivia kon alvast wat rondkijken, misschien wat verder naar het zuiden, richting Portland.

Haar kortstondige opwelling van enthousiasme zakte weg. Ze moest nadenken over waar ze zou gaan wonen, wat ze met haar leven ging doen.

Pff. Ze was moe. Ze wilde Duncan.

Hij stond in de deuropening op haar te wachten, niet in adamskostuum zoals ze had gehoopt, maar met een enigszins behoedzame blik in zijn ogen. 'Kom erin.'

Olivia liep naar binnen en was argwanend. Had ze iets verkeerd gedaan? Had hij geen respect meer voor haar omdat haar sterfscène tegengevallen was?

Ze wilde met haar ogen rollen. Ze ging er onmiddellijk van uit dat het met haar te maken had. 'Gaat het?' vroeg ze.

'Ja hoor. Met jou?'

Ze glimlachte blij. 'Nu wel.'

Hij knikte ernstig, zijn handen in zijn achterzakken gestoken. 'Je leek bedrukt vanavond.'

'Was ik ook. Heb je iets te drinken?' vroeg ze zonder na te denken. Wilde ze eigenlijk wel wat drinken?

'Natuurlijk.' Hij liep naar de keuken, pakte een paar biertjes, maakte haar flesje open en gaf het aan haar.

Olivia bracht het biertje naar haar mond, en de eerste slok was het antwoord op haar vraag: nee. 'Ik was slecht. In de film.'

Duncan haalde zijn schouders op. 'Niet heel slecht. Je was nog jong. Ga zitten.'

'Jong is geen excuus.' Ze ging op de bank zitten en was gekrenkt toen hij de stoel pakte in plaats van naast haar te gaan zitten. 'Ik had me voorbereid. Ik kende de rol. Ik deed het gewoon niet goed.'

'Oké.'

Ze trok haar wenkbrauwen op. 'Oké?'

'Wat moet ik dan zeggen?'

'Niets. Niets. Het spijt me. Het was gewoon… een droom die uiteengespat is.' Zodra ze de woorden had uitgesproken, wilde ze ze terugnemen. Waarom viel ze hem hiermee lastig? Ze had niet moeten komen. Ze kende deze man niet. Hij kon haar problemen niet oplossen. Beter gezegd: hij was het niet aan haar verplicht om het te proberen.

'Rot voor je.' Duncan zei het gemeend, maar ze kon het gevoel niet van zich afzetten dat hij haar het liefst zo snel mogelijk weg wilde hebben.

'Maak ik je zuurstof op?'

Hij ademde uit. 'Luister. Ik weet niet wat hier aan de hand is. De seks is… geweldig. Maar ik kan niet… Ik kan niet je steun en toeverlaat zijn. Ik kan niet…'

Ze voelde de paniek langzaam in zich opwellen en tegelijkertijd een woedeaanval opkomen om haar daartegen te beschermen. 'Dat vraag ik toch ook niet?'

'Je bent hierheen gekomen omdat je van streek bent.'

'En? Lijkt het jou niet fijn om een zalig orgasme te krijgen als je van streek bent? Ik dacht dat dat was wat we hadden.'

'Dat is ook zo. Dat is ook zo. Ik weet gewoon niet…'

Ze wachtte. 'Wat weet je niet?'

'Wat hier aan de hand is.'

'Voor zover ik kan zien, zit ik hier met een biertje in mijn hand en zit jij daar met een biertje in je hand en communiceren we niet zo lekker. Bovendien hebben we geen seks.'

Duncan knikte langzaam. 'Zo is het inderdaad.'

'Mijn zus zou zeggen dat het universum ervoor heeft gezorgd dat we elkaar ontmoetten op een moment dat we elkaar nodig hadden.'

'O ja? En wat zou jij zeggen?'

'Geen idee… Je moet een gegeven universum niet in z'n zwarte gat kijken?'

Hij leek het niet grappig te vinden. Olivia vond hem zelf wel leuk. 'Misschien doe ik dat wel. Ik kan het gewoon op dit moment niet aan. Jou… wij, en wat we…' Hij liet zijn hoofd hangen. 'God, wat ben ik hier slecht in.'

'Nee, dat ben je helemaal niet.' Olivia zei het vriendelijk, al zou ze liever janken als een weerwolf. 'Je probeert gewoon op een aardige manier te zeggen dat ik op moet rotten.'

'Zo zit het niet helemaal.'

'Wil je dat ik ga?' Ze stond op en zette zich schrap voor zijn antwoord. 'Het geeft echt niet als je dat wilt. Ik heb mezelf uitgenodigd.'

Duncan liet zijn hoofd nog een paar tellen hangen en keek toen op. 'Nee. Maar ik weet niet of ik… Misschien vanavond alleen praten.'

'Is goed.' Het tegenovergestelde van waar Olivia voor gekomen was. Maar als hij dat van haar nodig had, dan zou ze hem dat geven. Alles was beter dan onder haar lila deken liggen piekeren.

Ze liep naar de openslaande deuren met uitzicht op zee. Ze stonden open en lieten de bries en de fonkelende lichtjes van de haven binnen. Huizen waar ouders hun kinderen naar bed brachten, televisiekeken, vochten, vreeën. Soms met eenvoudige, tevreden levens, soms met ingewikkelde toestanden. Maar allemaal thuis.

'Ik heb geen huis meer.' Al mijmerend sprak ze de gedachte hardop uit.

'Waarom niet?'

'Ik heb het aan mijn ex gegeven.'

'Olivia.'

Ze draaide zich naar hem om, getroffen door de mengeling van tederheid en irritatie in zijn stem. 'Waarom vertel ik je dit? Je hebt net gezegd dat ik emotioneel te veel van je vraag, en het eerste wat ik doe, is emotioneel nog meer van je vragen. Het spijt me, Duncan. Ik heb geen filters. Geen enkele. Wat in mijn hoofd zit, gaat direct naar mijn mond.'

'Geeft niet.'

'Het geeft wel.' Olivia zuchtte en vroeg zich af wanneer ze door zou draaien. 'Mijn leven is een gekkenhuis en ik ga zelf ook die kant op. Ik snap er allemaal niks meer van.'

'Ik ken het.' Duncan bracht zijn biertje naar zijn mond, maar haalde het zonder te drinken weer naar beneden.

'Je hebt gelijk. Echt. Ik kan hier niet mijn pijn en problemen droppen.' Olivia wilde naast hem gaan zitten, hem in haar armen nemen en hem de troost bieden die hij niet wilde. 'In een van onze laatste discussies betichtte mijn echtgenoot me, naast andere charmante complimenten, van egoïsme.'

'Klinkt als een leuke vent.'

Ze staarde naar de houten vloer met het gevoel dat zelfs haar mond bewegen inspanning kostte. 'Volgens mij had hij gelijk.'

'Niemand is perfect.' Duncan haalde zijn schouders op, maar zijn ogen waren vriendelijk. 'Je kunt er beter nu achter komen dan nooit.'

'Da's waar.' Ze had natuurlijk gehoopt dat hij zou zeggen dat haar echtgenoot een sukkel was en zij de edelmoedigheid zelve. Toch was ze hem, zoals altijd, dankbaar voor zijn eerlijkheid. Hij was geen Derek. Hij had geen reden om tegen haar te liegen of haar naar de mond te praten. Als ze maar lang genoeg met mensen zoals hij omging, werd ze misschien vanzelf een beter mens. De laatste paar jaar had ze het idee gehad dat ze geleidelijk aan een slechter mens was geworden.

'Waarom heb je je huis aan zo'n hufter gegeven?'

'Hij heeft me gechanteerd met een familiegeheim.'

Duncans ogen werden groot. 'Verzin je dit nu?'

'Nee, dit verzin ik niet. Was het maar waar.'

'Je was getrouwd met een rat.'

'Jij was getrouwd met een man.' Olivia beet op haar onderlip toen hij met zijn ogen rolde. Wat ben je toch weer aardig, Olivia. 'Sorry, Duncan. Ik was inderdaad getrouwd met een rat. Je hebt gelijk.'

'Heb je de politie gebeld? Bij mijn weten is chantage strafbaar.'

'Ik kan het niet bewijzen. Met al die discussies op internet wordt het alleen maar erger als ik hem beschuldig. Beter om hem te geven wat hij wil en dan maar hopen dat hij weggaat.'

'Dat zal hij niet doen.'

'Dan zal ik hem moeten doodschieten.'

Duncan kromp ineen. 'Eh...'

'Wat?' Olivia knipperde lieftallig met haar ogen. 'Word je nu nerveus?'

Dat leverde haar een klein glimlachje op. 'Ik word van alles van je, maar niet bang om mijn leven te verliezen.'

'Je gezonde verstand dan?'

Hij deed of hij daarover nadacht. 'Zou kunnen.'

Ze liep naar hem toe en ging op de rand van de bank zitten. 'Denk je dat je ooit weer zult trouwen?'

'Jezus, Olivia, mijn scheiding is nog niet eens rond.'

'Je hebt er vast wel over nagedacht hoe je je leven uiteindelijk weer wilt vormgeven.'

'Ja, dat wel.' Hij stond op en slenterde naar de open deuren, naar de plek waar zij zojuist had gestaan. 'Ik hou van dit dorp. Ik hou van mijn werk. Maar toch zie ik deze periode als een kans om alles overboord te gooien en opnieuw te beginnen. Soms vraag ik me af of ik niet gewoon de gemakkelijke weg kies door hier te blijven. Aan de andere kant: Jake's moeder is hier, en Jake heeft hem nodig.'

Olivia snoof onwillekeurig. 'Dat klinkt verwarrend.'

'Je meent het.' Hij strekte zijn armen uit. 'Ik voel me een beetje… gevangen.'

'Je wilt op je boot stappen en wegvaren.'

Hij draaide zich met een ruk om, alsof ze had gezegd dat ze de ark van het verbond in haar koffer had. 'Dat is precies wat ik wil doen.'

'Ik wil weg van deze planeet en mijn eigen planeet beginnen.' Olivia stond op en kwam naast hem staan. Als hij weer wegliep, zou ze begrijpen dat hij ruimte nodig had en uit zijn buurt blijven. Maar ze wilde het nog één keer proberen… nog één keer proberen om dicht bij hem te komen. 'Heb je weleens alleen gewoond?'

'Ja, tot ik ging trouwen. In het laatste jaar van de middelbare school woonde ik in dit boothuis. Tijdens mijn studie woonde ik op mijn boot.'

'Woonde je op je boot?' Dat klonk geweldig. 'Wat cool.'

Duncan keek haar schaapachtig aan, alsof hij zich schaamde dat hij iets gedaan had waar zij bewondering voor had. 'Goedkoper dan een kamer in een studentenhuis. Ik ging op de fiets naar school.'

'Je had vast een hoop vrouwen achter je aan.'

Hij haalde zijn schouders op. 'Het was een leuke tijd. Hoezo, heb jij alleen gewoond?'

'Nee, nooit. Ik had kamergenoten toen ik studeerde, en na mijn studie ook.' Ze zette haar biertje neer. 'Ik kon wel een eigen woning betalen, maar wilde altijd mensen om me heen hebben.'

'Je bent een extravert iemand.'

'Dat klinkt aardiger dan veeleisend.' Ze wees naar de lichtjes van het dorp aan de andere kant van het kanaal. 'Ik keek naar al die huizen en wou dat ik nu in een van die huizen zat. Veilig en rustig.'

Duncan volgde haar blik. 'Het is vrij gebruikelijk dat je denkt dat het bij iedereen veilig en rustig is als het bij jou niet zo is.'

'Nee. Het is echt bij iedereen zo. Ik weet het zeker.' Ze zwaaide minachtend met haar hand naar het uitzicht. 'Ze hebben het allemaal goed. Veel te goed.'

'Smeerlappen.'

'Ze hebben allemaal een gelukkig, bevredigend leven.'

'Vuile mazzelaars.'

'Al hun echtgenotes blijven vrouw.'

'Al hun mannen hebben sperma.'

'Om kotsmisselijk van te worden.'

Duncan legde zijn arm om haar schouders. Ze kwam dichterbij en liet haar hoofd tegen hem aan rusten. Misschien was dit ook alles wat ze wilde.

'Wat ga je morgen doen, Olivia?'

Ze glimlachte. Aan dat soort vragen had ze net zoveel behoefte als aan seks. Misschien nog wel meer. De relatievragen, de stomme vragen die niemand anders stelde, omdat het niemand anders wat kon schelen. Wat ga je morgen doen? Goeiemorgen, heb je lekker geslapen? Wat heb je gegeten als lunch? Hoe gaat het met je obstipatie?

'Morgenochtend ben ik bij de schattigste jongen op aarde. 's Middags ga ik op bezoek bij mijn vader in Blue Hill. En jij?'

'Ik moet werken.'

'Waaraan?'

'We zijn een oude Herreshoff aan het renoveren, een pracht van een zeilschip van begin 1900. Heeft wat houtschade, en het messing moet hier en daar vervangen worden. Ze wordt fantastisch wanneer ze af is.'

Olivia tilde haar hoofd op. 'Mag ik hem… haar eens komen bekijken?' Duncans arm gleed weg. 'Ik kan Jake meebrengen. Je zou ons kunnen rondleiden, en dan kunnen we daarna samen lunchen.'

'Eh…'

'Oeps.' Ze stak haar hand op om te voorkomen dat hij het moest uitleggen. 'Te vriendinnetjesachtig, sorry. Ik was gewoon geïnteresseerd.'

'Het voelt misschien gek.'

'Weet ik.' Ze deed een stap bij hem vandaan en voelde zich overdreven gekwetst, ook al begreep ze zijn afwijzing volledig. 'Ik moet gaan.'

Ze wachtte heel even, hopend dat hij zou vragen of ze bleef, ook al kon ze aan zijn matte blik aflezen dat dat niet ging gebeuren.

'Dat is waarschijnlijk een goed idee. Sorry.'

'Je hoeft nergens sorry voor te zeggen.' Olivia legde haar vingers tegen zijn borstbeen, keek in zijn ogen en voelde het verlangen in haar opwellen. Hij liet haar gaan. Ze zou haar levenscrisis in haar eentje moeten oplossen. Duncan was een godsgeschenk geweest, maar Olivia kon zich niet meer op hem verlaten voor werk dat ze zelf moest doen. Ze pakte haar flesje op en gaf het aan hem. 'Bedankt voor het biertje.'

'Je hebt ongeveer evenveel gedronken als ik.' Hij liep met haar naar de deur en zette de flesjes onderweg naast de gootsteen.

'Ja, gekke avond.' Ze draaide zich om en vond het vreselijk dat ze zich weer van haar zwakke kant liet zien. 'Even voor de duidelijkheid: houden we het vanaf nu platonisch?'

'Ach, Olivia.' Duncan zuchtte en legde een hand op de deurpost boven haar hoofd. 'Ik weet het niet.'

'Weet je het echt niet?' Ze keek naar hem en probeerde niet te angstig te kijken. 'Of ben je te aardig of te laf om me af te wijzen?'

Bij zijn grijns laaide de chemie weer op – dat deel was zo geweldig. 'Ik ben niet aardig en ook niet laf.'

'Goed dan. Welterusten.' Ze pakte hem bij zijn overhemd en bewoog zich snel naar hem toe; zijn sexy mond was onmogelijk om te weerstaan, al hield ze de kus bewust lief en licht. 'Mocht je je bedenken, dan weet je me te vinden.'

Met die fantastische laatste zin, zo'n duizend procent beter vertolkt dan alles wat ze in *Friendship Never Dies* had gezegd, draaide Olivia zich om en ze liep in de richting van de Pattersons. Ze gluurde achterom en zag het licht door Duncans deur smaller worden en toen verdwijnen. Ze ging absoluut niet huilen.

Op de tast liep ze een paar meter het pad af, tot ze verschrikt terugdeinsde. Vóór haar lag de enorme schaduw van degene die ze op dat moment het minst graag wilde tegenkomen. Een man die kennelijk ook geen zaklamp gebruikte. Een man die met zijn handen op zijn heupen stond te kijken hoe ze hem naderde.

Ze had hier geen goed gevoel bij. 'Hoi Stu –'

'Wat doe je hier?'

En die toon van hem beviel haar ook niet. 'Ik was op bezoek bij Duncan.'

'Laat hem met rust.'

'Pardon?' Alle zelfbeheersing en volwassenheid die ze bij Duncan had weten op te brengen, verlieten haar, en ze werd weer de ziedende, weinig stabiele diva. Ze voelde zich er sterker door. En kotsmisselijk.

'Ik zei: laat hem met rust. Hij heeft al genoeg sores. Hij zit niet te wachten op iemand die zijn hoofd op hol brengt.'

'Waarom denk je dat ik dat doe?'

'Omdat vrouwen zoals jij dat doen.'

'Mooi is dat, Stuart. Echt. Vrouwen zoals ik. Want je kent me inmiddels van haver tot gort, na ongeveer twee uur in mijn aanwezigheid te hebben verkeerd.'

'Ik weet genoeg. Duncan heeft iemand nodig die geeft, niet neemt. Die hem kan steunen wanneer –'

‘Je weet helemaal niets van mij,’ riep ze schor. ‘En je hebt het recht niet om te zeggen wat ik wel en niet mag doen.’

‘Je bent in mijn huis. Ik bepaal de regels.’

‘Wat is nou precies je probleem met mij, Stuart?’

Hij lachte, een lelijk, bijna komisch geluid. ‘Waarom praat je niet met mijn zus?’

Olivia’s mond viel open. Ze had al vermoed dat Lauren degene was die Stuart had opgestookt, maar tot haar verbazing stak het haar toch. ‘Hoezo, wat zegt ze dan over mij?’

‘Van alles.’

‘Laat me raden. Ik ben verwend, egoïstisch, alleen met mezelf bezig?’

‘Ga door, je bent goed op weg.’

De tranen sprongen in haar ogen. Haar kracht stroomde weg en ze voelde zich alleen nog maar misselijk. Ze kon niet eens een weerwoord bedenken.

In de stilte hoorde ze voetstappen achter zich.

‘Wat is hier aan de hand? Olivia? Stuart?’

Olivia sloot haar ogen. O nee. Precies op de avond dat hij zich voorzichtig en vriendelijk probeerde los te maken uit haar problemen, sleepte ze Duncan er aan zijn haren weer bij.

‘Gewoon weer een bizarre episode in het leven van Olivia Croft.’

‘Braddock,’ blafte Stuart. ‘Je heet Olivia Braddock.’

‘Ik heb hem veranderd in Croft.’

‘Je wil gewoon je moeders –’

‘Stuart.’ Duncans stem was rustig, maar ijzig. ‘Hou op.’

‘Hij probeert je te beschermen…’ Olivia slikte de woorden ‘tegen een loeder als ik’ in. Duncan zou het wel snappen.

‘Bedankt, maar ik hoef niet beschermd te worden.’ Hij kwam dichterbij en zijn borstkas maakte contact met Olivia’s schouder. De warmte en beschutting van zijn lichaam was zo troostend dat ze wel kon janken. ‘Stuart, was je onderweg naar mij?’

'Ik zat achter haar aan.' Hij wees, alsof hij iemand anders bedoeld zou kunnen hebben. 'Ze lag niet in haar bed.'

'Heb je gekeken of ik in bed lag?' flapte Olivia eruit. 'Jij bent echt eng.'

Stuart begon te sputteren, maar Duncan overstemde hem. 'Ik had Olivia uitgenodigd, Stuart.'

'Met zo iemand moet je je niet inlaten.'

'Met zo iemand? Bedoel je...'

Duncan raakte haar pols aan. 'Ik waardeer het dat je bezorgd om me bent. Olivia en ik hebben het allebei niet makkelijk. Het helpt om erover te praten.'

'Ik zag meer dan alleen praten.' De kwaadaardige zelfverzekerdheid verdween langzaam uit Stuarts stem. 'Ze kuste je.'

'We zijn volwassen.' Duncans lage stem en kalme kracht temperden Olivia's woede; haar hartslag vertraagde en haar maag werd rustiger.

'Wees voorzichtig, Duncan.'

'Stuart.' Wonder boven wonder slaagde Olivia erin niet te gillen. 'Ik ben er niet op uit om Duncan te kwetsen. Zoals hij al zei, het helpt om te praten met iemand die net zo gestoord is als ik.'

'Hé.' Duncan gaf haar een plagerige por.

Stuart zette zijn honkbalpet af en krabde op zijn hoofd. 'Oké.'

'Oké,' zei Olivia.

'Oké.' Duncan deed een stap achteruit. 'Volgens mij is het voor iedereen bedtijd.'

'Mee eens. Welterusten. Fijn dat we hebben kunnen praten vanavond, Duncan.' Olivia liep vlug langs Stuart, want ze wilde niet samen met hem terug naar het huis lopen. Misschien bleef ze morgenavond maar bij haar vader om Stuart wat ruimte te geven, voordat hij door haar Croft-temperament een nog grotere vijand werd.

Op de drempel naar haar kamer kwam er opeens een herinnering naar boven. Olivia was boos omdat haar zussen waren geschrokken van hun ruziënde ouders. Ze was haar moeders kitscherige roze slaapkamer met franjes binnengelopen en had een verklaring geëist voor het onvermogen van haar ouders om normaal met elkaar te praten. Hoe oud zou ze geweest zijn? Elf? Twaalf? Dertien? Ze wist nog niet van haar vaders affaire. Oud genoeg om te denken dat ze wist hoe de wereld in elkaar stak, jong genoeg om geen idee te hebben dat ze dat nooit zou weten.

Haar moeder had haar naast zich op de bank laten zitten en had Olivia's starre, boze lichaam tegen zich aan gedrukt. Jillian had zalig geroken, als het zeldzaamste parfum op aarde. Later had Olivia Chanel No 5 herkend, dat overal te koop was, maar voor haar had haar moeder uniek en bijzonder geroken.

'Jij bent ook opvliegend, Olivia, net als ik. Dat heb je geërfd, samen met mijn talent. We kunnen elkaar helpen. Oké?'

Olivia had het geweldig gevonden. Niet alleen leek ze op nóg een manier op haar beroemde moeder, een eer die haar ten deel viel en haar zussen niet, maar ze gingen ook nog eens samenwerken! Een geheim pact sluiten om elkaar te helpen!

Het had echter niet gewerkt. De eerstvolgende keer dat haar moeder schreeuwde, was Olivia de keuken in gerend in een oprechte poging om te helpen, maar ze had te horen gekregen dat ze op moest donderen en zich er niet mee moest bemoeien.

Olivia's temperament kwam niet van haar moeder. Het acteren ook niet. Haar figuur ook niet. Of haar haren. Al die dingen waarvan ze zeker had geweten dat ze van haar geweldige, beroemde moeder afkomstig waren.

Voor het eerst liet Olivia de grote vraag toe. Waar kwam ze vandaan?

Ze maakte zich klaar om naar bed te gaan en wilde het licht uitdoen, maar bedacht zich toen en pakte haar moeders tweede dagboek, dat Eve had opgestuurd.

Rusteloos sloeg ze de bladzijdes om, hier en daar stukken overslaand, nog niet bereid er volledig in te duiken, maar ze wilde wel meer weten over haar moeders plan om de buitenwereld te laten geloven dat zij

Daniels dochters had gebaard, hopend op een aanwijzing over de onbekende die haar biologische moeder was.

Ze las stukjes – over haar moeders opwinding en haar vaders tegenzin om aan haar plan mee te doen; over haar moeders kwelling toen ze haar echtgenoot de drie vrouwen liet bezwangeren die ze zorgvuldig had uitgekozen om haar de baby's te geven die ze wilde.

Toen kwam 5 oktober 1989 en las ze alles. Twee keer.

Volgens mij gaat Daniel vreemd. Ik weet niet of het met moeder nummer 3 is of iemand anders. Ergens neem ik het hem niet kwalijk. Mijn lichaam is niet wat mannen willen. Ik probeer te begrijpen dat hij met een complete vrouw wil zijn. Zo heeft God de wereld bedoeld. Ik heb zijn honger aangewakkerd door van hem te vragen deze drie kinderen voor ons te krijgen. Kan hij het helpen dat hij meer wil? Maar het doet zo'n zeer, het is soms onverdraaglijk. Ik drink te veel. Ik dacht dat ik het aankon, maar dat is niet zo. En ik kan niet stoppen met het nemen van die pilletjes. Ik ben bang dat ik weer hulp moet gaan zoeken. De mensen zullen het weer weten. De mensen zullen weer gaan roddelen. Ik ben bijna veertig. Het werk zal opdrogen. Ik wil niet herinnerd worden om mijn verslaving, maar om mijn kunst.

Het enige wat ik erger vind dan moeten drinken, is moeten stoppen met drinken.

God, help me, en iedereen om mij heen.

Een korte, ongelovige pauze. Toen kwam het temperament dat Olivia niet van Jillian Croft had geërfd weer tot leven.

Haar moeder wist van de affaire. Ze wist het. Erger nog, door die wetenschap was ze weer gaan drinken, was ze weer het zelfdestructieve pad ingeslagen dat uiteindelijk tot haar dood had geleid, en werden drie dochters beroofd van de moeder van wie ze hielden.

Ze deed het dagboek dicht, liet het op de grond naast het bed vallen en nam niet de moeite het licht uit te doen, want ze zou toch niet in slaap vallen.

Praat met mijn zus, had Stuart gezegd.

Dat zou Olivia met alle liefde doen. Ze zou de volgende dag naar Blue Hill gaan. Ze zou eindelijk stoppen met doen alsof ze haar stiefmoeder gedoogde en Lauren laten weten hoe verwoestend het leed was dat zij Olivia's hele gezin had berokkend. Het zou hard tegen hard gaan.

Olivia kon niet wachten.

Hoofdstuk 15

16 oktober 2000 (maandag)

Morgen word ik vijftig. Ik ben zo bang. Mijn veertiger jaren waren moeilijk, zo turbulent, zo ingewikkeld. Maar mijn angst gaat nu niet over ouder worden, maar over nutteloos worden. Hollywood houdt niet van oudere vrouwen. Er zijn wel rollen, maar ze zijn schaars, klein en simpel, juist op een punt in mijn carrière dat ik klaar ben voor veel, groot en complex. Mannen krijgen wel rollen met meer inhoud naarmate ze ouder worden. Maar vrouwen worden in eerste instantie gewaardeerd vanwege hun schoonheid en pas in de tweede plaats vanwege hun talent.

Ik heb dat willen veranderen. Maar zelfs mij, met mijn sterrenstatus en financiële slagkracht, is dat niet gelukt. Kennelijk was het naïef van mij om te denken dat ik dat kon.

Hoe zal de rest van mijn leven eruitzien? Wie ben ik zonder het witte doek? Wie kan het iets schelen? Ik word onzichtbaar, op mijn verleden na. Ik wil ook in het heden bestaan. En ik wil een toekomst hebben.

Jillian

Olivia lag op de vloer van de lichte hobbykamer van de Pattersons, omringd door papier en waskrijtjes. De regen tikte op het dak. Tegenover haar lag Jake, zijn gezicht vertrokken in een schattige geconcentreerde frons, luidruchtig ademend door de verkoudheid die hij dat weekend had opgelopen. Ze waren allebei druk bezig met een meesterwerk.

Georgia had één blik op Olivia geworpen toen ze 's ochtends de trap af kwam en voorgesteld om van oppasdienst te ruilen, zodat Olivia weer naar bed kon. Olivia had haar aanbod aangenomen en haar vader en Lauren een berichtje gestuurd dat ze voor het avondeten zou komen in plaats van 's middags.

Na een dutje, dat haar nachtrust op een totaal van vier uur bracht, was ze een rondje gaan joggen door de treurige mist en motregen, waarna ze had ontbeten, wat gezien het tijdstip eerder een lunch was. Ze had nauwelijks honger en had met moeite een geroosterde boterham en een paar eieren voor de proteïnen naar binnen gewerkt. Ondanks de late start zou het een lange dag worden, of in elk geval zo voelen. Zodra Sam Jake na het werk had opgepikt, zou Olivia naar Blue Hill rijden om haar vader te zien en eindelijk Lauren te confronteren.

Verrassend genoeg was ze rustig; misschien omdat er kortsluiting in het emotiecentrum van haar brein was ontstaan.

Nou ja... min of meer rustig. Meer zenuwachtig dan ziedend, meer verdrietig dan verbitterd. Met haar geplande wraakneming zou ze haar moeder niet terugkrijgen, noch zou het haar moeders pijn door haar vaders ontrouw uitwissen.

Maar als Lauren dacht dat ze met de affaire was weggekomen, dan moest ze gaan beseffen dat haar keuzes ernstige gevolgen hadden gehad voor veel onschuldige mensen. Haar vader was weliswaar deel van het probleem geweest, maar hij had Lauren zeker niet gedwongen tot een affaire. Dat mens had gewoon haar eigen echtgenoot moeten vinden en haar eigen leven moeten leiden.

'Wat teken je, Livia?'

'Dit is het uitzicht van mijn vroegere huis in Maine.' Olivia draaide het vel om, zodat Jake het beter kon zien. Ze vond het zo schattig dat hij de o van haar naam niet uitsprak. Het deed haar denken aan het liedje dat haar moeder zong toen Olivia nog klein was, een van de drie liedjes die zij en haar vader voor hun drie meiden hadden verzonnen.

'Dat is hier een eind verderop aan de kust, voorbij Bar Harbor, zelfs nog verder dan Milbridge, als je weet waar dat is.'

'Weleens van gehoord.' Hij keek naar de tekening. 'Kun je eilanden zien? We hebben hier ook eilanden.'

'Zo ziet het eruit als de zon schijnt. En dit...' Ze pakte een grijs waskrijtje en bekraste het hele vel. '...is hoe het er vandaag uitziet!'

Jake's aanstekelijke gegiechel eindigde in een hoestbui. 'Dat is grappig.'

'Wat ben jij aan het tekenen?'

'Papa en mama aan het strand. In mijn zwembad. Dat zwembad dat stuk is gegaan.'

'Wat leuk.' Twee poppetjes, de een met een rode en de ander met een blauwe broek, met armen die rechtstreeks uit hun hoofd groeiden, sprieterige vingers en rechtopstaand haar. Het zwembad was een blauwe cirkel om de rechthoekige blokjes die hun voeten waren. 'Dat ziet er gezellig uit.'

'Dat is het ook.' Jake had vanochtend verslag uitgebracht van de rampzalige ontdekking dat zijn stenen zwembad ruw door de vloed was weggeslagen. Zijn trieste beschrijving was aandoenlijk geweest, en zijn voornemen om een nieuwe te bouwen bewonderenswaardig. Georgia had hem kennelijk verteld dat de zee bijna altijd zijn zin kreeg, en Jake had geconcludeerd dat de zee een verwend nest was, net als zijn vriendinnetje Peggy.

'Komt mijn moeder zo?'

Olivia ging op haar knieën zitten. 'Ja, zo meteen. Over vijf minuten.'

'Fijn.'

'Ja? Vind je mij maar saai?'

Hij grijnsde onmiddellijk. 'Neeee! Mama en ik gaan vandaag naar Owdonna Wimsy om een cadeautje voor John te kopen. Zijn verjaardagsfeestje is binnenkort.'

'Owdonna Wimsy?' Daar kon ze geen touw aan vastknopen. 'Wat is dat?'

'Een speelgoedwinkel,' zei hij op een toon alsof hij niet begreep dat Olivia zo dom was.

Haar telefoon bevestigde dat hij gelijk had. Out On A Whimsey zat aan Main Street in Belfast. 'Klinkt als een leuke plek.'

'Ja. Soms krijg ik ook iets, maar meestal niet.' Hij tekende een groene pet op zijn moeders hoofd. 'Wat ga jij doen?'

Olivia zuchtte. 'Ik ga naar mijn vader en stiefmoeder.'

Hij keek op. 'Waarom kijk je niet blij?'

'Ik moet een moeilijk gesprek hebben met mijn stiefmoeder.'

'Waarom?'

Ze dacht zorgvuldig na over haar antwoord. 'Omdat ze iets heeft gedaan wat eigenlijk een soort valsspelen is. En ik wil tegen haar zeggen dat dat niet goed is, maar dat vind ik wel moeilijk.'

'Waarom?'

'Hm.' Olivia raapte de waskrijtjes op die waren weggerold en deed ze weer terug in de vertrouwde oranje-groene doos. Ze hield van de geur en de vettige kleuren die je ermee kon maken. Eve was dol geweest op kleurpotloden, maar die waren te precies, te dun voor de manier waarop Olivia graag tekende. Rosalind hield van viltstiften; ze was van kinds af aan al gek op felle kleuren, wat nu terug te zien was in haar schilderijen en de maffe kleren die ze ontwierp. Drie zulke verschillende vrouwen. 'Vind jij weleens dat je vader of moeder iets verkeerd doet?'

'Ja.'

'Het is best moeilijk om dat tegen hen te zeggen, toch?'

Jake keek verbaasd en ging toen verder met het tekenen van een roze hoed op zijn vaders hoofd. 'Nee.'

'En wat als een vriendje iets doet wat niet mag?'

'Dan ga ik tegen ze schreeuwen. Of ik zeg het tegen de meester.'

'Dan ben ik kennelijk gewoon een watje.'

Hij maakte Duncans hoed af en legde het krijtje op de grond. 'Misschien kan mijn moeder meegaan als je niet durft.'

'Bedankt.' Ze hield hem de doos voor en wees op het roze krijtje. Hij pakte het op en legde het in de doos. 'Ik moet dit alleen doen. Misschien kan ik gewoon een worm in haar koffie doen. Dan snapt ze denk ik wel hoe ik me voel, toch?'

Hij grijnsde breed. 'Nee!'

'Niet?' Olivia keek hem verward aan. 'Of ik kan zeggen dat ze stinkt, om haar te pesten. Dat is ook een goeie, toch?'

'Nee!'

'Hm, dan weet ik het niet.' Ze hoorde beneden de deur opengaan. 'Volgens mij is je moeder er.'

'Oké.' Jake aarzelde. Hij moest duidelijk zijn lachen inhouden. 'Wat zou je nog meer doen?'

'Even denken... Ik moet een volwassen, gezonde manier verzinnen om dit op te lossen.' Ze tikte fronsend met haar wijsvinger tegen haar kin. 'Wacht, ik weet het! Een dode rat in haar bed. Die is goed, hè?'

'Neeeee!'

'Hé Jake, hoe gaat het?' Sam kwam binnen, in een korte broek met daaronder harige benen en te dunne kuiten. Hij bukte om zijn zoontje in zijn getatoeëerde armen te nemen.

'Olivia weet niet hoe ze een groot mens moet zijn.'

'O nee?' Hij keek haar vanonder zijn lange wimpers onderzoekend aan. 'Hoe dat zo?'

'Ik zei tegen Jake dat een volwassen manier om een probleem met iemand op te lossen is door een rat in haar bed te leggen.'

'Aha.' Sam grijnsde van oor tot oor. 'Wat vind je daarvan, Jake?'

Jake schudde zo hard met zijn hoofd dat Sam hem extra stevig moest vasthouden. 'Nee. Je moet eerlijk zijn, maar wel altijd aardig.'

'Inderdaad,' zei zijn moeder. 'Zo doen we dat thuis.'

'Weet je zeker dat dat beter is dan in haar soep spugen?'

Jake barstte in gegiechel uit. 'Ja!'

'Oké.' Olivia haalde overdreven haar schouders op. 'Als jij het zegt.'

'Hé, Jakey, volgens mij heeft Georgia nog iets lekkers voor jou in de keuken voordat we gaan.' Sam zette het jongetje neer en Jake holde met zwaaiende armen naar de keuken. Zijn moeder riep hem na: 'Wel eerst je handen wassen, hè?'

'Okéhé!' hoorden ze in de verte.

Olivia wilde achter hem aan gaan, maar zag toen Sam naar haar kijken zoals mensen kijken die iets willen zeggen.

'Bedankt dat je op Jake wilt passen. Hij is erg op je gesteld. Hij had het het hele weekend over je.'

'Hij is echt een leuk kind.'

Sam knikte en wreef over de vage stoppels op zijn kin. 'Ik, eh... ik wilde je iets vragen.'

Olivia was direct gealarmeerd. Hij wilde iets vragen waar hij zenuwachtig van werd.

'Het zijn mijn zaken niet, maar... speelt er iets tussen jou en Duncan?'

Olivia deed een stap achteruit en werd vuurrood. Lieve hemel.

'Het geeft niet.' Hij stak zijn hand op. 'Echt niet. Ik vroeg het me gewoon af.'

'Waarom? Hoe? Ik bedoel, wacht.' Ze drukte haar hand tegen haar slaap en onderdrukte de kinderachtige neiging om alles te ontkennen. Dat zou lomp en beledigend zijn, aangezien Sam het kennelijk wist. 'We hebben het allebei niet makkelijk. Er is niet echt iets –'

'Nee, nee, je hoeft het niet uit te leggen.' Hij haalde diep adem. 'Ik geef toe dat het gek is. Het doet zeer. Maar deze hele situatie is gek. Ik bedoel, kijk nou naar me. Duncan heeft hier niet om gevraagd. Dat snap ik. En hij is een man. En jij bent... waanzinnig knap.'

Dit was niet het moeilijke gesprek dat Olivia voor vandaag had gepland. 'Het is over tussen ons. Ik bedoel, we hadden niet echt wat, maar Duncan heeft er gisteravond een punt achter gezet.' Dacht ze.

'O ja?' Sam reageerde niet zoals Olivia had verwacht. Niet blij of opgelucht, maar verbaasd.

'Hij zei dat het te veel was.' Tot haar ergernis kreeg ze een brok in haar keel. 'Maar hoe wist je het? Of vermoedde je het?'

Sam bukte om Jake's tekening en de doos waskrijtjes op te pakken. 'Door hoe hij keek toen ik over jou begon.'

'Hij voelde zich waarschijnlijk schuldig.'

'Zou kunnen. Ik ken Duncan al mijn hele leven. We zijn getrouwd omdat het voor de hand lag, maar we zijn nog steeds heel goede vrienden. Dat betekent dat hij me niets wijs kan maken. Ik zag dat hij... gevoelens voor je heeft.'

'Nee, nee, nee.' Olivia lachte half. 'Zo was het niet. Geloof me. Geen gevoelens. Het was gewoon voor de lol.'

'O ja?' Hij keek haar aandachtig aan, en ze voelde weer die verontrustende aantrekkingskracht. 'Dan heb ik het misschien verkeerd gezien.'

'Zeker weten. Ik bedoel, dat kan niet. We hebben nauwelijks...' Olivia schudde haar hoofd en bloosde opnieuw toen de knappe Sam haar bloedserieus aankeek. 'Dat is onmogelijk. We zijn gewoon elkaars rebound. En kunnen tegen elkaar klagen hoe vreselijk scheiden is.' Lieve God, laat dit gesprek alsjeblieft zo snel mogelijk ten einde zijn.

'Oké.' Sam zette de doos waskrijtjes op een plank en hield de tekening bij zich. 'Als je het zeker weet.'

'Ja, ik weet het zeker.' Als zij het zeker wist? Maakte het voor Sam iets uit of Olivia het zeker wist of niet? Hier was iets raars aan de hand. 'Ik ben wel benieuwd waarom je mij hiernaar vraagt in plaats van Duncan.'

Sam keek langzaam op van Jake's tekening. 'Omdat ik wil dat je voorzichtig bent.'

'We...' Olivia wilde net gaan zeggen dat ze het met condoom deden, maar bedacht op tijd dat Sam misschien iets heel anders bedoelde. 'Hoe bedoel je, voorzichtig?'

'Jij bent een rijke, beroemde Hollywoodster en Duncan is een scheepsbouwer uit een dorp in Maine.'

'O, zo. En omdat ik rijk ben en in Hollywood woon, kan ik niet oprecht en lief zijn? Terwijl dat bij mensen uit een dorp hun tweede natuur is?'

'Je snapt wat ik bedoel.'

'Nee, ik snap het niet.' Ze kon niet tegen omgekeerd snobisme, of wat voor vooroordelen of stereotypes dan ook. 'Waarom denk je dat ik Duncan pijn zou doen?'

'Omdat je bij je ex publiekelijk zijn ballen eraf hebt gehakt.'

'Klopt. Ja, inderdaad. Gewoon voor de lol, want dat hoort erbij als je in Hollywood woont.' Olivia stak haar handen in de lucht en liet ze vervolgens tegen haar benen vallen. 'Dus als je nog ballen nodig hebt, ik heb een hele verzameling.'

Ze verstarde. O shit. Gezien Sams situatie was dat geen handige opmerking. Tot haar opluchting moest hij lachen.

'Ik snap je punt.'

'Ik meen het, Sam. Ik zeg het niet graag, want op het moment zelf was het heerlijk om Derek aan de schandpaal te nagelen, maar ik heb er wel spijt van. Ik ben vreselijk opvliegend, ik was vreselijk overstuur, toen deed ik mijn mond open en kwam dit eruit. Derek was een hufter die het ten minste gedeeltelijk verdiende. Ik zal Duncan nooit zo goed kennen als jij, maar zelfs ik kan wel zien dat hij nooit iemand op die manier zal provoceren. Zelfs niet zo'n ziedende, egoïstische heks uit Beverly Hills als ik.'

'Je hebt gelijk.' Sam keek naar de tekening van haar zoontje. 'Ik ben overbezorgd. Misschien ook een beetje... jaloers. Sorry.'

Olivia liet haar opgetrokken schouders zakken. Eerlijk en altijd vriendelijk. Dit was het soort gesprek dat ze met Duncan had gehad, en dat ze met Derek had willen hebben. En vanavond met Lauren ging hebben. Als ze de ziedende, egoïstische heks uit Beverly Hills in toom kon houden. 'Het is ook niet gek dat je bezorgd en jaloers bent. Je bent lang met hem getrouwd geweest.'

'Inderdaad.'

'Hé mam.' Jake kwam binnenhuppelen. 'Ik ben klaar. Zullen we gaan?'

'Oké.' Sam legde haar nog steeds sierlijke hand onder de kin van haar zoontje en trok hem zachtjes tegen zich aan. 'Zeg even bedankt tegen Olivia voor het spelen.'

'Bedankt, Livia.'

'Graag gedaan. Ik zie je morgen weer, goed?'

Hij knikte en trok aan zijn moeders hand. 'Kom, mama.'

'Bedankt dat we dit even hebben kunnen uitpraten.' Sam glimlachte zijn vrouwelijke glimlach. 'Ik voel me een stuk beter.'

'Ma-ma!' Jake sprak de twee lettergrepen ongeduldig uit.

'Oké, we gaan. Tot morgen.' Hij liet zich door zijn zoon de kamer uit trekken.

Olivia wachtte een moment, twijfelend of ze dit zo goed had aangepakt als Sam leek te denken, en liep vervolgens achter hen aan naar de hal, waarna ze naar boven ging om zich om te kleden en haar sleutels en portemonnee te pakken.

Eerlijk en altijd vriendelijk. Zo zou ze tegen Lauren proberen te zijn. Maar Olivia was bij haar moeders laatste avondmaaltijd geweest, op oudjaarsavond 2001, toen Jillian boven haar steak Diane was ingestort en snikkend haar hoofd op tafel had gelegd. Het was de eerste keer dat Olivia haar vader niet had zien toesnellen om haar te troosten. Olivia en haar zussen waren geschokt en verbijsterd geweest, en Olivia had geaarzeld of ze die avond wel uit zou gaan. Haar vader had er echter op gestaan. Haar moeder zou zich wel redden. Olivia moest lekker plezier gaan maken.

Tot haar immense spijt was ze gegaan. Als ze was gebleven en voor haar moeder had gezorgd, haar tranen had gedroogd, een van de vele dingen had bedacht die ze graag samendeden, dan was haar moeder misschien niet zo overstuur geweest en had ze niet per ongeluk te veel pillen ingenomen.

Maar nee, terwijl haar moeder in haar eentje op haar slaapkamer met haar demonen worstelde, werd Olivia stiekem dronken met haar vrienden en vierde ze joelend en uitzinnig dansend oud en nieuw in de stad. Terwijl Rosalind het alarmnummer belde, had Olivia tot middernacht afgeteld met Carmen Electra, volslagen vreemden gezoend en confetti gestrooid op U2's 'Where the Streets Have No Name'. Toen had ze haar familie gebeld om hen gelukkig nieuwjaar te wensen en werd haar gezegd dat ze onmiddellijk naar het ziekenhuis moest komen.

Olivia zou nooit zeker weten waardoor haar moeder die avond zo diep was gezonken, maar volgens haar was ofwel haar carrière, ofwel Lauren de oorzaak.

Ze dwong zichzelf het verdriet te negeren, dat als een steen op haar maag lag, haar kindvriendelijke kleren uit te trekken en een gele zomerjurk met bijpassende sandalen aan te trekken, waarna ze de trap af liep naar de keuken, waar Georgia de jamresten van Jake aan het opruimen was.

'Ga je?' Ze gooide een broodkorst in de gootsteen en zette Jake's plastic Batman-bordje in de vaatwasser.

'Ja.' Olivia wilde eraan toevoegen 'wens me succes', maar aangezien Georgia Laurens schoonzus was, was het waarschijnlijk geen goed idee om te laten doorschemeren dat ze de strijd aan ging binden. 'Ik ben niet te laat terug.'

'Rij voorzichtig. Doe Lauren en je vader de groeten van ons.'

'Doe ik.' Ze glimlachte warm naar Georgia en vertrok.

De rit naar en door het schattige plaatsje Blue Hill was eenvoudig, nog geen uur rijden, het gebruikelijke vakantieverkeer op de Route 1, maar niets vergeleken met de drukte meer naar het zuiden, waar toeristen van alle kanten samenklonterden op de snelweg.

Na nog een paar kilometer sloeg Olivia af naar het terrein van het verzorgingshuis Pine Ridge en reed door de straatjes waaraan de aanleunwoningen lagen. Ze parkeerde bij het appartement dat van haar vader en Lauren was – tenminste, tot ze doodgingen en een nieuw stel er zijn intrek nam. Dat was natuurlijk bij elk huis zo, dacht Olivia, maar in deze setting leek het onvermijdelijker.

Ze bleef een volle minuut in de auto zitten en nam zich voor kalm te blijven, adem te halen en niet te gaan slaan.

De voordeur ging open. Olivia zuchtte, pakte het gemengde boeket dat ze onderweg had gekocht en stapte uit. Het was maar goed dat Lauren naar buiten was gekomen. Olivia zou er waarschijnlijk nooit klaar voor geweest zijn. Dan hadden ze jaren later een skelet in de auto aangetroffen, met droge botten die het stuur omklemden.

Lauren wuifde kort en bleef staan, haar handen om haar ellebogen. Ze droeg een slecht zittende blauw-groen gestreepte jurk en wachtte haar met een scheve glimlach op, alsof de helft van haar mond niet zeker wist of hij mee wilde doen. Haar peper-en-zoutkleurige haar had een nieuwe, onflatteuze coupe: ofwel een kort model dat was uitgegroeid, ofwel een lang model dat slecht was geknipt. Hoe kon haar vader na Jillian Croft toch op zo'n vrouw gevallen zijn?

'Hallo, Lauren.' Olivia stak de bloemen naar haar uit, een impulsaankoop waar ze nu spijt van had. Nu geef ik bloemen, maar bij zonsondergang val ik aan. 'Hoe is het?'

'Ach, wat mooi.' Lauren nam het boeket in ontvangst en gaf haar stiefdochter een luchtkus. 'Je vader is binnen.'

'Bedankt.' Olivia liep langs haar heen de kleine woning in, waar het naar gebraden ham rook. Haar vader stond glimlachend op haar te wachten, leunend op een wandelstok, en Olivia werd overspoeld door een golf van genegenheid voor hem, waarschijnlijk het enige wat zij en Lauren gemeen hadden. 'Kijk eens aan, papa. Zonder rollator. Gefeliciteerd.'

'Kom verder.' Haar vader stak zijn arm uit en greep haar beet voor een omhelzing – ze moest tegenwoordig bukken. Maar hij hield haar lang vast in die stevige omhelzing waar ze al haar hele leven troost in had gevonden.

'Papa, straks moet ik huilen.'

'Je bent zo dapper,' fluisterde hij. 'Ik kan die hufter wel vermoorden.'

'Ga gerust je gang.'

'Kijk eens wat Olivia heeft meegebracht, Daniel.'

'Mooi. Heel mooi.' Hij liet Olivia los uit de omhelzing, maar bleef haar schouder vasthouden, terwijl hij haar met zijn scherpe, donkere ogen aankeek. 'Red je het een beetje?'

'Ja, het gaat best goed. Stuart en Georgia zorgen goed voor me.' Ze keek naar Lauren. 'Dank je wel dat je dit geregeld hebt. Het is zo fijn om weer terug te zijn in Maine. Ik voel me hier altijd dichter bij mama.'

'Goed zo. Lauren, pak jij even een vaas voor die bloemen. Dan drinken we daarna wat voor we gaan eten.' Haar vader liep met stramme benen naar de bank in de woonkamer, een ruimte met een open keuken aan de voorkant en een ontbijthoek aan de achterkant van het huis, waar je een prachtig uitzicht had op de beboste heuvels, met ver weg in de grijze nevel Mount Cadillac.

'Wat wil je drinken, Olivia?' Lauren stond in de keuken en pakte een vaas uit een van de kastjes. 'We hebben wijn, bier–'

'Nee hoor, pak de whisky maar.'

'Daniel, je mag geen –'

'Het kan me niet schelen wat ik niet mag. Eén avondje moet kunnen. Mijn dochter is er en dat gaan we vieren. Ik moet hier veel te goed voor mezelf zorgen. Zo gaat alle lol eraf.' Hij boog voorzichtig naar voren en liet zich vervolgens op de blauwe kussens van de bank vallen. 'Lauren wilde graag voor je koken. Dan kunnen we godzijdank op een normaal tijdstip eten. In het restaurant eten ze van halfzes tot zeven. Dat slaat nergens op.'

'Maar we zijn er inmiddels wel aan gewend, toch?' Lauren vulde in alle rust de vaas met water.

Olivia grinnikte. Het was lang geleden dat ze een van haar vaders tirades had gehoord. Hij ging echt met sprongen vooruit. 'Kan ik je ergens mee helpen, Lauren?'

'Nee hoor. Blijf lekker bij je vader zitten. Het eten is al bijna klaar.'

'Je bent te mager.' Vader keek Olivia van onder zijn borstelige wenkbrauwen fronsend aan. 'Je moet meer eten. Proteïnen. Vet. Je ziet er uitgemergeld uit.'

'Ik heb een zware tijd gehad, papa. Een halve wereld die tegen me is, is niet goed voor mijn eetlust. Een echtscheiding ook niet.'

'Hoe sneller, hoe beter. Die klootzak heeft jou nooit verdiend. Heb je een goede advocaat? Ik kan Alan Houser bellen. Beste in zijn vak.'

'Alan is overleden, lieverd.' Lauren kwam aanlopen met een dienblad met daarop twee glazen met een bodempje whisky en ijs, een schaaltje pinda's en een vierkant stuk witte kaas met tarwecrackers.

'Wat? Wanneer?'

'Vijf jaar geleden. We zijn naar de uitvaart geweest. Dat ben je kennelijk vergeten.'

'O. Ja.' Haar vaders kapsones verdampten. Hij legde een hand op zijn voorhoofd. 'Stomme brein werkt niet meer zoals voorheen.'

'Maak je daar nu maar niet druk over.' Lauren overhandigde Olivia en haar vader hun drankje. 'Welkom, Olivia. Het spijt me dat je in dit deel van het land bent onder zulke moeilijke omstan –'

'Wat is dit?' Haar vader hield zijn glas omhoog. 'Een kwart drankje? Ben ik een kind?'

'Het is vijftig milliliter en dat is meer dan genoeg. Er is wijn bij het eten.' Lauren hief haar glas ijswater op naar Olivia. 'Op jou, dat je hier maar snel overheen mag komen en een nieuw leven mag beginnen.'

'Proost.' Haar vader dronk zijn halve glas leeg.

'Dank je.' Olivia nipte wat voorzichtiger van haar whisky. 'Hoe is het leven hier? Papa, je lijkt een stuk beter. Wat doen jullie zoal?'

'Lauren houdt ons flink bezig. Lezingen, schilderles, muziekuitvoeringen, uitjes met andere oudjes. Als je dan toch in een bejaardentehuis moet wonen, dan is dit wel een leuke, dat moet gezegd.' Hij dronk zijn glas leeg en hield het in de lucht. 'Nog een beetje. Ik beloof dat ik vanavond niet doodga. Een echte heer blaast nooit zijn laatste adem uit tijdens een gezellig etentje. Zeker niet wanneer zijn mooie dochter erbij is.'

'Goed dan.' Lauren kwam overeind, met elke vezel van haar lijf afkeuring uitstralend, en liep naar de keuken om de fles te halen. Daniel knipoogde naar Olivia, die nog een slokje nam en grijnzend naar hem proostte.

'Moest je een pacemaker?'

'Nee!' riep hij triomfantelijk uit. 'Mijn rikketik doet het nog prima. Ik heb ze verteld waar ze dat ding konden laten, en het was niet in mijn borst.'

Olivia schoot in de lach. 'Dat vonden ze vast heel leuk om te horen.'

'Zeker.' Hij klopte bemoedigend op haar knie. 'Vertel eens over die scheepsbouwersfamilie waar je logeert, prinses.'

'Mijn broer Stuart en zijn vrouw Georgia, in Belfast.' Lauren schonk hen beiden nog een drupje in, draaide toen ferm de dop er weer op en zette de fles terug in de keuken.

'Ik weet wie het zijn.' Daniel keek diep beledigd. 'Ze waren op onze bruiloft.'

Olivia betwijfelde of hij dat nog wist. 'Ze zijn lief. Vooral Georgia.'

'Wat doe je de hele dag? Ik zou gek worden als ik in het huis van een ander moest wonen. Ik voel me hier niet eens thuis.' Hij keek boos naar Lauren, alsof het haar schuld was dat hij een beroerte had gekregen.

'Belfast is een mooi stadje. Het huis van de Pattersons is aan de overkant van de haven, pal aan het water. Ik kan kajakken of wandelen.' Wat ze allebei niet had gedaan, maar het klonk goed. 'Bovendien pas ik af en toe op het kindje van de beste vriend van hun zoon. Jake is vier en het liefste jongetje van de wereld.' Ze keek er kennelijk triest bij, want haar vader legde zijn grote hand in haar nek, net zoals hij vroeger altijd deed, af en toe zachtjes knijpend om te laten weten dat hij er voor haar was.

'Je verdient je eigen kindje. Als ik denk aan wat die man jou afgenomen heeft...'

'Ik weet het, papa.'

'Je moeder. O, wat verlangde ze naar jou en je zussen. Wij allebei.' Hij maakte een onvast gebaar met zijn glas. 'Ze heeft de hel op aarde moeten doorstaan om jullie te krijgen. En voor mij was het niet veel makkelijker. Er waren momenten dat ik –'

'Het eten is klaar, Daniel.' Lauren liep gehaast op hem af, duidelijk bang voor wat hij ging zeggen. 'Laten we Olivia eens wat te eten geven.'

'Ja. Natuurlijk. Ze is veel te dun. Had ik al gezegd dat je te dun bent?'

'Ja, papa.' Olivia en Lauren gingen beiden aan een kant van hem staan. Olivia pakte hem bij zijn arm en kreeg de indruk dat hij toch minder goed hersteld was dan ze aanvankelijk had gedacht. 'Wil je ons naar de tafel begeleiden?'

'Het is me een eer. Twee zulke mooie vrouwen.'

Op tafel stond een schotel met plakken ham, lintmacaroni en een schaal met gestoomde broccoli en zilveruitjes. Lauren was geen inventieve of avontuurlijke kok, maar ze kon wel koken.

'Dat ziet er heerlijk uit, Lauren, dank je.' Olivia vouwde haar servet open. Haar vader reikte al naar de wijn, een Franse viognier.

Toen iedereen had opgeschept en de glazen gevuld waren – Olivia's glas vol, dat van haar vader slechts halfvol, ondanks zijn boze blik – gingen ze eten. Het gesprek begon levendig. Haar vader mijmerde over zijn leven en zijn loopbaan, af en toe in herhaling vallend, maar minder erg dan Olivia had gevreesd na zijn eerste versprekingen. Ze had er alle vertrouwen in dat hij weer volledig zou herstellen.

Tegen de tijd dat Lauren schaaltjes met stukjes aardbei en slagroom neerzette, was hij echter duidelijk verzwakt. Olivia vond het vreselijk om hem zo krachteloos te zien, maar als hij naar bed ging, konden zij en Lauren tenminste praten.

Ze keek er niet naar uit.

Haar vader begon te knikkebollen. Lauren en Olivia keken elkaar aan. Olivia knikte.

'Daniel, lieverd.'

Hij schoot overeind. 'Sylvia?'

Olivia hapte naar adem.

Lauren schudde haar hoofd en zei geluidloos tegen haar: 'Het geeft niet.'

Olivia wilde met haar ogen rollen. Ze maakte zich geen zorgen over Laurens gevoelens. Ze was geschokt omdat ze haar moeders echte naam uit haar vaders mond hoorde, zoals hij hem altijd had uitgesproken, lief en teder.

'Zullen we een dutje gaan doen, schat?'

'Nee, ik wil geen dutje doen.' Maar hij liet zich door Lauren uit zijn stoel helpen en keek niet één keer naar Olivia. Was hij vergeten dat ze er was? Ze wilde opstaan om zijn andere arm te pakken, maar Lauren schudde kort haar hoofd.

Olivia wachtte tot ze naar de slaapkamer waren verdwenen en ruimde toen snel de tafel af. Tegen de tijd dat Lauren terugkwam, had Olivia het eten opgeborgen in de bijna lege koelkast – in die van haar was het altijd zoeken naar een plekje– en had ze de vaatwasser ingeruimd, op twee wijnglazen na, die ze opnieuw had gevuld.

'Lieve hemel, dat kun je snel. Dat had je niet hoeven doen.'

'Geen probleem.'

Lauren keek op haar horloge. 'Je wilt vast terugrijden voordat het donker wordt.'

'Nee, eigenlijk niet.' Ze wees op de glazen. 'Ik dacht dat we misschien even konden kletsen.'

Haar stiefmoeders ogen werden groot, en ze schonk haar een glimlach die vrijwel onmiddellijk verbleekte. Er verscheen een blos op haar gezicht. 'Dat lijkt me heel leuk.'

Olivia schrok van haar verbaasde enthousiasme. Al die jaren was ze ervan uitgegaan dat hun afkeer wederzijds was. Stuarts houding was in elk geval niet gevoed door liefdevolle verhalen van zijn zus.

Misschien waren ze met de jaren allebei milder geworden.

Ze gingen in de ontbijthoek zitten en tikten zelfs hun glazen tegen elkaar voordat ze ongemakkelijk een slokje namen.

Eerlijk en altijd vriendelijk.

Olivia slikte en probeerde opgewekt te glimlachen, wat door de zenuwen bijna onmogelijk was. Had ze nou maar voorgesteld om naast elkaar te gaan zitten, zodat ze elkaar niet steeds hoefden aan te kijken. 'Door mijn verblijf bij Stuart ben ik gaan beseffen… dat ik bijna niets weet over jouw jeugd in Maine. Machias, toch?'

Laurens rode gezicht werd nog roder. Ze schoof haar bril wat omhoog en knipperde een paar keer. 'Inderdaad. Mijn vader werkte bij de Machias Savings Bank. Mijn moeder was huisvrouw, maar deed ook wel naai- en verstelwerk. Ze waren baptisten, goede mensen, zeer streng in de leer. Ze hadden drie kinderen: ik, Stuart, en onze jongste broer Ben. We waren niet rijk, maar we konden ons prima redden.'

Haar mond viel dicht alsof ze geen kracht meer had. Tijdens haar monoloog had ze een paar keer vluchtig een blik op Olivia geworpen, maar ze had voornamelijk door het raam of naar de woonkamer gekeken.

'Wat voor kind was je?'

'O, heel gewoon. Een beetje ondeugend.' Ze keek schuldbewust, alsof ze te veel had gezegd. 'Af en toe kwam ik in de problemen.'

'Hoe dan? Wat gebeurde er dan?'

'Met mij niets, hoor.' Ze schudde haar hoofd en glimlachte. 'Ik veroorzaakte de problemen. Ik werd nooit gepakt. Daar was ik veel te voorzichtig voor.'

'Dat kan ik me nauwelijks voorstellen.' Goh, dus Lauren had al de nodige ervaring met problemen veroorzaken. 'Vertel eens.'

'Eens even kijken. Er was een jongen uit de buurt van mijn leeftijd. Volgens mij heette hij Jim. Hij had het voorzien op Patty. Patty was niet heel knap. Ze had grote tanden en een slechte huid, en één been was korter dan het andere. Jim pestte haar voortdurend. Ik vond dat niet terecht.' Lauren nam een slokje wijn. 'Heerlijke wijn, hè? Je vader is een echte kenner. Vroeger wist ik er niets van, maar inmiddels heb ik er wel een neus voor ontwikkeld.'

‘Hij is lekker, ja.’ Olivia wachtte tot ze verderging met haar verhaal. Het bleef stil. ‘Wat heb je met Jim gedaan?’

‘Nou.’ Lauren zette haar glas op de salontafel. ‘Ik haalde zijn kleine broertje over om me te vertellen wat zijn slaapkamerraam was. Er stond een grote eik voor. Op een avond ben ik in de boom geklommen, zodat ik in zijn kamer kon kijken. Ik had meteen beet.’

‘Hoe bedoel je?’

Ze grinnikte. ‘De eerstvolgende keer dat hij Patty weer wilde pesten, zei ik dat als hij haar ooit nog lastigviel, ik de hele school zou vertellen dat hij met een roze knuffel in bed sliep. Ik zei dat ik er een foto van had gemaakt, wat niet waar was, maar hij geloofde het. En dat was dat. Zeer geslaagde actie.’

‘Ben je er ooit achter gekomen hoe het met Patty is afgelopen? Is ze nu CEO van een groot bedrijf of zo?’ Zo zou Olivia het einde schrijven.

‘O nee. Ze is gestorven aan een overdosis heroïne. Maar misschien heb ik haar middelbareschooltijd iets draaglijker gemaakt.’

‘Wat vreselijk.’

‘Ja, inderdaad.’

‘Was je… altijd van plan om na je trouwen huisvrouw te zijn? Ik bedoel, wilde je niet werken?’ Olivia deed haar uiterste best om haar toon ongedwongen te houden, alsof het de normaalste vraag van de wereld was, hoewel ze zich onderhand een beetje schuldig begon te voelen dat ze Lauren als een lammetje naar de slachtbank leidde.

Maar niet heel erg.

‘O nee. Ik wilde actrice worden.’

Olivia probeerde haar verbazing niet te verbergen. Haar vlaag van irrationele woede wist ze gelukkig wel weg te stoppen. Actrice? Was dat de reden dat ze haar vader aan de haak had geslagen? Had ze gedacht dat hij haar kon helpen?

‘Een stomme droom, maar ik wilde het ontzettend graag.’

‘Ben je daarom met papa getrouwd?’

Haar stiefmoeder keek haar verbouwereerd aan. ‘O nee. Die droom was tegen die tijd allang vervlogen. Na de middelbare school kreeg ik een baantje bij de Machias Savings Bank in Stirling. Ik ken je ouders uit die tijd. Ze hadden een rekening bij ons.'

'Dat heb ik begrepen, ja.'

Lauren pakte haar glas weer op en nam zowaar een flinke slok, groter dan Lauren haar ooit had zien nemen. 'Je moeder was ontzettend aardig. En een natuurtalent.'

'Ja.' Olivia wilde haar de mond snoeren. Hoe durfde Lauren iets aardigs te zeggen over de vrouw die ze met succes had proberen te vervangen? Lauren mocht nog niet eens haar moeders ondergoed wassen.

'Zij was een van de belangrijkste redenen dat ik mijn droom liet varen. Ik wist dat ik nooit zo goed zou zijn.'

'Nee. Niemand.' Olivia's medeleven was als sneeuw voor de zon verdwenen. En Jillians dromen dan, al die levensjaren die haar door Laurens bedrog waren afgenomen? Olivia zette haar glas neer. 'En wanneer kregen jij en papa een affaire?'

Lauren verstarde. Buiten begroetten twee buren elkaar. 'Hallo. Mooie avond, hè? Tot morgen.'

'Hoe weet je dat?' Haar gelaatsuitdrukking bleef neutraal, maar haar stem was nauwelijks hoorbaar.

Deze kalme en directe schuldbekentenis was wel het laatste wat Olivia had verwacht. 'Ik heb je een keer met hem horen bellen.'

'Wanneer?'

'Maakt het iets uit?'

'Ja.'

'Weet ik niet meer. Toen ik een tiener was.'

Lauren leek bijna vergenoegd te kijken. 'Aha.'

'Nou? Wil je me daar nog wat over vertellen? Want ik heb ook wat te zeggen.'

'O, Olivia.' Ze zei het alsof ze haar wilde troosten, maar haar hand om de steel van het wijnglas had witte knokkels. 'Dat geloof ik graag.'

'Mama wist dat papa vreemdging. Wist ze dat jij het was?'

'Nee.'

'Je hebt haar verschrikkelijk veel pijn gedaan. Heb je daar weleens over nagedacht?'

'Voortdurend.' Lauren bleef zo ontzettend kalm dat het eng was. 'Daarom waren je vader en ik alleen maar vrienden tot een jaar na haar dood. Uit respect voor haar en jullie drieën.'

'Hou toch op.' Dit was gewoon beledigend. 'Ik ben geen klein kind, Lauren, ik weet hoe een affaire werkt.'

Lauren knipperde; haar kalmte leek nog onuitstaanbaarder naarmate Olivia bozer werd. 'Toch is het zo. We belden af en toe. We hebben een paar keer geluncht wanneer hij in de buurt was. We waren bevriend.'

'Een vriendschap hoef je niet te verbergen.'

'Wel voor Jillian Croft.' Ze zette haar glas neer met voor het eerst een merkbare emotie. De wijn klotste tegen de rand. 'Ze was extreem jaloers op iedere vrouw met wie hij praatte. Als ze over onze vriendschap had geweten, had geweten hoe hij me nodig had om de hel te doorstaan die zij van zijn leven maakte, dan zou je –'

'Hou op. Je hebt het over mijn moeder. Hou op met je leugens.'

'Nee, ik hou niet op.' Nog steeds griezelig kalm, maar met een stem van staal. 'Ik weet dat je haar aanbidt, maar je moet de waarheid weten, Olivia. Je moet weten hoe ze echt was. Toen ze ontdekte dat je vader een platonische vriendschap had, ging ze door het lint. Ze dreigde om het openbaar te maken, om zijn naam door het slijk te halen, er een groot schandaal van te maken en jullie drieën bij hem weg te houden. Als ze haar zin niet kreeg, werd ze hysterisch, wreed en –'

'Hou op met goedpraten wat je gedaan hebt.' Olivia schreeuwde bijna. Als Lauren niet haar best deed om eerlijk te zijn, deed Olivia niet haar best om vriendelijk te zijn. 'Je hebt mijn familie kapotgemaakt. Je hebt haar zo ongeveer de pillen gevoerd die haar dood werden.'

'Ik heb niets kapotgemaakt!' Lauren stond op en straalde een woede en een kracht uit die Olivia nooit achter haar zou hebben gezocht. 'Je vader is gebleven. Wat ik heb gedaan, is hem het enige geluk geven dat hij in al die jaren had. Had hij niet al genoeg opgeofferd voor haar ego? Verdiende hij niet iets beters dan de ellende die zij hem gaf?'

Olivia stond ook op, trillend van woede. 'Ik kan deze nonsens niet langer aanhoren. Als je je niet verontschuldigt tegenover mij en mijn moeders nagedachtenis, is onze relatie bij dezen voorgoed voorbij.'

Lauren kermde. 'Ik verwacht niet dat je me gelooft. Maar als je dezelfde waarheid wilt horen van iemand die je wel gelooft, ga dan naar je oma Betty. Zij heeft iets voor je.'

Olivia beende de kamer door en pakte haar handtas. 'Doe de groeten aan papa.'

'Ik denk dat je dat wilt zien.'

'Ik weet zeker van niet.'

'Olivia.' Iets in haar stiefmoeders stem maakte dat Olivia zich bij de deur omdraaide.

'Wat?'

Lauren zette drie stappen in haar richting en bleef toen staan. 'Het is iets voor jou. Van Jillian.'

Hoofdstuk 16

5 januari 2001 (vrijdag)

Daniel en ik hadden vanavond Silas Angel te eten. Wat een lieve man is dat! Zo aardig tegen onze dochters. Meestal zeggen onze vrienden die op bezoek komen tegen de meisjes alleen hoe knap ze zijn, vragen eventueel hoe het op school gaat, en storten zich daarna op hun cocktail. De eerste keer dat Silas langskwam, zette hij Olivia op zijn knie en las hij haar voor, zo schattig. Nu had hij een cadeautje voor haar meegenomen, een kleine antieke pop waar ze helemaal weg van was. Rosalind wilde hem haar handstand laten zien, en hij liep met haar mee naar buiten alsof hij echt geïnteresseerd was! Alleen Eve mag hem niet. Ze kijkt hem niet aan. Maar het is dan ook een ernstig meisje. Ze groeit er wel overheen.

Onder het eten begon Silas over een film die hij wil maken, over een vrouw van middelbare leeftijd die chronisch ziek wordt en het tegen het systeem moet opnemen om ervoor te zorgen dat haar gehandicapte dochter in goede handen is. Er is een romance met een dokter en een geweldig verrassend einde. Hij zei met zoveel woorden dat die rol voor mij is.

Ik kan nauwelijks beschrijven hoe ik me voel. Alsof mijn leven niet meer op een ramp afstevent, maar opnieuw begint. Ik word herboren! Dit is mijn rol! Dit is de reden van mijn bestaan. Dit wordt De Rol.

Met extatische groet,

Jillian

Toen Olivia thuiskwam na haar bezoek aan Blue Hill, zat Georgia op haar te wachten.

'Hoi, Olivia.' Ze zag er vermoeid uit. Of bezorgd. Er was iets mis. 'Hoe was het bij je vader?'

Afgrijselijk. 'Leuk. Papa is flink aangesterkt. Jullie krijgen de groeten van hem en Lauren.'

'Wat fijn.' Ze stond op, met haar vingers friemelend. 'Ik ben blij dat je het leuk hebt gehad.'

'Is er iets?'

'Nee, nou...' Friemel, friemel. 'Ik vroeg me af of ik je om een gunst mag vragen.'

'Natuurlijk. Zeg het eens.' Olivia was er niet gerust op. Was Stuart ziek? Dat wenste zelfs zij hem niet toe.

'Ik heb Duncan daarstraks bananenbrood gebracht. Hij... leek zichzelf niet.'

Olivia werd nog ongeruster. 'Hoezo?'

'Gewoon... bedrukt.' Georgia deed een gehaaste stap in haar richting. 'Ik weet dat dit me niets aangaat, maar Stuart zei dat jij en Duncan...'

'...bevriend zijn geraakt?'

'Ja.' Opgelucht ging ze verder. 'En ik dacht dat jij misschien wel even langs wilde gaan of hem even wilde bellen om te vragen hoe het met hem is.'

'Natuurlijk.' Met alle plezier, dacht Olivia. Ze was van plan geweest om Duncan de ruimte te geven, hoewel ze door de manier waarop hij haar de avond ervoor had verdedigd toen ze door Stuart werd belaagd het idee kreeg dat hij haar niet helemaal wilde buitensluiten. Maar als hij hulp nodig had, kon ze proberen hem op te vrolijken, en daar zelf ook van profiteren, want bij hem zijn was het leukste deel van haar verblijf hier in Belfast. 'Ik ga er meteen wel even heen.'

'O, maar je bent net terug.' Georgia protesteerde duidelijk uit beleefdheid. 'Je bent vast bekaf na die lange reis.'

'Nee hoor.' Olivia zei maar niet dat in LA een uur in de auto niets voorstelde. 'Ik doe het graag.'

'Ontzettend bedankt.'

Met haar handtas nog in haar hand draaide Olivia zich om en ze liep de deur weer uit. Ze volgde het paadje langs de kust door het bos en voelde zich beter op haar gemak in de duisternis dan de avond ervoor. Ze nam zelfs niet de moeite de zaklamp op haar telefoon in te schakelen. Op de terugweg van Blue Hill had ze zichzelf tot bedaren weten te brengen en had ze proberen te begrijpen wat Lauren haar allemaal had verteld. Tegen de tijd dat ze in Belfast aankwam, had ze haar conclusie getrokken: Lauren was verbitterd. Ze kon zich niet meten met de vrouw die ze op de een of andere manier had weten te vervangen, en dat zou ook nooit gebeuren. Voeg daar nog schuldgevoelens aan toe over de affaire en het was alleen maar logisch dat ze haar rivale door het slijk haalde en probeerde om Olivia negatief over haar moeder te laten denken – het enige wapen dat ze had. Het idee dat Jillian zo wraakzuchtig zou zijn tegen de man van wie ze zoveel hield, was belachelijk. Haar dochters inzetten als chantagemiddel? Absurd. Haar moeder had haar gebreken, maar wreed was ze niet. Dreigen om Olivia en haar zussen bij Daniel weg te houden, was onvoorstelbaar wreed.

Ze klopte op de deur van het boothuis. Het bleef stil.

'Hé, Duncan. Ik ben het, Olivia. Heb je een hete date binnen?'

Een zwak 'Neuh.'

Voetstappen. De deur ging open. Duncans haar zag eruit alsof hij het met een handdoek maximaal door de war had gewreven. Er zat een veeg op zijn wang. Hij had een T-shirt aan met een gat in de schouder en een korte broek met rafelende pijpen.

'Aha, klaar voor het bal, zie ik.'

Hij rolde met zijn ogen.

Misschien niet het moment voor grappen. 'Ga je mee uit vanavond?'

'Eh...' Hij legde een hand in zijn nek en hield zijn hoofd schuin om zijn waarschijnlijk vermoeide spieren te strekken. 'Nee, bedankt.'

'Waarom niet? Wat ben je aan het doen?' Ze zette haar handen op haar heupen. 'Je bent toch niet aan het somberen, hè? Kom op. We kunnen allebei een borrel en goed gezelschap gebruiken.'

'Ik ben niet echt in de –'

'Een paar biertjes in het café. Doet ons vast goed. Ik heb een rotavond gehad. Jij ook, als ik het zo zie.'

'Yep.'

'Dat spijt me voor je.' Ze had oprecht met hem te doen. Als Derek zielig deed, werd Olivia altijd alleen maar ongeduldig. 'Ik heb mijn stiefmoeder geconfronteerd met de affaire die ze met mijn vader had toen hij en mama getrouwd waren. Wat heb jij gedaan?'

Hij trok zijn wenkbrauwen op. 'Lekker dramatisch weer.'

'Eén biertje.' Olivia stak een vinger omhoog. Ze liet zich niet van de wijs brengen. Ze had de gruwelijke ruzie met Lauren heldhaftig van zich afgezet; de rest van de avond wilde ze het alleen maar leuk hebben. 'Als ik je niet aan het lachen krijg, wil ik zelfs wel betalen.'

'Voor een heel biertje?'

'Helemaal.' Ze knikte langzaam, met grote, ronde ogen om haar woorden kracht bij te zetten. 'En ik waarschuw je dat als je nog één keer nee zegt, ik je niet meer ga lastigvallen, dus denk goed na.'

Duncan kreunde en boog zijn hoofd naar achteren om het plafond te raadplegen. Ze wachtte, in gedachten duimend dat hij ja zou zeggen. Van thuis zitten doemdenken zou hij zich niet beter gaan voelen. Zelfs niet met Georgia's bananenbrood. Ze hadden elkaar vanavond nodig.

'Oké, ik ga mee.'

'Super.' Ze deed haar best niet triomfantelijk te kijken en zag af van een overwinningsdansje. 'Je zult er geen spijt van krijgen.'

'We zullen zien.' Hij deed een stap achteruit om haar binnen te laten. 'Dan moet ik me even omkleden.'

'Waarom?' Olivia knipperde quasi-verbaasd met haar ogen. 'Je ziet er toch prima uit.'

Hij wierp haar de blik toe die ze verdiende. Ze bleef grijnzen, ook toen hij de ladder naar zijn slaapkamer op klom. Wat een briljant idee was dit. Een van de weinige briljante ideeën die ze de laatste tijd had gehad.

Een biertje drinken, Duncan laten praten, kijken of luisteren hielp of dat ze drastischere maatregelen moest nemen. Zoals een tweede biertje voor hem kopen.

Even later kwam Duncan naar beneden, gekleed in een zwarte spijkerbroek en een zwart T-shirt onder een openhangend grijs overhemd. Olivia onderdrukte het verlangen om hem al die kleren van het lijf te rukken en de rest van de avond te rollebollen. Goed gezelschap. Het was niet anders.

'Ik fris me nog even op.' Hij liep naar de gootsteen, waste zijn gezicht, en maakte vervolgens een kam nat om zijn haar te temmen. 'Oké. Ik ben klaar.'

Olivia schudde haar hoofd bij het zien van zijn sombere houding. 'Ik sleep je niet naar het schavot, hè.'

Duncan liep langs haar heen. 'Jou kennende stikt er waarschijnlijk iemand aan het tafeltje naast ons of wordt de bar overvallen door buitenaardse wezens.'

'Mij kennende dansen we naakt op de kade en hebben we de tijd van ons leven.' Ze wachtte tot hij de deur had dichtgedaan en liep met hem mee naar het huis van de Pattersons. Ze was vastbesloten om ervoor zorgen dat hij zich aan het eind van de avond beter zou voelen. 'Waar wil je heen?'

'Rollie's. Lekker bier. Bestaat al eeuwen.'

'Klinkt perfect.'

Het was ook perfect. Ze staken de brug over de Passagassawakeag over – Olivia moest nog steeds lachen wanneer ze het naambordje zag – en reden de steile Main Street af naar een gebouw vlak bij de kade. Ze wisten zelfs twee plekjes aan de bar te bemachtigen en bestelden een biertje van de tap.

'Proost.' Olivia nam een grote slok. 'Ah, wat lekker.'

'Nou?' Duncan zette zijn glas neer. Hij keek nog steeds futloos. 'Waarom besloot je vandaag je stiefmoeder te confronteren? Te weinig chaos in je leven?'

Olivia stak haar vinger op. 'Vanavond hebben we het over leuke dingen.'

'Dat is toch waar je me voor nodig hebt?'

'Nee, Duncan.' Ze zou hem met liefde een klap verkopen. 'Vanavond heb jij mij nodig. Dit is jouw kans.'

'Ik bedoelde het niet onaardig, sorry.' Hij legde kort zijn hand op de hare. 'Ik heb dit ook nodig. Anders zou ik hier niet zijn. Vertel eens over je dag.'

'Alleen als jij daarna over jouw dag vertelt.'

Hij gromde en wreef in zijn ogen. 'Oké, maar jij eerst. Vertel eens waarom je aan je helse onderneming begon.'

'Goed dan.' Ze keek hem stralend aan. 'Gisteravond heb ik in mijn moeders dagboek gelezen. Ik wist niet dat ze vermoedde dat mijn vader vreemdging. Ze vond het verschrikkelijk. Ik vond dat ik...' Ze zocht naar een formulering die niet klonk als '...mijn stiefmoeder met de grond gelijk moest maken'.

'Je vond dat je nog meer ellende moest oprakelen.'

'Nee.' Olivia concentreerde zich en probeerde helder te denken. Het was goed van haar dat ze Lauren had geconfronteerd met de gevolgen van haar egoïsme. 'Ik wilde haar laten weten dat mijn moeder het wist.'

'Zodat je haar kon kwetsen.'

'Ze heeft ons hele gezin gekwetst.'

'En waarom werd dat jouw strijd?'

Hij maakte haar missie om een vrolijke avond te hebben er niet gemakkelijker op. 'Ik ben de enige die dapper genoeg is om de strijd aan te gaan.'

'Of gestoord genoeg.'

Ze snoof, geïrriteerd door zijn logica, die haar dwong om nogmaals over haar gedrag na te denken. 'Je hebt het flink te pakken vandaag.'

'Ja.' Hij pakte zijn glas met beide handen vast. 'Ik geloof het wel.'

'Oké, jij bent aan de beurt. Wat is er gebeurd?'

'Olivia...' Hij liet zijn schouders hangen. 'Ik wil er echt liever niet over praten.'

'Dat begreep ik al. Maar de woorden hardop zeggen, jezelf horen praten, een reactie krijgen...' Ze prikte in zijn arm. 'Niet dat ik ooit iets gedaan heb waar ik niet honderd procent trots op ben, dat begrijp je.'

'Natuurlijk.'

'Maar je hebt me wel aan het denken gezet.' Ze wilde dat hij naar haar keek, en hoopte dat hij onder haar gespeelde vrolijkheid de oprechtheid in haar stem kon horen. 'Met mij praten is goedkoper dan therapie. Ik geef om je, en het is veilig, want wie zou ik het moeten vertellen?'

Duncan hield zijn hoofd gebogen.

Waarom was het voor mannen moeilijker om over emoties te praten dan voor vrouwen? Was dat aangeleerd gedrag of werden ze zo geboren? Haar moeder flapte altijd alles eruit. Olivia had ook die neiging. Kon Sam makkelijk over gevoelens praten? Zou dat vermogen minder worden zodra zijn geslachtsverandering helemaal voltooid was?

'Je hebt vast gelijk.'

Olivia gaf hem een vriendelijke por. 'Natuurlijk.'

'Nou...' Hij draaide met zijn hoofd om zijn nek te ontspannen. 'Het is natuurlijk niets vergeleken bij wat Sam doormaakt, maar voor mij is zo'n geslachtsverandering ook ingrijpend. Verdriet over het verliezen van de vrouw van wie ik hield, en ons leven samen. Angst om wat voor leven Sam als transgender te wachten staat. Angst om Jake. Sam is sterk, maar hij vindt de verandering wel eng, en dat voelt Jake. Hij is aanhankelijker, vaker bezorgd. Dat kan erger worden als hij in de herfst naar school gaat en ziet hoe de mensen op zijn moeder reageren.'

'Hij krijgt vast ook veel steun. De samenleving is al een heel stuk verder.' Olivia zocht naar meer woorden van troost. 'Voor Jake wordt het normaal om een transgender als moeder te hebben. Je kunt hem leren om medelijden te hebben met mensen die dat niet begrijpen.'

'Dat zou mooi zijn.'

Ze wilde nog iets behulpzaams zeggen en dacht aan het gesprek met Lauren, en de opmerkingen van Duncan waardoor haar verontwaardiging was omgeslagen in onzekerheid. 'Verdriet maakt het moeilijk om dingen helder te zien. Het is net alsof je een roze vaas hebt die opeens grijs is, en dan opeens blauw. Je weet niet meer wat de echte kleur is. En scheiding is een en al verdriet. Die van mij is gecompliceerd door haat en chantage, en die van jou is gecompliceerd door dat ombouwen, dus het zal tijd kosten. Maar straks is het voorbij. En dan hebben we nog een heel stuk leven over.'

Hij knikte en wreef over zijn kin. 'Olivia...'

'Ja, Duncan?'

Ze hoopte dat het geholpen had. Ze vond dat ze best mooi had gesproken.

'Zei je nou net: "dat ombouwen"?'

Olivia snoof. Dat was terecht. Had ze zichzelf maar niet zo op de borst moeten kloppen. Ze vond het goed hoe Duncan door haar ego heen prikte. Bedaard, zonder boosheid of wrok. 'Ik vrees van wel.'

'Bedankt voor je peptalk, en dat je me hierheen gesleept hebt.' Hij zat nog steeds over zijn bier gebogen, maar de groeven in zijn voorhoofd waren verdwenen. 'Het lijkt altijd makkelijker om vervelende dingen weg te duwen, maar op de een of andere manier komen ze altijd weer terug.'

'Zo is mijn hele leven.' Ze hief haar glas. 'Op ontkenning, al jarenlang mijn beste vriend, altijd klaar om de helpende hand te bieden.'

'Yep.' Hij wenkte de barman voor nog een biertje. Olivia legde haar hand op haar glas om aan te geven dat ze niet meer hoefde. 'Georgia heeft een tijdje met zwangere tienermeisjes gewerkt. Sommigen moesten na de bevalling de baby in hun armen gedrukt krijgen om voor zichzelf toe te geven dat ze zwanger waren. Het kan heel krachtig zijn.'

'Wat ik de laatste tijd tot mijn spijt heb ontdekt, is dat hoe langer de ontkenning duurt, hoe meer pijn het doet als die niet meer werkt.'

'Ja. Duncan dronk zijn eerste biertje op en staarde naar de flessen achter de bar. Olivia liet hem even alleen met zijn gedachten en tikte met haar voet mee met een liedje dat ze nog nooit eerder had gehoord. Gezellige bar. Leek een leuke mix van bewoners en zomergasten, al zag ze niet echt het verschil.

Duncan rechtte plotseling zijn rug, alsof hij duiveltjes van zijn schouders schudde. 'Hoe reageerde je stiefmoeder vandaag?'

'O, ze vond het enig.' Olivia lachte boosaardig. 'Ze nodigde me uit om het morgen nog een keer te doen.'

'Dacht ik al.' Hij raakte haar rug aan. 'Spijt me voor je.'

'Dat krijg je van dat oprakelen, hè.' Ze stopte haar handen tussen haar knieën. 'Het was lastig. Ze probeerde het om te draaien, zodat zij de onschuldige was en het allemaal mijn moeders schuld was.'

'Dat klinkt behoorlijk hard.'

'Ja, hè?' Olivia leunde opzij voor iemand die zijn drankje wilde pakken. 'Ik weet niet wat ik had verwacht. Waarschijnlijk wilde ik dat ze op haar knieën zou vallen en om vergiffenis zou smeken. Mensen moeten volwassen worden en hun fouten erkennen. Ik heb er zelf ook genoeg.'

'Jij? Nee toch.'

Ze telde op haar hand. 'Fout om me zo snel te verloven. Fout om getrouwd te blijven toen de verliefdheid overging. Fout om Dereks geheimpje openbaar te maken. Ik begin ook te denken dat… het fout was om zo lang een acteercarrière te hebben gewild.'

Eindelijk draaide Duncan zich om en hij keek haar echt aan. 'Waarom?'

'Mama zei altijd: "Blijf ze jou geven tot ze jou nodig hebben. Elke kans brengt je een kans dichter bij wat je wilt." Maar de laatste tijd doe ik het op de automatische piloot.' Ze trok een grimas en vond het steeds moeilijker om vrolijk te blijven. 'Waarschijnlijk al een hele tijd. Ik lijk de drang niet meer te voelen.'

'Stop er dan mee.'

'Hoe weet ik of ik niet gewoon moe ben van alle toestanden van de laatste tijd?' Ze zweeg even toen de barman een nieuw biertje voor Duncan neerzette. 'Hoe weet ik dat ik niet elk moment de rol van mijn leven aangeboden kan krijgen, met een regisseur die me kan inspireren om het echt goed te doen?'

'Dat weet je niet. Als je besluit om ermee op te houden, moet je daar vrede mee hebben.' Hij pakte zijn nieuwe glas. 'Wat zou er gebeuren als je stopt? Wat is je grootste angst?'

'O, dat is makkelijk. Mijn grootste angst is ontdekken dat ik nergens goed in ben.' Olivia's stem brak. 'Dat ik niets bijzonders ben.' Ze lachte zenuwachtig en verwachtte dat Duncan een spottende opmerking zou maken, of nog erger: een voor de hand liggende geruststelling.

Hij nam langzaam een slok van zijn bier en zette zijn glas zorgvuldig neer; ze begon door te krijgen dat dit zijn manier was om een antwoord uit te stellen, zodat hij erover kon nadenken.

'Daar zijn veel mensen bang voor.'

'Maar niet veel mensen hebben in hun kindertijd te horen gekregen dat ze bijzonder zijn, dat ze later nog bijzonderder zullen worden, en op welke manier ze precies bijzonder worden, zodat ze hun toekomstige bijzonder-zijn als een gegeven gaan beschouwen.' Tot haar ontzetting hoorde ze verbittering in haar stem. Ze probeerde het te maskeren met een zorgeloos lachje, wat faliekant mislukte. 'Wat gebeurt er als ze opgroeien en beginnen te vermoeden dat ze niet bijzonder genoeg zijn om hun eigen superbijzondere lotsbestemming te vervullen?'

'Wat vreselijk om je kind zoiets aan te doen,' zei Duncan met ingehouden woede.

Olivia gaapte hem aan. 'Hoe bedoel je? Ik wilde graag acteren. Ik ben degene die het niet aankon.'

'Hoe weet je dat je het graag wilde?' Hij wachtte met opgetrokken wenkbrauwen en fonkelende ogen op haar antwoord. Ze had geen idee hoe ze moest reageren. 'Hoe weet je wat je zou hebben gewild als zij niet haar zinnen op jou had gezet?'

'Nee, zo was mama niet. Ze heeft me niet gedwongen. Ze heeft me aangemoedigd. Ze heeft maar één keer stennis geschopt toen ik niet de hoofdrol kreeg. Ze dacht dat het een politiek besluit was.'

'Klinkt mij opdringerig in de oren.'

'Eén keer! En ze had gelijk.'

Hij haalde zijn schouders op. 'Oké, dan was ze een godin. Een godin die probeerde om jouw leven alleen maar over haar te laten gaan.'

Olivia was zo geschokt dat ze nauwelijks een woord kon uitbrengen. 'Nee.'

'Denk je dat ik Jake elke dag vertel dat hij de rest van zijn leven boten gaat bouwen, dat hij de beste botenbouwer ter wereld wordt en dat hij nooit ofte nimmer moet opgeven, tot hij de beste is? Al voordat hij oud genoeg is om te begrijpen wat dat betekent? Wie doet dat nou?'

Olivia liet haar schouders hangen en voelde zich misselijk worden. 'Zo was het niet.'

'Oké. Het spijt me.' Duncan wendde zich weer tot zijn bier. 'Maar zo klonk het wel.'

Zo klonk het inderdaad. Maar Olivia kon vandaag niet nog meer venijn tegen haar moeder aan. Ze sloeg zijn opmerkingen op en zou ze op een later moment bekijken, wanneer ze moediger was. Sterker. Niet vanavond.

'Maar goed. Ik heb mezelf blootgegeven.' Ze gooide haar haren over haar schouders en probeerde niet te laten merken hoe erg hij haar geraakt had. 'Wat is jouw grootste angst?'

'O nee. Ik heb me alleen aangemeld voor het waarom-had-je-een-slechte-dag-gesprek.'

'Kom op, Duncan. Speel nou even mee.'

Hij wreef over de brug van zijn neus en zag er, nu zijn gelaatstrekken zachter waren, weer vertederend uit. 'Mijn grootste angst is denk ik... mijn kind verpesten.'

'Dat is de grootste angst van iedere ouder. Die telt niet.'

Hij keek haar een moment lang geërgerd aan. 'Oké. Dan... is denk ik mijn grootste angst alleen zijn.'

'Alleen zijn als in alleen in een ruimte zijn? Of alleen zonder vrienden? Of alleen zonder vrouw? Want als het dat laatste is: je zult de vrouwen van je af moeten slaan. Je bent gewoon een magneet, zo aantrekkelijk ben je.'

Hij bloosde. 'Ik zat niet te vissen naar een compliment.'

'Kan me niet schelen. Je bent aardig, sexy en je hebt een baan. Bingo. Eigenlijk, Duncan...' Ze legde haar hand op zijn arm en knipperde overdreven met haar ogen. '...ben je heel bijzonder.'

Hij keek naar het plafond en lachte. Kort, onwillig, maar hij lachte. 'Dat is jóúw angst.'

'Nee hoor, het is hetzelfde. Denk er maar eens over na. Een goede partner, een echt goede, geeft je elke dag het gevoel dat je fantastisch bent – sexy, slim, knap, elke hap zuurstof die je inademt waard, toch? En dat is eigenlijk gewoon hetzelfde als bijzonder.' Ze tikte zelfingenomen op de bar. Niets tegen in te brengen. 'Onze angsten zijn hetzelfde.'

'Oké, maar aangezien jij geen superster bent, en ik op weg ben om vrijgezel te worden, moeten we allebei een manier vinden om ons in ons eentje goed te voelen.'

'God, nee. Dat is veel te veel werk. Huur gewoon iemand in.'

Hij lachte opnieuw en keek haar aan met een warmte in zijn ogen waardoor ze alert rechtop ging zitten en haar hartslag en ademhaling versnelden.

'Olivia, jij bent echt uniek.' Zijn stem werd schor. Zijn bruine ogen waren volledig en intens oprecht. 'Ik heb nog nooit zo iemand als jij ontmoet.'

Olivia's lach stierf weg. Ze had gedacht dat hij haar plaagde, maar de woorden waren er wel erg gemeend uit gekomen. Zelfs Duncan leek geschrokken.

Snel verzon ze een uitweg voor hen allebei. 'Jij zou daarentegen een geweldige acteur zijn. Dat was bijna overtuigend.'

'Hm.' Hij boog zijn hoofd. Nam een slok bier. Schoof wat heen en weer. Nam nog een slok. Olivia wist niet goed wat ze moest doen of wat er in zijn hoofd omging, dus wachtte ze en tikte ze opnieuw met haar voet. Ze keek naar de andere bezoekers. Naar de biertaps.

'Als je niet verdergaat met acteren, wat ga je dan doen als je hier weggaat?'

'Aha. Ik kan je tot mijn genoegen en met gepaste trots meedelen dat ik geen flauw idee heb.' Ze hief haar glas alsof ze op zichzelf wilde proosten. 'Wanneer hou jij op met in een boothuis wonen?'

'Zodra ik mezelf een trap onder mijn hol heb gegeven.'

Ze sloeg haar hand voor haar mond om te voorkomen dat ze haar slok uit zou spugen. 'Wil je dat nooit meer doen.'

'Sorry.' Dat meende hij niet. Hij grijnsde alsof hij een prijs gewonnen had.

'Ik wil niet meer in LA wonen.' Zo. Olivia had het hardop gezegd, wat een beetje eng was, maar ze raakte niet in paniek. Sterker nog, het idee om opnieuw te beginnen leek vanavond aantrekkelijker dan ooit. Misschien kwam het door het bier. Misschien door Duncan.

'Waar zou je dan willen wonen?'

'Geen idee. Ik ben vrij om te gaan en te staan waar ik wil. Parijs, Londen, Griekse eilanden, Verweggistan, Nergens. Hoezo, waar zou jij het liefst wonen als je kon kiezen? Op een boot?'

'Hier.'

'Van alle plekken op aarde zou je het liefst hier wonen? Ik hou van Maine, maar ik denk dat ik gek zou worden tegen de tijd dat het januari werd.'

'Net als Georgia. Ik zou graag meer varen. Lange tochten langs de oostkust, of naar Zuid-Amerika of het Caribisch gebied. Maar na een paar maanden zou ik weer hier terug willen komen. Deze plek zit in mij.' Hij bonsde op zijn borstkas. 'Ik ben een Mainiak.'

'Aha, ik snap hem.' Dat leek Olivia een geweldig idee – thuis zijn wanneer het mooi weer was, op reis en het avontuur tegemoet wanneer haar Californische bloed de lange, koude winter niet meer aankon. 'Dat zou kunnen werken. Voorjaar, zomer en herfst hier en dan in de winter naar een warmer oord varen.'

Hij draaide zich nadrukkelijk naar haar om en keek haar zo indringend aan dat ze er beverig van werd. 'Voor mij of voor jou?'

Ze werd rood en voelde zich uit het lood geslagen, beschaamd dat ze het beeld had geschept van zij tweeën die samen de zonsondergang tegemoet zeilden. 'Jij natuurlijk. Je droom. Wat dacht je dan dat ik bedoelde?'

Hij keek haar met samengeknepen ogen aan. In verlegenheid gebracht sloeg Olivia haar ogen neer, maar toen keek ze hem weer aan, tot ze er niet meer tegen kon. 'Wát?'

'Wil je met me mee naar huis?'

Olivia's adem stokte. God, ja. 'Ik dacht dat we dat niet meer deden.'

'Er is iets veranderd.'

'Wat dan?'

'Dat vertel ik je straks wel.' Hij stond al en gooide wat geld op de bar.

'Nee, nee.' Olivia pakte haar handtas. 'Ik trakteer.'

'Je hebt me laten lachen. Dat was de afspraak.' Hij pakte haar hand en trok haar mee naar de parkeerplaats. Dom giechelend liet ze zich meeslepen. Ze had toch gezegd dat vanavond alleen maar leuk moest worden?

Duncan liep op de terugweg waarschijnlijk een paar snelheidsboetes op, en nog voordat ze bij de ladder naar zijn bed waren, hadden ze elkaar al besprongen, zich haastig uitkledend op de futon. Hun hectische bewegingen werden rustiger toen ze de liefde bedreven, en ze genoten van de sensaties totdat de passie hen naar een climax bracht.

Naderhand namen ze de tijd om weer af te dalen naar zichzelf en de warme kamer om hen heen.

'Eerste ronde voltooid.'

'Mmm.' Olivia glimlachte verzadigd, als een snorrende poes. 'Jouw manier van denken staat me wel aan.'

'O ja?' Duncan trok haar nog wat dichter tegen zich aan. 'Jouw manier van neu –'

'Denk om je taal.' Ze ging wat gemakkelijker liggen en voelde zijn warme borstkas tegen de hare, de perfecte verstrengeling van hun benen. 'Goed. Vertel nou maar eens waarom je van gedachten veranderd bent.'

'Nou... het zou kunnen zijn dat ik een man ben. En jij een lekker wijf. Kans om van bil te gaan.' Hij raakte haar wang aan en zijn blik werd ernstig. 'Of misschien kwam het door je verlangende blik toen ik het over ons zeilavontuur had.'

'Nee!' Ze probeerde omhoog te komen, maar gaf het op toen hij te zwaar bleek. Ze hield haar hand echter stevig op zijn borstkas gedrukt. 'Dat is niet waar ik dacht dat je het over had.'

Met een zelfgenoegzaam lachje vroeg hij: 'Waar dacht je dan dat ik het over had?'

'Dat je alleen ging.'

'Natuurlijk, je droomde helemaal weg bij het idee dat de man die niet alleen wil zijn alleen was.'

'Droomde weg? Je zoekt veel te veel achter –'

'Waarom denk jij dan dat ik je mee naar huis vroeg?'

'Om dezelfde reden als ik gekomen ben. We vinden elkaar leuk en hadden zin in seks.'

'Ik kan bewijzen dat dat niet klopt.' Hij grijnsde alsof hij iets wist wat zij niet wist en zoende haar toen vol overgave. Steeds opnieuw, zachte, lieve zoenen, soms vol op de mond, soms op elke mondhoek, bovenlip, onderlip, perfecte zoenen waardoor haar adem stokte, haar hart begon te bonzen en haar borstkas pijn deed van verlangen.

Verlangen naar wat? Ze was nu niet in staat om te beslissen. Haar vaas had alle kleuren van de regenboog.

Toen deed hij nog iets veel ergers. Hij keek op, opende zijn mooie bruine ogen en keek haar diep in haar ogen, tot ze een diepe connectie voelden.

Olivia keek weg, keek weer terug, en toen weer weg. 'Hou daarmee op.'

'Waarom?'

Het lag op het puntje van haar tong om maar iets te verzinnen, zichzelf te beschermen, te ontkennen wat ze echt voelde.

Shit. Dat kon ze niet. Dit was Duncan.

'Omdat...' Ze haalde diep adem, verzamelde moed, nog veel meer dan de moed die ze nodig had gehad om haar stiefmoeder te confronteren, meer dan voor het zetten van de valstrik voor Derek, of om naar dit dorp te komen en bij onbekenden te gaan wonen. 'Ik wil niet zo kwetsbaar zijn. Bij niemand. Ook niet bij jou. Dat kan ik niet. Dat was niet het plan.'

'Sst. Oké.' Hij ging rechtop zitten en liet haar ook zitten. Hij keek haar bezorgd, maar ook een tikkeltje triomfantelijk aan. 'Wil je weg?'

'Dat zou wel beter zijn.'

'Maar wil je het ook?'

'Dat is niet eerlijk.'

Hij grinnikte met een ergerlijke zelfingenomenheid. 'Je bent net zo ver heen als ik, hè?'

'Nee, ik... Nee.' Haar ontkenning was allesbehalve overtuigend.

Hij lachte haar uit en ze zou hem het liefst een klap verkopen. Die aandrang werd sterker toen hij begon te zingen, toonloos maar buitengewoon charmant, met een diepe, resonerende stem.

'Ik heet O-li vi-a, ik woon op Ont-ken-ning. Al mijn zor-gen stop ik weg.'

'Verdorie, Duncan.' Olivia viel giechelend achterover en sloeg haar handen voor haar ogen. 'Ik kan het niet meer aan...'

'Ik ben er niet op uit om je te kwetsen.' Hij ging naast haar liggen en legde zijn hand bezitterig op haar buik. 'Maar ik ben moe van het analyseren, moe van mijn pogingen het verschuivende pad te volgen van wat ik zou moeten doen in plaats van wat instinctief goed voelt. Ik wil jou, zo lang als dat voor ons mogelijk is.'

Olivia kreeg een brok in haar keel. Nu niet stoppen kon weleens een enorme vergissing zijn, die nog meer schade zou kunnen toebrengen aan hun al bestaande leed. Schade die hun leven, dat al op zijn kop stond, ook nog eens binnenstebuiten zou keren.

Duncan kuste haar opnieuw, de klootzak, volledig zeker van zichzelf en zijn macht. Ze had te snel te veel weggegeven.

Maar de manier waarop hij haar zoende, voelde niet als een overwinning of verovering; het voelde als geven, delen, en in de blik in zijn ogen toen hij zich terugtrok om haar aan te kijken, las ze een zweem van respect.

Olivia zuchtte en trok hem weer tegen zich aan. Rosalind had gelijk gehad. Ze was haar hele leven roekeloos, dom en zelfdestructief bezig geweest.

Maar misschien zou ze het deze keer eindelijk goed doen.

Hoofdstuk 17

4 april 2001 (woensdag)

Daniel en ik hebben de hele tijd ruzie. Ik heb hem eindelijk geconfronteerd met zijn affaire. Ik werd hysterisch. Hij bezwoer me dat hij niet vreemdging. Ik wil hem heel graag geloven. Maar het is niet waar. Dat weet ik gewoon. Was ik maar geboren als een echte vrouw. Was ik maar geboren met voldoende om hem tevreden te stellen.

Kon ik ook maar vreemdgaan, zodat hij wist hoe het voelde! Ik heb tegen hem gezegd dat als hij ooit bij me weggaat, hij zijn dochters nooit meer te zien krijgt. Nooit. Ik heb hem nog nooit zo bang zien kijken. Het gaf me een gevoel van triomf en macht. Soms herken ik mezelf niet meer. Ik moet die rol van Silas hebben. Ik moet werken. Zonder werk ben ik bang dat ik gek word. Ik heb geen idee wanneer hij klaar is voor de opnames of voor het casten van de rest van de film of wat dan ook.

Ik vind het vreselijk dat mijn lot in andermans handen ligt.

Olivia wierp nog een laatste blik in de spiegel. Niet dat iemand die ze vandaag ging zien, inclusief oma Betty, het iets kon schelen hoe ze eruitzag, maar ze deed het uit gewoonte.

Ze had een relatief rustige week gehad na de zalige nacht in Duncans armen, en de minder zalige blik van Stuart toen ze die dinsdag bij het ochtendgloren slaapdronken het huis binnen was gestommeld en direct weer naar bed was gegaan.

Een rustige week in vergelijking met die week ervoor, maar niet in vergelijking met het leven van een normaal mens. Ze had een yogastudio en een massagepraktijk in de buurt gevonden, had gesport en op de schattige Jake gepast. Ze was met Duncan bij zonsondergang gaan kajakken en had in haar eentje een deel van de Hills to Sea-route gelopen. Stuart was geleidelijk aan ontdooid, en Georgia was zoals altijd gezellig en een onuitputtelijke bron van opgewekte ondersteuning en heerlijk eten, al had Olivia haar een paar keer weten over te halen om te mogen koken.

Ook was het internet deze week verdergegaan met het haten van andere mensen, waardoor Olivia het gevoel kreeg geen excuus meer te hebben om in Belfast te blijven. Ze probeerde vaker in het boothuis te zijn om Georgia en Stuart te ontlasten, maar bleef zich er ongemakkelijk bij voelen. Uiteindelijk had ze tegen Georgia iets gezegd in de trant van dat ze te lang bleef, en die had haar opmerking zo overtuigend weggehoond dat Olivia nog minder geneigd was om uit deze buitengewoon aangename winterslaap te ontwaken.

Het enige akelige moment was een paar dagen eerder geweest, toen ze na overleg met haar advocaat Derek had gebeld met het voorstel om een overlegscheiding te proberen. Dat idee had ze van Duncan en Sam, die op deze manier zowel conflicten als kosten hadden bespaard. Het concept druiste in tegen Olivia's vechtersmentaliteit, maar toch leek het haar wel iets. Misschien was ze aan het groeien. Misschien was ze gewoon moe.

Helaas was Derek niet in de stemming voor overleg. Gelukkig dreigde hij in elk geval niet weer met chantage, wat bij Olivia de hoop wekte dat hij genoegen zou nemen met wat ze hem al gegeven had en ze geen dreigementen van zijn kant meer hoefde te vrezen.

Vandaag bleef Jake bij zijn vader, en Olivia besloot het bezoek aan haar grootmoeder niet langer uit te stellen. Ze was benieuwd of Lauren de waarheid sprak toen ze zei dat oma iets van Jillian voor haar had. Betty had onmiddellijk ingestemd met haar bezoek, hetzelfde klinkend als altijd, namelijk humeurig en egocentrisch.

Olivia stak haar hoofd om de hoek van de hobbykamer, waar Georgia haar zaterdagmorgen al luierend met een tijdschrift doorbracht, haar voeten omhoog, de ramen open om de vochtige bries van de baai binnen te laten.

'Ik ben waarschijnlijk aan het eind van de middag terug. Kan ik iets meenemen voor het avondeten?'

'Stuart en ik eten vanavond bij vrienden, dus je kunt iets voor jezelf halen. Heb je nog iets nodig voor onderweg?' Georgia liet haar tijdschrift zakken en leunde naar voren om op te staan.

'Blijf waar je bent.' Olivia wees naar Georgia's stoel. 'Ik heb alles wat ik nodig heb. En ik kan ook helemaal zelfstandig naar buiten lopen en in de auto stappen.'

'Niet waar. Zonder mij krijgt niemand hier iets gedaan.' Georgia zwaaide vrolijk naar Olivia en keek weer in haar tijdschrift. 'Rij voorzichtig. Tot vanavond.'

'Dank je.' Olivia liep naar de keuken om de lunch te pakken die ze had klaargemaakt om mee te nemen – na goedkeuring van haar grootmoeder natuurlijk. Olivia zou nog liever verhongeren dan iets te moeten eten wat Betty had klaargemaakt. De vrouw kon zelfs de eenvoudigste recepten verpesten. Ze had er echt talent voor. Haar vader was er de eerste paar keer dat hij haar eten moest doorslikken bijna in gestikt. Daarna waren haar ouders altijd met een lading eten langsgekomen.

Ze duwde de voordeur open en liep de drukkende hitte in, legde het eten op de passagiersstoel, deed haar gordel om en zette een grote zonnebril op. Daar ging ze dan.

De rit naar Jackman verliep redelijk soepel, ongeveer tweeënhalf uur over provinciale wegen met weinig toeristenverkeer. De grootste plaats waar Olivia doorheen kwam, was Skowhegan aan de Kennebec-rivier, waar de jaarlijkse Maine State Fair werd gehouden. De omgeving was schitterend. De meeste mensen wisten naast Acadia National Park en de beroemdste steden, Bar Harbor en Portland, maar weinig van Maine. Bangor als je van Stephen King hield. Freeport als je van L.L. Bean hield.

Ze had de raampjes open, liet de wind door haar haren waaien en zong mee met nummers uit haar tienerjaren: Sheryl Crow en Tori Amos, Red Hot Chili Peppers en Green Day. De jaren negentig. Ze zat weer op school, mama leefde nog en dronk niet, zij en papa waren gelukkig. Lauren met haar blotebillengezicht bestond nog niet. Olivia zou filmster worden. Het leven was mooi.

Na een plaspauze bereikte ze iets na halftwaalf de eerste huizen van het plaatsje. Oma Betty at haar maaltijden elke dag op dezelfde tijd: ontbijt om zeven uur, lunch om halftwaalf en avondeten om vijf uur. Wanneer haar dochters naschoolse activiteiten hadden of haar echtgenoot moest overwerken, moesten ze het zelf maar uitzoeken. Oma liet haar schema door niets of niemand overhoophalen. Windhoos die het dak van het huis blies? Het maakte niet uit, zij zat aan tafel, servet op schoot, kauwend op een van haar smakeloze, te lang gekookte meesterwerken. Gek mens. Zo buigzaam als een stenen muur.

Toch was ze dol op Olivia, hoewel een buitenstaander dat niet aan oma Betty zou kunnen zien. Volgens haar moeder had Olivia als baby een belangrijke rol gespeeld bij het dichten van de kloof die tussen ouders en dochter was ontstaan toen Sylvia Moore op haar zeventiende van huis was weggelopen, in Manhattan was gaan wonen en aan haar acteercarrière was begonnen. De jonge Sylvia had haar schuldgevoelens gesust door elke week brieven aan haar familie te schrijven. Alleen haar zus Christina antwoordde weleens. Sylvia's naam mocht van Betty niet meer in huis worden uitgesproken; voor hen was ze dood.

Hoe graag haar moeder als jong meisje het huis ook had willen ontvluchten, ze had nooit echt Jackman en Maine, noch Arnold en Betty, uit haar ziel kunnen bannen. Dertien jaar later, enkele maanden na de geboorte van Olivia, had Jillian verklaard dat het genoeg was geweest. Zij en Daniel waren naar Bangor gevlogen, hadden een auto gehuurd en waren onaangekondigd bij oma Betty op de stoep verschenen.

De verzoening was moeizaam verlopen, maar niet zo rampzalig als Jillian had gevreesd. Volgens Jillian had Betty, zodra ze doorhad wie er aanbelde, de deur voor hun neus dicht willen gooien. Net op tijd had Olivia 'het schattigste babykreetje uit de geschiedenis geslaakt, alsof God het haar had ingefluisterd'. Betty had haar eerste kleinkind niet kunnen weerstaan, en hoewel ze haar dochter nooit zou vergeven dat ze was weggelopen, werd er een ongemakkelijke wapenstilstand gesloten. Arme papa, die uit een rijke, verfijnde New Yorkse familie kwam, had de stroeve ontmoetingen met zijn kleinburgerlijke schoonfamilie, in Jackman of in het huis van de Braddocks in Stirling, met opeengeklemde kaken doorstaan.

Olivia zette de radio zachter om de buurtbewoners haar muzieksmaak te besparen, en reed door het dorpje met zo'n zevenhonderd inwoners. Er was niet veel veranderd sinds haar laatste bezoek, zo'n vijf jaar geleden. Het waren altijd plichtmatige bezoekjes, want Betty's gezelschap was hooguit op een grappige manier irritant. Aangezien Olivia om acht minuten over halftwaalf zou aankomen, zou oma haar al met enige ergernis begroeten.

Ze sloeg af naar Bartley Street en parkeerde bij het kleine witte huis met de groene kozijnen, dat er ook nog precies zo uitzag als ze zich herinnerde, hoewel misschien iets verweerder. Terwijl ze haar handtas en lunch van de stoel naast haar pakte, hoorde ze de deur opengaan. Oma Betty kwam het huis uit op hetzelfde moment dat Olivia de iets koelere buitenlucht in stapte.

'Hallo oma!'

'Je bent te laat.'

'Ik weet het, het spijt me.' Ze liep naar de deur en omhelsde haar magere grootmoedertje, rook haar vertrouwde geur, die nog iets muffer was dan vroeger. 'Wat ziet u er goed uit. Ik zou u geen negentig geven.'

'Ik ben anders de negentig allang voorbij.' Maar Betty glimlachte, en haar gerimpelde wangen kleurden terwijl ze Olivia van top tot teen bekeek. 'Koningsblauw staat je goed. Al ben je nog steeds veel te mooi.'

'Dank u.' Olivia hield de tas omhoog met brood dat ze de dag ervoor had gebakken, eiersalade, stukjes wortel, perziken en chocoladekoekjes. Het had geen zin om iets aparters uit te proberen bij oma. Dat at ze toch niet. 'Hier is de lunch. Sorry dat ik te laat ben.'

'Geeft niet. Kom binnen.'

'Na u.' Olivia hield de deur open en was niet verbaasd toen Betty haar boos aankeek.

'Mijn huis. Na jou.'

Ze wist dat ze haar niet moest tegenspreken. 'Goed dan.'

Het huis was benauwd en in vreselijke staat. Vuile vloerbedekking en dezelfde krakkemikkige meubels, bedekt met dezelfde versleten doeken en dekens die nog rafeliger waren geworden. Op alles lag een laag stof. Maakte Betty niet meer schoon of kon ze het vuil gewoon niet zien?

'Oma, u hebt echt een poetshulp nodig.'

'Wat?' Ze was direct verontwaardigd, wat zo vaak het geval was dat het in de familie normaal gevonden werd. 'Hoe bedoel je? Het ziet er prima uit.'

'Niet waar. Ik kan vanmiddag wel even helpen.'

'Mijn huis. Mijn regels. Het is schoon.' Betty liep stampvoetend naar de keuken. 'Laat die lunch van je maar eens zien. Ik ben uitgehongerd.'

'Oké...' Olivia volgde haar naar de keuken en herinnerde zich hoe vaak ze zich had moeten verbijten om niet op te ruimen en iets klaar te maken waar wél smaak aan zat. Ook de keuken was verouderd, en het beige linoleum zat vol scheuren en allerlei soorten vlekken. 'Die vloer mag weleens geboend worden.'

'Dat heb ik vorige week nog gedaan.'

'Of vernieuwd.' Ze zette de tas op tafel, die al gedekt was voor twee personen.

'Daar ga ik mijn geld niet aan uitgeven.'

'U zou toch nog genoeg geld moeten hebben van wat mama u gegeven heeft. Wat hebt u daarmee gedaan?'

'Gespaard.'

'Waarvoor?'

'Voor iemand anders dan jij. Ga zitten.'

Irritante vrouw.

'Ik heb geen geld nodig, oma.' Olivia ging zitten en de vinyl stoelbekleding slaakte een kreunende zucht. Ze pakte de tas erbij. 'Dit huis zou een keer een goede beurt moeten krijgen. Waarom huurt u niet –'

'Eiersalade!' Betty knikte gretig. 'Ik vind eiersalade lekker. Dank je.'

'Graag gedaan.' Olivia zette het bakje worteltjes en een klein zakje chips op tafel. 'Mama gaf u dat geld om het hier wat aangenamer te maken, om te reizen, om mooie spullen te kopen.'

'Ik hoef haar geld niet. Ik spaar het voor mijn andere dochter.' Betty nam een hap van haar broodje. 'Mmm. Lekkere eiersalade.'

'Uw andere dochter... Christina?' Heel even vreesde Olivia dat haar grootmoeder vergeten was dat Jillians zus al bijna tien jaar dood was.

'Natuurlijk niet. Wat zou zij daar nou mee moeten?'

Olivia rolde met haar ogen. 'Heel grappig, oma.'

'Feiten zijn feiten, en dood is dood.' Ze nam nog een grote hap. 'Ik bedoel Christina's vriendin Phoebe Jansen. Zij bleef in Jackman toen mijn dochters dat weigerden. Zij heeft voor me gezorgd. Zij kwam op bezoek. Zij gaf om me. Toen ze verhuisde om te trouwen met een man die ze via de computer had ontmoet, was ik blij voor haar. Phoebe verdiende een goede man, en ze verdient al mijn geld als ik het hoekje om ga. Je moeder vond dit huis niet goed genoeg om in te wonen. Ik gebruik haar chantagegeld niet om het anders te maken dan hoe het altijd geweest is en hoe het hoort te zijn. Het is mijn huis.'

Olivia nam een hap van haar broodje eiersalade. Het had wat gekruider gemoeten – meer mosterd of tijm. 'Mama wilde u alleen maar helpen, oma. Niet chanteren. Ze wilde –'

'Opscheppen, doen alsof ze beter was dan wij, alsof wij haar geld nodig hadden. Je vader was nog erger. Volgens mij heeft hij het haar aangedaan. Je opa...' Ze sloeg een kruis. 'Je opa en ik waren niet rijk, maar we waren ook niet arm, en we hadden haar neerbuigendheid niet nodig.'

'Ze hield van jullie.' Om de een of andere reden.

'Dat liet ze dan wel op een aparte manier merken. Weglopen zonder een woord te zeggen, zonder dat wij een idee hadden wat er met haar gebeurd was.'

Olivia richtte al haar aandacht op haar broodje. Eve had oma een paar maanden eerder bezocht en had verteld dat Betty ook toen maar door bleef gaan over de 'ondankbare dochter'. Olivia wist dat ze niet tegen haar oma in moest gaan, zeker niet wanneer het over haar moeder ging. 'Waar is Phoebe heen verhuisd?'

'Ze werd verliefd op een paardenman in New York. Die plek van de paardenraces, waar is dat ook weer?'

'Belmont? Aqueduct?'

'Nee, het begint met een s.'

Olivia legde haar broodje neer. 'Toch niet Saratoga Springs?'

'O ja, Saratoga Springs.' Betty pakte een chipje. 'Waarom niet Saratoga Springs?'

'Maar dat betekent...' Ze staarde verbijsterd naar haar grootmoeder. Haar zussen hadden Olivia's verbod om over Jillians onvruchtbaarheid te praten grotendeels in acht genomen, maar ze wist dat haar moeders dagboeken anoniem naar Rosalind en Eve waren gestuurd in pakjes met het poststempel Saratoga Springs. 'Dus Phoebe had mama's dagboeken?'

'Wat? Nee,' zei Betty ongeduldig, alsof Olivia iets doms had gevraagd. 'Die had ik. Je moeder heeft ze me gestuurd.'

'Wanneer? Waarom?'

'Net voordat ze er een einde aan maakte.'

Olivia was geschokt door haar oma's wreedheid. 'Oma! Mama heeft geen zelfmoord gepleegd. Het was een overdosis.'

'Ze nam een overdosis om zelfmoord te plegen.'

'Per ongeluk.'

'Nee.' Oma Betty schudde haar hoofd en pakte nog een chipje. 'Ze zei dat ze het opgegeven had, dat het voorbij was. Leuk om zoiets tegen je bloedeigen moeder te zeggen. Waar ga je heen?'

Olivia was gaan staan en ging langzaam weer zitten, duizelig en misselijk van afgrijzen. ‘Heeft ze tegen u gezegd dat ze zelfmoord ging plegen?’

‘Ze heeft me de dagboeken gestuurd omdat ze niet wilde dat iemand ze na haar dood zou vinden.’

‘Hoe weet u dat?’ Olivia klonk hysterisch. Ze wilde tegen haar grootmoeder schreeuwen dat ze op moest houden met deze vreselijke leugens.

‘Wat denk je?’ Betty keek haar geërgerd aan. ‘Ze heeft me een brief geschreven. Hij ligt hier nog ergens, samen met jouw dagboek.’

Olivia schoof haar bord van zich af, bang dat ze moest overgeven. ‘Mijn dagboek?’

‘Het dagboek waarvan Lauren wil dat je het krijgt.’

‘Lauren?’

‘Waarom herhaal je alles wat ik zeg?’ Betty tuurde over de tafel naar haar. Haar mond viel open. ‘Lieve help, wat zie je bleek. Ga maar even op de bank in de woonkamer liggen.’

‘Nee.’ Olivia probeerde rustig en diep adem te halen om niet flauw te vallen. Haar grootmoeder was de kluts kwijt. Haar moeder zou het nooit zomaar opgeven. Ze zou Olivia nooit in de steek laten. Of Eve, of Rosalind, of Daniel, of haar publiek. Haar vader had oma Betty waarschijnlijk de dagboeken gestuurd, zodat ze zou beseffen dat ze haar dochter verkeerd beoordeeld had.

‘Het gaat wel. Het is gewoon… een schok.’ Een schok om Betty deze rancuneuze nonsens te horen uitkramen.

‘Moet je je voorstellen hoe ik me voelde toen ik die brief kreeg. “Lieve mama, ik maak er morgen een eind aan, wil jij mijn dagboeken bewaren?” Barbaars gewoon.’ Ze lachte vals. ‘Het had me niet moeten verbazen. Ze dacht altijd al alleen aan zichzelf.’

‘Mama was niet barbaars.’ Olivia staarde haar grootmoeder aan en kreeg het gevoel dat ze in een ander universum waren terechtgekomen, waar het altijd ‘andersomdag’ was, een van Jake’s lievelingsspelletjes.

Kennelijk was dit van haar gezicht af te lezen, want Betty trok haar dunne, grijze wenkbrauwen op. ‘Hoe zou je het dan willen noemen?’

'Ze nam haar familie in bescherming.'

'Mij anders niet! Mij die boeken sturen over zichzelf en al haar gedachten, alsof ze het middelpunt van het universum was.'

'U hebt haar ook niet beschermd.'

'Waartegen? Tegen het feit dat ze een filmster was die getrouwd was met een rijke man, in een paleis woonde en een miljard dollar verdiende door gezichten te trekken voor de camera en woorden op te zeggen die ze niet zelf hoefde te schrijven? Waar moest ik haar tegen beschermen?'

Olivia haalde diep adem om haar woede te beteugelen. Betty was oud, koppig en waarschijnlijk narcistisch, en misschien de weg kwijt. Het was duidelijk dat ze niet in staat was, en waarschijnlijk nooit in staat was geweest, om iets vanuit een ander standpunt te zien dan het hare. Het had geen zin om te proberen haar tot rede te brengen. En als Olivia haar boos maakte, zou ze haar misschien het dagboek niet geven.

'Dat is vast zwaar voor u geweest.'

Haar grootmoeders gezicht werd onmiddellijk zachter. 'Ja, inderdaad. Die meid was een beproeving.'

'Ze hield van u, oma.'

'Ik heb mijn best gedaan. Ze was knap. Getalenteerd. En vervloekt.'

'Ja. U hebt het niet makkelijk gehad.'

'Dat kun je wel zeggen.' Ze keek stralend naar Olivia, die haar nu het liefst een dreun zou verkopen. 'Maar ik heb haar grootgebracht, omdat dat mijn taak was. Van mij en van haar vader.'

Olivia deed haar best om de rest van haar broodje op te eten, of in elk geval genoeg om de indruk te wekken dat ze at, terwijl haar grootmoeder nog meer gal spuwde, over de idioten die de kerk in het dorp hadden afgebroken en lelijk hadden herbouwd, over die stomme hippies die elke zomer naar Jackman kwamen om op de Moose-rivier te kajakken, over een vriend die haar iets had aangedaan, over de reparateur die te veel in rekening had gebracht.

Olivia zat de lunch uit – voor zover ze nog iets naar binnen kreeg – en wachtte tot haar grootmoeder een adempauze nam. 'Dus… u hebt hier nog een dagboek liggen?'

'Alleen het laatste nog.'

'Lauren zei dat u iets voor me had. Iets van mama. Is dat het?'

Oma Betty stak haar kin met de eronder hangende kwabben naar voren. 'Zei Lauren dat?'

Olivia knikte en hield haar adem in.

'Nou, zij is de baas.' Betty snoof. 'Ze vertelde me van elk dagboek waar en wanneer en hoe ik het moest opsturen, en dan pakte ik het in en vroeg ik Phoebe om het op de bus te doen. Ik had toch niets aan die dingen.'

'Hebt u ze niet gelezen?' Olivia wist het antwoord al. Betty zou het nooit toegeven, zelfs niet aan zichzelf, maar ze was waarschijnlijk doodsbenauwd voor haar dochters echte innerlijke leven, en hield liever vast aan de lelijke versie, die haar beter uitkwam.

Spottend antwoordde Betty: 'Waarom zou ik dat doen? Ze was mijn dochter. Ik kende haar al.'

'Aha.' Olivia stond op en schraapte haar bord leeg in de vuilnisbak, die nodig geleegd moest worden. Ze vroeg zich af of ze het nog volhield om te wachten met vragen naar het dagboek tot Betty klaar was met haar lunch. 'Als u me zegt waar het ligt, pak ik het wel even.'

'Zo, je staat wel te popelen, hè?'

'Ze is mijn moeder. Ze is al bijna twintig jaar dood. Ja, ik sta te popelen.'

'Ze had geen moeite met het negeren van háár moeder.'

Olivia perste haar lippen op elkaar om niet te reageren. Haar moeder had dertien jaar lang elke week een brief naar Jackman gestuurd, zonder ooit antwoord te krijgen. Wie negeerde er nou wie?

'Het ligt boven in de kast. Op de plank in een schoenendoos waar "Sylvia" op staat.'

Olivia rende bijna de trap op, die hoognodig opnieuw bekleed moest worden. Betty's kamer was aan het eind van de gang, maar Olivia bleef staan bij de kamer die haar moeder in haar jeugd had gedeeld met Christina. De twee bedden waren nog steeds opgemaakt met roze spreien, waardoor Olivia de absurde aanvechting kreeg om te ruiken of haar moeders geur er nog in zat.

Na zoveel jaren niet meer.

Teleurgesteld ging ze naar Betty's kamer, waar het rook alsof de ramen in geen jaren open waren geweest. Uit de open laden van het dressoir hingen gekreukte kleren, en op stoelen die van Betty's grootmoeder moesten zijn geweest, lagen bergen vuile was.

Oud worden was geen pretje.

Olivia stapte over een paar versleten sloffen heen en gluurde in de openstaande kast. Tot haar verbazing was hij keurig opgeruimd, een herinnering aan nettere tijden. Betty trok de kleren in deze kast kennelijk niet vaak meer aan.

Zoals Betty had gezegd, stond op de plank een schoenendoos met daarop in zwarte stift keurig SYLVIA geschreven, en ernaast een doos met CHRISTINA erop. Het deed Olivia goed dat de doos niet ergens diep weggestopt was. Telkens als Betty in de kast keek, zag ze de namen van haar dochters. Ergens onder die chagrijnige rimpels moest een echt iemand zitten, met gevoelens.

Olivia pakte Sylvia's doos en tilde de deksel op, hopend op allerlei schatten, maar er was er maar één. Zorgvuldig verpakt in nauwelijks gekreukt vloeipapier lag daar het dagboek van zacht, groen leer, met in gouden letters haar moeders artiestennaam erop.

Olivia ging met haar vingers over de letters, haar tranen weg knipperend. 'Mama,' fluisterde ze. Ze had sieraden van haar moeder, jurken, foto's, een paar haastig geschreven brieven uit Olivia's studietijd, maar dit waren haar moeders ongecensureerde woorden, haar gedachten, door niemand anders ooit gelezen, tot nu. Het voelde als een zeldzame en wonderbaarlijke kans om weer alleen met haar moeder te zijn.

Ze drukte het boekje tegen haar borst en twijfelde of ze de doos weer terug zou zetten. Ze besloot alleen het vloeipapier terug te stoppen, de deksel er weer op te doen en de doos op het onopgemaakte bed van haar grootmoeder te laten staan, zodat ze er niet omheen kon.

De doos met CHRISTINA erop lonkte. De rustige, ietwat vreemde vrouw had niet echt een rol gespeeld in het leven van de meisjes, ook niet na hun moeders overlijden. Olivia zou even kijken, dan alles weer precies hetzelfde terugzetten, aangezien ze geen toestemming aan Betty had gevraagd.

Nieuwsgierig pakte ze doos, die opvallend minder stoffig was dan die van Sylvia. Er lagen twee stapeltjes brieven in met elastiek eromheen, met erbovenop nog een losse brief. Verder een knullige kralenketting, een slakkenhuis en een hartvormige sleutelhanger met één sleutel. Geen van de spullen zei Olivia iets. Ze keek even naar de gang, alsof oma op haar bezemsteel zou kunnen komen aanvliegen om haar te bespioneren, en maakte toen de losse brief open, geschreven in het kenmerkende ronde handschrift van haar tante. Datum: 12 april, geen jaar. Was hij na de andere brieven geschreven of onlangs door haar oma uit de stapel gehaald en niet teruggestopt?

Lieve mama,

Je hebt de laatste keer dat we elkaar zagen duidelijk laten weten wat je van me vond. Maar ik wil dat je deze foto hebt, zodat je haar kunt zien en niet de waarheid kunt ontkennen, zoals je tijdens mijn hele zwangerschap hebt gedaan. Ze is mijn kind, jouw kleindochter. En hoewel ik haar heb afgestaan, wil ik je laten weten hoeveel ik van haar houd en hoeveel ik altijd van haar zal houden. Ik kan geen spijt hebben van mijn keuzes. Zonde kan ingewikkelder zijn dan goed of fout, maar ik denk dat je het moet ervaren om dat te zien. Ik weet dat God me zal vergeven. Ik hoop jij ook.

Liefs,
Christina

Olivia's mond viel open. Ze legde de brief neer, maar pakte hem weer op en las hem nogmaals. Dit was schokkend nieuws. Christina had een bescheiden, teruggetrokken leven geleid in een huisje in een dorp dat nog kleiner was dan Jackman, ver in het noorden van Maine – misschien zo ver bij Betty vandaan als ze maar kon? Ze was verloskundige geweest, had geholpen bij de geboorte van alle drie de dochters van Jillian, en was in 2010, toen ze achter in de vijftig was, gestorven aan diabetes, waaraan ze volgens haar moeder nooit iets had gedaan.

Blijkbaar had de droevige, eenzame Christina een leuke tijd met iemand gehad, in elk geval voor eventjes, maar met vreselijke gevolgen. Een baby moeten afstaan... Olivia kon zich niet voorstellen hoe verschrikkelijk dat moest zijn. Maar het zou tenminste een verklaring zijn voor de sluier van verdriet die altijd over Christina hing, en die het contrast met haar energieke, glamoureuze grote zus des te dramatischer maakte. Olivia, Eve en Rosalind hadden nooit echt een band gevoeld met hun tante, die weinig zei en met een hongerige intensiteit naar hen keek.

Had haar moeder het geweten? Ze had nooit iets over een baby gezegd. Olivia las de brief een derde keer, alsof dezelfde woorden haar bij een volgende lezing extra informatie konden geven. Wie was de vader geweest? Hoe vroeg in de zwangerschap had hij de benen genomen? Arme tante Christina. Oma Betty zou deze 'ontucht' niet hebben geduld. En Betty kennende zou ze nu waarschijnlijk geen antwoord geven op Olivia's vragen.

Olivia legde de spullen voorzichtig terug in de doos en ging weer naar beneden, zich afvragend hoe vroeg ze kon vertrekken zonder onbeleefd te zijn, en zich vervolgens afvragend waarom ze zich daar druk om maakte, als je zag hoe onbeleefd haar grootmoeder kon zijn. Ze wilde haar zussen bellen, hun vertellen wat ze aan de weet was gekomen over Christina en over waar de dagboeken vandaan kwamen. Lauren bleek een onverwachte bondgenoot. Ondanks Laurens belofte aan papa om nooit iets los te laten over Jillians 'zwangerschappen', had ze het, toen de zussen erachter waren gekomen, kennelijk belangrijk gevonden dat de drie dochters in elk geval dit van hun moeder wisten. Olivia zou haar waarschijnlijk dankbaar moeten zijn.

Ze zou eerst het dagboek lezen.

'Daar ben je.' Oma Betty had de tafel afgeruimd en de borden in de gootsteen gezet. 'Ik wil je wat familiefoto's laten zien die ik laatst aan het ordenen was. Ik wil dat jij en je zussen goede herinneringen hebben wanneer ik doodga.'

Olivia was blij verrast. Dat was de perfecte opening om vragen te stellen over Christina en haar moeder, tenzij Sylvia's afbeelding zorgvuldig uit alle foto's was geknipt. Wat Olivia niet eens erg zou verbazen. 'Dat lijkt me geweldig.'

'Dat dacht ik al.' Betty stond op en schuifelde naar de woonkamer. Olivia spoot wat afwasmiddel in de gootsteen en waste haastig af. Ze zette net het laatste glas in het droogrek toen Betty weer binnenkwam met een paar fotoalbums in haar handen. 'O, wat aardig van je. Bedankt.' Ze wees. 'Pak die stoel eens. Dan kijken we hier samen aan tafel.'

Olivia begreep niet waar haar grootmoeders aardigheid opeens vandaan kwam, maar ze hoopte dat ze er nog veel meer van had en het vaak zou aanboren. 'Hier ben ik de laatste tijd mee bezig geweest. Het is een enorm karwei. Veel te veel foto's. Misschien leg ik wel het loodje voordat ik klaar ben. Dan blijven jullie achter met de rommel.'

'Dat geeft niet, oma. Bedankt dat u dit doet.' Olivia sloeg de pagina's om en kreeg steeds minder aandrang om weg te gaan. Er waren foto's van mama en foto's van Christina. Op hun teint na verschilden ze als dag en nacht van elkaar. Christina was mollig, kort, serieus en kleurloos; haar grote zus was lang, soepel en vrolijk. Al op zeer jonge leeftijd was het duidelijk dat Sylvia's schoonheid buitengewoon zou zijn.

Foto's van mama met Kerstmis, met Thanksgiving, in toneelstukken op de middelbare school – *Guys and Dolls, Harvey, South Pacific*. Olivia herinnerde zich dat haar moeder het over die toneelstukken had gehad, en had er onlangs over gelezen in het dagboek. Deze foto's had Betty tenminste bewaard. En ze leek er zelfs naar te kunnen kijken zonder haar gal te spuwen.

'Wil je een kopje thee?'

'Ja, lekker.' Olivia staarde naar een foto van opa Arnold met zijn gebruikelijke honkbalpet op, die op een schommelstoel zat en in de verte staarde. Aardige man. Geen bolleboos, maar vriendelijk en eerlijk, in elk geval tegen Olivia en haar zussen. Mama had gezegd dat toen ze klein was haar vader ofwel als timmerman en klusser aan het werk was, ofwel thuis zijn zelf gedraaide sigaretten zat te roken die, tot niemands verbazing, uiteindelijk zijn dood werden. Zijn taak was om het geld binnen te brengen, het niet allemaal op te drinken, en Sylvia en Christina te straffen wanneer Betty vond dat ze het verdienden. Het opvoeden liet hij verder helaas over aan zijn vrouw.

'Hebt u hulp nodig, oma?'

'Denk je dat ik niet weet hoe ik thee moet zetten?'

Olivia rolde met haar ogen en sloeg nog een bladzijde om. Een foto gleed uit het album en viel op de grond. Ze pakte hem op en bekeek hem nieuwsgierig. Een uitgeputte tante Christina. In bed met een baby in haar armen. Een donkerharig kindje. De blik op haar gezicht raakte Olivia rechtstreeks in haar hart. Liefde. Diepe, hongerige liefde – en al even diepe angst. Dit kon weleens de foto zijn waar Christina in haar brief naar verwees. Betty moet hem pas nog uit de doos hebben gehaald, wat zou verklaren waarom de brief niet tussen het stapeltje zat. Misschien had ze Christina uiteindelijk vergeven, hopelijk vóór haar dood. Het beste van het vinden van deze foto was dat Olivia vragen over de baby kon stellen zonder toe te geven dat ze had rondgesnuffeld.

'Had Christina een kind?'

'Christina?' Betty zette de fluitketel op het kleine fornuis en stak het vuur aan. 'Natuurlijk niet. Ze is nooit getrouwd.'

Olivia rolde achter haar grootmoeders rug met haar ogen. 'Gek genoeg kunnen vrouwenlichamen dat onderscheid niet maken. Het schijnt te gebeuren.'

'Niet in deze familie.' Betty liep weer terug naar de tafel.

'Wat is dit dan?' Olivia liet haar de foto zien. 'Christina in bed met een baby. Als die niet van haar is, van wie dan?'

'O, die.' Betty keek verstoord naar de foto. 'Ik vroeg me al af waar die was. Ik was van plan om hem ergens anders in te stoppen. Ik moet hem per ongeluk in dit album hebben gedaan.'

'Als ze geen kind heeft gekregen, wie is deze baby dan?'

'Deze baby...' Betty haalde diep adem en keek haar niet aan. '...ben jij.'

'Ik.' Olivia's hart begon te bonzen. Haar gezicht werd rood. Was Christina haar moeder? 'Maar...'

'Ze was de hele nacht bij je moeder geweest toen jij werd geboren.' Betty stak haar hand uit om de foto terug te pakken. 'Ze was doodop.'

Olivia's adem stokte. Ze was zojuist een heel andere kant op getrokken. 'De hele nacht bij mijn moeder geweest? Jillian?'

'Natuurlijk. Welke andere moeder heb je dan?'

Eén seconde lang leek opeens alles mogelijk, totdat de harde werkelijkheid weer toesloeg. 'Mijn moeder heeft mij niet gebaard.'

Betty perste haar lippen op elkaar en trok haar hand terug toen Olivia de foto niet wilde teruggeven. 'Je moeder was erbij toen jij geboren werd. Christina was de hele nacht wakker en zij ook.'

Olivia blies langzaam haar longen leeg en vulde ze toen weer. Natuurlijk niet Jillians kind. Maar... Christina's? Met Daniel Braddock? Dat zou de afwezigheid van een man in haar leven verklaren. Ze blies opnieuw uit toen de omvang van de waarheid haar trof. Als Christina haar moeder was, dan waren zij en Jillian misschien niet moeder en dochter, maar wel bloedverwanten – tante en nicht. Echte familie. De enige zus die echt familie was.

Olivia vocht tegen haar tranen. Dit verklaarde zoveel. Waarom haar moeder haar voortrok. Waarom Olivia qua gezicht en postuur het meest op haar leek. Waarom ze van kleins af aan was klaargestoomd om de volgende Jillian Croft te worden.

Er welde vreugde in haar op, zo intens dat ze het nauwelijks kon binnenhouden. Al die tijd had ze het idee dat Jillian niet haar biologische moeder was weggedrukt als iets bedreigends en verschrikkelijks. Nu had ze weliswaar niet de eerste prijs gewonnen, maar wel de tweede.

'Christina vertelde me dat ze verloskundige was geweest voor Sylvia. Dat haar bloedsuikerspiegel die nacht had opgespeeld omdat ze haar gezondheid had verwaarloosd, niet had gegeten of te lang had uitgeslapen. Dus had je vader haar naar bed gebracht, maar hij liet haar jou vasthouden. Ze was zo blij dat ze haar zus kon helpen. Het was zo'n lieve meid. Ik weet nog steeds niet waarom God haar niet gelukkig heeft laten zijn in de liefde. Ze wilde zo graag een man en een gezin.'

Tante Christina had Olivia gedragen en gebaard, maar had haar afgestaan… aan haar zus. Dat was waarom er zowel vreugde als angst in haar blik lag. Waarom ze altijd haar aandacht op haar oudste nichtje richtte alsof Olivia van haar was.

Olivia bestudeerde de foto nog wat langer. Haar hoofd tolde. Haar biologische moeder. Ze had het zo lang niet willen weten, was zo bang geweest om erachter te komen. Nu ze de waarheid kende, schaamde ze zich voor die angst en had ze spijt van haar terughoudendheid. Ze was Jillians nichtje! Dus dan was ze…

Ze verstarde, ontzet. Wat was ze dan? Wat was ze dan precies? Bijzonder?

Ze liet de foto op het album vallen. Wat maakte het uit van wie ze de dochter was? Olivia had zich vastgeklampt aan het idee dat ze een bloedverwant van Jillian Croft was als een touw dat in de put was neergelaten waarin ze gevangenzat. Erger nog, ze had zo'n beetje de conclusie getrokken dat deze relatie haar een meer legitieme dochter maakte dan haar zussen.

Ze schaamde zich diep.

Als het zo belangrijk was om bijzonder te zijn, dan moest Olivia die eer zelf verdienen, niet door mee te liften op haar moeders designerjurken.

Ze liet haar hoofd achterovervallen, sloot haar ogen en negeerde haar grootmoeders bezorgde blik. De afgelopen weken had het leven een spiegelpaleis voor haar gebouwd, waarin haar spiegelbeeld zowel was opgeblazen als sterk verkleind. Ze besefte nog maar net wat iedereen waarschijnlijk al in de puberteit had bedacht: dat het onmogelijk was om iemand anders dan jezelf te zijn. De volgende gedachte welde in haar op als een onverwachte tsunami. Als Olivia ophield met proberen de vrouw te zijn die haar moeder wilde dat ze was…

Wie was ze dan?

Hoofdstuk 18

14 december 2001 (vrijdag)

Vandaag ben ik met de meiden gaan winkelen. Normaal gesproken laat ik Nancy een aantal outfits aan huis brengen en dan kiezen we iets uit. Ik kan niet altijd tegen dat circus. Maar vandaag had ik zin om uit de band te springen. Het was tijd om hun jurken te kopen voor ons jaarlijkse huisfeest. Ze waren zo opgetogen! Olivia natuurlijk het meest van allemaal. Ze is dol op mooie kleren, net als haar moeder. Rosalind, die alleen maar spijkerbroeken draagt, wil altijd de felst gekleurde jurk die er is. Eve is mijn grote frustratie. Ze is zo conservatief!

Ik wil niet dat mijn dochters zich ooit voor hun lichaam schamen. Ze zijn alle drie perfecte, hele vrouwen, die niets te verbergen hebben.

Eve en ik hebben uiteindelijk een compromis gesloten. Ik heb een prachtige blauwe strapless jurk met een zijden shawl voor haar gekocht. Ze mag hem dragen, maar het hoeft niet. Ze heeft een fantastische bouw en wordt later een oogverblindende vrouw. Ze is nu al lang, net als haar moeder en haar grote zus.

Het feest is de zevenentwintigste. Na de aankondigingskaarten van vorige maand zijn nu de uitnodigingen verstuurd. Silas heeft al toegezegd dat hij komt. Ik hoop dat hij goed nieuws heeft. Dat heb ik hard nodig.

Jillian

Zodra Olivia min of meer beleefd bij haar grootmoeder weg kon gaan, reed ze over Route 201 naar het noorden tot ze bij het vertrouwde kerkhof kwam. Ze parkeerde langs de weg en haastte zich half rennend naar de plek waar haar moeder lag, met een zwaar gemoed en tranen die achter haar ogen brandden.

Ze knielde neer bij het graf, legde haar wang tegen de warme steen en raakte het gras aan waaronder Jillian Croft nog steeds bestond. 'Ik heb je dagboek. Je laatste. Ik wil het lezen terwijl ik bij jou ben.'

Met bonkend hart ging ze op het wilde gras zitten. Ze sloeg de groene kaft open en begon te lezen.

Een uur later sjokte ze terug naar de auto, opnieuw huilend, maar nu om een totaal andere reden.

Lauren had gelijk gehad over haar moeder. Oma Betty had gelijk gehad over haar moeder. Zelfs Duncan had gelijk gehad, en hij had haar moeder niet eens ontmoet.

Jillian was inderdaad zo veeleisend, bazig en egoïstisch geweest als zij zeiden. Waar was de vrouw die Olivia had verafgood en nagevolgd? Had ze ooit bestaan of was Olivia altijd verblind geweest door haar moeders aura? Wat was er gebeurd met 'laat nooit je zwakke kant zien'? Met 'geef nooit op'? Haar moeder had juist wel haar zwakke kant laten zien; ze had het opgegeven en had geweigerd vooruit te kijken naar de volgende auditie, naar de volgende kans. Ze had alles waar ze voor stond, elke leefregel die ze haar dochter had geleerd, verloochend. Waren die leefregels ook een illusie geweest? Slechts een onderdeel van Jillians geïdealiseerde versie van hoe een ster, een vrouw, zou moeten zijn?

Had ze eigenlijk wel geweten wie of wat ze was, of had haar eigen aura haar ook verblind?

Olivia stapte weer in haar Jetta en keek wezenloos voor zich uit, door de voorruit vol vliegjes. Het ergst was nog dat ze Lauren haar nederige, diepe en oprechte verontschuldigingen moest aanbieden. Misschien oma Betty ook, maar oma Betty zou zich al zo vaak voor haar eigen gedrag hebben moeten verontschuldigen dat dit volgens Olivia wel tegen elkaar opwoog. Ze huilde nog eens flink, startte toen de auto en reed terug naar Belfast.

Tweeënhalf uur later kwam ze aan, zich nauwelijks bewust van de rit die ze had gemaakt. Ze wilde de Pattersons nog even niet onder ogen komen, liet het dagboek in de auto achter en liep in de inmiddels verzengende hitte door de tuin, langs het prieeltje en door de bomen die het boothuis omringden. Ze wilde Duncan.

Tien meter vóór zijn huis bleef ze staan. Al haar hele leven rende ze naar een man toe wanneer ze het moeilijk had. Naar haar vader toen ze nog een klein meisje was. Later naar vriendjes, toen naar Derek. Nu naar Duncan.

Had ze dat ook van haar moeder geërfd? Mannen gebruiken om haar doelen te bereiken of om te krabben als ze jeuk had? Ze geloofde dat haar moeder echt van haar vader had gehouden. Maar wat als haar vader zijn werk en zijn status was kwijtgeraakt? Wat als ze zijn beroerte en herstel had meegemaakt? Zou de vrouw in de dagboeken elke dag weer met geduld en goede zin alle verzorgingstaken op zich hebben genomen zoals Lauren dat deed?

Daar was geen antwoord op. Maar deze keer rende Olivia niet naar Duncan.

Ze liep terug door het bos en was bijna weer in de tuin, toen ze stemmen hoorde. Sam kwam de trap naar het water op, gevolgd door Duncan.

O nee! Het laatste wat ze wilde, was dat Sam haar daar zou zien staan, met betraande wangen, dikke ogen, verwaaid haar, duidelijk op weg om uit te huilen bij haar nieuwe minnaar, die technisch gezien nog steeds Sams echtgenoot was.

Zonder na te denken liep ze de andere kant op, het bos weer in, en hurkte neer achter een spar, hopend dat Duncan en Sam naar de Pattersons zouden gaan, wat Olivia de tijd zou geven om terug te sluipen en te doen alsof ze net terugkwam van haar trip.

Maar helaas. Afgaande op de harder wordende stemmen liepen ze in de richting van het boothuis. Olivia dook verder weg. Het zweet stond tussen haar borsten en ze zou willen dat ze donkerdere kleren aan had getrokken. Bij voorkeur iets groens met naalden. Als Sam en Duncan opgingen in hun gesprek en voor zich uit bleven kijken, zouden ze haar misschien niet zien. Alsjeblieft. Ze was de afgelopen tijd al genoeg vernederd.

'Olivia?' Sams stem klonk geamuseerd. 'Ben je misselijk, aan het plassen, of de natuur aan het bestuderen?'

Olivia sloeg vermoeid haar ogen neer. Shit. Ze stond met gebalde vuisten op, stapte over varens en houtblokken om weer op het pad te komen en probeerde er niet zo verhit, plakkerig en beschaamd uit te zien als ze zich voelde. 'Ja. Ik zat wat plantjes te bekijken.'

Sams blik werd onmiddellijk ernstig. 'Olivia, wat er is gebeurd? Gaat het wel goed?'

'Ja hoor.' Ze sloeg naar een mug op haar arm. 'Hoezo?'

'Zo ziet het er niet uit.' Duncan hield een dossiermap vast met een blik die het midden hield tussen bezorgdheid en ik-wou-dat-ik-ergens-anders-was. Ze nam het hem niet kwalijk.

'Gewoon een allergische reactie op zaterdag.'

Duncan keek naar zijn ex. 'Sam...'

'Ja hoor, is goed. Tot straks.'

'Nee.' Olivia stak een hand op om hem tegen te houden. 'Ik was aan het wandelen en aan het zwelgen in zelfmedelijden, en toen ik jullie zag, raakte ik opeens in paniek. Ik vond ons een beetje een ongemakkelijk trio.'

'Een beetje wel, ja.' Sam sloeg zijn armen om zich heen; het was voor het eerst dat Olivia hem een vrouwelijke beweging zag maken. 'Maar ach. Het leven is soms ongemakkelijk.'

'Ja.' Olivia krabde aan haar bovenarm, waar ze toch gestoken was, en wenste dat ze net zo moedig was als Sam. Of als Duncan. 'Hoe dan ook, praat vooral verder. Ik loop terug naar huis. Ik had gewoon eventjes een moeilijk moment. Het gaat nu alweer een stuk beter.'

'Olivia...' Duncan was duidelijk niet overtuigd.

'Echt.' Ze zei het zo gemeend als ze kon.

'Weet je wat,' begon Sam. 'Duncan moet even wat zakelijks nakijken.

Dat kan hij ook zonder mij. Ik loop wel even met je mee. Ik moet toch Georgia even spreken over het rooster.'

'Prima. Oké.' Olivia schonk Duncan een korte, geruststellende glimlach en liep vervolgens met Sam naar het huis. 'Bedankt dat je het zo goed opneemt. Ik snap dat dit raar moet voelen.'

Ze passeerden de grote ceder en de trap naar het water. Sam zweeg even en zei toen: 'Eerlijk gezegd heb ik op dit moment zoveel aan mijn hoofd – scheiden, van geslacht veranderen, mijn zoon bij de les houden – dat jij eigenlijk een soort mug tussen de olifanten bent.'

Olivia lachte lang en hard, een welkome ontlading. 'Gelukkig maar.'

Ze waren bijna bij het prieeltje toen Olivia's uitgeputte brein nog voldoende functioneerde om haar een idee te geven. 'Heb je het druk? Of zouden we even kunnen praten? Ik zou je graag een paar persoonlijke vragen stellen, die volledig ongepast zijn van iemand die je nauwelijks kent.'

Sam snoof. 'Goh, ik kan echt niets leukers bedenken.'

'Het hoeft niet, maar… iemand die me dierbaar was, had genderproblemen.' Ze merkte dat ze zijn onderarm vastpakte en liet hem weer los. 'Ik zou haar graag beter willen begrijpen.'

'Ga je me ook vertellen wie?'

'Een studievriendin.' Ze vond het vreselijk om te liegen, maar ze kon haar moeders waarheid niet prijsgeven.

'Zullen we hier dan even gaan zitten?' Sam wees naar het tuinhuisje. 'Geen muggen of pottenkijkers.'

'Perfect.'

Ze gingen naar binnen en draaiden twee stoelen die aan een tafeltje stonden in de richting van de blauwgroene zee en de groene heuvels, waar vandaag een witte, vochtige sluier overheen hing. Het was koeler hier, zo uit de directe zon, maar er stond geen zuchtje wind. Een zeilboot die de haven uit kwam, moest op de motor varen om vooruit te komen.

'Dank je wel dat je dit wilt doen.'

Sam knikte en krabde aan zijn kin, wat Olivia deed denken aan de manier waarop Duncan dat deed.

'Mijn vriendin dus...' Het klonk cliché en belachelijk. Sam dacht waarschijnlijk dat Olivia het over zichzelf had. '...had compleet androgeen ongevoeligheidssyndroom. Weleens van gehoord?'

'Ik geloof het niet.'

'Ze zag eruit als een vrouw, en voelde zich vrouw, maar...' Olivia slikte en had het gevoel dat ze haar moeder voor de ogen van deze man aan het uitkleden was. '...ze werd geboren zonder vrouwelijke voortplantingsorganen.'

'O ja, daar heb ik geloof ik weleens van gehoord.'

'Wat ik wil vragen, is... Ik weet niet wat ik wil vragen. Zo'n aandoening kan je leven denk ik behoorlijk verpesten, hè?'

Sam lachte, maar niet alsof hij iets grappig vond. 'Zou kunnen. Of niet. Hangt van de persoon af. Maar inderdaad, bij elke afwijking zul je denken: ik ben wie ik ben, maar wat ik ben, is niet normaal, of: is niet gangbaar, wat een betere term is. Dat is moeilijk, of je het nu over genderverwarring hebt of over geboren worden met één arm.'

'Hoe ga je dan om met... Ik bedoel, ze zag er op en top vrouwelijk uit, maar –'

'Ja, ik ook.' Sam lachte opnieuw vreugdeloos.

'Maar ze was niet gelukkig.' Olivia's stem brak. 'Uiteindelijk heeft ze zelfmoord gepleegd.'

'Ach.' Er verscheen een uitdrukking op zijn gezicht van diep, vermoeid verdriet. 'Wat vreselijk.'

'Er speelden ook andere dingen. Maar ik vraag me af hoeveel van wat ze wel en niet was...' Olivia maakte een gefrustreerd gebaar. 'Het heeft misschien niets of weinig gemeen met wat jij doormaakt, maar ik wilde het toch proberen.'

'Natuurlijk. Zelfmoord is moeilijk te begrijpen, omdat overleven voor bijna iedereen zo'n sterk instinct is. Ik kan je vertellen dat bij mensen van wie het interne en het externe geslacht niet overeenkomen, het percentage zelfmoordpogingen ongeveer tien keer zo hoog ligt als het gemiddelde. Veertig procent tegenover vier procent van de algemene bevolking.'

Olivia kreeg een knoop in haar maag. 'Veertig procent.'

'Ja, akelig hè? Ik weet niet wat je vriendin wel of niet heeft gevoeld, maar dit is nogal een veelzeggend cijfer.'

'Ja, nogal.' Olivia fronste haar wenkbrauwen. Er zat een of andere logische waarheid in dit alles die haar zou helpen, maar het zweefde door haar brein als losse puzzelstukjes die ze niet aan elkaar wist te leggen.

'Hier is een vraag die misschien helpt.' Sam keek naar de zeilboot die naar het open water tufte, waar de bemanning ongetwijfeld op meer wind rekende. 'Wat maakt iemand tot een vrouw?'

'Tieten,' antwoordde Olivia vrolijk.

Sam trok zijn wenkbrauwen op. 'Tieten. Oké. Maar als je beide borsten laat amputeren, ben je dan nog steeds een vrouw?'

'Ja, natuurlijk.'

'Wat als je baarmoeder ook wordt verwijderd? Wat als je als bijwerkingen van een medicijn een snor en een baard krijgt, ben je dan nog steeds een vrouw?'

'Ja.'

'Hoe weet je dat? Als alle uiterlijke kenmerken in de andere richting wijzen?'

Olivia gaf het op bij haar eigen puzzel en probeerde die van Sam te leggen. 'Ik denk... dat ik in mijn hoofd zou weten dat ik een vrouw ben.'

'Precies.' Sam grijnsde alsof Olivia een wedstrijd had gewonnen. 'Net zoals ik in mijn hoofd weet dat ik een man ben, ook al lijkt mijn lichaam daar anders over te denken.'

'Dus mijn vriendin...'

'Leefde je vriendin als vrouw en voelde ze zich prettig bij het vrouwzijn?'

'Heel erg.'

'Dan was ze in haar hoofd een vrouw, en dat is wat telt. Ik deed alsof ik een vrouw was. Dat ging me aardig af. Ik hield van Duncan. Nog steeds, trouwens.'

'Hij ook van jou, zei hij.'

'O ja? Wat lief.' Zijn gezicht werd zacht en daardoor weer vrouwelijk, en Olivia vroeg zich af of als zijn geslachtsverandering compleet was, die momenten waarop het andere geslacht zichtbaar werd minder zouden worden of volledig zouden verdwijnen. 'We passen het best bij elkaar als heel goede vrienden.'

'En dat zullen jullie ook vast altijd blijven.' Olivia onderdrukte haar jaloezie, een normale menselijke emotie in deze omstandigheden, maar ze was nu voor het eerst alert op elke gedachte die prinsesje Nooitgenoeg in haar wakker maakte.

'Mijn therapeut vertelde me dat als je basisbehoeften niet worden vervuld, je een tijdje kunt functioneren, maar dat uiteindelijk je onderbewustzijn steeds harder gaat schreeuwen om je aandacht te krijgen. Wat kan betekenen dat je atypisch of zelfdestructief gedrag gaat vertonen.'

'Zoals?' Olivia schoof ongemakkelijk op haar stoel en dacht aan haar recente voorliefde voor alcohol en harde confrontaties.

'Depressie, zelfbeschadiging, promiscuïteit of ontrouw, drugs, alcohol, noem maar op. Bij mij was het depressie en mezelf snijden. Ik was ook boos, onredelijk, niet aardig genoeg tegen Duncan, niet erg aardig tegen mijn familie of mijn zoontje, die dat nog het allerminst verdiende. Dat heeft me echt geschokt. Ik dacht dat ik me mijn hele leven vergist had door te denken dat ik een goed mens was. Sinds ik met de transitie ben begonnen, is dat gedrag verdwenen.'

'O, wauw.' Olivia zei het half tegen Sam, half tegen het deel van zichzelf dat nog bezig was met haar puzzel, maar nu deze nieuwe overvloed aan stukjes had.

Jillians methode om te bewijzen dat ze vrouwelijk was, was om de ultieme vrouw te worden, niet alleen voor de mensen om haar heen, maar via het witte doek ook voor de hele wereld. En toen ze haar zwangerschappen fingeerde, liep ze niet alleen op straat met haar kostuums te pronken, maar ze belde ook het tijdschrift *People* op om haar zwangerschap aan een internationaal lezerspubliek te tonen.

Toen de ophef rond haar kinderen verflauwd was, haar man zich emotioneel van haar verwijderde, filmaanbiedingen opdroogden en talkshowoptredens en reclamespots wegvielen, verdween ook haar uitlaatklep om zich in het openbaar op en top vrouwelijk te voelen – een behoefte die ze niet langer kon vervullen. Als Sams therapeut gelijk had, zou dat voor haar moeder genoeg geweest kunnen zijn om in een neerwaartse spiraal te belanden.

'Waar het om draait, is dat ik me nu soms echt gelukkig voel. Er zijn momenten dat ik optimistisch ben. Het klinkt misschien cliché, maar voor het eerst begin ik te beseffen dat het leven misschien niet alleen maar zwaar is.'

'Dat is helemaal geen cliché, dat is juist een prachtig geschenk.' Olivia tilde haar haren uit haar zwetende nek, ontroerd door Sams openheid en eerlijkheid tegen iemand die hij nauwelijks kende. 'Je was dapper genoeg om te erkennen wat je nodig had en om te doen wat nodig was om die behoefte te vervullen.'

'Ik voel me niet dapper. Als je doodsangst wilt voelen, moet je eens verkleed als man door het dorp lopen waar je bent opgegroeid en zien hoe mensen reageren.'

Olivia huiverde en liet haar haar weer vallen. 'Nu voel ik me schuldig over iedere transgender die ik ooit heb nagestaard.'

'We doen het allemaal. Als ik een lilliputter zie, kijk ik die ook na, of ik wil of niet. We zijn nu eenmaal zo geprogrammeerd dat onze aandacht getrokken wordt naar alles wat anders is dan we verwachten.' Hij draaide zijn gezicht omhoog om een briesje op te vangen. 'Dat hield ons waarschijnlijk in leven in grotten en oerwouden.'

'Je hebt me heel wat gegeven om over na te denken, Obi-Wan.'

Sam keek haar met een verontschuldigende blik aan. 'Ik zit te preken, hè?'

'O nee, ik vond het juist fijn om dit horen.' Olivia raakte zijn getatoeeerde arm aan. 'Dat bedoel ik als compliment. Door jou begrijp ik sommige dingen nu beter.'

'Hé, dames. Ik was...' Georgia reikte naar de deur van het prieeltje, liet toen de klink los en sloeg zichzelf tegen haar voorhoofd. 'Dame en heer. Sorry, Sam. Ik vergeet het gewoon steeds.'

Sam wuifde haar excuses weg. 'Geloof me, het is voor ons allemaal wennen. Kom binnen.'

'Dank je.' Ze kwam binnen. Haar haren zaten in een paardenstaart, waardoor ze eruitzag als dertig. 'Ik heb de laatste tijd nauwelijks kans gehad om het te vragen, maar hoe gaat het met je? Met de hormonen en zo?'

'Heel goed. Ze beginnen te werken.' Hij glimlachte triomfantelijk. 'Ik word elke dag een grotere klootzak.'

Olivia en Georgia proestten het uit.

'Serieus, de veranderingen zijn fantastisch. Mijn huid wordt dikker. Mijn spieren groeien.' Hij liet een indrukwekkende biceps zien. 'Minder kont, meer buik, minder stemmingswisselingen.'

'O, dat laatste geloof ik. Emotioneel gezien is Stuart vijf van de zeven dwergen: Dommel, Grumpie, Bloosje, Giechel en Stoetel.' Georgia pakte een stoel en ging grinnikend naast Olivia zitten, terwijl Sam en Olivia om haar opmerking lachten. Ze leek geen druppeltje te zweten.

'Wat gebeurt er nog meer?' Olivia was gefascineerd. De enige manier waarop zij zich kon voorstellen dat haar lichaam zou veranderen, was door op te zwellen met een baby in haar buik. 'Verdwijnen je tieten?'

'Nee, daar heb ik een operatie voor nodig. Maar daar ben ik nog niet helemaal klaar voor.'

'Au,' zeiden Georgia en Olivia tegelijkertijd, hun armen beschermend om hun borstkas geslagen.

‘Olivia en ik hadden het over wat iemand een vrouw maakt,’ zei Sam. ‘Wat denk jij, Georgia?’

‘O, dat is makkelijk.’ Ze legde haar voeten op de balustrade voor de hor. ‘Het vermogen om zonder te klagen twee keer zo hard te werken voor de helft van het salaris, en dan naar huis te gaan en ál het werk te doen zonder salaris, nog steeds zonder te klagen.’

Olivia joelde. ‘Die is hilarisch.’

‘Georgia May Patterson, ik wist niet dat je zoveel cynisme in je had,’ zei Sam.

‘O, meestal niet hoor. Ik ben tevreden met mijn leven.’

‘Wat is je geheim?’ vroeg Olivia.

‘Simpel: gewoon niet te veel verwachten.’ Georgia giechelde. ‘Dat is een half grapje. Ik ben een eenvoudig iemand. Ik hou van mijn echtgenoot, ik hou van ons leven hier totdat de winter begint, dan hou ik van weggaan. Ik hou van mijn zoon, hij is gezond en maakt het goed. Meer heb ik niet nodig.’

Olivia zuchtte. ‘Ik bewonder jou.’

‘Jij bewondert mij? Je bent half zo oud als ik en hebt al veel meer bereikt.’

‘Twee derde zo oud, en kijk naar alle mensen die jij elke dag gelukkig maakt.’ Olivia wees naar het huis. ‘Ik maak niemand blij.’

‘Volgens mij maak je iemand behoorlijk blij.’ Sam knikte naar Duncan, die net uit het bos kwam lopen met een rugzak op zijn rug en de map in zijn hand.

‘Wat heeft hij daar?’ Georgia hield haar hand boven haar ogen tegen de middagzon.

‘Scheidingspapieren.’

‘Oh jee. Ik wou dat jullie het nog eens gepro –’ Ze sloeg haar hand voor haar mond. ‘Sorry. Ik kan mezelf wel voor mijn kop slaan.’

‘Joh, trek het je niet aan,’ zei Olivia, die het zich wel degelijk aantrok.

‘Hoi Duncan.’ Sam stond op en liep het prieeltje uit. ‘Hoe zag het eruit?’

‘Ik heb er een paar opmerkingen bij gezet en de rest ondertekend.’ Hij overhandigde Sam de map. ‘Ik ga even met het bootje weg. Wie wil er mee?’

‘Ik!’ Olivia sprong op.

Duncan knikte. ‘Dat is één. Sam? Georgia?’

‘Ik moet nog wat doen.’ Sam omhelsde hem kort. ‘Veel plezier.’

‘Ik moet voor het eten zorgen.’ Georgia zette haar voeten op de grond. ‘Willen jullie iets meenemen voor op de boot?’

Duncan wees naar de tas over zijn schouder. ‘Ik heb genoeg eten hier, bedankt. Dus je hoeft Olivia vanavond niet te voeren.’

‘Okidoki. Dan zal ik voor mijn man gaan koken. Leuk om even met jullie gekletst te hebben, meiden.’ Ze gromde geërgerd. ‘Lieve help, ik leer het nooit. Sorry, Sam.’

‘Ik help je wel met oefenen.’ Hij klopte haar op haar schouder en liep met haar het pad op.

Olivia kwam ook het prieeltje uit en liep naar Duncan toe. Hij zag er moe uit. Niet geradbraakt, maar ook niet geweldig. ‘Wat een goede ideeën heb je.’

‘Ja, vind ik ook. Klaar om te gaan?’

Ze aarzelde. Ze wilde haar make-up bijwerken na haar huilbui. ‘Ik moet even zonnebrand pakken.’

‘Heb ik.’

‘En een jas.’

‘Heb ik ook.’

‘Extra zwemvest?’

‘Yep.’

Haar smoesjes raakten op. Maakte het eigenlijk uit hoe ze eruitzag? Zelfs haar moeder droeg geen make-up wanneer ze –

Olivia riep zichzelf tot de orde. Niet meer vergelijken. Nooit meer. ‘Dan ben ik klaar.’ Ze tuurde nieuwsgierig naar de kust. ‘Waar ligt je boot?’

'Hier recht tegenover.' Hij wees naar de oever aan de overkant. 'Ik heb een tender bij het boothuis liggen.'

'Een wat?'

'Een kleine boot om bij de grote boot te komen. Jij bent toch opgegroeid naast de oceaan?'

'Ja, maar niet met tenders.'

'Stadsmeisje.' Hij kwam naast haar lopen. 'Laten we de zeebries opzoeken. Een beetje afkoelen.'

'Fijn.' Ze veegde het zweet van haar voorhoofd. 'Die luchtvochtigheid is slopend.'

'Vroeger was het niet zo erg. Of in elk geval niet zo vaak.'

'Zal de klimaatverandering wel zijn.'

'Lijkt het op, ja.'

Ze liepen nog even verder, en toen gaf Olivia hem een zachte por. 'Hebben we het nu echt over het weer?'

'Hm-m.' Hij gaf haar een duwtje terug. 'Dat is soms beter dan zeggen waar je echt mee zit.'

'Waar zit je echt mee?'

'Niets ernstigs. Papierwerk. Polissen splitsen, nieuwe begunstigden aanwijzen. Hoort erbij.'

'Maar het is wel verdrietig. En definitief.'

'Ja, inderdaad.' Hij schonk haar een korte glimlach. 'Hoe was het bezoek aan je oma vandaag?'

'Slecht, maar ook weer niet.' Ze wilde niet nog een planeet op zijn Atlas-schouders stapelen. 'Mijn oma kan echt verschrikkelijk zijn.'

'Waarom ging je er dan heen?'

'Ze had iets wat ik wilde hebben. Een dagboek van mijn moeder. Haar laatste dagboek voordat ze stierf.' Ze zweeg en hoopte maar dat hij niet door zou vragen.

'Dat klinkt heftig. En heeft Verschrikkelijke Oma het aan je gegeven?'

'Ja.' Ze liepen langs het boothuis naar het water, waar een zwarte skiff op de wal lag. 'Het was deprimerend om te lezen. Maar ik denk goed om te weten.'

'De waarheid doet zeer? Ik weet niet wat ik daarvan vind.' Hij maakte het touw los van een boomtak en tilde samen met Olivia de boot naar het water. 'Klim er maar in. Hou je gewicht laag en blijf in het mid –'

'Ik ken boten. Alleen geen tenders.' Ze klom erin en ging zitten. 'We zijn best stoer hoor, in LA.'

'Als jij het zegt.' Duncan duwde met een boothaak af naar dieper water, startte toen de buitenboordmotor en zette koers naar de overkant van de smalle baai.

Olivia draaide zich om en snoof de frisse bries op. Ze probeerde te bedenken welke boot aan de overkant van hem was. Ze gokte op een prachtige middelgrote cruiser, ruim twaalf meter lang, met een donkergroene romp en een houten dek, perfect gepolijste messing rails, en ze kwam er tot haar genoegen achter dat ze gelijk had. 'Wat een mooie boot.'

Hij grijnsde alsof ze tegen hem had gezegd dat zijn kind de loterij zou winnen. 'Ja hè. Maar vandaag gaan we met de kleine.'

Ze legden aan naast een motorboot die ongeveer half zo groot was als de cruiser. Olivia slaagde er opnieuw in om niet al te stuntelig aan boord te klimmen, hoewel het een troostende gedachte was dat als ze struikelde, Duncan gewoon met zijn ogen zou rollen en zou zeggen dat ze minder moest drinken. Hij was een goed mens. Onverstoorbaar. Een tegenwicht voor haar stemmingen en emoties.

'Waar kan ik mee helpen?' Olivia zag hem bezig met het klaarmaken van de boot, helemaal in zijn element. Ze was jaloers op deze passie, die hij al zijn hele leven kon uitoefenen.

'Je kunt een paar biertjes uit de rugzak pakken. Eten ook, als je wilt.'

'Een biertje lijkt me vooralsnog prima.' Ze pakte twee flesjes, draaide de dop eraf en gaf hem er één.

'Is het goed als ik voor op het dek ga zitten?'

'De boeg.'

'Puh! Dat wist ik ook wel! Is het goed als ik op de boeg ga zitten?'

'Absoluut.' Hij startte de motor en tufte naar het open water.

Olivia klom naar voren en ging zitten. Ze keek naar de voorbijglijdende groene heuvels van de kust, terwijl ze af en toe het flesje aan haar lippen zette. Ze slaakte een lange zucht, onderbroken door een luide boer.

'Charmant.'

Ze draaide zich vol ongeloof om. 'Kon je dat horen?'

'De doden ook.'

'Oeps.'

'De wind waait deze kant op. Ben je nog steeds warm en bezweet?'

'Minder. Hoezo?'

'Wacht maar.' Hij grinnikte ondeugend. Ze begreep waarom toen de boot optrok en als een speer over het water scheerde.

'Woehoe!' Ze ging op haar knieën zitten, leunde tegen de reling vóór haar en spreidde haar armen uit als in *Titanic*, terwijl de boot over het rustige water richting buitengaats scheurde.

Haar problemen verdwenen tegelijk met de huizen op de oever naar de achtergrond. Olivia vloog, weg van de pijn, weg van de ellende en de beslissingen, weg van haar gekwelde verdrietige zelf, de vrijheid tegemoet.

'Jiehaa!' Ze dronk haar biertje op, gooide de fles zachtjes achter zich op een van de stoelkussens en trok haar shirt uit, genietend van de koele wind op haar romp, het opspattende water, de zoute druppels die over haar verhitte huid gleden.

Na dit boottochtje met Duncan zou ze haar zussen bellen, hun vertellen wat ze in hun moeders dagboek had gelezen; over haar teloorgang, waarvan zij waarschijnlijk meer hadden gezien dan Olivia, de waarheid over Lauren en hun vader, over Mr Angel en de rol die Jillian had afgeslagen, over hun moeders zelfmoord. Ze zou hun haar theorieën vertellen over wat hun moeder ertoe had gedreven. Ze zou pas zeggen dat ze Christina's dochter was wanneer ze allemaal samen waren.

De drie zussen zouden elkaar hierdoorheen helpen. Olivia zou niet langer de buitenstaander zijn van hun drieën.

In een ondeugende bui haakte ze haar beha los en zwaaide er een rondje mee boven haar hoofd, waarbij ze uit volle borst een van haar moeders lievelingsliedjes zong uit de goede oude tijd, die waarschijnlijk niet beter of slechter was dan de tijd waar Olivia nu in leefde.

We are family.

Hoofdstuk 19

28 december 2001 (vrijdag)

Ik krijg dit bijna niet uit mijn pen. Ik moet me inhouden om niet te janken van woede. Eve. Mijn mooie Eve. Het kost me al mijn kracht om te blijven schrijven. Silas moet voor eeuwig in de hel branden voor wat hij haar heeft aangedaan. Het is mijn schuld. Allemaal. Hij wilde met haar mee naar boven gaan, zij wilde niet. Slimme meid, die voor zichzelf opkomt. Ik ben haar moeder, het is mijn taak om haar veilig te houden, en ik zei dat ze zich niet moest aanstellen, dat Silas juist dol was op kinderen. Hoe heb ik zo blind kunnen zijn? Hoe heb ik zo achteloos met mijn eigen kind kunnen omspringen?

Het ergst is dat zij de prijs zal betalen voor mijn dwaling.

Ik probeerde haar te vertellen dat ze sterk moet zijn. Ik probeerde haar uit te leggen dat ze door haar schoonheid altijd dit soort mannen zal ontmoeten. Dat ze geen slachtoffer is, maar een godin. Volgens mij begreep ze het niet. Maar als ze nu niet haar rug recht houdt en deze nachtmerrie de baas wordt, zal ze hier haar hele leven onder gebukt gaan, en dat is dan mijn schuld.

Ik begin te denken dat mijn meisjes beter af zijn zonder mij. Ik begin te denken dat iedereen beter af is zonder mij.

'Goed schot!' Olivia schopte de voetbal zachtjes terug naar Jake, die een aanloop nam en hem met een enorme uithaal diagonaal de struiken in trapte. Ze had waarschijnlijk haar dagelijkse aantal calorieën al verbrand met het ophalen van zijn misgeschoten ballen. Maar telkens wanneer ze voorstelde om iets anders te doen, stond hij erop om door te spelen. Hij wilde profvoetballer worden. Ze bewonderde zijn doorzettingsvermogen.

Van de andere kant zou Olivia ook wel door willen spelen als iemand steeds al haar misgeschoten ballen ophaalde zonder er iets van te zeggen.

'Schop nu een keer alsof je een aap bent.'

'Wat?' Hij trok zijn neus op, zoals hij altijd deed wanneer ze iets geks zei.

'Zo.' Ze deed een heel slechte imitatie van een aap, met uitgestoken armen onder haar oksels krabbend, en schopte krijsend tegen de bal. Apen deden dat waarschijnlijk allemaal niet, maar het werkte voor haar, en wat nog belangrijker was: voor Jake.

Hij barstte in een schaterlach uit. Olivia's hart spatte telkens bijna uit elkaar wanneer hij dat deed. Zo'n vrij en vrolijk geluid. Dit was een van de redenen waarom mensen kinderen hadden, een van de redenen waarom ze ze zelf zo graag wilde. Kinderen herinnerden je eraan dat je plezier moest maken, dat elke dag leuke, nieuwe dingen kon brengen als je wist waar je moest kijken of de tijd nam om ze te verzinnen.

Jake deed zijn eigen aapimitatie, meer een soort gorilla, grommend en sjokkend, lippen naar voren gestoken, wenkbrauwen gefronst. Deze keer schopte hij de bal recht op haar af.

'Perfect! Kijk nou.' Olivia was blij dat ze even geen bal hoefde te halen. Ze was nog lang met Duncan op de boot gebleven en ze hadden daarna samen geslapen. Maar veel geslapen hadden ze niet. 'Je bent een uitstekende voetbalaap.'

Hij schoot weer in de lach, een heerlijk vrolijk geluid. Het betekende veel voor Olivia om zich zo te kunnen vermaken, haar problemen aan de kant te zetten en alleen maar bezig te zijn met haar aap. Ontdekken dat haar moeder zelfmoord had gepleegd, moest toch wel de laatste zijn van deze serie schokkende gebeurtenissen, als aan elkaar geknoopte zakdoeken uit de mouw van een goochelaar. Nog een en nog een en nog een, en net als je denkt dat ze voor altijd blijven komen, vliegt de laatste eruit en is het voorbij.

Er lagen nog zware tijden in het verschiet, moeilijke beslissingen, nog meer verdriet om te verwerken. Maar nu, op deze heldere, zonnige ochtend met Jake, kon Olivia schoppen als een aap en lachen.

'Olivia.'

Ze draaide zich om, half in apenhouding, en zag Stuart met een strak gezicht zijn auto de inrit op rijden.

Olivia zuchtte. Wat nu weer? Vond hij het niet goed dat ze aapje speelde met Jake?

Georgia kwam met een bleek gezicht het huis uit. 'Jake, lieverd, kom naar binnen.'

'Waarom? Ik wil hallo zeggen tegen Stuart.'

'Oké.' Georgia zag haar echtgenoot uitstappen, beet op haar onderlip, en wierp toen een vluchtige blik op Olivia. 'Vlug dan.'

'Hallo, Stuart.'

'Hé makker.' Hij bukte – een heel eind – om Jake op zijn wang te kussen.

'Waarom ben je nu al terug?'

'Ik moet iets met Olivia bespreken.' Hij nam zijn groezelige honkbalpetje af en zette het weer op. 'Ga maar vast naar Georgia. Ik kom zo.'

'Ow-keeee.' Na vijf boze stappen in de richting van het huis werd Jake weer springerig als een aap. 'Wat voor dier ben ik, Gorgy?'

'Geen idee, liefje.' Ze wenkte hem dringend. 'Kom, kom naar binnen.'

Olivia keek behoedzaam naar Stuart. 'Heb ik weer iets verkeerd gedaan?'

'Nee. Maar het is wel slecht nieuws, Olivia.'

Haar hart stond stil. Met moeite fluisterde ze: 'Duncan?'

Een bizarre seconde lang keek Stuart verbijsterd. 'Nee. Niet Duncan. Met hem is alles in orde. Lauren belde me. Het gaat om je vader.'

'Papa.' Ze wachtte, al wist ze het al, maar ze bleef tegen beter weten in hopen dat ze het bij het verkeerde eind had.

'Hij heeft weer een beroerte gehad. Een grote hersenbloeding. Hij leeft nog, maar… er is geen hoop dat hij nog herstelt. Of nog wakker wordt.'

'O nee.' Haar stem was hoog en hees, heel anders dan anders. Die verdomde goochelaar had nog één zakdoekje bewaard. 'Nee, nee.'

'Hij is naar het St. Joseph-ziekenhuis in Bangor gebracht. Hij ligt aan de beademing.' Stuart ademde zwaar, alsof hij had gerend. 'Lauren wacht tot jullie drieën er zijn. Dan laat ze hem van de beademing halen... en is het voorbij.'

Olivia onderdrukte haar bezitterige reflex dat dat niet Laurens beslissing was. Want dat was het wel. Lauren was papa's echtgenote. Sterker nog, mogen sterven is precies wat papa zou willen, en Olivia en haar zussen zouden hetzelfde hebben gedaan.

'Ik ga nu meteen.'

'Ik rij je erheen.'

'Nee.' Een uur in de auto met meneer Afkeuring was wel het laatste wat ze kon gebruiken. 'Ik red me wel. Ik pak mijn –'

'Lauren heeft me nodig.' Zijn gezicht verstrakte. 'Dit is ook haar verlies. Hij was haar hele volwassen leven. Ze heeft familie nodig.'

'Wij zijn familie,' flapte ze er zonder na te denken uit, maar toen liet ze haar schouders hangen. 'Nee. Sorry. Dat zijn we niet. Ik heb me in elk geval niet als familie gedragen. Ik ben onredelijk tegen haar geweest. Dat wilde ik de eerstvolgende keer dat ik haar zag, tegen haar zeggen.'

'Die kans krijg je nu.'

Olivia deed haar mond open om iets terug te zeggen, maar in plaats daarvan vertrok haar gezicht van verdriet en snikte ze zonder tranen.

Stuart bleef roerloos staan, nog steeds nahijgend en waarschijnlijk hopend dat de grond onder Olivia's voeten zou opengaan.

Toen gaf hij haar de schrik van haar leven door haar in zijn grote armen te trekken, en ze besefte dat zijn vreemde ademhaling een dappere poging was om niet te huilen.

Olivia beantwoordde de omhelzing; ze wilde zowel troost geven als ontvangen. Zijn shirt rook naar zaagsel en vernis, waardoor ze wou dat

Duncan er was, en een seconde later was ze blij dat hij er niet was. Dit was haar ellende. Zij en haar zussen zouden dit samen verwerken.

Haar gesnik bedaarde. Ze deed een stap achteruit en hield haar rug recht. 'Dank je, Stuart. Belt Lauren mijn zussen of vindt ze het fijn als ik het doe?'

Hij Die Nooit Blij Was, was duidelijk blij met haar aanbod. 'Ze heeft hen inmiddels gebeld.'

'Wanneer wil je vertrekken?'

'Ik ga me even douchen en pak een tas. Over een halfuur?'

'Dan zorg ik dat ik klaarsta.'

'Oké.' Hij liep weg, maar draaide zich toen om. 'Sterkte.'

Ze glimlachte moeizaam. 'Dat zeg je nu pas.'

'Ik bekommer me als eerste om mijn zus.' Zijn lage stem werd schor. 'Daniel was de liefde van haar leven. En hij is vijftien heel mooie jaren mijn broer geweest.'

Olivia knipperde met haar ogen. 'Zagen jij en Georgia hen vaak?'

'Ze wonen maar een uurtje verderop, Olivia.' Hij draaide zich vol afschuw om. 'Het is familie.'

Olivia sloeg haar armen om zich heen en liep als een gestrafte puppy achter hem aan naar het huis. Jake rende op Stuart af. Georgia gaf Olivia een knuffel die naar chilipoeder rook en voelde als ware vriendschap.

'Ik vind het zo erg voor je,' fluisterde Georgia. 'Daniel is zo'n lieve man. Stuart en ik hebben zoveel goede tijden gehad met hem en Lauren. We zullen hem missen.'

'Ik ook.' Olivia maakte zich los uit de omhelzing voordat ze weer zou instorten. Ze schaamde zich dat ze nooit had gedacht aan papa's andere familie, Laurens familie, en hoeveel ze voor elkaar moesten hebben betekend. 'Ik ga me klaarmaken.'

'Ben je verdrietig?' Jake keek vanuit Stuarts armen naar haar.

'Ja. Mijn vader gaat dood.'

'O. Mijn overgrootvader is ook doodgegaan.'

'Toen was je zeker ook verdrietig.'

'Niet echt.' Hij vertrok zijn gezicht in een grimas. 'Hij lachte nooit en rook raar.'

'Sams grootvader had parkinson. Ik wou dat je hem had gekend voordat hij ziek werd, Jake.' Georgia strekte haar armen uit naar de jongen. 'Kom mee, engeltje. Dan kunnen Stuart en Olivia zich klaarmaken.'

'Ik ben geen engeltje.'

'Natuurlijk niet. Hebben jullie iets nodig voor onderweg?'

'Nee. Bedankt.' Olivia liep de trap op en dacht dat als ze om een omelet sibérienne had gevraagd, Georgia er waarschijnlijk eentje klaar zou hebben staan tegen de tijd dat ze weggingen.

Ze kwam net haar kamer binnen toen haar telefoon ging. Rosalind. Olivia's adem stokte. Dit zou moeilijk worden.

'Hoi Rosalind. Heeft Lauren je gebeld?'

'Ja. Ik ben onderweg naar het vliegveld. Weten ze... weten ze zeker dat hij niet meer bijkomt? Hij was zo goed hersteld van zijn laatste beroerte. Hij lag toen een week in coma voordat hij wakker werd. Wie zegt dat dat nu niet kan?'

'Rosalind, lieverd, zijn hersens zijn beschadigd.'

'Weet ik, maar...' Er klonk zacht gesnik aan de andere kant van de lijn. Toen blies Rosalind uit. 'Sorry. Ik geloof dat ik nog in de ontkenning zit.'

'Het is ook moeilijk te bevatten.'

'Ja.' Ze ademde beverig in. 'Mijn vlucht komt rond vier uur in Bangor aan. Wanneer ben jij er?'

'Over ongeveer anderhalf uur. Zal ik je ophalen van het vliegveld?'

'Nee, Eve komt met de auto. Zij pikt me op.'

'Oké.' Olivia vocht tegen haar tranen. 'Tot vanmiddag dan. Ik hou van je.'

'Ik ook van jou.' Olivia hing op, overwoog Eve te bellen, maar besloot om zich eerst klaar te maken, zodat Stuart niet op haar hoefde te wachten. Eve belde toen ze half uitgekleed was. Olivia drukte op een knop. 'Eve.'

'Hoi, Olivia. Hoe gaat het met je?'

'Nog in shock. Jij vast ook.' Haar stem brak. 'Ik heb papa vorige week nog gezien. Hij leek bijna weer de oude. We dronken samen een borrel, hij plaagde me...'

'Ik weet het. Het is onvoorstelbaar. Hou je het een beetje vol? Ik vind het moeilijk, maar jij hebt al zoveel tegenslag te verduren gehad de laatste tijd. En je bent daar helemaal alleen.'

'Ik red me wel.' Ze was niet alleen; ze was bij familie en vrienden. 'Ik kijk ernaar uit om jou en Rosalind weer te zien. Ik heb mijn zusjes nodig.' Ze sloot haar ogen en dacht aan alle ingewikkelde en emotionele dingen die ze van plan was geweest hun te vertellen. Dat moest maar even wachten.

'Tot vanavond, lieverd. Rosalind en ik zijn er rond etenstijd.'

'Fijn. Ik hou van je.'

'Idem.'

Olivia glimlachte door haar tranen heen. Rosalind zou nog 'ik hou van je' tegen de postbode zeggen. Voor Eve waren die woorden moeilijker.

Ze douchte snel en trok een witte broek en een blauwgroen shirt aan. Een vrolijke outfit als tegenhanger voor de sombere werkelijkheid. Geen tijd voor uitgebreide make-up. Ze zou het er toch alleen maar af huilen.

'Olivia?' riep Georgia onderaan de trap.

Was Olivia nu al te laat? Was Stuart ongeduldig?

'Ik kom eraan.' Ze pakte ondergoed, een paar shirts en een korte broek in. Ze had geen idee hoelang ze weg zou blijven.

Er werd op de deur geklopt.

Olivia rolde met haar ogen. 'Ik kom eraan!'

'Ik ben het.' Duncan kwam binnenlopen. 'Ik kon niet eerder weg, sorry. Ik was bij een klant.'

Ze bleef stokstijf staan met haar deodorant en toilettas in haar hand, en keek naar zijn lange, gespierde postuur en bruine ogen alsof hij een koud biertje was in een warm honkbalstadion. 'Ik had jou hier niet verwacht.'

'Waarom niet?'

'Omdat...' Ze had geen idee hoe ze het moest uitleggen. 'Je hoeft niet... Ik bedoel...'

Hij grinnikte. 'Omdat als ik je steun in een moeilijke tijd, dat naar een serieuze relatie riekt?'

'Nee.' Olivia's kin begon te trillen. Ze was altijd naar mannen toe gevlucht. Ze had nog nooit een man gehad die naar haar toe kwam om haar te steunen. 'Het is gewoon heel lief van je.'

Hij liep naar haar toe. 'Sterkte met je vader, Olivia. Ik weet hoeveel je van hem houdt.'

Haar kin ging nog harder trillen. 'Niet zo aardig doen.'

'Oké.' Hij raakte haar wang aan. 'Je ziet er zo mooi uit zonder die dure troep op je gezicht.'

Olivia hield van hem... zoals Rosalind van haar postbode hield. Omdat hij haar uit een penibele situatie redde door precies op het juiste moment iets stoms te zeggen. Ze gooide haar deo en toilettas op het bed. 'Dank je, denk ik.'

'Gaat het? Ik kan de middag vrij nemen als je wil.'

Nu hield ze nog meer van hem. Misschien iets meer dan van een postbode. 'Jawel, het gaat. Mijn zussen komen ook.'

Hij keek haar onderzoekend aan.

'Echt, Duncan. Ik kan dit aan.'

'Als je het zeker weet.' Hij kuste haar zo lief dat ze haar uiterste best moest doen om niet snotterend in zijn armen te vallen. 'Bel me als je iets nodig hebt.'

'Oké.'

Hij hield haar lang vast en drukte zijn wang tegen de hare. Toen kwamen de tranen, rustig en stil. De moeilijkere tranen zouden nog komen. 'Zorg goed voor jezelf.' Hij trok zich terug. 'Vergeet niet te eten.'

Olivia knikte en er welde een emotie in haar borst op die niets met verdriet te maken had, zo sterk dat ze bijna geen lucht meer kreeg. Het was alsof ze eindelijk door een cynische schil had geprikt en, wankel en kwetsbaar, terecht was gekomen in een nieuwe wereld van gevoelens die angstaanjagend intens waren. Ze wilde hem wegduwen, de kamer uit rennen en veiligheid zoeken.

'Laat me weten wanneer je er bent.' Duncan liep naar de deur, en stak voor hij wegging simpelweg zijn hand op. 'Goede reis.'

'Bedankt.' Olivia zag hem vertrekken en genoot nog even na, de emoties, de transformatie die ze in zijn armen had gevoeld. Ze was hard op weg om verliefd te worden. Met de tijd zou de echte liefde komen of de verliefdheid vervagen. Dat betekende in Belfast blijven en hier haar nabije toekomst – misschien de rest van haar leven – vormgeven.

Ze schudde haar mijmeringen over Duncan van zich af toen ze een deur op de gang open hoorde gaan. Snel pakte ze haar weekendtas. Ze moest inpakken. Liever bleef ze dagdromen, maar ze moest een uur in de auto zitten met een man die haar haatte, om naar een ziekenhuis te gaan waar haar vader zou sterven.

Ze haalde diep adem. Ze was sterk. Ze was onoverwinnelijk. Ze was te laat als ze nu niet opschoot.

Vijf minuten later had ze wat benodigdheden in haar tas gepropt – er waren winkels in Bangor – en rende ze de trap af, waar Stuart al stond te wachten. Hij zag er ongebruikelijk netjes uit in zijn kaki broek en een overhemd, en zelfs een schoon honkbalpetje.

'Sorry dat het zo lang duurde. Mijn zussen belden en toen –'

'Maakt niet uit.' Zijn stem en gezicht waren vriendelijk. 'Georgia, wij zijn weg.'

Georgia kwam uit de keuken met een volle plastic tas. 'Ik heb wat voor onderweg –'

'Georgie, het is een uur rijden.'

'Weet ik, lieverd, maar dat ziekenhuiseten is vreselijk, en ik moet nou eenmaal mensen voeden.' Ze drukte de tas in zijn handen. 'Mama was ook zo. Zodra er iemand ziek werd of een familielid stierf – van welke familie dan ook – stoof ze naar de keuken. Jullie hebben geluk dat ik er niet een hele ham in heb gestopt.'

Olivia begreep het helemaal, want zo was zij ook. Hoeveel borden met koekjes en brownies, potjes kamillethee en kunstig opgemaakte fruitschalen had ze in donkere tijden niet naar haar moeder gebracht? Een angstig kind dat een geestesziekte met zoetigheid probeerde te genezen.

Met een schok werd het overduidelijke zo belachelijk overduidelijk dat zelfs zij, koningin van de ontkenning, het niet kon missen. Ze was niet altijd actrice geweest. Ze was altijd kok geweest. Wat ze hier ook zou doen, het zou iets met haar levenslange passie zijn, een passie die ze nooit serieus had genomen, simpelweg omdat haar moeder dat niet had gedaan.

'Dank je, Georgia.' Olivia omhelsde haar nieuwe vriendin innig. 'Ik weet niet hoelang ik in Bangor blijf. Sorry dat ik niet op Jake kan passen.'

'Maak je daar nou maar niet druk om. Echt niet.' Georgia wendde zich tot Stuart. 'Doe de groeten aan Lauren. En aan Daniel. Praat tegen hem. Ik heb weleens gelezen dat het gehoor het laatste is wat verdwijnt. Misschien verstaat hij jullie wel.'

'Doen we.' Stuart duwde de deur open en liep naar buiten.

Olivia liep een beetje beverig achter hem aan, niet helemaal klaar voor wat er stond te gebeuren, zowel met haar vader als met haar in de auto met Stuart.

Ze laadden hun tassen in en stapten zwijgend in zijn licht gehavende pick-uptruck. Hij trok op, en zwaaide nog een laatste keer naar zijn vrouw, die in de deuropening stond en met de punt van haar schort haar tranen depte.

'Het zal moeilijk worden.' Hij keek naar Olivia. 'Je vader laten gaan.'

'Ja.' Olivia zou het liefst watjes in haar oren stoppen en alles buitensluiten wat hij onderweg nog meer zou gaan zeggen.

'Jullie hebben vast een hechte band.'

'Ja. Heeft Lauren je dat verteld?'

'Ja.'

Olivia leunde met haar hoofd tegen het raam, met een gevoel alsof ze de vervormende lens had schoongemaakt waardoor ze altijd naar haar jeugd had gekeken.

'Papa heeft me voor het grootste deel opgevoed. Ik verafgoodde mijn moeder, maar onze tijd samen... ging altijd meer over haar.'

'Hielp jij bij de opvoeding van je zussen?'

'Nee, nee, natuurlijk niet. Ik was druk bezig met prima donna worden.'

Stuart snoof, zette zijn knipperlicht aan en haalde een trage sedan in. 'Ik wil mijn excuses aanbieden voor het feit dat ik boos was op jou en Duncan.'

Olivia keek hem even aan, maar hij zag er even oprecht uit als hij klonk. 'Waardoor ben je van gedachten veranderd?'

'Door hoe je keek toen ik zei dat ik slecht nieuws had.' Hij schudde kort zijn hoofd. 'Duncan was de eerste aan wie je dacht.'

Olivia haalde haar schouders op. 'Tja.'

'Tja.' Hij grinnikte, duidelijk door haar poging tot achteloosheid heen prikkend. 'En vervolgens door hoe hij keek toen hij binnenkwam en vroeg waar je was. Ik heb hem nog nooit zo snel die trap op zien rennen.'

'Hij is een goed mens.'

'Dat is hij zeker.'

'Ik geef heel veel om hem.'

'Daar ben ik blij om.'

Ze reden een tijdje verder in een stilte die lang niet zo pijnlijk was als Olivia had gevreesd. Ze hoefde niet eens haar oordopjes uit haar tas te halen. Sterker nog, ze verbrak de stilte zelf. Met opzet. 'Vertel eens wat je van mijn vader weet.'

'Goede vent.' Stuart keek in zijn achteruitkijkspiegel en maakte een weinig vleiende opmerking over bumperklevers. 'Het beste aan hem is hoe gelukkig hij mijn zus maakt.'

'Je hebt een hechte band met haar.'

'Yep. Onze jongste broer, Ben, had wat problemen. Onze ouders waren er weinig. Ze moesten werken. Ze beschermde me tegen hem, tegen heel veel dingen.'

'Had Ben... psychische problemen?'

'Misschien. Destijds noemden we het gewoon een slechte dronk.'

Etiketten veranderden, maar het gedrag helaas niet. 'Dus Lauren heeft jou deels opgevoed?'

'Zo zou je het kunnen zeggen.' Hij glimlachte wrang naar Olivia. 'Maar prima-donnagedrag duldde ze niet, hoor. Ze was een strenge leermeester.'

'Dat zeiden mijn zussen ook. Ik was al bijna het huis uit toen zij en papa trouwden. Ik weet dat ze Eve vrij snel van haar gothic periode heeft afgeholpen.'

'Dat klinkt als Lauren, ja.' Hij mopperde weer toen een sportwagen voorbij zoefde.

'Wanneer heb je mijn vader ontmoet?' Ze was schaamteloos aan het wroeten, want ze was benieuwd hoeveel hij wist over Laurens affaire met haar vader. En over Jillians aandoening.

'Toen ze iets met elkaar kregen.' Hij schraapte zijn keel. 'Na de dood van je moeder.'

Na de dood van je moeder. Dat zei hij wel heel nadrukkelijk. En dan ook nog dramatisch zijn keel schrapen.

'Je wist dat ze een affaire hadden.'

Lange stilte. 'Ja.'

'Ik wist het ook. Per ongeluk achter gekomen. Heeft Lauren het je verteld?'

'Nee. Ik heb een brief gelezen die hij haar gestuurd had. Gezien zijn status had ik nooit gedacht dat het persoonlijk was. Ik heb als kind een boek van hem gelezen.'

'Wilde je acteur worden?'

Hij lachte alsof ze had gevraagd of hij een spijker in zijn hoofd wilde slaan. 'Ik niet. Lauren wel. Zij had dat boek. Eerst was ik boos op haar. Ik dacht dat hij met haar speelde, dat ze naïef was.'

Olivia rolde met haar ogen. 'Je respecteert en vertrouwt beroemdheden niet zo erg, hè.'

'Nee.' Hij keek vluchtig opzij en zij keek minachtend terug. 'Ik dacht dat Lauren een dwaas was en haar leven vergooide aan iemand die ze niet kon krijgen.'

'En wat dacht zij?'

Stuart haalde zijn schouders op. 'Ze dacht dat het liefde was. Ware liefde. Ze bleek gelijk te hebben.'

Olivia leunde ontspannen naar achteren. Ze werd nog steeds misselijk bij de gedachte dat de affaire van haar vader en Lauren ware liefde was. Maar haar moeders derde dagboek maakte het makkelijker te verteren, en Laurens versie van het verhaal ook.

Een beetje makkelijker. Het zou nog steeds tijd kosten om al die nieuwe informatie te internaliseren.

'Ik hoefde alleen maar Daniel met haar te zien en ik wist dat ze veilig was. Bij deze grootse man, met zijn enorme succes, was ze nog steeds helemaal zichzelf. Hij hield van haar precies zoals ze was. Dat betekende veel voor me.'

Veilig. Helemaal zichzelf. De woorden bleven door Olivia's hoofd zingen. Ze had zich niet echt veilig gevoeld bij haar moeder, die door haar ziekte en alcoholgebruik enorme stemmingswisselingen had. Ze had zich veilig gevoeld bij haar vader, maar door zijn norse, veroordelende karakter had ze zich ongetwijfeld aangepast om hem te plezieren. Bij Derek had ze zich geliefd gevoeld, toegewijd, ze had passie gevoeld en moeiteloze verbondenheid. Maar niet veilig. Het gevaar was opwindend geweest. Ze had zichzelf wijsgemaakt dat ze zich bij een ander type man zou vervelen, maar had zich nooit afgevraagd waarom ze meteen had ingestemd met haar vaders eis om op huwelijkse voorwaarden te trouwen, waarom ze haar rekeningen nog steeds gescheiden hield, waarom ze af en toe stiekem op Dereks telefoon keek, iets wat ze probeerde niet te doen, maar toch niet kon laten. Bij hem had Olivia zich een behoeftige, neurotische controlfreak gevoeld.

Het gesprek met Sam kwam in haar op, als een clichématige flashback in een film. 'Wanneer je basisbehoeften niet worden vervuld, begint je onderbewustzijn te schreeuwen om aandacht, waardoor je je atypisch gaat gedragen.'

Olivia voelde zich veilig bij Duncan. Ze voelde zich helemaal zichzelf.

Ze schoot overeind en stootte met haar elleboog tegen het portier, recht op haar telefoonbotje, waardoor de pijn en tintelingen door haar onderarm schoten.

Wrijven. Haar moeders oplossing voor alle kwalen, van verkoudheid tot jeuk en pijn.

'Papa is een controlfreak. Alles in huis moest aan zijn normen voldoen, inclusief de mensen die er woonden.'

'Zoals ik het zie, heeft Lauren iemand nodig om voor te zorgen, en je vader heeft iemand nodig om voor hem te zorgen.' Stuart haalde zijn handen een moment van het stuur af. 'Voilà.'

Voilà. Basisbehoeften vervuld. Het klonk zo simpel. Olivia wou dat het voor haar ook zo simpel was verlopen. Dat ze na haar studie de juiste man had ontmoet, was getrouwd en een vracht kinderen had gekregen, die allemaal net zo slim en schattig waren als Jake.

Maar Olivia had niet voor simpel gekozen. Ze had voor Derek gekozen.

De rest van de autorit verliep zonder veel verkeer of gepraat. Hoe dichter ze bij Blue Hill kwamen, hoe meer de realiteit zich in dit uur van uitstel opdrong, en hoe beduchter Olivia werd. Tegen de tijd dat ze de parkeerplaats van het ziekenhuis op reden, was ze weer nerveus, bang dat ze zou flauwvallen of een scène zou schoppen, net als toen ze hoorde dat mama dood was.

Maar ze was nu twintig jaar ouder, en beter voorbereid op wat er zou gebeuren, op wat onvermijdelijk was. Nu ze er waren, was ze onverwacht ook dankbaar voor Stuarts grote, kalme aanwezigheid. Hij zou de buffer zijn die ze nodig had tussen haar en Lauren tot ze stabiel genoeg was om te zeggen wat er gezegd moest worden.

Door het stof gaan was niet Olivia's sterke kant. Ze had meer ervaring met stof laten opwaaien.

Samen liepen ze naar de intensive-careafdeling en spraken daar een blonde verpleegkundige, die hen naar een kleine privékamer leidde, waar Daniel Braddock, docent van meerdere generaties acteurs, inspiratiebron voor duizenden anderen, spreker, auteur, echtgenoot van een wereldster, vader van drie liefhebbende dochters, angstaanjagend stil in bed lag, met een vreselijke slang uit zijn keel. Het enige geluid in de kamer was het griezelige in- en uitademen van het beademingsapparaat dat voor hem ademde, en de piepjes van een enorme computer waarop rode grafieken, wijzerplaten en cijfers oplichtten.

Piep. Piep. Piep.

Lauren zat met haar rug naar hen toe over het bed geleund, en hield de hand van haar man vast, terwijl ze in zijn gezicht keek.

Stuart stond achter Olivia in de deuropening. 'Lauren?' vroeg hij aarzelend.

Lauren draaide zich met een schok om, en haar gezicht klaarde op toen ze haar broer zag.

'Hoi Lauren.' Olivia kwam schoorvoetend de kamer in.

'Stuart.' Lauren stond op van de stoel en liep regelrecht op haar broer af. Hij sloeg zijn grote armen om Laurens kleine, mollige lichaam, zijn ogen dichtgeknepen, zijn voorhoofd gerimpeld van medeleven en verdriet.

Olivia keek weg en voelde zich een indringer. Ze liep naar haar vader en keek met afschuw naar alle naalden, slangetjes en apparaten. Ze legde haar hand op zijn warme arm en dacht eraan hoe koud die zou worden. 'Hallo, papa. Ik ben het, Olivia. Het... gaat niet zo goed met je, hè. Rosalind en Eve zijn hier over –'

Haar vader bewoog zijn hoofd. Olivia slaakte een kreet. 'Hij bewoog. Papa bewoog. Hij hoort me.'

'De verpleegkundige zegt dat het onwillekeurige bewegingen zijn. Net als een baby.' Lauren ging weer zitten en trok haar stoel dichter bij het bed. Ze snufte en veegde haar ogen droog. Stuart ging als een schildwacht naast haar zitten.

Opnieuw voelde Olivia zich een indringer in een situatie waar ze thuishoorde, een bijzondere rol die ze helemaal zichzelf had aangedaan door jarenlang de legitieme rol van deze vrouw in haar leven te betwisten.

'Er is niet genoeg hersenweefsel ongedeerd gebleven om bewust te kunnen reageren. Maar het kan zijn dat hij ons hoort. Er is geen reden om niet te hopen.'

Piep. Piep. Piep.

'Olivia is hier, Daniel.'

Olivia onderdrukte de opmerking dat ze hem dat net ook al had verteld. Ze zou haar leven beteren.

'Stuart is er ook.'

'Hallo Daniel.' Stuart had zijn pet afgezet en hield hem op borsthoogte, erin knijpend en weer loslatend. 'Goed je te zien. Je krijgt de groeten van Georgia.' Hij keek zenuwachtig naar Olivia, niet wetend wat hij nog meer met een hersendode zwager kon bespreken.

Piep. Piep. Piep.

Olivia haalde diep adem. Ze was hier ook niet op voorbereid. 'Papa. Ik logeer nog steeds bij de Pattersons. Het is daar heel aangenaam, en het is heel aardig van hen dat ik daar mag blijven. Binnenkort ga ik weer verder. Ik weet niet of ik terugga naar LA. Ik ga scheiden van Derek... eh, dat wist je al.' Ze draaide zich hulpeloos om naar Stuart en Lauren, die hulpeloos terugkeken.

Piep. Piep. Piep.

Wat voor zinnigs kon ze in hemelsnaam nog tegen hem zeggen?

'Vertel hem herinneringen die je aan hem hebt als vader,' opperde Lauren.

Olivia schaamde zich, voor de honderdduizendste keer. Ze had het alleen maar over zichzelf. 'Papa...' Piep. Piep. Piep. 'Kunnen die verdomde apparaten niet uit?'

'Olivia.' Lauren keek verbijsterd. 'Die houden je vader in leven tot je zussen er zijn.'

'Nee, god, nee.' Olivia legde haar handen op haar hoofd. 'Het spijt me. Ik bedoel dat gepiep. Kunnen we dat niet uitzetten?'

'O.' Lauren wilde opstaan.

'Ik vraag het wel even.' Stuart zette zijn pet weer op en liep de kamer uit.

Piep. Piep. Piep.

Alleen met Lauren. Dit was het moment. Olivia haastte zich achter Stuart aan en raakte zijn mouw aan. 'Mag ik... even wat tijd alleen met je zus? Ik wil een paar dingen zeggen. Goede dingen.'

Hij leek verheugd en knikte. 'Ik zal wat te drinken halen. Stuur me maar een berichtje als je wilt dat ik terugkom.'

'Ik heb je –'

'Lauren heeft me jouw nummer gegeven toen je bij ons kwam. Ik stuur jou wel eerst een berichtje, dan kun je gewoon antwoord geven als je er klaar voor bent.'

'Dank je.' Ze legde zoveel mogelijk oprechtheid en diepgang in de woorden als ze maar kon, en raakte nog een keer zijn mouw aan. 'Voor alles, Stuart.'

Hij knikte, in verlegenheid gebracht, glimlachte vriendelijker dan hij ooit naar haar had geglimlacht, en liep met logge stappen de deur uit.

Olivia liep weer naar Lauren, die haar voorhoofd op het matras liet rusten naast de bobbel onder de dekens die vroeger haar man was. 'Lauren.'

Ze ging rechtop zitten, veegde haar rode ogen af en zette haar bril weer op. 'Ja.'

Olivia voelde een steek van medelijden in haar hart. Ze ging weer aan haar kant van het bed zitten. 'Ik wil je mijn excuses aanbieden voor hoe ik me de laatste keer heb gedragen en voor wat ik allemaal heb gezegd.'

Lauren draaide zich snel om naar de deur, alsof ze verwachtte dat er elk moment iemand kon binnenkomen. Olivia wist dat ze haar blik niet hoefde te volgen. Oude gewoonte als gevolg van haar verlegenheid.

'Ik ben naar oma Betty geweest. Ze heeft me het dagboek gegeven dat mama tegen het einde van haar leven schreef. Ik heb het gelezen.'

Piep. Piep. Piep.

Lauren knikte kort; in de v-hals van haar gebloemde blouse werden rode vlekken zichtbaar.

'Ik begrijp nu beter wie ze was en waarom ze de keuzes maakte die ze heeft gemaakt. Maar ik begrijp nu ook jouw relatie met papa beter. Het...' De woorden die nu kwamen, waren nog steeds moeilijk om te zeggen. 'Het spijt me dat ik zo hard over je heb geoordeeld.'

Lauren keek naar het apparaat waarop de vitale functies van haar man te zien waren. 'Ik heb je moeders plek ingenomen. Het was logisch dat jullie drieën me dat kwalijk zouden nemen. Vooral als je kijkt naar hoe je moeder was... en hoe ik ben.'

'Ik was veruit de ergste. Het spijt me hoe ik je heb behandeld.'

De rode vlekken zaten inmiddels in Laurens hals. 'Dank je, Olivia. Excuses aanvaard.'

'Ik heb wel nog een paar vragen.'

'Ja.' Ze vouwde haar handen in haar schoot. 'Dat verwachtte ik al.'

Piep. Piep. Piep.

'Hallo.' Een frisse verpleegkundige kwam de kamer binnen. 'Ik ben Heidi. Jij bent vast een dochter van Mr Braddock?'

'Olivia.'

'Hoi Olivia. Ik zal het geluid uitzetten, goed? Zolang er maar wel iemand bij hem is. Komen je zussen ook zo?'

'Over een paar uur.'

'Dan halen we hem dan van de beademing.' Ze drukte op wat knopjes aan het apparaat en eindelijk hield de elektronische kakofonie op, al klonk de kunstmatige in- en uitademing van haar vader nu des te luider – een twijfelachtige verbetering. 'Ik ben op de gang. Roep me als je iets nodig hebt, goed?'

'Ja, dank je.' Olivia wachtte tot Heidi weg was en wendde zich weer tot Lauren. 'Hoe wist je dat oma de dagboeken had?'

'Ze had het je vader verteld. Hij zei dat ze ze maar moest verbranden. Toen heb ik haar gebeld en gezegd dat ze dat niet moest doen.'

'Echt waar?' Olivia keek haar verbluft aan. Achter haar vaders rug om? Daar had ze Lauren niet toe in staat geacht. Ze kende haar stiefmoeder kennelijk helemaal niet goed.

Lauren stond abrupt op en draaide nerveus aan haar trouw- en verlovingsringen. 'Je moet weten dat ik het nooit eens ben geweest met de keuze van je ouders om de omstandigheden van jullie geboortes voor jou en je zussen verborgen te houden. Maar dat was niet mijn beslissing. Ik hield me aan mijn belofte aan Daniel om niets te zeggen, totdat Rosalind me vorige zomer vertelde dat jullie ontdekt hadden dat jullie moeder onvruchtbaar was. Op dat moment was je vader net herstellende van zijn beroerte en absoluut niet in staat om hiermee om te gaan. Ik moest… mijn eigen beslissingen nemen.'

Olivia knikte. Lauren had de juiste beslissing genomen. Ze had eerlijker gehandeld dan Daniel of Jillian. 'Heb jij oma verteld dat ze de dagboeken naar ons moest sturen?'

'Ik dacht dat het misschien makkelijker zou zijn als jullie ze anoniem kregen.' Ze ging weer zitten en keek onzeker. 'Nodeloos dramatisch misschien, maar ik was bang dat als jullie wisten dat ik ze had opgestuurd, jullie hierheen zouden komen en je vader overstuur zou raken. Als jullie hadden geweten dat Betty ze had… nou, wie weet wat ze over jullie moeder gezegd zou hebben. Ik vond dat Jillian voor zichzelf moest kunnen spreken. Ik weet het niet, misschien was het een vergissing.'

'Geen idee. Maar toch bedankt.' Olivia zag haar vader weer een willekeurige hoofdbeweging maken, en het viel haar op hoeveel makkelijker het was om met Lauren te praten terwijl ze zich allebei konden concentreren op een man van wie ze hielden. Of wat er van hem over was. 'Vreemd om papa daar te zien liggen en tegelijkertijd te weten dat hij er eigenlijk niet meer is.'

'Ja.'

'Denk je dat hij pijn heeft?'

'Ze zeiden van niet.'

Zwijgend zaten ze bij elkaar, luisterend, kijkend naar het apparaat dat de rest van Daniel Braddocks leven aftelde. Hartslag. Zuurstofgehalte. Bloeddruk. Ademhalingssnelheid. Morfinespiegel.

'Lauren.' Olivia schraapte haar keel. 'Toen ik bij Betty was, heb ik ontdekt dat Christina mijn biologische moeder was.'

Lauren staarde haar aan. 'Christina?'

Olivia was verbaasd. Lauren had geweten wie Rosalinds en Eve's biologische moeders waren. Waarom zou ze het van Christina niet geweten hebben? Had papa het haar nooit verteld? 'Oma Betty liet me een foto zien van haar met mij als pasgeboren baby in haar armen.'

Lauren bleef haar aanstaren, haar gezicht vuurrood, haar vingers draaiend aan haar ringen. Olivia staarde terug.

'Betty moet zich vergist hebben. Christina heeft haar baby afgestaan voor adoptie. We weten niet waar ze is.'

Hevig teleurgesteld keek Olivia weer naar haar meer dode dan levende vader. Weer een band met Jillian doorgesneden. 'Weet jij dan wie mijn biologische moeder wel is?'

Lauren ademde hoorbaar in. 'Ja.'

Olivia keek haar aan. Lauren keek niet meer naar Olivia of haar echtgenoot, maar naar haar wriemelende handen.

'Wie dan?' Olivia kon alleen nog maar fluisteren. 'Wie is mijn moeder?'

Lauren slikte krampachtig. 'Dat ben ik.'

Hoofdstuk 20

30 december 2001 (zondag)

Silas Angel heeft me de rol gegeven. De rol van mijn leven, die me eindelijk de Oscar zal opleveren die ik verdien, dat weet ik zeker, en waarmee ik mijn prachtige carrière weer op de rails krijg.

De rol die letterlijk mijn leven zal redden.

Ik zei dat hij de rol in zijn reet kon steken en dat als hij ooit nog een keer in de buurt van mijn meisjes kwam, ik hem hoogstpersoonlijk dood zou schieten. Hij zei dat ik nooit meer in Hollywood zou werken. Ik zei dat die regel zo uitgekauwd was dat het gewoon zielig was, en hij ook.

Maar hij had wel gelijk. Ik zal nooit meer in Hollywood werken.

Het is voorbij.

'Jij.' Olivia staarde naar haar stiefmoeders – nee, grote god, naar haar moeders – gezicht. 'Jij.'

'Ja.'

Ze maakte een vreemd geluid en sprong met gebalde vuisten op. Deze vrouw. Deze vrouw was haar moeder! Deze kleine... dikke, saaie, rood aangelopen – Olivia riep zichzelf tot de orde. Gelukkig had ze tenminste nog het fatsoen zich te schamen.

Eén seconde later was ze woedend. 'Je hebt tegen me gelogen. Je zei dat jij en papa nooit... iets gedaan hebben toen mijn moeder nog leefde! Jij zei dat jullie hebben gewacht tot na –'

'Nee. Ik heb niet gelogen.' Lauren stond beheerst op, al was ze nog steeds vuurrood. 'Ik was de eerste vrouw die Daniel en Jillian hadden uitgekozen voor hun geheime babyplan. Ze hielden open audities in Maine voor een filmrol. Ik kreeg de rol niet, maar Daniel pikte me uit de groep.

Het was een zakelijke overeenkomst. Jillian wist wanneer we samen waren. Nadat je verwekt was, was het fysiek voorbij tussen mij en Daniel, tot een jaar na Jillians dood. Ik heb nooit het tegendeel beweerd. Het is de waarheid.'

Olivia's brein probeerde wanhopig iets te vinden, iets om zich aan vast te klampen, zodat ze niet verder rondjes zou draaien in deze verbijsterende leegte. 'Maar je hield contact met hem.'

'Ja, we hielden contact.'

'Hoe? Waarom?'

'Dit is voor jou kennelijk ondenkbaar.' Laurens toon werd verbitterd. 'Maar in al die maanden dat het duurde om jou te verwekken, werden je vader en ik verliefd op elkaar.'

'Papa hield van mijn moeder.' Olivia spuugde de woorden bijna uit.

Lauren gaf geen krimp. 'Ja. Maar ze zoog hem leeg. Ze nam alles wat hij had en gaf hem niets terug. Jarenlang.'

Hij voelde zich veilig bij Lauren. Olivia kon Lauren deze woorden bijna horen zeggen.

'Maar ik –' Olivia keek vol afschuw naar het levenloze lichaam van haar vader. 'Kan hij ons horen?'

'Volgens mij is het niet erg als hij ons hoort.' Lauren zette haar handen op haar heupen. 'Dit gesprek had moeten plaatsvinden toen jullie oud genoeg waren om het te begrijpen. En anders direct na Jillians dood. Het is het enige wat ik van Daniel heb gevraagd wat hij me weigerde. Hij deed het uit respect voor je moeders wensen en haar nagedachtenis. Hij was er volledig van overtuigd dat jullie het nooit te weten zouden komen.'

Olivia plofte weer neer op haar stoel. Ze had geen idee hoe ze hiermee om moest gaan. Ruziemaken, dat kon ze. Woede-uitbarstingen? Daar was ze een ster in. Maar hoe kon ze verontwaardigd zijn wanneer alles wat Lauren zei oprecht klonk? Nu Olivia haar moeders dagboeken had gelezen en een glimp had opgevangen van de vrouw die Lauren beschreef? Nu deze hele absurde situatie gecreëerd en in stand gehouden was door

Jillian Croft zonder oog te hebben voor wat er met haar dochters zou gebeuren als het geheim ooit ontdekt werd?

Net als haar partner in crime, die nu langzaam in het bed naast hen aan het sterven was, had ze kennelijk nooit gedacht dat het zou uitkomen. Het perfecte misdrijf.

Toen kwamen de tranen. Langzaam, maar gestaag. Eindelijk gaf Olivia de controle op. Ze sloeg haar handen voor haar gezicht en boog voorover, met grote uithalen snikkend tot ze haar kalmte weer kon herwinnen.

Op een gegeven moment tijdens haar huilbui kwam Lauren naar haar toe en ze legde een hand op haar schouder. 'Het spijt me. Ik weet dat dit niet het verhaal is dat je wilde voor je leven. Niemand zou dat willen. Ik ben me er maar al te zeer van bewust dat jij en ik...' Ze kneep in haar schouder. Ze had sterke vingers voor zo'n kleine vrouw. 'Ik weet dat ik niet je eerste keus ben als biologische moeder.'

Olivia ging rechtop zitten en veegde haar tranen weg. Ze wist dat ze niet hoefde te proberen om tegen Lauren te liegen. 'Misschien niet. Maar het is inmiddels ook moeilijk geworden om Jillian Croft als eerste keus te zien. Ik heb het gevoel dat ik haar helemaal niet heb gekend.'

'Natuurlijk heb je haar wel gekend. De delen die je kende, waren echt. En die zijn er nog steeds. En ze hield ontzettend veel van je, Olivia. Van jullie alle drie. Dat bleef je vader maar herhalen. Hij had het vaak over haar, weet je.'

'O ja? Tegen jou?' Olivia rukte zich met moeite los uit haar zelfmedelijden. 'Vond je dat niet lastig?'

'Het was moeilijk. Maar ik begreep het wel.'

Zij wel. Olivia probeerde zich voor te stellen dat ze zelf rustig bleef terwijl iemand op wie ze dol was steeds over zijn ex praatte. Ze zou door het lint gaan. 'Wie weten het nog meer behalve jij, ik en papa?'

'Niemand.'

'Oma? Stuart?'

'De enige die het ook wist, was jullie verloskundige, Christina. Je ouders hebben hun werk goed gedaan.'

'God, wat een gestoorde toestand.' Olivia wreef over haar wangen.

'Ik pak een zakdoekje voor je.' Lauren liep naar de doos met tissues naast Daniels bed, trok er twee uit en gaf ze aan Olivia.

Olivia droogde haar ogen en snoot haar neus met een beverige ademhaling, als een peuter na een driftbui. 'Ik ben blij dat ik geen mascara –' Ze slaakte een geërgerde zucht. 'Mijn hemel. Mijn vader ligt op sterven, mijn perfecte moeder bleek een verschrikkelijk mens te zijn, en ik maak me zorgen over hoe ik eruitzie?'

'Je bent grootgebracht met het idee dat uiterlijk heel belangrijk is. Je moeder was erdoor geobsedeerd. Dat moest ook wel met haar werk. Het is logisch.' Lauren glimlachte naar haar en streek vervolgens een haarlok naar achter die op Olivia's voorhoofd was blijven plakken.

Een lief moeder-dochtermoment.

Olivia was daar nog lang niet klaar voor.

'Dus.' Laurens gelukzalige uitdrukking verbleekte.

Olivia's ongemakkelijkheid over de aanraking moest van haar gezicht af te lezen zijn geweest. Voor het eerst voelde ze zich schuldig over het verdriet dat ze deze vrouw had aangedaan door haar al die jaren verkeerd te begrijpen, verkeerd in te schatten, te miskennen. 'Wat is er?'

'Niets. Ik heb gewoon… Ik heb hier zo vaak aan gedacht – aan jou de waarheid vertellen. Nu is het zover, en ik dacht dat ik…' Lauren haalde haar schouders op en keek weg. 'Eerlijk gezegd vind ik het heel ongemakkelijk.'

Olivia snoof. Lauren grinnikte, en heel even moesten ze zowaar samen giechelen. Daarna richtten ze zich allebei ongemakkelijk weer op de passief ademende ex-persoon in het ziekenhuisbed.

Het was een begin.

De uren tikten naargeestig voorbij. Stuart werd er weer bij gehaald. Ze wachtten, keken, probeerden wat te praten, keken en wachtten nog langer.

Ze gingen om de beurt weg om iets van Georgia's liefdevol klaargemaakte eten te pakken, een drankje te halen of naar de wc te gaan. Eindelijk, na ongeveer tweehonderd jaar, stuurde Rosalind een berichtje dat ze geland was, en vervolgens dat Eve haar van het vliegveld had gehaald. Niet lang daarna klonken hun voetstappen en stemmen in de gang en verschenen hun angstige, bleke gezichten bij de deur.

Olivia sprong op hen af. Nog meer tranen.

Haar zussen kwamen binnen, begroetten Lauren en Stuart en liepen naar het bed. De stemming werd weer somber toen ze de gruwelijkheid probeerden te bevatten van wat er was gebeurd.

Er werden stoelen bijgeschoven; de rouwenden zaten met zachte stem te praten, tegen Daniel of tegen elkaar, totdat Heidi de verpleegkundige de spanning doorbrak door de kamer binnen te komen, en meteen weer meer spanning creëerde door de betekenis van haar aanwezigheid.

'Hallo. Is iedereen er? Zijn we er klaar voor?' Ze wendde zich respectvol tot Lauren en sloeg de juiste toon aan: niet te opgewekt, niet te verdrietig.

Lauren knikte dapper. 'Ja.'

Olivia voelde de adrenaline in haar borst branden; ze schoof onrustig heen en weer en zag dat Stuart, Eve en Rosalind hetzelfde deden. Alleen Lauren bleef kalm en vastberaden, waardoor Olivia nog meer respect voor haar had. Als zij in haar schoenen stond, zou ze nog niet half zoveel kracht hebben.

'Ik wil jullie vragen om even weg te gaan terwijl ik de beademingsbuis verwijder. Dat willen jullie denk ik liever niet zien. Oké?'

Iedereen vond het goed. Sterker nog, nadat ze een paar geluiden vanachter het gordijn hadden horen komen, liepen ze alsof ze het afgesproken hadden allemaal verder de afdeling op, totdat Heidi hen kwam halen.

Verdoofd van angst liep Olivia achter haar familie aan naar de kamer. Haar vader lag er nog steeds, nu zonder buis, mondstuk en tape. Het was goed om ongehinderd zijn gezicht te kunnen zien, hoewel zijn gebarsten lippen openhingen en zijn ademhaling uit een horrorfilm leek te komen: raspend en ongelijkmatig, zijn borstkas vruchteloos zwoegend om in leven te blijven.

Om de beurt boog elk familielid zich naast zijn oor om hem woorden van liefde, vergeving, humor toe te fluisteren – wie weet wat iedereen zei?

Toen gingen ze zitten en keken ze met betraande ogen op het apparaat naar het zuurstofgehalte in zijn bloed, wachtend tot het zo laag was dat het zijn hart en hersenen niet meer kon ondersteunen. Het was een sereen, puur moment van liefde en verdriet.

Een halfuur later ademde Daniel Braddock echter nog steeds.

En weer een halfuur later nog steeds.

Weer een halfuur later durfden ze weer te praten, al wierpen ze regelmatig nerveuze blikken op het apparaat dat Daniels vitale functies bewaakte. Telkens als zijn zuurstofgehalte daalde, stokte het gesprek. Telkens schoot zijn hartslag dan omhoog om het verlies aan zuurstof te compenseren. Tijdens dit alles ging de zware, raspende ademhaling door.

Olivia begon het gepiep bijna te missen.

Heidi kwam af en toe binnen om Daniels luchtwegen uit te zuigen en zijn lippen te bevochtigen. Eenmaal verhoogde ze het morfinegehalte toen zijn ademhaling te moeizaam werd.

Zo bleef Daniel Braddock tussen leven en dood hangen, een schijnbaar bizarre impasse, totdat Olivia hem op het hart wilde drukken om los te laten, om hen te verlaten. Het had geen zin om deze ongewisse situatie voort te laten duren.

De eerstvolgende keer dat Heidi de kamer binnenkwam, sprong Olivia op. 'Hoelang… gaat dit duren?'

'Dat is vrees ik niet te zeggen.' Ze glimlachte geduldig, hoewel ze ongetwijfeld van wanhopige, rouwende familieleden altijd dezelfde vragen over doodgaan kreeg.

'Hebben we tijd om te gaan eten en dan terug te komen?'

Heidi keek op Daniels apparaat. 'Ik denk het wel. Hij is op dit moment stabiel. Ik kan het jullie laten weten als er iets verandert.'

'Ik blijf bij hem.'

'Lauren.' Olivia ging voor haar stiefmoeder – haar biologische moeder – staan en sloeg haar armen over elkaar.

Lauren deed hetzelfde.

Het was voor hen allebei duidelijk van wie Olivia haar koppigheid had.

'We kunnen iets meenemen voor Lauren.' Rosalind stond op en rekte zich uit. 'Ik wil ook wel even wat eten. Eve? Stuart?'

'Ja, ik ook.' Eve stond op en pakte haar handtas.

'Ik blijf bij Lauren.'

'Nee, Stuart,' zei Lauren. 'Dat hoeft niet. Ik red me wel. Neem maar iets voor me mee als je terugkomt.'

Stuart sloeg zijn armen over elkaar.

'We nemen voor jullie allebei iets mee.' Olivia wenkte haar zussen.

Ze vonden een eettentje in de buurt en aten nerveus en gehaast hun maaltijd. Olivia probeerde niet eens te beginnen over wat ze hun allemaal wilde vertellen. Het was te veel. Deze dag – en daarna, als het langer duurde – was van hun vader.

Voordat ze naar het ziekenhuis terugreden, belde iedere zus met de nieuwe man in haar leven om hem bij te praten over deze droevige dag. Duncan was lief en bezorgd en zei dat Olivia genoeg rust moest nemen en zichzelf niet moest uitputten. Haar zussen keken allebei meer ontspannen toen ze klaar waren met bellen, en Olivia concludeerde dat ze alle drie emotioneel wat aangesterkt waren voor de terugkeer naar hun vaders kamer.

Ze haastten zich terug naar het ziekenhuis en gaven Lauren en Stuart hun maaltijd, die ze dankbaar begonnen te eten. Toen gingen ze weer zitten. En wachten.

Raspende adem in. Raspende adem uit. Zuurstofgehalte op en neer. Op en neer.

Ze praatten zachtjes met elkaar en tegen Daniel. En wachtten.

Toen hield hij op met ademen.

Lauren stond op. 'Daniel,' fluisterde ze snikkend.

Hij ademde in. En uit. Weer in.

In de kamer klonken onwillekeurige geluiden, een mengeling van opluchting en frustratie. Olivia zag niet waarom deze lijdensweg nog langer moest duren. De familie was bijeengekomen, had hun laatste moment met hem gehad, had gezegd wat er gezegd moest worden, had zich neergelegd bij het afscheid, en dan nu deze vreselijke onzekerheid over wanneer het zekere zou gaan gebeuren.

'Dit is waanzin.' Lauren plofte weer neer op haar stoel, zette haar bril af en drukte haar vingers tegen haar ogen. 'Zelfs honden sterven humaner.'

'Inderdaad.' Olivia wreef over haar slapen. 'Het is vreselijk. Hoewel ik op dit moment nergens anders zou willen zijn.'

'Nee.' Lauren zette haar bril weer op en glimlachte naar Olivia. Olivia glimlachte terug. Gemeend.

Voor alles was een eerste keer.

Er ging weer een halfuur voorbij. Twee keer stopte Daniel met ademen en stond de familie als één blok op, en twee keer zakten ze weer terug op hun stoel toen de afschuwelijke reutelgeluiden weer begonnen.

Eindelijk, eindelijk daalde het zuurstofgehalte en klom het niet meer omhoog. Daniels ademhaling werd oneindig langzaam en stopte toen. Ze wachtten tot hij weer ging ademen, maar na al die keren loos alarm was het nu... voorbij.

Het was zo wonderlijk en zo eenvoudig. Het ene moment was hij er nog, het volgende moment niet meer.

Heidi kwam binnen. 'Hij is er niet meer. Gecondoleerd.'

Een gemeenschappelijke inademing, een uitademing om de vreselijke spanning los te laten, daarna veel tranen en omhelzingen. Dit moment, waar Olivia bijna om had gesmeekt, leek nu oneindig veel te vroeg te komen. Zelfs nadat ze het grootste deel van de dag alleen maar hiermee bezig was geweest, was ze er niet klaar voor. Hoe kon het ook? Hoe kon iemand van hen dat zijn?

Ze wachtten op een dokter die Daniel dood zou verklaren, een vreemde formaliteit, aangezien het ongetwijfeld kostbare apparaat met uiterste precisie had aangegeven dat elk proces in zijn lichaam was gestopt. Maar de dokter verklaarde hem dood en toen waren ze klaar. Ze konden weglopen en doen wat ze wilden, en zwager, echtgenoot en vader Daniel Braddock achterlaten onder de witte lakens van het ziekenhuisbed.

Dat was het ergste. Bijna ondraaglijk.

In stilte liepen de Braddock-Patterson-Crofts de afdeling af en het ziekenhuis uit, de zachte avondlucht in. Olivia zoog met schuldbewuste opluchting haar longen vol en zei tegen zichzelf dat haar vader niet meer echt in het gebouw was. Hij bestond nu alleen nog maar in de herinneringen van hen die van hem hielden.

'Er is een Marriott-hotel in de buurt.' Stuart keek op zijn telefoon. 'Het lijkt erop dat er kamers beschikbaar zijn met twee tweepersoonsbedden. Een voor jullie drieën en één voor Lauren en mij. Lijkt jullie dat wat?'

'Ja. Bedankt, Stuart.' Lauren klonk alsof ze tien jaar ouder geworden was. Zij allemaal.

'Laten we daarheen gaan.' Hij stopte zijn telefoon weer in zijn zak. 'Ik neem Lauren wel mee. Dan kunnen jullie achter ons aan rijden.' Hij liep met zijn zus naar de pick-uptruck, haar ondersteunend met zijn grote arm.

Olivia keek hen na, ontroerd door Stuarts tederheid, en liep toen met haar zussen naar Eve's Mercedes.

'Ik ben zo blij dat jullie er zijn.' Olivia wachtte bij het achterportier tot Eve had opengedaan. 'Ik had jullie nodig.'

'Ik ben ook blij dat wij er zijn,' zei Rosalind. 'We moeten samen zijn.'

Olivia schoof op de achterbank en Rosalind ging op de passagiersstoel zitten. Ze draaide zich met een halve glimlach naar haar om. 'Sinds wanneer laat jij je kleine zusje voorin zitten?'

Olivia knipperde lieftallig met haar ogen. 'Ik ben bezig om een leuker mens te worden.'

'Het moet niet gekker worden.' Rosalind reikte naar achteren en kneep liefdevol in Olivia's kuit. 'Dit was heel moeilijk, maar ook heel belangrijk. En ergens ook bijzonder.' Eve deed haar gordel om en startte de motor, waarna ze achter Stuart aan de parkeerplaats af reed. 'Nu wil ik duizend jaar slapen.'

Rosalind raakte gapend Eve's schouder aan. 'Volgens mij wij allemaal wel.'

Tijdens de korte rit naar het Marriott stuurde Olivia een berichtje naar Duncan dat haar vader overleden was. Ze overwoog om het ook Derek te laten weten, en besloot in al haar nieuwe liefheid en grootmoedigheid dat hij de pot op kon.

Bij het hotel parkeerde Eve naast Stuart, waarna iedereen met tassen de lobby in liep. Na het inchecken namen ze geëmotioneerd afscheid van elkaar. Olivia omhelsde Lauren innig en gemeend.

'Gaat het?' mompelde Lauren.

'Jawel. Met jou?'

Ze knikte en probeerde door haar tranen heen te glimlachen. 'Volgens mij was dat het prettigste gesprek dat we ooit hebben gehad.'

Olivia ademde diep in en rechtte haar rug. 'Ik... hoop dat er nog meer zullen volgen.' Ze schrok van haar eigen woorden, vooral omdat ze ze echt meende. Nog geen week geleden zou ze het niet voor mogelijk gehouden hebben dat ze na haar vaders dood contact zou willen blijven houden met Lauren.

Dood! Haar grootse, soms onuitstaanbare, maar altijd bijzondere vader was dood. Ze kon het nauwelijks behappen, zelfs al was ze er zelf bij geweest.

Met een laatste groet namen de zussen afscheid van Lauren en Stuart. Ze gingen hun ruime, comfortabele kamer binnen. Toen de deur achter hen dichtviel, voelde Olivia een last van haar schouders vallen. 'Wanneer hebben we voor het laatst samen geslapen?'

'God, geen idee. In mama's kamer?' Rosalind trok haar knalrode schoenen uit en schoof ze naar de muur. 'Toen we klein waren.'

'Dan moet ik nog een baby geweest zijn.' Eve dacht fronsend na. 'Was er popcorn?'

'Jazeker.' Olivia zette haar weekendtas op een stoel. 'We keken films en kregen ijs. Het was geweldig. Hebben we best vaak gedaan.'

'Ik heb geen popcorn, en ook geen ijs.' Eve hield een fles rode wijn omhoog. 'Maar ik dacht dat we misschien wat hulp konden gebruiken om te ontspannen.'

'O jee.' Rosalind deed of ze gealarmeerd was. 'Drinken om te ontspannen is een van de tekenen van –'

'Intelligentie.' Met verrassend nieuwe energie pakte Olivia de plastic bekertjes naast het koelkastje. 'Eve, je bent een genie.'

'Misschien dat ik ook wel een klein beetje wil.' Rosalind nam een bekertje van Olivia aan, terwijl Eve de fles openmaakte. 'Best heftig, dat sterven.'

'Ongelofelijk.' Eve schonk in en hief haar glas. Met een brok in haar keel zei ze: 'Op papa.'

'Op papa.' Ze nam een sombere slok van de donkere, volle rode wijn uit Columbia Valley. 'Lekker.'

Rosalind glimlachte moeizaam. 'Bedankt, Eve.'

'Elke keer weer even lekker, zou mama zeggen.' Olivia schopte haar slippers uit. Vanavond wilde ze de herinneringen van haar zussen aan Jillian graag intact laten. Ze ging op een van de bedden zitten, niet verbaasd, maar ook niet echt gekwetst, toen haar zussen besloten samen in het andere te gaan liggen. 'God, wat een dag. Dit is precies wat ik nodig had. Mijn beste vriendinnen en een groot glas –'

Haar telefoon ging. 'O, nee.' Ze keek op het schermpje, hopend dat het Duncan was, en voelde zich toen onverwacht bevrijd omdat ze bij het zien van de naam van haar ex alleen maar ernstige teleurstelling voelde. 'Shit. Het is Derek.'

'Wat wil hij nou weer?'

'Waarschijnlijk deze dag nog erger maken.' Ze trok een grimas, blij dat ze niet opgenomen had, en vroeg zich af of het nieuws van Daniel Braddocks dood zich zo snel had kunnen verspreiden. 'Hij heeft een bericht ingesproken.'

'Zet maar op de speaker,' zei Rosalind. 'Ik heb wel zin om even te lachen.'

'Ik weet niet zeker of het wel zo grappig is.' Olivia drukte op afspelen en hoopte maar dat ze geen vergissing beging. Ze besloot dat in het onwaarschijnlijke, ergste geval dat Derek om meer geld vroeg, ze haar zussen zou moeten vertellen wat ze al van plan was om hun te vertellen.

Ze hoopte tenminste dat dat het ergste geval was.

'Hé, dus, eh, hoi, baby, hoop dat het goed gaat.'

Pff, deden de drie zussen tegelijk, waarna ze in gegiechel uitbarstten en elkaar tot stilte maanden om de rest van het bericht te horen.

'Ik wil je iets vragen. Ik zit een beetje in een lastig parket, en eh… ik kan wel wat… eh… hulp gebruiken. Nou ja, bel maar even.'

De moed zonk Olivia in de schoenen. Het was inderdaad een vergissing geweest om dit bericht hardop af te spelen. De hufter. Ze had dit niet verwacht, niet zo snel in elk geval. Ze had weer een reis gemaakt naar planeet Ontkenning, een laatste strohalm, namelijk de ijdele hoop dat haar man inderdaad een chanteur bleek te zijn, maar misschien slechts een eenmalige chanteur, want dat was minder erg, toch?

Zielig gewoon.

'Huh?' Rosalind keek haar verontwaardigd aan. 'Wat voor lastig parket?'

'Wat maakt het uit?' snoof Eve. 'Jij bent die eikel niets verschuldigd.'

Olivia haalde diep adem. Ze vond het vreselijk om haar zussen met nog meer ellende op te zadelen. 'Hij wil geld. Hij chanteert me.'

'Waar heb je het over?' vroeg Eve stomverbaasd.

'Op de een of andere manier is hij het te weten gekomen van mama's… lichamelijke problemen.'

Rosalind hapte naar adem. 'De smiecht. Je hebt hem toch niets gegeven, hè?'

'O, niet veel.' Olivia lachte wrang. 'Alleen het huis.'

'Olivia!' Eve's gezicht was een en al ontzetting. 'Het huis! Je bent dol op dat huis!'

'Niet heel erg meer. Het is vol te dure meubels en slechte herinneringen.'

'Nee.' Eve ontwaakte uit haar shock met een ongebruikelijk temperament. 'Je gaat die klootzak niet belonen.'

'Ik had geen keus, Eve. Hij ging het openbaar maken.'

'Zeg dan tenminste dat het een mondelinge toezegging was. Daar kun je vrij gemakkelijk onderuit.'

'Tot nu toe, ja.'

'Maar hoe is hij erachter gekomen?' Rosalind was zoals te verwachten ook geschokt. 'Van mama?'

'Ik heb het hem zeker niet verteld.' Olivia gooide haar telefoon op het bed. 'Ik wilde het zelf niet eens onder ogen zien. Hij zei dat hij door een vrouw gebeld was. Wie weet is het wel uit de eerste hand.'

'Shelley zou het nooit tegen iemand zeggen.' Eve schudde haar hoofd. 'Clayton ook niet. Zelfs mijn hufter van een ex Mike is daar nog te integer voor.'

'Bryn zou het ook niet doorvertellen.' Rosalind dacht fronsend na. 'Oma Betty ook niet. Wie weet het nog meer behalve Lauren?'

Stilte.

'Misschien degene die de dagboeken vanuit Saratoga Springs heeft opgestuurd?' vroeg Eve.

'Nee.' Olivia schoof haar kussens goed. 'Dat was Phoebe, de vrouw die oma Betty zo'n beetje geadopteerd heeft. Oma had de dagboeken. Wanneer Lauren zei dat ze er eentje moest opsturen, stuurde Betty het ingepakt en geadresseerd naar Phoebe, en Phoebe deed het op de bus. Ze had geen idee wat erin zat.'

'Dus zo is het gegaan.' Eve rolde met haar ogen. 'Wat een bizarre toestand.'

'Er is nog een dagboek. Een derde. Het laatste,' zei Olivia toonloos, vrezend voor het verdriet van haar zussen na het lezen van haar moeders laatste woorden. 'Ik zal jullie een kopie sturen als dit allemaal –'

'O nee. Shit.' Rosalind legde haar handen op haar hoofd. 'Ik bedenk net iemand die het misschien weet, iemand die we niet kunnen vertrouwen. Het is vast mijn schuld.'

'Wie dan?' vroeg Olivia.

'Vorige zomer heb ik direct nadat we mama's diagnose hadden gevonden, de dokterspraktijk gebeld waar ze na haar verloving met papa heen was gegaan. Ik wilde weten of ze konden bewijzen of ontkrachten dat mama de aandoening had. Ik heb hun haar meisjesnaam en de diagnose gegeven. Als de vrouw die ik aan de lijn had, wist dat Sylvia Moore mama's echte naam was, zou ze haar conclusies hebben kunnen trekken. Zij moet het zijn geweest.'

Hier dachten de zussen even over na.

'Maar waarom heeft ze daar dan tot nu mee gewacht?' vroeg Olivia. 'En waarom zou ze de informatie aan Derek geven en niet een van ons direct chanteren?'

'Omdat ze waarschijnlijk wist dat we het gewoon zouden ontkennen.' Rosalind keek bedrukt. 'Maar toen jij en Derek jullie onvruchtbaarheidsruzie in het openbaar uitvochten, moet ze gedacht hebben dat ze een bereidwillige koper voor de informatie had. Dan kon zij zich er verder buiten houden en hem ermee laten doen wat hij wilde.'

De zussen zaten er verslagen bij. Dit leek helaas een plausibel verhaal.

Olivia zette haar wijn op het tafeltje naast het bed. 'Als dat waar is, verdient ze een enkele reis naar de hel.'

'We kunnen niet bewijzen dat zij het is. Alleen door het Derek te vragen.' Eve zuchtte. 'En hij gaat het ons zeker niet vertellen.'

'Nou, je kunt hem er niet mee laten wegkomen,' zei Rosalind fel. 'Bel hem op en zeg dat hij de pot op kan.'

Olivia schudde haar hoofd. 'Dan maakt hij het bekend.'

‘Wie gelooft hem nou?’

‘Heel veel mensen.’ Ze pakte haar glas weer op. ‘Ze zullen gaan graven. Dat wordt een nare affaire. Dat kan deze familie nu niet gebruiken.’

Somber piekerden ze verder.

‘Bel hem op.’ Rosalind wees op Olivia’s telefoon. ‘We kunnen het telefoongesprek opnemen en zo bewijzen dat hij je chanteert en het naar de politie sturen.’

‘Heeft geen zin.’ Olivia trok een grimas. ‘Dan zou hij nog steeds iedereen over mama vertellen.’

‘Vanuit de gevangenis,’ zei Rosalind.

‘Dat zou misschien nog niet zo erg zijn,’ zei Eve langzaam.

‘Derek in de gevangenis? Dat zou geweldig zijn. Maar niet tegen die prijs.’

‘Nee, niet Derek in de gevangenis.’ Eve ging op haar knieën zitten, met een vreemde glans in haar behuilde ogen. ‘Dat iedereen het weet van mama.’

‘Geen sprake van.’ Olivia reageerde zo fel dat ze bijna haar wijn morste. ‘Mama zou – nee. Dat kunnen we niet maken. Derek zou het op een zo vreselijk mogelijke manier kenbaar maken. Ik zie de koppen al voor me. “De schokkende waarheid van Jillian Crofts onvruchtbaarheid, en de vrouwen die –”’

‘Híj vertelt het niet aan iedereen.’ Eve keek Olivia strak aan om haar woorden kracht bij te zetten. ‘Wij vertellen het.’

Olivia’s maag draaide zich om. ‘Eve…’

‘Zodat de wereld de waarheid hoort over Jillian Croft.’

‘Mijn god, Eve. Ja.’ Rosalind keek naar Olivia, die nu in de minderheid was. Het was twee tegen één. ‘De waarheid. Van de mensen die het meest van haar hielden.’

Hoofdstuk 21

31 december 2001 (maandag)

Lieve mama,

Ik schrijf je vanavond, op oudjaarsavond, de laatste avond van mijn leven. Nog even en het is middernacht, afsluiting van het oude, begin van het nieuwe. Ik ben het oude; het is tijd voor mij om af te sluiten en ruimte te maken voor het nieuwe.

Ik stuur je mijn dagboeken. Ik wil dat je weet wie ik ben. Wie ik was. Ik wil dat je iets begrijpt, iets van mij waardoor je in de toekomst misschien anders over mij denkt. Ik wil dat je me mist. Ik wil dat je liefdevol aan me denkt, zoals een moeder hoort te doen, zoals ik aan mijn meisjes zal denken vanuit de hemel, of de hel, waar ik dan ook beland. Bewaar de dagboeken alsjeblieft. Wat er van mij over is op het witte doek, is mooi, maar niet echt. Deze dagboeken zijn niet altijd mooi. Maar ze zijn echt.

Weet dat ik in vrede en zonder spijt sterf, behalve het verdriet dat ik mijn dochters aandoe. In mijn hart weet ik dat ze eroverheen zullen komen en dat ze beter af zijn zonder mij. Mijn man is nu vrij om te trouwen met de vrouw van wie hij houdt, een vrouw die ongetwijfeld een beter voorbeeld voor hen zal zijn dan een ouder wordende alcoholiste die haar beste tijd heeft gehad, met een gebroken lichaam en een gebroken geest.

Ik hou van je,

Sylvia

Olivia hield de verrekijker tegen haar ogen. Voor de ramen van de serre in haar nieuwe huis stond ze schaamteloos Rosalind en Bryn te bespioneren, die een levensveranderende wandeling aan het maken waren over het uitgestrekte terrein aan Belfast Bay dat Olivia had gekocht, tegenover Stuart en Georgia aan de andere kant van de baai.

'Zie je iets leuks?' Duncan sloeg zijn armen om haar heen. Ze leunde tegen hem aan en genoot van zijn sterke lichaam. De afgelopen maanden, sinds de dood van haar vader, was hij haar rots in de branding geweest, en ze hield elke dag meer van hem. Bij hem zou ze een beter mens worden. Kalmer. Minder neurotisch en defensief. Toleranter. Hij leek net zo gek op haar te zijn, wat ze nog steeds verbazingwekkend vond. Ze moest wel de gelukkigste vrouw op aarde zijn.

Hoewel Rosalind straks ongetwijfeld het gevoel zou hebben dat zij dat predicaat verdiende.

'Ze staan stil.' Ze greep de verrekijker stevig beet en was zo opgewonden dat het haar moeite kostte om hem stil te houden. 'Ze praten.'

'Misschien moet je hun wat privacy gunnen?'

'Privacy? Ben je gek geworden?' Olivia stopte net lang genoeg met spioneren om hem honend over haar schouder aan te kijken. 'Je denkt toch niet dat ik het wil missen als mijn zus een aanzoek krijgt?'

Eind augustus had Bryn haar gebeld. Rosalind wilde dolgraag Olivia's nieuwe huis zien, en hij had bedacht dat een bezoek aan Maine half september de perfecte tijd en plaats was om zijn geliefde ten huwelijk te vragen.

Olivia had de kans om aan de verrassing mee te werken met beide handen aangegrepen, en had ook zelf een bijdrage geleverd, die op dit moment vlakbij op hen wachtte. De afgelopen maand waren zij en Duncan, met hulp van Georgia en soms zelfs Stuart, als gekken bezig geweest om het huis klaar te maken voor het feest. Het was elk blik verf en elke gehaaste aankoop waard, elk paniekerig, slopend moment. Het huis was nog steeds niet helemaal af, maar zag er fantastisch uit. Die ochtend had Olivia overal bloemen neergezet en de cateraar ontvangen, die zich met zijn personeel in de keuken had verschanst. De aandoenlijke, hilarische Bryn met zijn warrige krullen had Rosalind met zijn charmes weten over te halen om die middag een wandeling door de tuin te maken.

‘Wat is er aan de hand?’ Jake, die er absurd schattig uitzag in zijn eerste jasje met stropdas, rende naar haar toe en gluurde door de openslaande deuren. Hij was begonnen op de kleuterschool en vond het er geweldig. Olivia en Duncan hielden hun relatie in zijn bijzijn platonisch – Duncan woonde nog steeds in het boothuis wanneer zijn zoon bij hem was – om Jake de tijd te geven om te wennen aan de scheiding van zijn ouders en de transformatie van zijn moeder, maar hij en Olivia kregen een steeds sterkere band. ‘Is er een boot gezonken?’

‘Bryn gaat Rosalind ten huwelijk vragen.’ Ze had hem dat nog niet eerder verteld. Kleuters en grote geheimen waren geen goede combinatie.

‘Gaan ze nu trouwen?’

‘Nee, alleen beloven dat ze dat gaan doen.’

‘Gaan ze ook kinderen krijgen?’

‘Waarschijnlijk.’ Haar eigen wanhopige verlangen naar een kind was de afgelopen maanden afgenomen naarmate haar gevoel van voldoening en blijdschap groter was geworden, al hadden zij en Duncan de mogelijkheid niet uitgesloten.

‘Wanneer wordt Rosalind een man?’

Olivia stikte bijna toen ze haar lachen inhield. ‘Rosalind blijft een vrouw.’

Duncan woelde door de haren van zijn zoontje. ‘Jouw moeder is speciaal.’

‘Gaan jij en Olivia ook trouwen?’

Duncan moest ineens heel hard zijn keel schrapen, wat hem een zachte por in zijn ribben opleverde. ‘Misschien. Je moet er zeker van zijn dat je bij elkaar past voordat je zoiets besluit, en dat kan even duren.’

Olivia liet de verrekijker zakken. ‘Zou je het niet erg vinden als ik je stiefmoeder zou worden?’

‘Nee hoor. Je kunt lekkere taarten bakken.’

‘Daar ben ik blij om.’ In haar ooghoek zag Olivia iets bewegen. Ze kapte haar stiefmoederlijke glimlach af en hield snel de verrekijker weer voor haar ogen. 'Bryn knielt! O mijn lieve zusje. Wat geweldig. Kijk naar haar gezicht!'

'Ik wil kijken! Ik wil kijken!' Jake trok aan haar rok. 'Wat is er met haar gezicht?'

'Ze is blij.' Olivia knielde naast hem neer. Hij mocht wel kijken. Ze kon door haar tranen zelf toch niks meer zien.

Jake keek haar ernstig aan. 'Waarom ben je niet blij?'

'Dit zijn blije tranen.'

'Blije tranen? Dat is raar.'

'Dat is waar.' Ze hield de verrekijker voor zijn perfecte kleine gezichtje. 'Kun je het zien? Wat doen ze?'

Het duurde even voordat hij hen had gevonden. 'Getver! Ze zoenen!'

Olivia grijnsde naar Duncan. 'Getver.'

'Het is tijd om tegen iedereen te zeggen dat ze binnen moeten komen,' zei Duncan tegen Jake. 'Wil jij dat voor ons doen?'

'Ja!'

'Super.' Olivia veegde haar ogen droog met een zakdoekje dat ze heel verstandig achter de tailleband van haar rok had gestoken, en pakte haar telefoon, waarop ze al een berichtje aan Georgia had klaarstaan. 'Je hoeft alleen maar op dat kleine pijltje te drukken.'

Jake drukte en het bericht van één woord werd verstuurd.

Nu.

'Ze lachen.' Duncan had nu de verrekijker vast. 'Ze lijken geen aanstalten te maken om weer naar binnen te gaan. Volgens mij hebben we het perfect getimed.'

'Ik ga op de uitkijk staan.' Olivia haastte zich naar de marmeren hal van de negentiende-eeuwse kapiteinswoning waar ze direct weg van was geweest, en die op miraculeuze wijze de hele tijd te koop had gestaan dat zij twijfelde of ze uit Belfast weg zou gaan.

Tot over haar oren verliefd worden op Duncan had de zaak beklonken. Ze hadden allebei nog last van de naweeën van hun scheiding, maar

Olivia had inmiddels genoeg vertrouwen in hen tweeën, en genoeg liefde voor dit deel van het land, om de gok te wagen. Tot nu toe voelde ze alleen maar blijdschap over haar besluit om te blijven.

Ze was van plan om van het huis een B&B te maken, van waaruit Duncan de gasten mee kon nemen voor weekendexcursies op zijn boot, variërend van rondvaarten en walvissen spotten tot vissen en tochten naar Nova Scotia met overnachting, en eventueel langere wintertochten. Duncans mogelijke afwezigheid van zijn werk moest nog verder worden uitgewerkt met Stuart. Voor mensen koken, mensen ontvangen, ster van haar eigen kleine koninkrijk zijn – de nieuwe carrière sloot perfect aan bij zowel Olivia's sterke punten als haar neuroses. Misschien zouden zij en Duncan ooit beslissen dat Belfast niet meer bij hen paste, maar voorlopig leek het voor hen beiden ideaal.

'Zie je al beesten?'

Ze schrok op, want ze had niet in de gaten dat Jake haar gevolgd was. 'Hoe bedoel je?'

'Je ging toch op de uitkijk staan? Dan zoek je toch wilde dieren?'

'O nee, ik bedoelde dat ik ging kijken of onze gasten er al aan kwamen.' Ze deed de voordeur open en wees enthousiast voor zich uit. 'Zie je wel? Daar komen ze.'

'O.' Hij trok een aandoenlijk teleurgesteld snoetje. 'Gewoon grote mensen.'

'Je mag nu de rozen gaan halen. Weet je nog waar ze liggen? En wat ik zei dat je moest –'

'Ja-haa. Dat heb je al duizend keer gezegd.'

Had ze al gezegd dat haar verlangen naar een kind minder geworden was?

Grijnzend om haar eigen grapje, en om wat er stond te gebeuren, wachtte Olivia haar familie op, van wie ze sommigen nog nooit had ontmoet.

Als eerste kwamen Georgia en Stuart eraan. Georgia zag er prachtig uit in een lichtgele jurk, en Stuart was verrassend knap in een jasje met stropdas. Olivia vond het hartverwarmend dat ze zich zo hadden opgedoft. Ze hadden zoveel voor haar en Duncan gedaan. Zulke lieve, vrijgevige mensen, al deed Stuart nog steeds erg zijn best om zijn zachte kant te verbergen. Hij en Olivia konden het echter steeds beter met elkaar vinden, en begonnen elkaar langzaam te vertrouwen.

Achter hen kwamen de voor Olivia nieuwe familieleden: Rosalinds biologische moeder Leila Allerton, met prachtig kastanjebruin haar en een oogverblindende paarse jumpsuit met een zwart geborduurd jasje, en haar dochter Caitlin, die sprekend op Reese Witherspoon leek, helemaal in het wit. Rosalind had haar verteld dat Caitlin vorig jaar bedrijfseconomie was gaan studeren aan Boston University, en dat Leila deze herfst nog een zangrol had, maar verder het reizen en optreden aan de wilgen had gehangen en een baan had aangenomen als muziekdocent op Princeton High School. Door alle verhalen van haar zus van afgelopen jaar had ze het gevoel dat ze beide vrouwen al kende.

De Allertons werden gevolgd door Eve in een gebloemde zomerjurk, haar vriend Clayton, lang, donker en elegant in zomers beige, en zijn dochter Abigail, die een witte smoking met een zwarte blouse droeg. Olivia kon niet wachten om die twee te leren kennen, maar als ze afging op de manier waarop Eve over Clayton sprak, zou daar nog voldoende tijd voor zijn. Waarschijnlijk tot de dood hen scheidde.

Vervolgens, gearmd, al sinds hun jeugd hartsvriendinnen: Eve's tante Shelley, die er niet helemaal op haar gemak uitzag in een glanzend grijs broekpak, en Lauren, zowaar chic in een effen koraalrood pak dat Olivia nog nooit eerder had gezien. Misschien zou Lauren zonder Daniel Braddock, die elk facet van haar leven bepaalde, zoals hij altijd graag deed, op een dag vrij zijn om zelf te bloeien. Op haar zestigste was ze nog jong genoeg om het nog eens te proberen.

Olivia liet het gezelschap binnen en begroette iedereen met een omhelzing, of ze elkaar nu eerder hadden ontmoet of niet, waarna ze hen naar Jake dirigeerde, die gewichtig rode rozen uitdeelde.

‘Het gelukkige paar komt eraan,’ riep Duncan.

‘Uitstekend.’ Olivia legde een arm om Eve heen en keek stralend naar Clayton. Ze was blij met hoe hij straalde wanneer hij naar haar zus keek. ‘Wil iedereen alsjeblieft in een rij gaan staan in de hal? Duncan begeleidt jullie verder. Als het jullie beurt is om Bryn en Rosalind te feliciteren, geef dan je roos aan de aanstaande bruid.’

Hierna volgde een halfuur van uitgelaten begroetingen, vrolijke kreten – en gilletjes van Rosalind – van het verbijsterde koppel dat de onverwachte gasten begroette, luidkeelse felicitaties en beste wensen die boven het opgewonden geklets uit klonken.

Nadat de laatste roos aan het boeket in Rosalinds armen was toegevoegd, gaf Olivia de cateraar een seintje. Vervolgens was er natuurlijk champagne.

Het feest duurde de hele middag. Tegen zessen waren alleen de drie zussen nog thuis. De rest van de gasten was onder leiding van Stuart op pad gegaan naar Belfast en de werf. Over een uurtje zouden ze terug zijn om pizza te eten, maar Olivia had met Duncan bekokstoofd dat ze deze kostbare tijd alleen met Eve en Rosalind zou hebben.

‘O, Olivia, dit was de mooiste middag van mijn leven.’ Rosalind had er nog nooit zo mooi uitgezien. Haar wangen waren roze en haar ogen glansden van geluk. ‘Ik weet niet hoe ik je moet bedanken.’

‘Heel graag gedaan, lieverd.’ Olivia omhelsde haar. ‘Blijf hier. Ik heb nog een verrassing.’

Ze liep naar de keuken, waar de cateraars aan het opruimen waren, en haalde een fles champagne uit de koelkast. Veuve Clicquot La Grande Dame, die hun ouders altijd hadden gedronken bij speciale gelegenheden. Olivia had voor hen drieën deze fles uit 2008 gehaald. Ze zette de fles in een emmer met ijsblokjes en pakte drie plastic glazen, bij lange na het drankje niet waardig, maar onbreekbaar op de rotsen.

‘Ik heb deze voor ons bewaard. Een Grande Dame. Wie gaat er mee naar het water om hem op te drinken?’

'O, Olivia.' Rosalind drukte haar handen op haar hart. 'Wat een geweldig idee.'

'Het lievelingsdrankje van papa en mama.' Eve's ogen vulden zich met tranen. 'Olivia, je bent fantastisch.'

'Weet ik! Het is ongelofelijk.'

Haar zussen rolden met hun ogen. Terecht.

Lachend ging Olivia hen voor op het pad naar beneden, dat onlangs was behoed voor overwoekering door een combinatie van steenslag en mosselschelpen. De vorige eigenaren van het huis hadden de voortuin bijna volledig kaalgekapt. Zij en Duncan moedigden de groei van jonge berken en sparren aan om een natuurlijke tuin en een gevoel van privacy te creëren, zonder het huis te omheinen of het uitzicht op de oceaan te belemmeren. Aangezien het pand iets hoger stond, hoefden ze zich voorlopig nog geen zorgen te maken dat ze de baai niet konden zien.

Onderweg naar het water wees Olivia op de plek waar ze een grotere versie van het tuinhuis van Stuart en Georgia wilden bouwen voor muggenvrije tuinfeesten. Ook waren ze van plan een steiger te bouwen waar Duncan passagiers kon oppikken en uitladen. Ze liet Eve weten dat ze hoopte op haar deskundige hulp bij het ontwerp, en vertelde Rosalind dat ze graag een paar schilderijen van haar in huis zou ophangen, en een paar van Bryns sculpturen in de tuin zou plaatsen. Haar zussen reageerden enthousiast op alle plannen.

Ze daalden af naar de rotsachtige kust via een trap die van zorgvuldig geplaatste stenen was gemaakt – voor hun gasten zouden Olivia en Duncan een echte trap moeten bouwen, met een stevige leuning. De intensiteit van het licht werd minder en het water, de oever en de boomstammen kwamen in een lichtrode gloed te staan, die Olivia aan het pak van Lauren deed denken.

Met Olivia in het midden gingen de zussen op een geschikte platte richel zitten en ze lieten hun blote benen bungelen. Olivia ontkurkte voorzichtig de champagne, zodat de kurk met een zacht plofje loskwam.

Rosalind en Eve applaudisseerden voor haar bedrevenheid. Ze schonk iedereen in en tilde haar bekertje op.

'Laten we als eerste drinken op de aanwas van onze familie. Op alle nieuwe mensen van wie we geen idee hadden dat ze er deel van uitmaakten. Tot nu toe vinden we ze zelfs allemaal leuk.'

'Kun je nagaan.' Eve hief ook haar bekertje. 'Op onze pas ontdekte familie.'

'Proost.' Rosalind proostte mee en ze namen een eerste slok. Er klonken veel o's en ah's toen de bijzonder complexe smaken hun smaakpapillen bereikten.

'Papa en mama kenden hun wijnen.' Olivia nam nog een slokje, blij dat ze de hele middag zo druk aan het kletsen was geweest dat ze niet meer dan een half glas had gedronken. Dit was het wachten meer dan waard. 'Ik kan gewoon niet geloven dat het meer dan een jaar geleden is dat we achter mama's diagnose kwamen.'

'Inderdaad.' Eve vond een stabiel plekje voor haar beker en rekte zich uit. 'Sindsdien kabbelt het maar zo'n beetje voort, hè.'

Rosalind deed alsof ze geeuwde. 'Ik vond het maar saai.'

'Ik wou dat er weer eens wat gebeurde,' zei Olivia.

'Waar zouden we nu zijn als we niet per ongeluk dat document waren tegengekomen?' Rosalind dronk van haar champagne en rolde verrukt met haar ogen. 'Mijn hemel, wat lekker.'

'Weet je, dat was het laatste papier in de laatste map in die eindeloze doos.' Eve liet haar armen zakken. 'Ik was op dat punt zo moe dat ik het bijna had weggegooid. Tegen die tijd waren we alle drie die klus helemaal beu.'

'En elkaar,' voegde Olivia er liefjes aan toe.

'Dat ook.' Eve pakte haar bekertje op en nam peinzend een slokje. 'Maar wel een goede vraag, Rosalind. Wat mij betreft... als we er niet achter waren gekomen, had Lauren me niet naar Washington Island gestuurd om Shelley tegen te komen. Lauren heeft echt mijn nieuwe leven in gang gezet. Ik zou Clayton niet hebben gevonden. Ik zou misschien nog steeds met Mike samenwonen en badkamers ontwerpen. Ik ben haar veel verschuldigd.'

'Wij allemaal.' Olivia en Lauren hadden veel gepraat toen ze de herdenkingsdienst voor Daniel aan het organiseren waren. Ze waren langzaam op weg naar een betere relatie, maar zetten elkaar niet onder druk. Wat gebeurde, gebeurde. 'Ik zou dit twee maanden geleden niet hebben gezegd, toen ik nog mijn kop in het zand stak, maar ik ben haar echt dankbaar dat ze besloot dat we de waarheid moesten weten.'

'Inderdaad. Zij heeft me verteld waar ik Leila kon vinden. Anders zou ik Bryn niet hebben ontmoet. Ik zou niet het vertrouwen hebben gekregen om mijn schilderijen te laten zien. Ik zou nog steeds allerlei losse baantjes hebben en het echte leven vermijden.' Rosalind pakte een lok van haar natuurlijke bruine bob. 'Met paars haar.'

Olivia keek naar een boot die de haven binnenvoer voor de nacht. 'Ik weet waar ik zou zijn.'

De zussen keken haar afwachtend aan.

'Ja?' drong Eve aan.

'Op Maui met een surfplank onder je arm?' opperde Rosalind.

'In Parijs met een kunstenaar?'

'In een inrichting,' zei Olivia.

'Dat was mijn volgende gok.' Rosalind gaf haar een knipoog.

'Nou, ik ben blij dat je hier bent.' Eve sloeg een arm om Olivia's schouders.

Olivia bedacht hoeveel ze van haar zussen hield, en ook hoe ironisch het was dat de ontdekking dat ze maar half verwant waren hen uiteindelijk dichter bij elkaar had gebracht. 'Grappig. Ik mis mama nu op een andere manier.'

'Hoe bedoel je?' vroeg Rosalind. 'Al denk ik dat ik het weet.'

'Meer op afstand.' Olivia koos haar woorden zorgvuldig, omdat ze deze gevoelens nog nooit eerder onder woorden had gebracht. 'Ik heb niet meer het gevoel dat ik zou willen dat ze er nog was en ik elke dag met haar kon praten. Is dat erg?'

'Als dat zo is, dan ben ik ook erg,' zei Eve. 'We zijn haar al bijna twintig jaar kwijt, maar na dat derde dagboek zijn we haar in sommige opzichten nog meer kwijtgeraakt. Hoewel het voor mij ook een troost was om te weten dat ze die grote rol afwees die ze van die vuile aanrander had gekregen.'

Olivia gromde. 'Ik zou die kerel nog steeds graag opgraven, weer tot leven wekken en hem dan alsnog vermoorden.'

Eve snoof. 'Dan neem ik de schop mee.'

Ze nipten van hun champagne en keken naar de golven die over de rotsen spoelden en zich gorgelend weer terugtrokken.

'Ik heb vorige week ons verhaal in *People* nog eens gelezen.' Rosalind zette haar bekertje neer en leunde naar achteren. 'Ook als Derek ons er niet toe zou hebben gedwongen, ben ik blij dat we het gedaan hebben, en dat mama's verhaal gebracht is zoals we wilden.'

'Mee eens.' Eve haalde haar vingers door haar haren, die bijna lichtgevend roze-blond waren in de weerspiegeling van de zonsondergang. 'Er was geen reden meer om het geheim te houden. Ik hoop dat het andere vrouwen heeft geïnspireerd om zich niet te schamen.'

'De reacties op het artikel vielen ook best mee. Daar maakte ik me wel zorgen over,' zei Olivia.

'Wij allemaal. Ik ben wel een paar keer uitgescholden. Fijn om te merken dat mensen nog steeds zo creatief kunnen haten.'

'Ik dacht aan één passage in het bijzonder,' zei Rosalind. 'Namelijk toen de interviewer vroeg waarom we dit moment hadden gekozen om met het verhaal naar buiten te treden. We keken allemaal meteen naar jou, Olivia. Ik was zo trots op je dat je besloot Derek niet te noemen.'

Olivia kneep in Rosalinds arm. Dat moment zou ze niet snel vergeten. Die vraag hadden ze verwacht. Tijdens het voorbereiden van het interview hadden Eve en Rosalind het aan Olivia overgelaten of ze naar waarheid zou antwoorden of niet. Ze was nog steeds boos op Derek geweest en wist tijdens het interview nog niet wat ze zou doen. Maar toen de vraag haar werd gesteld, besefte ze dat ze niets hoefde te besluiten. Haar antwoord had uit drie woorden bestaan: 'Het was tijd.'

Ze hoefde niet meer naar Dereks niveau af te dalen, wilde niet meer dat hij net zoveel zou lijden als zij. Hoewel ze na het verschijnen van het artikel met genoegen haar advocaat had gevraagd een telefoontje te plegen. Derek zou nu vrij zijn om zijn eigen weg te gaan, financieel gezien. Olivia ging hem geen cent meer geven dan nodig was. Ze had haar schenking van het huis in Brentwood ingetrokken en overwoog het voor een appel en een ei te verhuren aan beginnende actrices, geïnspireerd op het vrouwenhuis waar haar moeder in haar begindagen in New York had gewoond. In zekere zin als eerbetoon aan wat haar moeder had bereikt.

'Duncan is goed voor je. En als ik Georgia mag geloven, jij ook voor hem.' Rosalind wisselde een blik met Eve. 'Ik denk dat we binnenkort dit feestje voor jullie tweeën gaan vieren.'

'Niet heel binnenkort. We willen het in het belang van Jake rustig aan doen.'

Olivia gaf Eve een vriendelijke por. 'Dan ben jij de volgende.'

Eve bloosde aandoenlijk. 'Ik heb inderdaad een nieuwtje.'

'Dat meen je niet!' Rosalind schoot met fonkelende ogen overeind. 'Olivia, pak de fles. We moeten nog ergens op drinken.'

'Nee, nee.' Eve lachte verlegen. 'Dat is het niet.'

'Maakt niet uit.' Olivia schonk iedereen bij. 'Er moet sowieso op gedronken worden.'

'Clayton verhuist volgend jaar naar Massachusetts.'

'Eve! Wat een geweldig nieuws,' zei Rosalind.

'Trekt hij bij je in?' vroeg Olivia.

'Ja.' Eve bloosde nog harder en stak twee gekruiste vingers omhoog terwijl haar zusters joelden. 'Het lijkt zo vlug. Ik hoop dat het geen vergissing is.'

'Het is geen vergissing. Ik ben nog nooit ergens zo zeker van geweest.' Rosalind boog over Olivia heen en omhelsde Eve, voor zover dat lukte. 'Jullie zijn voor elkaar bestemd.'

'Mee eens.' Nadat Rosalind Eve eindelijk had losgelaten, omhelsde Olivia haar, en ze werd overspoeld door liefde voor de zus met wie ze de minst goede band had gehad. Ze leken naar elkaar toe gegroeid te zijn. Wat had ze toch veel geluk.

Ze nam nog een slok van de zalige bubbels; toen was ze klaar om hun haar nieuws te vertellen. 'Na het stuk in *People* ben ik gebeld door mijn agent.'

'Ik dacht dat je geen agent meer had,' zei Eve.

'Is ook zo, maar ze dacht dat ik dit wel zou willen horen. Sandra Bullock wil een film maken over mama's leven.'

Rosalinds ogen werden groot; Eve kneep haar ogen juist tot spleetjes.

'Ze hebben mij de hoofdrol aangeboden. De kans om mama te spelen in een grote speelfilm.'

Haar zussen hapten naar adem.

'O mijn god, Olivia!' Rosalinds wangen kleurden van opwinding. 'Wat fantastisch! Dit is een droom die uitkomt! Niet te geloven. Na alles wat je hebt meegemaakt!'

Eve hield haar hoofd schuin en keek naar Olivia. Langzaam verscheen er een glimlach op haar gezicht. 'Je hebt het afgeslagen, hè?'

'Wat? Natuurlijk nie –' Rosalind viel stil en staarde Olivia aan. 'O mijn god. Dat heb je wel.'

Olivia knikte.

'Natuurlijk wel.' Rosalinds gezicht klaarde op. 'Ik dacht aan de oude Olivia.'

'Hé!' riep Olivia uit. 'Hoezo oud?'

'Je bent bijna veertig! Hoe moet je dat anders noemen?' Eve gaf haar een liefdevolle por. 'Het is goed dat je het hebt gedaan. Je leven hier wordt tien keer beter dan wat zij je kunnen bieden.'

'Ja.' Olivia gooide glimlachend haar haren naar achteren, nog steeds zonder enige spijt dat ze de weg naar de roem had afgeslagen. Nou ja, bijna dan. Ze was natuurlijk ook maar een mens. 'Dat denk ik ook.'

De zon verdween achter de heuvels en de koraalrode gloed werd langzaam grijs. Olivia moest plotseling ergens aan denken en glimlachte. Ze begon te neuriën.

'Wat is dat?' Rosalind keek haar aan. 'Ken ik het?'

'Het is een van de liedjes die mama vroeger voor ons zong.' Ze neuriede nog een paar noten. 'Onze babyliedjes.'

'Huh?' vroeg Eve verward.

Olivia keek haar met gespeeld afgrijzen aan. 'Weet je dat niet meer?'

'Eh...' Rosalind fronste peinzend. 'Het klinkt vaag bekend.'

'Ik ben zo blij dat ik eraan dacht.' Ze straalde, opgetogen dat ze zo'n mooie herinnering kon delen. 'Het mijne was hilarisch, op de melodie van "Lydia the Tattooed Lady". Rosalind, het jouwe was op de melodie van "Everything's Coming Up Roses". En dat van Eve was "Amazing Grace", vanwege haar tweede naam.'

'Zing eens.' Rosalind leunde afwachtend achterover.

Olivia schraapte haar keel en klopte op haar borstkas. 'Ik hoop dat ik ze allemaal nog weet. Dit is het mijne:

Livia, Livia
Have you met Livia
Livia the faboo baby...
She has a face we adore so
And a torso even more so
Livia, the queen of them all!'

Ze sloot af met een zwierig gebaar.

Haar zussen barstten los in een daverend applaus.

'Hilarisch.' Eve giechelde nog na. 'Heeft mama dat geschreven?'

'Samen met papa, vertelde ze. Ik weet nog dat ze zei hoeveel lol ze hadden bij het bedenken van teksten. Ik wed dat sommige ervan niet geschikt waren voor publicatie.'

'Zou me niets verbazen.' Rosalinds gezicht was zachter geworden. 'Ze hadden inderdaad veel lol samen.'

'Heel veel lol,' viel Olivia haar bij. 'Laten we dat niet vergeten.'

'Nu dat van Rosalind,' beval Eve.

'Oké.' Olivia dronk zichzelf moed in met nog een slokje champagne en probeerde de tekst terug te halen. Toen zette ze haar beste Ethel Merman-imitatie in:

'You are swell, you are neat
You have all of the world at your feet
Startin' here, startin' now
Honey everything's coming up Rosalind!'

Opnieuw applaus.

Rosalind joelde. 'Geweldig. Ik ga ook liedjes voor mijn kinderen bedenken.'

'Als je je zoon maar niet Chuck noemt.' Eve schudde treurig haar hoofd. 'Verzin daar maar eens een rijmwoord op.'

'Nu dat van Eve.' Rosalind zat al te giechelen.

Olivia's lach verflauwde. 'Dat liedje is anders.' Ze ging rechtop zitten en stak haar borst naar voren. Ze wilde het lied recht doen en het zo simpel mogelijk zingen. Toen ze begon, klonk haar stem natuurlijk, helder en resonerend. Ze zong langzaam, met heel haar hart, terwijl de laatste zonnestralen verdwenen, en stelde zich het pure geluk van Jillian Croft voor die baby Eve in haar armen hield.

'Amazing Eve Grace, how sweet the child
Such perfect hands and feet

How precious this new gift of love
She makes our world complete.'

Toen ze klaar was, stroomden de tranen over Rosalinds gezicht. 'O, Olivia.'

'Ik ben zo blij dat je de liedjes niet bent vergeten,' fluisterde Eve. 'We moeten ze opschrijven.

'Ja.' Olivia hief haar glas in de donker wordende lucht. Ze moest twee keer haar keel schrapen voor ze iets kon zeggen. 'Op Daniel Braddock, briljant docent en geleerde, voor zijn nalatenschap aan de Amerikaanse theater- en academische wereld. En op Daniel Braddock, toegewijd echtgenoot, die van twee bijzondere vrouwen hield. Op Jillian Croft, een geboren actrice, op al het talent en plezier dat ze op het witte doek en in de wereld heeft gebracht. En op Sylvia Moore, op de vrouw die ze was en alles wat ze heeft meegemaakt. Mogen ze allebei lang geëerd en herinnerd worden.'

Ze proostten met hun bekertjes; de gouden bubbels in de plastic glazen stroomden omhoog naar de hemel.

Olivia glimlachte door haar tranen heen. 'En tot slot, vanuit de harten van hun drie liefhebbende dochters, op papa en mama.'

BONUSMATERIAAL

De ontdekking van Maine

Zoals jullie gemerkt zullen hebben, heb ik een speciaal plekje in mijn hart voor de staat Maine. Begin jaren vijftig werd mijn grootvader, die muziek doceerde op het Hamilton College in Clinton, New York, uitgenodigd bij een collega in zijn zomerhuis aan de kust van Maine. Mijn grootouders waren direct verliefd op de omgeving. Toen er een huis met acht hectare grond te koop kwam naast dat van zijn vriend, hapte mijn grootvader meteen toe. In die tijd was duizend dollar veel geld, maar het leek het waard.

Kun je het je voorstellen? Duizend dollar? Het was het meer dan waard. Want hoewel mijn grootouders en hun kinderen – mijn moeder en mijn tante – niet meer leven, waren ze allemaal dol op die plek en gingen ze er tot het eind elke zomer naartoe. Dankzij hen gaan mijn broers en ik al sinds ons eerste levensjaar elk jaar op bedevaart naar de kust. Wij vinden het daar heerlijk, en onze echtgenoten en kinderen ook. Drie generaties later hebben we nog steeds een goede band met de 'buren' (hun huis ligt eigenlijk een stuk verderop in het bos) die mijn grootvader bijna zeventig jaar geleden uitnodigden.

Ons kleine schuiloord is niet voor iedereen weggelegd. Het is niet geïsoleerd en er is geen elektriciteit. Dat betekent geen vaatwasser, geen computer, geen wifi en geen tv. In mijn jeugd betekende dat ook geen telefoon. De leidingen zijn luidruchtig en bij vlagen denken sommige wezens dat het huis van hen is.

Maar geen elektriciteit betekent ook dat we met elkaar praten, boeken lezen, legpuzzels maken en spelletjes doen. Overdag zijn we veel buiten: we kajakken, wandelen en verkennen andere prachtige gebieden langs de kust, zowel dichtbij als verder weg.

Of we zitten aan de rand van het water en beoefenen een soort onbewuste meditatie, waarbij we de heerlijke lucht opsnuiven die ik in alle boeken van de *Drie dochters*-trilogie beschrijf, en naar de golven, kreeftenvissers en meeuwen luisteren. We kijken naar voorbijtrekkende wolken, naar het opkomende of afgaande tij. We zien adelaars, zeehonden, reigers en ijsduikers. We laten onze stadse haast achter ons, richten ons op beleven in plaats van presteren, en aanvaarden de natuurlijke ritmes van de natuur. We laten ons erdoor betoveren.

Als jong meisje was ik ervan overtuigd dat de wereld veel vrediger en gelukkiger zou zijn als iedereen net als wij een beetje natuur had om zich in terug te trekken. Het zou me niet verbazen als hier een zekere waarheid in school. Hoe dan ook, ik merk dat ik met het verstrijken van de jaren de plek steeds bijzonderder ga vinden en steeds dankbaarder ben dat mijn grootouders ons zo'n mooi en kostbaar geschenk hebben nagelaten. Ik hoop dat ze weten hoeveel we ervan houden.

Kip met spek en prei

Dit recept is een variant op een recept uit het kookprogramma *The French Chef* met Julia Child. De eerste dag is het heerlijk, de tweede dag zelfs nog lekkerder, dus een perfect gerecht om van tevoren te bereiden. Julia serveerde het met peterselie-bieslookkoekjes – je kunt haar recept online vinden of je eigen recept volgen. Restjes kip kunnen worden uitgebeend, gesnipperd en weer door de saus worden geroerd. Lekker voor over de pasta of rijst.

Ingrediënten

4 plakjes ontbijtspek
2 middelgrote uien
4 teentjes knoflook
2 preien, schoongemaakt
35 g bloem
½ tl zout
½ tl peper
1 kip, 1⅓ à 1¾ kilo, in stukken gesneden
1 el gedroogde rozemarijn
1 el venkelzaad
350 ml droge witte wijn
350 ml kippenbouillon
2 el gehakte peterselie
½ el geraspte citroenschil

Bereidingswijze

Bak het spek in een braadpan bruin, laat het uitlekken op keukenpapier en verkruimel het.

Hak ondertussen de uien en knoflook fijn en snijd de prei in dunne ringen.

Fruit de uien in het spekvet in dezelfde pan op matig vuur tot ze zacht en licht gebruind zijn.

Doe ondertussen de bloem, het zout en de peper in een papieren of plastic zakje. Schud het mengsel. Voeg in twee porties de stukjes kip toe en schud tot ze rondom bedekt zijn.

Schep de uien uit de pan wanneer ze gaar zijn. Voeg indien nodig nog wat vet toe en braad de stukken kip in twee porties aan tot ze aan beide zijden gebruind zijn. (Als er stukjes op de bodem van de pan te bruin beginnen te worden, kun je voor de tweede portie een andere koekenpan gebruiken om een verbrande smaak te voorkomen).

Laat de laatste portie gebakken kip in de braadpan liggen en neem de pan van het vuur.

Strooi de helft van elk van de volgende ingrediënten over de kip in de pan: spek, ui, rozemarijn, venkelzaad, knoflook, prei. Breng op smaak met zout en peper. Voeg de rest van de kip en de andere helft van deze ingrediënten toe.

Schenk er zoveel wijn en bouillon over dat de kip bijna onder staat (ik gebruikte 350 ml van elk, maar dat hangt van je pan af).

Doe de deksel op de pan en breng hem op hoog vuur aan de kook. Laat dan op een lagere temperatuur afgedekt ongeveer 45 minuten sudderen. Controleer wel regelmatig, want de temperatuur kan oplopen. Als je het voor de volgende dag maakt, laat het gerecht dan een uurtje afkoelen zonder deksel en zet het daarna in de koelkast. Warm vervolgens zachtjes op.

Bestrooi vlak voor het opdienen de kip met een mengsel van peterselie en citroenrasp.

Dankwoord

Graag wil ik Kate Byrne bedanken, mijn fantastische redacteur bij Headline Publishing, die me tijdens de hele *Drie dochters*-trilogie onafgebroken heeft bijgestaan met haar deskundigheid en steun. Diana Roberts en Stanley Pendleton verdienen een warme omhelzing voor hun gastvrijheid en de fascinerende gesprekken over het leven van een botenbouwer. Ook ben ik Laura Erickson-Schroth erkentelijk voor haar uitstekende boek *Trans Bodies Trans Selves*, dat me bij mijn research heeft geholpen; en alle lof aan iedereen in de wereldwijde transgendergemeenschap voor hun moed en volharding in hun strijd om erkenning. Veel dank aan Laura Iding voor het leveren van precies de juiste anekdote op precies het juiste moment. En nog veel meer dank aan mijn echtgenoot Mark Stodder, die alle drie de boeken woord voor woord gelezen heeft, op de juiste momenten heeft gelachen en gehuild, en in alle opzichten de beste is.